TRADUCTION

DU CONCIONES.

———

TOME SECOND.

J.-M. EBERHART, IMPR. DU COLLÈGE ROYAL DE FRANCE,
RUE DU FOIN SAINT-JACQUES, N° 12.

CONCIONES

ou

DISCOURS CHOISIS

DANS

SALLUSTE, TITE-LIVE, TACITE ET QUINTE-CURCE.

TRADUCTION NOUVELLE

AVEC LE TEXTE EN REGARD;

PAR LE CHEV. DE BOTIDOUX

TRADUCTEUR DES COMMENTAIRES DE CÉSAR.

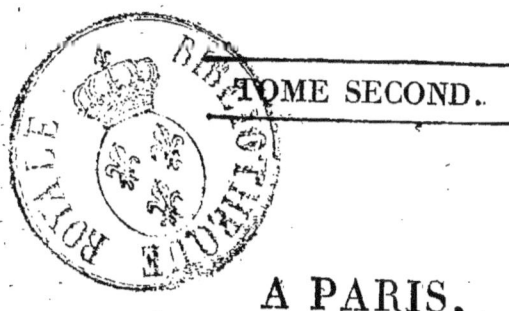

TOME SECOND.

A PARIS,

A LA LIBRAIRIE CLASSIQUE D'AUMONT Ve NYON Je,
Quai de Conti, n° 13, près l'Hôtel des Monnaies.

1823.

ORATIONES

EX LIVIO COLLECTÆ.

———————

DISCOURS

EXTRAITS DE TITE-LIVE.

ORATIONES

EX LIVIO COLLECTÆ.

EX LIBRO XXIX.

ORATIO LOCRENSIUM LEGATORUM IN SENATU, DE INJURIIS Q. PLEMINII.

I. Locris receptis, Scipio præsidium cum Q. Pleminio legato ac duobus tribunis militum imposuerat. Ab his Locrenses ita superbè et crudeliter habiti sunt, ut, tot malis fessi, legatos Romam ad senatum miserint, qui ærumnas suas in hunc modum deploraverunt, *Cap.* 17 *et* 18:

Il y a dans ce discours deux parties bien distinctes; celle où les Locriens se plaignent de la vexation des soldats romains, est dictée par l'indignation et la douleur; celle où ils mettent en avant des superstitions populaires, a plus d'emphase que de solidité.

I. Exorde insinuant, tiré de la personne de l'orateur.

Scio quanti æstimentur nostræ apud vos querelæ, P. C., plurimùm in eo momenti esse, si probè sciatis, et quomodò proditi Locri Annibali sint, et quomodò, pulso Annibalis præsidio, restituti in ditionem vestram: quippe si et culpa defectionis procul à publico consilio absit, et reditum in vestram ditionem appareat, non voluntate solùm, sed ope etiam ac virtute nostrâ; magis indignemini bonis ac fidelibus sociis tam atroces atque indignas injurias ab legato vestro militibusque fieri. Sed ego causam (1) utriusque

---

(1) *Causa* non est hîc causa efficiens, sed pro *causâ judiciali*, *defensione*, accipi debet.

DISCOURS

EXTRAITS DE TITE-LIVE.

LIVRE XXIX.

DISCOURS DES DÉPUTÉS DE LOCRES CONTRE LES VEXA-
TIONS DE Q. PLÉMINIUS.

I. Scipion, ayant repris Locres, y mit une garnison aux ordres de
Q. Pléminius, et de deux tribuns des soldats. Ils traitèrent les
Locriens avec tant d'orgueil et de cruauté, que ceux-ci, las de
souffrir, envoyèrent à Rome des députés, qui retracèrent ainsi
leurs maux au sénat (*C.* 17 *et* 18) :

Pour vous faire bien apprécier nos plaintes, je sais combien il nous importerait, P. C., que vous connussiez à fond,
et comment Locres fut livrée à Annibal, et comment après
avoir chassé la garnison d'Annibal, elle rentra sous vos
lois. Car s'il était prouvé que le vœu général ne fut pour
rien dans la défection, et que nous sommes rentrés sous
vos lois non-seulement de notre aveu, mais par nos efforts
et par notre courage, vous en seriez plus indignés des violences et des outrages atroces dont votre lieutenant et vos
soldats accablent de bons et fidèles alliés. Mais je crois devoir remettre à d'autres temps à vous expliquer les causes

defectionis nostræ in aliud tempus differendam arbitror esse,
duarum rerum gratiâ : unius, ut coram P. Scipione, qui
Locros recepit, omnium nobis rectè perperamque factorum
testis, agatur : alterius, quòd, qualescunque sumus, tamen
hæc, quæ passi sumus, pati non debuimus. Non possumus
dissimulare, P. C., nos, quum præsidium Punicum in
arce nostrâ haberemus, multa fœda, indigna, et à præfecto
præsidii Amilcare, et ab Numidis Afrisque passos esse.
Sed quid illa sunt, collata cum iis quæ hodiè patimur ?
Cum bonâ veniâ, quæso, audiatis, P. C., id quod invitus
dicam. In discrimine est nunc humanum omne genus,
utrùm vos, an Carthaginienses, principes orbis terrarum
videat. Si ex iis, quæ Locrenses aut ab illis passi sumus,
aut à vestro præsidio nunc quum maximè patimur, æstimandum Romanum ac Punicum imperium sit, nemo non
illos sibi, quàm vos dominos præoptet. Et tamen videte
quemadmodum Locrenses in vos animati sint. Quum à
Carthaginiensibus injurias tantò minores acceperimus, ad
vestrum imperatorem confugimus : quum à vestro præsidio
plusquàm hostilia patiamur, nusquàm aliò, quàm ad vos,
querelas detulimus. Aut vos respicietis perditas res nostras,
P. C., aut ne ab Diis quidem immortalibus quod precemur,
quidquam superest.

II. Cruautés exercées par Pléminius et la garnison romaine.

Q. Pleminius legatus missus est cum præsidio ad recipien-
dos à Carthaginiensibus Locros, et cum eodem ibi relictus est præsidio. In hoc legato vestro (dant enim animum
ad loquendum liberè ultimæ miseriæ) nec hominis quidquam
est, P. C., præter figuram et speciem ; neque Romani civis,
præter habitum vestitumque et sonum Latinæ linguæ. Pes-
tis, ac bellua immanis, quales fretum quondàm, quo ab
Siciliâ dividimur, ad perniciem navigantium circumsedisse
fabulæ ferunt. At si scelus libidinemque et avaritiam solus
ipse exercere in socios vestros satis haberet, unam profun-
dam quidem voraginem tamen patientiâ nostrâ expleremus ;

de cette double révolution, pour deux motifs; l'un, afin que la chose se traite en présence de P. Scipion, qui a repris Locres, et vu de près notre conduite bonne et mauvaise; l'autre, parce qu'innocens ou coupables, nous n'avons pas dû souffrir ce que nous avons souffert. Nous ne pouvons le dissimuler, P. C.; tant que notre citadelle eut une garnison carthaginoise, nous essuyâmes beaucoup de vexations et d'indignités de la part d'Amilcar, qui la commandait, et des Africains et des Numides. Mais que furent-elles, comparées à ce que nous éprouvons? Daignez écouter avec indulgence, P. C., ce que je vous expose à regret. L'univers attend avec anxiété qui de vous ou des Carthaginois il aura pour maîtres. S'il faut apprécier l'une et l'autre domination par ce que nous avons souffert d'eux et par les excès actuels de vos soldats, il n'est personne qui ne préférera la leur à la vôtre. Et cependant jugez des sentimens des Locriens à votre égard. Traités bien moins durement par les Carthaginois, nous recourûmes à votre général : aujourd'hui que votre garnison en agit avec nous plus qu'hostilement, c'est à vous seuls que nous portons nos plaintes. Ou vous aurez égard, P. C., à notre position déplorable, ou nous n'aurons plus qui implorer, pas même les Dieux immortels.

Votre lieutenant, Q. Pléminius, venu avec des troupes pour reprendre Locres sur les Carthaginois, y est resté avec elles en garnison. Cet officier, (l'excès du malheur m'excite à parler librement) il n'a, P. C., d'humain que l'air et la figure, de Romain que le costume et le langage. C'est une peste, un monstre tel que ceux qui, suivant la Fable, assiégeaient jadis, pour le malheur des navigateurs, le détroit qui nous sépare de la Sicile. Encore s'il se contentait d'exercer lui seul sur vos alliés sa cruauté, sa brutalité, son avarice, nous pourrions, malgré sa profondeur, combler par notre patience un gouffre unique : mais, en

nunc omnes centuriones militesque vestros (adeò in pro-
miscuo licentiam atque improbitatem esse voluit) Pleminios
fecit : omnes rapiunt, spoliant, verberant, vulnerant , occi-
dunt; constuprant matronas, virgines, ingenuos raptos ex
complexu parentum. Quotidiè capitur urbs nostra , quotidiè
diripitur; dies noctesque omnia passìm mulierum puerorum-
que, qui rapiuntur atque asportantur, ploratibus sonant.
Miretur qui sciat quomodò aut nos ad patiendum sufficiamus ,
aut illos qui faciunt, nondùm tantarum injuriarum satietas
ceperit. Neque ego exsequi possum, nec vobis operæ est
audire singula quæ passi sumus; communiter omnia amplec-
tar. Nego domum ullam Locris, nego quemquam hominem
expertem injuriæ esse : nego ullum genus sceleris, libidinis,
avaritiæ superesse, quod in ullo, qui pati potuerit, præter-
missùm sit. Vix ratio iniri potest, uter casus civitatis sit
detestabilior, quum hostes bello urbem cepêre, an quum
exitiabilis tyrannus vi atque armis oppressit. Omnia quæ
captæ urbes patiuntur, passi sumus, et quum maximè patimur, Patres Conscripti : omnia quæ crudelissimi atque
importunissimi tyranni scelera in oppressos cives edunt,
Pleminius in nos, liberosque nostros et conjuges edidit.

III. Profanation d'un temple de Proserpine.

Unum est, de quo nominatìm et nos queri religio infixa
animis cogat, et vos audire et exsolvere remp. vestram reli-
gione, si ita vobis videbitur, velimus, Patres Conscripti. Vidimus enim cum quantâ cæremoniâ non vestros solùm colatis
Deos, (1) sed etiam externos accipiatis. Fanum est apud nos
Proserpinæ, de cujus sanctitate templi credo aliquam famam
ad vos pervenisse, Pyrrhi bello : qui, quum ex Siciliâ re-

---

(1) Hoc ipso anno mater Idæa Pessinunte in Italiam advecta
fuerat, et Romam ingenti pompâ deducta.

autorisant la licence et le brigandage, il a fait de tous vos
centurions, de tous vos soldats, autant de Pléminius : pas
un qui ne pille, ne dépouille, ne frappe, ne blesse, ne tue,
et n'outrage les mères, les filles, les enfans, arrachés des
bras de leurs parens. Notre ville est chaque jour prise d'assaut ; est chaque jour saccagée. Tout, jour et nuit, y re-
tentit des cris déchirans des femmes, des enfans qu'on
enlève, qu'on entraîne. Qui connaîtrait nos souffrances ne
concevrait ni comment nous y suffisons, ni comment nos
oppresseurs ne sont pas encore rassasiés de tant d'horreurs.
Je ne puis vous offrir et vous n'avez pas besoin d'entendre
le détail de ce que nous avons souffert ! je vous expose le
tout en masse. Je soutiens qu'il n'y a pas eu à Locres une
maison, pas un individu à l'abri des outrages ; pas un genre
de scélératesse, d'infamie, d'avarice, qu'on n'ait épuisé
sur quiconque a pu en être l'objet. On aurait peine à décider si le sort de notre ville a été plus déplorable quand
l'ennemi l'enleva de vive force, que depuis qu'un exécrable tyran l'opprime. Tout ce que souffre une ville prise
d'assaut, nous l'avons souffert, et nous le souffrons dans
toute sa rigueur. Tout ce que le tyran le plus cruel et le
plus odieux se permet d'horreurs contre les citoyens qu'il
opprime, Pléminius se l'est permis contre nous, nos
femmes et nos enfans.

Il est surtout un point sur lequel la religion dont nous
sommes pénétrés, nous force d'appuyer, un sacrilège que
vous devez connaître, et que vous jugerez peut-être inté-
ressant pour vous, P. C., d'expier. Car nous savons quel
respect vous avez non-seulement pour vos Dieux, mais
aussi pour ceux qui vous viennent de l'étranger (*). Nous
avons chez nous un temple de Proserpine, dont la réputation de sainteté sera, je pense, parvenue jusqu'à vous,
pendant la guerre de Pyrrhus : à son retour de Sicile, lon-

(*) Cette année même la statue de *la bonne Déesse*, apportée
de Pessinunte à Rome, y avait été magnifiquement reçue.

diens Locros classe praeterveheretur, inter alia foeda , quae ,
propter fidem erga vos in civitatem nostram facinora edidit,
thesauros quoque Proserpinae, intactos ad eam diem, spo-
liavit; atque ita pecuniâ in naves impositâ, ipse terrâ est
profectus. Quid ergo evenit, Patres Conscripti ? Classis
postero die foedissimâ tempestate lacerata, omnesque naves,
quae sacram pecuniam habuerunt, in litora nostra ejectae sunt.
Quâ tantâ clade edoctus tandem Deos esse superbissimus rex,
pecuniam omnem conquisitam in thesauros Proserpinae re-
ferri jussit : nec tamen illi unquàm posteà prosperi quidquam
evenit; pulsusque Italiâ, ignobili atque inhonestâ morte,
temerè nocte ingressus Argos , occubuit. Haec quum audisset
legatus vester, tribunique militum, et mille alia quae , non
augendae religionis causâ, sed praesentis Deae numine saepè
comperta nobis majoribusque nostris, referebantur, ausi
sunt nihilominus sacrilegas admovere manus intactis illis
thesauris, et nefandâ praedâ seipsos ac domos contaminare
suas, et milites vestros ; (1) quibus per, vos, fidem vestram,
P. C., priusquàm eorum scelus expietis, neque in Italiâ,
neque in Africâ quidquam rei gesseritis ; ne, quod piacu-
lum commiserunt, non suo solùm sanguine, sed etiam publicâ clade luant.

IV. Querelles funestes parmi la garnison romaine, en punition du
sacrilège.

Quanquam ne nunc quidem , P. C., aut in ducibus aut
in militibus vestris cessat ira Deae. Aliquoties jam inter se
signis collatis concurrerunt : dux alterius partis Pleminius,
alterius duo tribuni militum erant: non acriùs cum Carthaginiensibus quàm inter se ipsi ferro dimicaverunt ; praebuis-
sentque occasionem furore suo Locros recipiendi Annibali,
ni accitus à nobis Scipio intervenisset. At , hercule , milites contactos sacrilegio furor agitat : in ducibus ipsis pu-
niendis nullum Deae numen apparuit. Imò, ibi praesens
maximè fuit. Virgis caesi tribuni ab legato sunt : legatus

_____

(1) Per fidem vestram vos, *supple* obsecramus.

geant avec sa flotte la côte de Locres, ce prince, entr'autres atrocités qu'il nous fit à raison de notre fidélité à votre égard, enleva les trésors jusque-là respectés de Proserpine les mit sur ses vaisseaux, et prit lui-même sa route par terre.

Qu'arriva-t-il, P. C.? la flotte fut le lendemain battue d'une horrible tempête, et tous les vaisseaux chargés de ces trésors sacrés furent jetés sur notre rivage ; et le plus superbe des rois, apprenant enfin par un si grand désastre qu'il existe des Dieux, fit chercher avec soin et reporter tout l'argent dans le temple de Proserpine. Et depuis néanmoins rien ne lui réussit. Chassé d'Italie, il s'engagea témérairement de nuit dans Argos, où il périt d'une mort obscure et honteuse (*). Quoiqu'instruits de ce fait et de mille autres, anciens ou modernes, que nous leur racontions, non pour leur inspirer de la superstition, mais pour leur prouver le pouvoir et la présence de la déesse, votre lieutenant et vos tribuns n'ont pas craint de porter des mains sacrilèges sur ces inviolables trésors, et de se souiller eux, leurs maisons et vos soldats de cette proie impie. Je vous en conjure donc, par votre piété; ne les employez, P. C., ni en Italie, ni en Afrique, avant d'avoir expié ce crime, de peur qu'il ne le soit non-seulement par leur sang, mais par une calamité publique.

D'ailleurs vos chefs et vos soldats éprouvent déjà le courroux de la déesse. Ils en sont déjà venus plus d'une fois aux mains, Pléminius à la tête d'un parti, les deux Tribuns à la tête de l'autre, avec autant d'acharnement qu'ils en auraient eu contre les Carthaginois ; et leur fureur aurait fourni l'occasion à Annibal de reprendre Locres, si, d'après nos avis, Scipion ne fût intervenu. Mais cette frénésie n'agite, dira-t-on, que les soldats souillés du sacrilège : la déesse ne paraît pas s'occuper du châtiment des chefs. C'est au contraire sur eux surtout que sa vengeance éclate. Le lieutenant a fait battre de verges les Tribuns,

---

(*) De la main d'une femme.

21.

deindè insidiis tribunorum interceptus, præterquàm quòd
toto corpore laceratus, naso quoque auribúsque decisis,
exsanguis est relictus : recreatus deindè legatus ex vulneribus, tribunos militum in vincula conjectos, dein verbera-
tos, servilibusque omnibus suppliciis cruciatos, trucidando
occìdit; mortuos deindè prohibuit sepeliri.

Has Dea pœnas à templi sui spoliatoribus habet; nec antè desinet omnibus eos agitare furiis, quàm reposita sacra
pecunia in thesauris fuerit. Majores quondàm nostri, gravi
Crotoniensium bello, quia extra urbem templum est, trans-
ferre in urbem eam pecuniam voluerunt : noctu audita ex
delubro vox est, *abstinerent manus; Deam sua templa
defensuram.* Quia movendi indè thesauros incussa erat religio, muro circumdare templum voluerunt; ad aliquantùm
jam altitudinis excitata erant mœnia, quum subitò collapsa
ruinâ sunt.

PÉRORAISON VÉHÉMENTE.

Sed et nunc, et sæpe aliàs, Dea suam sedem suumque
templum aut tutata est, aut à violatoribus gravia piacula
exegit : nostras injurias, nec potest, nec possit alius ulcisci,
quàm vos, Patres Conscripti. Ad vos vestramque fidem supplices confugimus : nihil nostrâ interest utrùm sub illo legato, sub illo præsidio, Locros esse sinatis, an iratoAnnibali
et Pœnis ad supplicium dedatis. Non postulamus ut extemplò
nobis, ut de absente, ut indictâ causâ credatis. Veniat, coràm
ipse audiat, ipse diluat. Si quidquam sceleris, quod homo in
homines edere potest, in nos prætermisit, non recusamus,
quin et nos, omnia eadem iterùm, si pati possumus, patiamur, et ille omni divino humanoque liberetur scelere.

qui, l'ayant surpris à leur tour, l'ont déchiré de coups et laissé pour mort, après lui avoir coupé le nez et les oreilles. Mais, rétabli de ses blessures, il les a fait charger de fers, battre de verges, puis expirer dans tous les tourmens réservés aux esclaves : enfin il a défendu de leur donner la sépulture.

Telle est la vengeance que la Déesse a tirée des spoliateurs de son temple : et les furies ne cesseront de les agiter, que l'on n'ait reporté l'argent sacré dans le trésor. Jadis, dans une rude guerre avec les Crotoniates, comme le temple est hors de la ville, nos ancêtres voulurent y transporter cet argent ; mais, la nuit, une voix sortie du sanctuaire, leur dit *de ne pas y toucher; que la Déesse défendrait son temple.* N'osant, par respect, en retirer le trésor, ils voulurent entourer le temple d'un mur : déjà il était élevé à une certaine hauteur, quand il s'écroula tout-à-coup.

Cette fois, et mille autres, la Déesse a protégé sa demeure et ses autels, ou à sévèrement puni ses profanateurs : quant à nos injures personnelles, puisse nul autre que vous, P. C., nous en venger. C'est à vous, à votre équité, que nous avons humblement recours. Peu nous importe que vous laissiez à Locres votre lieutenant et sa garnison, ou que vous ordonniez notre supplice, en nous livrant au ressentiment d'Annibal et des siens. Nous ne demandons pas que, sur nos plaintes, vous condamniez sur l'heure un absent, et sans l'entendre. Qu'il vienne, qu'il nous écoute, qu'il se justifie. S'il est un genre de forfait qu'un homme puisse commettre contre des hommes, dont il soit innocent à notre égard, nous consentons à souffrir une seconde fois les mêmes horreurs, s'il nous reste la force de les supporter ; et à ce qu'il soit déchargé de tout attentat contre les Dieux et les hommes.

EX LIBRO XXX.

ORATIO SOPHONISBÆ AD MASINISSAM.

I. Sophonisba, Asdrubalis Pœnorum imperatoris filia, Syphacem Numidiæ regem, cui nuptui tradita fuerat, à Romanâ societate abstractum impulerat ut arma cum Carthaginiensibus jungeret. In eo bello victus Syphax, atque etiam vivus captus est. Cirtha caput regni ipsius erat. Eò Masinissa, ab ipso quondàm regno pulsus, citatum agmen rapit, urbem occupat, ac statim ad regiam vadit. Intranti vestibulum Sophonisba, ipsi olim amata, occurrit, eumque hoc modo alloquitur, *Cap.* 12 :

———

C'est une femme courageuse et fière, mais adroite; et elle compte sur sa beauté : elle est humble sans timidité, suppliante sans avilissement.

1. Exorde insinuant, tiré de l'état des choses.

OMNIA quidem ut posses in nos, Dii tibi dederunt, virtusque et felicitas tua.

II. Prière insinuante et majestueuse pour n'être pas livrée aux Romains et recevoir plutôt la mort.

Sed si captivæ apud dominum vitæ necisque suæ vocem supplicem mittere licet; si genua, si victricem attingere dextram, precor quæsoque per majestatem regiam, in quâ paulò antè nos quoque fuimus, per gentis Numidarum nomen, quod tibi cum Syphace commune fuit, per hujusce regiæ Deos, qui te melioribus ominibus accipiant, quàm Syphacem hinc miserunt; hanc veniam supplici des, ut ipse, quodcumque fert animus, de captivâ statuas, nequè me in cujusquam Romani superbum ac crudele arbitrium venire sinas. Si nihil aliud quàm Syphacis uxor fuissem, tamen Numidæ atque in eâdem mecum Africâ geniti, quàm alienigenæ et externi fidem experiri mallem. Quid Carthaginiensi ab Romano, quid filiæ Asdrubalis timendum sit, vides. Si nullâ aliâ re potes, morte me ut vindices ab Romanorum arbitrio oro obtestorque.

LIVRE XXX.

Discours de Sophonisbe a Masinissa.

I. Sophonisbe, fille d'Asdrubal chef des Carthaginois, avait déterminé son mari Syphax, roi de Numidie, à renoncer à l'alliance
des Romains pour s'unir aux Carthaginois. Syphax avait été
vaincu, et même pris vivant. La capitale de ses États était Cirtha.
Masinisse, qu'il avait autrefois chassé des siens, se porte sur
cette ville à marches forcées, s'en empare, et va sur le champ
trouver la reine. Comme il entrait au palais, Sophonisbe, qu'il
avait aimée autrefois, se présente à lui, et lui parle en ces termes
(*C. 12*) :

———

Les Dieux, ta valeur et la fortune t'ont donné sur nous
tout pouvoir.

Mais s'il est permis à une captive de faire entendre une
voix suppliante à l'arbitre de sa vie et de sa mort ; de toucher ces genoux, cette main victorieuse ; je t'en prie, je
t'en conjure par la majesté royale, dont nous étions naguère
revêtus ; par le nom de Numide, qui te fut commun avec
Syphax, par les Dieux de ce palais (puisse-t-il te recevoir
sous de meilleurs auspices que Syphax n'en est sorti) ; ordonne tout ce qu'il te plaira de ta captive suppliante, mais
ne souffre pas qu'elle tombe dans les mains impitoyables
d'aucun Romain. Si je n'avais été que l'épouse de Syphax,
j'aimerais toujours mieux que mon sort dépendît d'un Numide, né en Afrique ainsi que moi, que d'un étranger. Carthaginoise et fille d'Asdrubal, tu sais ce que je dois redouter des Romains. Si tu ne le peux donc autrement, daigne
de grâce me garantir, du moins par la mort, de devenir la
proie des Romains (*).

———

(*) Les discours suivans exposent tout ce qui se passa dans cette
circonstance.

Verba Syphacis ad Scipionem.

II. Masinissa, amore Sophonisbæ captus, eam, ut vindicaret ab
Romanorum arbitrio, statìm uxorem duxit. Interìm Syphax in
castra Romana perducitur : quumque Scipio ex eo, quidnam
sibi voluisset, quæreret, qui non societatem solùm abnuisset
Romanam, sed ultrò bellum intulisset; tùm ille, non odio
magis in Masinissam, quàm amoris stimulis incensus, quum
amatam apud æmulum cerneret, respondit, *Cap.* 13 :

Peccasse quidem sese atque insanîs e., sed non tum de-
mum, quum arma adversùs populum Rom. cepisset; exitum sui furoris fuisse, non principium. Tum se insanîsse,
tum hospitia privata et publica fœdera omnia ex animo eje-
cisse, quum Carthaginiensem matronam domum acceperit.
Illis nuptialibus facibus regiam conflagrâsse suam : illam
furiam pestemque omnibus delinimentis animum suum aver-
tisse atque alienâsse : nec conquiêsse, donec ipsa manibus
suis nefaria sibi arma adversùs hospitem atque amicum in-
duerit. Perdito tamen atque afflicto sibi hoc in miseriis
solatii esse, quòd in omnium hominum inimicissimi sibi
domum ac penates eamdem pestem ac furiam transîsse videat. Neque prudentiorem, neque constantiorem Masinissam, quàm Syphacem esse, etiam juventâ incautiorem: certè stultiùs illum atque intemperantiùs eam, quàm se, duxisse.

PAROLES DE SYPHAX A SCIPION.

11. Épris de Sophonisbe, Masinissa l'épouse sur le champ, pour la soustraire au pouvoir des Romains. Cependant on amène Syphax à Scipion; et sur ce que celui-ci lui demande quelles avaient été ses vues en déclarant la guerre aux Romains, non content d'avoir renoncé à leur amitié, Syphax, en haine de Masinissa, mais surtout aiguillonné par la jalousie, qui lui représentait sa maîtresse dans les bras de son rival, répondit (*C.* 13) :

Je fus coupable, et j'avais perdu la raison, bien avant de prendre les armes contre le P. R.; cette démarche fut l'effet et non la cause de ma démence. J'en étais atteint, et j'oubliai ce que je devais aux droits des traités et de l'hospitalité privée, quand je reçus dans mon lit une Carthaginoise : c'est le flambeau de cet hymen qui a embrasé mon palais ; ce furent les caresses empestées de cette furie, qui égarèrent, qui corrompirent mon esprit : elle n'eut pas de repos qu'elle ne m'eût armé de ses propres mains contre mon hôte et mon ami. Abattu, terrassé, j'ai pourtant la consolation, dans ma misère, de voir que ce serpent vénéneux a passé dans la maison de mon plus grand ennemi. Masinissa n'est ni plus sage, ni plus inébranlable que je ne l'étais, et sa jeunesse le rend plus inconsidéré : du moins son mariage annonce-t-il une passion plus insensée et plus désordonnée que la mienne.

ORATIO SCIPIONIS AD MASINISSAM.

III. Syphacis dicta non mediocri curâ Scipionis animum pepu-
lerunt : simul magnoperè improbabat tam projectam Masinissæ
libidinem. Itaque reversum eum in castra quùm primò et benigno
vultu excepisset, et egregiis laudibus frequenti prætorio cele-
brâsset, abductum deindè in secretum sic alloquitur, *Cap.* 14 :

———

Il parle à un puissant allié, qu'il faut ménager à la République,
sans laisser fléchir la majesté romaine ; il a des mœurs sé-
vères, mais sans avoir l'autorité de l'âge ; le ton de son dis-
cours est grave et doux à la fois.

I. Exorde insinuant, tiré de la personne de l'orateur.

ALIQUA te existimo, Masinissa, intuentem in me bona, et
principio in Hispaniâ ad jungendam mecum amicitiam venisse, et posteà in Africâ te ipsum spesque omnes tuas in
fidem meam commisisse : atqui nulla earum virtus est,
propter quas appetendus tibi visus sim, quâ ego æquè atque
temperantiâ et continentiâ libidinum gloriatus fuerim.

II. Danger des passions dans la jeunesse.

Hanc te quoque ad ceteras tuas eximias virtutes, Masinissa, adjecisse velim. Non est, non (mihi crede) tantum
ab hostibus armatis ætati nostræ periculum, quantum ab
circumfusis undiquè voluptatibus. Qui eas suâ temperantiâ
frenavit ac domuit, næ multò majus decùs majoremque
victoriam sibi peperit, quàm nos, Syphace victo, habemus.

III. Faiblesse de Masinissa envers Sophonisbe, et revendication
des droits du peuple romain.

Quæ me absente strenuè ac fortiter fecisti, libenter et
commemoravi et memini : cetera te ipsum reputare tecum,
quàm, me dicente, erubescere malo. Syphax populi Rom.
auspiciis victus captusque est. Itaque ipse, conjux, regnum,
ager, oppida, homines qui incolunt, quidquid denique Syphacis fuit, præda populi Rom. est : et regem conjugemque

DISCOURS DE SCIPION A MASINISSA.

III. Ce discours de Syphax fit une forte impression sur l'esprit de Scipion, qui d'ailleurs improuvait grandement la passion si prononcée de Masinissa. Ainsi, quand il fut de retour au camp, après l'avoir accueilli avec bienveillance, et comblé d'éloges devant une assemblée nombreuse, il le prit à part et lui dit (C. 14) :

C'EST, je pense, Masinissa, parce que tu remarquais en moi des qualités, que tu vins d'abord, en Espagne, me demander mon amitié, et qu'ensuite, en Afrique, tu m'as confié ta personne et toutes tes espérances. Or, de toutes les vertus qui t'ont paru mériter ton attachement, celle que je prise le plus est la modération et la retenue dans les plaisirs.

Pourquoi, Masinissa, ne pas les ajouter aux grandes qualités qui te distinguent? A notre âge, crois-moi, nous avons moins à craindre des ennemis armés que des voluptés qui nous assiègent. Qui les a domptées, qui leur a mis un frein, a remporté une victoire plus décisive et bien plus glorieuse que celle qui nous a livré Syphax.

Je me rappelle et j'ai cité avec plaisir ta bravoure et tes exploits en mon absence : le reste, j'aime mieux t'y laisser réfléchir, que de te faire rougir en t'en parlant. Syphax a été vaincu et pris sous les auspices du P. R. Sa personne donc, son épouse, ses États, ses terres, ses villes, et leurs habitans, enfin tout ce qui fut à Syphax, est une propriété

ejus, etiamsi non civis Carthaginiensis esset, etiamsi non
patrem ejus imperatorem hostium videremus, Romam opor-
teret mitti, ac senatûs populique Rom. de eâ judicium atque
arbitrium esse, quæ regem nobis socium alienâsse, atque in
arma egisse præcipitem dicatur.

IV. Péroraison imposante.

Vince animum : cave deformes multa bona uno vitio, et
tot meritorum gratiam majore culpâ, quàm causa culpæ est,
corrumpas.

Verba ministri, Sophonisbæ venenum, Masinissæ
jussu, offerentis.

IV. Masinissa, æger animi, quum nec Romanos offendere, nec
Sophonisbam in ipsorum potestatem tradere sustineret, postquàm crebro suspiratu ac gemitu aliquantùm temporis consum-
psisset, tandem fidum è servis vocat, venenumque mixtum in
poculo ferre ad Sophonisbam jubet, ac simul nunciare, *Cap.* 15,

Masinissam libenter primam ei fidem præstaturum fuisse,
quam vir uxori debuerit. Quoniam arbitrium ejus, qui possint, adimant, secundam fidem præstare, ne viva in potestatem Romanorum veniat : memor patris imperatoris, patriæque et duorum regum, quibus nupta fuisset, sibi ipsa
consuleret.

romaine : et la reine ne fût-elle pas Carthaginoise, n'eût-elle pas son père à la tête des ennemis, elle devrait être envoyée à Rome avec le roi, pour être à la disposition du sénat et du P. R., et répondre à l'accusation d'avoir aliéné de nous un roi notre allié, et de l'avoir précipité dans cette guerre.

Triomphe de ta passion : garde-toi de déshonorer tant de belles qualités par un vice unique, et de perdre le fruit de tant de services par une faute plus grave que n'en est le sujet.

PAROLES ADRESSÉES A SOPHONISBE, PAR L'ESCLAVE CHARGÉ DE LUI OFFRIR LE POISON.

IV. Masinissa consterné, ne pouvant se résoudre ni à se mettre mal avec les Romains, ni à leur livrer Sophonisbe, s'abandonne quelque temps aux sanglots et aux gémissemens ; puis, appelant un esclave affidé, il lui ordonne de porter à Sophonisbe une mixtion empoisonnée et de lui dire (C. 15)

QUE Masinissa n'aurait eu rien de plus à cœur que de tenir les premiers engagemens qu'il avait contractés comme son époux : les dominateurs lui en ôtant le moyen, il lui tenait sa seconde promesse de l'empêcher de tomber vivante au pouvoir des Romains. Qu'elle se souvînt de son illustre père, de sa patrie, de deux rois dont elle avait été l'épouse, et qu'elle prît d'elle-même sa résolution.

V. Verba Sophonisbæ venenum accipientis. *Cap.* 15.

—

Accipio nuptiale munus; nec ingratum, si nihil majus vir uxori præstare potuit. Hoc tamen nuncia, meliùs me morituram fuisse, si non in funere meo nupsissem.

—

Verba Annibalis Italia excedentis.

VI. Carthaginienses, nullâ jam aliâ reliquâ spe, legatos ad Annibalem mittunt, qui eum in Africam revocarent. Frendens gemensque, ac vix lacrymis temperans, verba legatorum audiit. Posteaquàm edita sunt mandata, in hæc verba erupit, *Cap.* 20:

—

Jam non perplexè, sed palàm revocant qui, vetando supplementum et pecuniam mitti, jam pridem retrahebant. Vicit ergo Annibalem non populus Rom. toties cæsus fugatusque, sed senatus Carthaginiensis, obtrectatione atque invidiâ: neque hàc deformitate reditûs mei tam P. Scipio exsultabit atque efferet sese, quam Hanno, qui domum nostram, quando aliâ re non potuit, ruinâ Carthaginis oppressit.

V. PAROLES DE SOPHONISBE EN RECEVANT LE POISON.
(C. 15.)

J'ACCEPTE, *dit-elle*, ce présent nuptial ; et non sans quelque plaisir, si mon mari ne peut rien m'offrir de plus précieux. Dis-lui cependant que la mort m'eût été moins
amère, si le jour de mes noces n'avait pas été celui de mes
funérailles (*).

PAROLES D'ANNIBAL EN QUITTANT L'ITALIE.

VI. Les Carthaginois, n'ayant plus d'autre espoir, députèrent vers
Annibal, pour le rappeler en Afrique. Il écouta ces envoyés en
frémissant de douleur et de rage; à peine retenait-il ses larmes,
et quand ils lui eurent montré leurs ordres, il s'écria (*C.* 20) :

CE n'est plus tacitement, c'est ouvertement qu'ils me
rappellent, ceux qui depuis long-temps me retiraient d'I-
talie, en s'opposant à ce qu'on m'envoyât de l'argent et des
renforts. Annibal a donc été vaincu, non par les Romains
tant de fois taillés en pièces et mis en fuite, mais par la
jalousie et la haine du sénat de Carthage; et Scipion ne se
réjouira pas, ne triomphera pas autant de la honte de mon
retour qu'Hannon, qui ne pouvant accabler autrement ma
maison, l'ensevelit sous les ruines de Carthage.

(*) Elle s'empoisonna.

VII. Verba seniorum è Patribus, querentium quod
non agerentur Diis immortalibus grates pro dis-
cessu Annibalis ex Italia. *Cap.* 21.

Segnius homines bona quàm mala sentire. Transitu in
Italiam Annibalis, quantùm terroris pavorisque sese meminisse, quas deindè clades, quos luctu incidisse! Visa
castra hostium è muris urbis. Quæ vota singulorum, uni-
versorumque fuisse! quoties in conciliis voces, manus ad
coelum porrigentium, auditas: En unquàm ille dies futurus
esset, quo vacuam hostibus Italiam, bonâ pace florentem,
visuri essent? Dedisse tandem id Deos sexto decimo demùm
anno: nec esse qui Diis grates agendas censeant. Adeò ne
advenientem quidem gratiam homines benignè accipere;
nedùm ut præteritæ satis memores sint.

Verba Romæ vulgo jactata de Scipione et Annibale.

VIII. Vacua erat hostibus Italia, at non vacui curâ Romanorum
animi erant; nec satis certum constare poterat utrùm gaudio
dignum esset, Annibalem ex Italiâ decessisse, an magis metuen-
dum, quòd incolumi exercitu in Africam transisset. *Cap.* 28.

Locum nimirùm, non periculum mutatum: cujus tantæ
dimicationis vatem, qui nuper decessisset, Q. Fabium
haud frustrà canere solitum, graviorem in suâ terrâ futurum
hostem Annibalem, quàm in alienâ fuisset: nec Scipioni
aut cum Syphace inconditæ barbariæ rege, cui Statorius
semilixa ducere exercitus solitus sit, aut cum socero ejus
Asdrubale, fugacissimo duce, rem futuram, aut tumul-

VII. PLAINTES DES VIEUX SÉNATEURS, SUR CE QU'ON NE RENDAIT PAS GRACES AUX DIEUX DE LA RETRAITE D'ANNIBAL. (*C. 21.*)

LES hommes, disaient-ils, sont moins sensibles aux succès qu'aux revers. Nous nous rappelons combien le passage d'Annibal en Italie répandit de terreur et d'épouvante ; quels désastres, quelles calamités nous avons éprouvés depuis. L'ennemi a campé à la vue de nos murs. Que de vœux alors, particuliers et publics ! Que de fois, dans les asssemblées, a-t-on entendu s'écrier, en levant les mains au ciel : ne luira-t-il jamais le jour où nous verrons l'Italie, purgée d'ennemis, fleurir dans une paix profonde ? Enfin, après seize ans, les Dieux nous ont exaucés : et personne ne propose de leur en rendre grâces. Tant, loin d'être assez reconnaissans des anciennes faveurs, les hommes reçoivent avec froideur celles même du moment.

INQUIÉTUDES DES ROMAINS SUR LE DÉPART D'ANNIBAL ET SUR LE SORT DE SCIPION.

VIII. L'Italie était délivrée des ennemis ; mais les Romains n'étaient pas sans inquiétude. Ils ne savaient trop s'ils devaient se réjouir du départ d'Annibal ou plutôt s'alarmer de ce qu'il avait atteint l'Afrique, sans que son armée eût souffert. (*C. 28.*)

EN effet, disait-on, le théâtre est changé, mais le péril est le même. Qui prophétisera l'issue de cette lutte terrible ? Q. Fabius, mort tout récemment, avait bien raison d'annoncer qu'Annibal dans son pays serait plus redoutable qu'il ne l'avait été dans une terre étrangère. Scipion n'aura plus en tête Syphax, roi d'une horde indisciplinée, commandée par un Statorius, espèce de goujat, ni son

tuariis exercitibus , ex agrestium, semiermi turbâ subitò
collectis ; sed cum Annibale, propè nato in prætorio patris
fortissimi ducis, alito atque educato inter arma , puero
quondàm milite, vixdùm juvene imperatore : qui senex
vincendo factus, Hispanias , Gallias , Italiam ab Alpibus ad
fretum (1) monumentis ingentium rerum complêsset; ducere
(2) exercitum æqualem stipendiis suis, duratum omnium rerum patientiâ , quas vix fides fiat homines passos ; perfusum
millies cruore Rom., exuvias non militum tantùm , sed etiam
imperatorum portantem. Multos occursuros Scipioni in acie ,
qui prætores , qui imperatores, qui consules Rom. suâ manu
occidissent, muralibus vallaribusque insignes coronis, per-
vagatos capta castra , captas urbes Romanas. Non esse hodiè
tot fasces magistratibus populi Romani , quot captos ex
cæde imperatorum præferre posset Annibal.

ORATIO ANNIBALIS AD SCIPIONEM DE PACE.

IX. Carthaginienses , adventante in Africam Annibale, inducias à
Scipione concessas ruperant, expugnatis aliquot navibus Romanis : legatos quoque à Scipione Carthaginem missos , qui de hâc
injuriâ quererentur, propè violârunt. Nihilominùs Annibal ratus,
si integer , quàm si victus peteret pacem, æquiora impetrari
posse , colloquium cum Scipione expetit, eumque hortatur ut
pacem quàm bellum malit. *Cap.* 3o.

Annibal vient demander la paix. Son style est grave et noble,
mais il paraît étaler trop de lieux communs.

I. Exorde insinuant , tiré de la personne de l'auditeur.

Si hoc ita fato datum erat, ut, qui primus bellum intuli
populo Rom. quique toties propè in manibus victoriam

---

(1) *Supple* Siculum.
(2) *Lege* duceret.

beau-père Asdrubal, qui n'a su que fuir ; mais Annibal, né pour bien dire dans la tente du grand Amilcar, son père, nourri, élevé parmi les armes, soldat dès son enfance, général dans sa première jeunesse ; qui, vieilli dans la victoire, après avoir rempli de ses brillans exploits l'Espagne, la Gaule et l'Italie, des Alpes au détroit, a sous ses ordres une armée qui compte autant d'années de service que lui-même ; endurcie à des fatigues qui surpassent presque toute croyance, mille fois couverte du sang des Romains, et chargée des dépouilles non-seulement du soldat, mais aussi des généraux. Scipion en rencontrera beaucoup dans la mêlée, qui ont tué de leur main des préteurs, des généraux, des consuls romains ; qui sont décorés d'une couronne murale ou vallaire, pour avoir pris un camp romain, enlevé une ville romaine. Les magistrats du P. R. ne réunissent pas entre eux plus de faisceaux qu'Annibal ne pourrait faire marcher devant lui de licteurs, portant ceux que lui a valus le meurtre de nos généraux.

DISCOURS D'ANNIBAL A SCIPION POUR LA PAIX.

IX. A l'approche d'Annibal, les Carthaginois rompirent la trève qu'ils avaient obtenue de Scipion, en enlevant plusieurs vaisseaux romains, et furent même sur le point de maltraiter les ambassadeurs qu'il envoya porter plainte de l'infraction. Néanmoins, Annibal demanda une entrevue à Scipion, persuadé qu'il obtiendrait, ayant toutes ses forces, de meilleures conditions que s'il était vaincu. Le Romain y ayant consenti, Annibal l'engage à préférer la paix à la guerre. (*C.* 30).

PUISQUE le sort voulait que moi, qui déclarai la guerre à Rome, et qui tant de fois eus, à bien dire, la victoire dans

habui, is ultrò ad pacem petendam venirem, lætor te mihi forté potissimùm datum, à quo peterem. Tibi quoque inter multa egregia non in ultimis laudum hoc fuerit, Annibalem, cui de tot Romanis ducibus victoriam Dii dedissent, tibi cessisse; teque huic bello, vestris priùs quàm nostris cladibus insigni, finem imposuisse. Hoc quoque ludibrium casùs ediderit fortuna, ut cum patre tuo consule ceperim arma, cum eodem primùm Romano imperatore signa contulerim, ad filium ejus inermis ad pacem petendam veniam.

II. EXPOSITION. Regret des maux passés. Possibilité de faire la paix. Caractère des deux plénipotentiaires.

Optimum quidem fuerat, eam patribus nostris mentem datam ab Dlis esse, ut et vos Italiæ, et nos Africæ imperio contenti essemus : neque enim ne vobis quidem Sicilia atque Sardinia satis digna pretia sunt pro tot classibus, tot exercitibus, tot tam egregiis amissis ducibus. Sed præterita magis reprehendi possunt quàm corrigi. Ita aliena appetivimus, ut de nostris dimicaremus, nec in Italiâ solùm vobis bellum, nobis in Africâ esset, sed et vos in portis vestris propè ac mœnibus signa armaque hostium vidistis; et nos ab Carthagine fremitum castrorum Rom. exaudimus. Quod igitur nos maximè abominaremur, vos ante omnia optaretis, in meliore vestrâ fortunâ de pace agitur : agimus ii, quorum et maximè interest pacem esse, et qui quodcunque egerimus, ratum civitates nostræ habituræ sint : animo tantùm nobis opus est non abhorrente à quietis consiliis. Quod ad me attinet, jam ætas, senem in patriam reventem undè puer profectus sum, jam secu..dæ, jam adversæ res ita erudierunt, ut rationem sequi quàm fortunam màlim. Tuam et adolescentiam, et perpetuam felicitatem, ferociora utraque, quàm quietis opus est consiliis, metuo. (1) Non temerè incerta casuum reputat, quem fortuna nunquàm decepit.

_____

(1) *Non temerè.* Quæ temerè fiunt, vulgò fiunt. Itaque *temerè* nonnunquam accipitur pro *sæpe*, et hìc *non temerè* idem significat quod *rarò*.

les mains, je vinsse demander la paix ; je me réjouis d'avoir à traiter avec toi, plutôt qu'avec tout autre : le moins éclatant de tes nombreux titres de gloire ne sera pas d'avoir eu l'avantage sur Annibal, à qui les Dieux l'accordèrent sur tant de généraux romains; et d'avoir terminé cette guerre, fameuse par vos défaites, avant de l'être par les nôtres. Un autre jeu de la fortune, c'est qu'ayant pris les armes sous le consulat de ton père, et l'ayant combattu le premier des généraux romains, je vienne, désarmé, demander la paix à son fils.

Il eût été bien à desirer que les Dieux eussent inspiré à nos pères de se contenter, vous de l'empire de l'Italie, nous de celui de l'Afrique : car enfin la Sicile et la Sardaigne ne sont même pour vous que de faibles dédommagemens de tant d'armées, de flottes et de grands généraux que vous avez perdus. Mais il est plus facile d'accuser le passé que d'y remédier. Telle a été notre ardeur d'envahir les possessions d'autrui, que nous en sommes venus à combattre pour les nôtres. Non-seulement donc nous avons eu la guerre, vous en Italie, et nous en Afrique : mais vous avez vu presqu'à vos portes, au pied de vos murs, les armes et les enseignes ennemies; et nous, de Carthage, nous entendons le bourdonnement d'un camp romain.

Ce que nous redoutions le plus, ce que vous aviez le plus à desirer, est arrivé : au moment où la fortune vous rit, on traite de la paix. Elle se négocie entre nous deux, à qui surtout il importe qu'elle existe, et dont nos cités ratifieront tous les arrangemens. Il nous suffit de ne pas avoir d'aversion pour la paix. Pour moi, qui reviens déjà vieux dans ma patrie d'où je sortis enfant, et l'âge, et les succès, et les revers m'ont appris à suivre la raison de préférence plutôt que la fortune; mais vous, je redoute votre jeunesse et votre bonheur constant; deux causes de présomption qui repoussent les sentimens pacifiques. Qui n'eut jamais à se plaindre de la fortune, est loin de réfléchir aux caprices du sort.

III. Réflexion sur les vicissitudes de la guerre.

Quod ego fui ad Trasimenum, ad Cannas, id tu hodiè
es. Vixdùm militari ætate imperio accepto, omnia auda-
cissimè incipientem nusquàm fefellit fortuna. Patris et pa-
trui persecutus mortem, ab calamitate vestræ domûs decus
insigne virtutis pietatisque eximiæ cepisti : amissas Hispanias recuperàsti, quatuor indè Punicis exercitibus pulsis :
consul creatus, quum ceteris ad tutandam Italiam parùm
animi esset, transgressus in Africam, duobus hîc exercitibus
cæsis, binis eâdem horâ captis simul incensisque castris,
Syphace potentissimo rege capto, tot urbibus regni ejus,
tot nostri imperii ereptis, me sextum decimum jam annum
hærentem in possessione Italiæ detraxisti. Potest victoriam
malle, quàm pacem, animus. Novi vobis spiritus magnos
magis quàm utiles : et mihi talis aliquandò fortuna affulsit.
Quòd si secundis rebus bonam quoque mentem darent Dii,
non ea solùm quæ evenissent, sed etiam ea quæ evenire
possent, reputaremus. Ut omnium obliviscaris aliorum, satis ego documenti in omnes casus sum. Quem modò castris
inter Anienem atque urbem vestram positis, ac jam propè
scandentem mœnia Rom. videras, hîc cernis, duobus fortissimis viris fratribus clarissimis imperatoribus orbatum, ante mœnia propè obsessæ patriæ, quibus terrui vestram urbem, ea pro meâ deprecantem.

IV. Conseils pour l'intérêt de Scipion.

Maximæ cuique fortunæ minimè credendum est. In bonis
tuis rebus, nostris dubiis, tibi ampla ac speciosa danti est
pax : nobis petentibus magis necessaria quàm honesta. Melior tutiorque est certa pax quàm sperata victoria ; hæc in
tuâ, illa in Deorum manu est. Ne tot annorum felicitatem
in unius horæ dederis discrimen. Quum tuas vires, tum
vim fortunæ, Martemque belli communem propone animo ;
utrinquè ferrum, corpora humana erunt : nusquàm minùs
quàm in bello eventus respondent. Non tantùm ad id quod

Ce que je fus à Trasimène, à Cannes, tu l'es aujourd'hui; nommé général à l'âge où l'on sert à peine, et partout audacieux, la fortune a partout secondé tes projets. Vengeur de la mort de ton père et de ton oncle, les malheurs même de ta maison ont fait éclater et ta valeur et tes pieux sentimens : l'Espagne perdue, tu l'as recouvrée par l'expulsion de quatre armées Carthaginoises : Créé consul dans un temps où, chez vous, on se sentait à peine le courage de défendre l'Italie, tu as passé en Afrique; et, après y avoir taillé deux armées en pièces, emporté à la même heure et brûlé deux camps à la fois, pris le puissant roi Syphax, enlevé sur lui et sur nous tant de villes, tu m'as enfin arraché de l'Italie, dont j'étais en possession depuis seize ans. Tu peux donc préférer la victoire à la paix. Le génie vise plus, je le sais, au brillant qu'au solide; et moi aussi, une fortune pareille m'éblouit autrefois. Si, dans la prospérité, les Dieux nous accordaient aussi la sagesse, nous songerions non-seulement au passé, mais encore à l'avenir : et, sans rappeler des faits étrangers, je suis un exemple assez frappant de l'une et de l'autre fortune. Moi que l'on vit naguère campé entre Rome et l'Anio, près d'escalader les murs de votre ville; tu me vois ici privé de deux frères, aussi braves soldats qu'habiles généraux, aux portes de Carthage presqu'assiégée, chercher à détourner de ma patrie les maux que je fis craindre à la vôtre.

Plus la fortune rit, moins on doit s'y fier. Tandis qu'elle est pour toi et contre nous, la paix que tu donneras, sera pour toi utile et glorieuse; pour nous, qui la demandons, moins honorable que nécessaire. Une paix assurée vaut bien mieux qu'une victoire en espérance; l'une est dans ta main, l'autre en celle des Dieux. Ne compromets pas en une heure le bonheur de tant d'années. Tout en contemplant ton pouvoir, songe à celui de la fortune, et aux hasards des combats. Des deux côtés seront des hommes et du fer : c'est à la guerre surtout qu'on peut le moins compter sur les évènemens. La gloire que tu peux acquérir dès ce mo-

datâ pace jam habere potes, si prælio vincas, gloriæ adjeceris, quantùm ademeris, si quid adversi eveniat. Simul parta ac spe- rata decora unius horæ fortuna evertere potest. Omnia in pace jungendâ tuæ potestatis sunt, P. Corneli : tunc ea haben- da fortuna erit, quam Dii dederint. Inter pauca felicitatis vir- tutisque éxempla M. Atilius quondàm in hâc eâdem terrâ fuisset, si victor pacem petentibus dedisset patribus nostris : sed non statuendo tandem felicitati modum, nec cohibendo efferentem se fortunam, quantò altiùs elatus erat, eò fœdiùs corruit.

V. Conditions auxquelles on desire la paix.

Est quidem ejus qui dat, non qui petit, conditiones dice- re pacis : sed forsitan non indigui sumus, qui nobismetipsis mulctam irrogemus. Non recusamus, quin omnia, propter quæ bellum initum est, vestra sint, Sicilia, Sardinia, His- pania, quidquid insularum toto inter Africam Italiamque continetur mari. Carthaginienses, inclusi Africæ littoribus, vos (quando ita Diis placuit) externa etiam terrâ marique videamus regentes imperia.

VI. PÉRORAISON FORTE.

Haud negaverim, propter non nimis sincerè petitam aut exspectatam nuper pacem, suspectam esse vobis Punicam fidem. Multùm, per quos petita sit, ad fidem tuendæ pacis pertinet, Scipio. Vestri quoque ({ut audio) Patres nonnihil etiam ob hoc, quia parùm dignitatis in legatione erat, ne- gaverunt pacem. Annibal peto pacem : qui neque peterem, nisi utilem crederem ; et propter eamdem utilitatem tuebor eam, propter quam petii. Et quemadmodùm, quia à me bellum cœptum est, ne quem ejus pœniteret, quoad ipsi invidêre Dei, præstiti; ita annitar, ne quem pacis per me partæ pœniteat.

ment en accordant la paix, tu n'y ajouteras pas autant par une victoire, que vous en enleverait un revers. La fortune peut renverser dans une heure et tes trophées acquis, et ceux que tu te promets. Il dépend de toi, Scipion, de t'assurer par la paix les uns et les autres : tu n'auras par la guerre que ce que les Dieux te donneront. Régulus eût jadis été dans ce pays un exemple rare de courage et de bonheur, s'il avait accordé la paix à nos pères qu'il avait vaincus : mais n'ayant pas su borner le cours de ses succès ni résister au torrent de sa fortune, plus il s'était élevé, plus sa chute fut honteuse.

C'est sans doute à celui qui donne la paix, et non à celui qui la sollicite, d'en prescrire les conditions : mais peut-être ne trouvera-t-on pas mauvais que nous fixions nous-mêmes les indemnités. Nous ne refusons pas de vous abandonner tout ce qui fut le sujet de la guerre; la Sicile, la Sardaigne, l'Espagne, toutes les îles situées entre l'Afrique et l'Italie. Nous, renfermés dans l'enceinte de l'Afrique, nous vous verrons, puisqu'ainsi le veulent les Dieux, donner des lois, sur terre et sur mer, même aux nations étrangères.

Je sais que le peu de sincérité des Carthaginois, avant et durant la dernière trève, vous rend leur bonne foi suspecte; mais l'observation de la paix tient beaucoup, Scipion, à la considération de ceux qui la demandent : et l'espèce de nos ambassadeurs n'a pas été pour peu, m'a-t-on dit, dans le refus que votre sénat nous a fait de la paix. C'est Annibal qui la demande ; Annibal, qui ne la demanderait pas, s'il ne la croyait utile, et qui la maintiendra à raison de l'utilité qui le porte à la demander. Et, comme, jusqu'à ce que les Dieux ne m'aient été contraires, j'ai fait mon possible pour que nul ne se repentît pas d'une guerre dont j'étais l'auteur, je le ferai de même pour que nul n'ait à se repentir de la paix que j'aurai procurée.

X. Oratio Scipionis ad Annibalem. Cap. 31.

Fier, irrité par les perfidies des Carthaginois, et par l'idée de perdre la plus belle occasion d'acquérir une gloire immortelle, Scipion repousse avec hauteur toutes les propositions.

I. Exorde véhément, tiré du sujet.

Non me fallebat, Annibal, adventûs tui spe Carthaginienses et præsentem induciarum fidem, et spem pacis turbâsse : neque tu id sanè dissimulas, qui de conditionibus superioribus pacis omnia subtrahas, præter ea quæ jampridem in nostrâ potestate sunt. Ceterùm, sicut tibi curæ est sentire cives tuos quanto per te onere leventur, sic mihi laborandum est, ne, quæ tunc pepigerunt, hodiè subtracta ex conditionibus pacis, præmia perfidiæ habeant. Indigni, quibus eadem pateat conditio, ut etiam prosit vobis fraus, petitis.

II. La justice des Dieux protègera les Romains.

Neque patres nostri priores de Siciliâ, neque nos de Hispaniâ fecimus bellum : et tunc Mamertinorum sociorum periculum, et nunc Sagunti excidium nobis pia ac justa induerunt arma. Vos lacessisse, et tu ipse fateris, et Dii testes sunt : qui et illius belli exitum secundùm jus fasque dederunt, et hujus dant et dabunt.

III. Motifs pour le combat.

Quod ad me attinet, et humanæ infirmitatis memini, et vim fortunæ reputo, et omnia quæcunque agimus, subjecta esse mille casibus scio. Ceterùm, quemadmodùm superbè et violenter me faterer facere, si priusquàm in Africam trajecissem, te tuâ voluntate cedentem Italiâ, et imposito in naves exercitu, ipsum venientem ad pacem petendam aspernarer; sic nunc, quum propè manu consertâ restitantem ac tergiversantem in Africam attraxerim, nullâ sum tibi verecundiâ obstrictus.

X. Réponse de Scipion a Annibal. (C. 31.)

———

Je n'ignorais pas, Annibal, que l'espoir de ton retour avait porté les Carthaginois à rompre la trève, et qu'il avait éloigné la paix ; tu n'en disconviens pas même, toi, qui retranches des articles déjà convenus, tous les objets dont nous ne sommes pas depuis long-temps en possession. Mais comme tu as à cœur de faire sentir aux tiens de quel fardeau tu les soulages, de même je dois m'opposer à ce qu'ils voient annuller, pour prix de leurs perfidies, les cessions antérieurement stipulées. Vous ne méritez pas qu'on vous accorde les mêmes conditions, et vous demandez que la fraude tourne à votre profit.

La Sicile ne fut point pour nos pères, ni l'Espagne pour nous, le motif de la guerre. Le danger des Mamertins alors, et récemment le sac de Sagonte, la justice, l'humanité nous ont armés contre vous. Vous fûtes les agresseurs ; tu l'avoues toi-même, et les Dieux en sont témoins ; ces Dieux qui, dans l'autre guerre, firent triompher le bon droit, comme ils le font et le feront dans celle-ci.

En ce qui me regarde, je connais la faiblesse humaine ; je n'ignore pas le pouvoir de la fortune, et je sais que toutes nos entreprises sont sujettes à mille hasards. Au reste, comme j'avoue que c'eût été de ma part une arrogance déplacée, si, avant de passer en Afrique, te voyant abandonner de ton plein gré l'Italie, et venir, après avoir embarqué ton armée, me demander la paix en personne, je t'avais rebuté ; de même aujourd'hui que malgré tes efforts et ta résistance, je t'ai entraîné comme par la main en Afrique, je ne te dois plus d'égards.

22.

IV. CONCLUSION SÉVÈRE ET DURE.

Proindè si (1) quid ad ea, in quæ tum pax conventura
videbatur (quæ sint nôsti), mulctæ navium cum commeatu
per inducias expugnatarum legatorumque violatorum, adjicitur, est quod referam ad consilium. Sin illa quoque gravia videntur, bellum parate, quoniam pacem pati non potuistis.

∿∿∿∿∿∿∿∿∿∿∿∿∿∿∿∿∿∿∿∿∿∿∿

ORATIO ANNIBALIS AD CARTHAGINIENSES, QUUM ARGUE-
RETUR QUÒD SOLUS IN COMMUNI FLETU RIDERET.

XI. Carthaginiensibus victis ademptæ naves et incensæ; imperatum
ut decem millia talentûm argenti descripta, pensionibus æquis,
in quinquaginta annos solverent, etc. Quum iis prima collatio pecuniæ, diutino bello exhaustis, difficilis videretur, mœstitiaque
et fletus in curiâ esset, ridentem Annibalem ferunt conspectum.
Cujus quum risus increparetur, tùm ille, *Cap.* 44 :

—————

I. Exorde insinuant, tiré du sujet.

SI quemadmodùm oris habitus cernitur oculis, sic et animus intùs cerni posset, facilè vobis appareret, non læti,
sed propè amentis malis cordis, hunc, quem increpatis, risum
esse.

II. Reproche aux Carthaginois.

Qui tamen nequaquàm adeò est intempestivus, quàm
vestræ istæ absurdæ atque (2) abhorrentes lacrymæ sunt.
Tunc flèsse decuit, quum adempta nobis arma, incensæ naves, interdictum externis bellis : illo enim vulnere concidi-
mus. Nec esse in vos (3) odio vestro consultum ab Roma-

——————————————————

(1) *Lege* : si quid mulctæ navium expugnatarum legatorumque
violatorum, adjicitur ad ea, *etc.*

(2) *Abhorrentes*, sup. à ratione, *i. e.* stultæ præposteræ.

(3) *Odio vestro*, id est, odio vestri ; ut græcè σὸς πόθος non significat desiderium quod habes, sed quod habet tuî aliquis. Tota sententia sic explananda videtur : Et quòd conciderit nostra civitas,

Si donc aux conditions qui semblaient convenues, et
que tu connais, on ajoute quelque indemnité pour la prise
de nos vaisseaux et de nos vivres durant la trève, et pour
l'insulte faite à nos ambassadeurs, je pourrai en délibérer
avec mon conseil. Mais si les premières conditions vous
semblent déjà trop dures, préparez-vous à la guerre, puisque vous n'avez pu souffrir la paix.

DISCOURS D'ANNIBAL QUI AVAIT RI, DIT-ON, AU MILIEU
DE L'AFFLICTION GÉNÉRALE.

XI. Épuisés par une longue guerre, comme les Carthaginois, ne sachant comment effectuer le premier terme des contributions,
s'abandonnaient à l'affliction et aux larmes, on vit, dit-on,
rire Annibal; quelqu'un lui reprochant ce rire (C. 44),

Sı, répondit-il, de même qu'ils lisent sur le visage, les
yeux pouvaient lire au fond de l'ame, vous verriez aisément que ce rire qui vous choque, est celui, non de la
gaîté, mais d'un cœur comme au désespoir;

Et ce ris cependant n'est pas aussi déplacé que ces larmes
extravagantes et versées à contre-sens. Il convenait de
pleurer, alors qu'on enlevait vos armes, qu'on brûlait vos
vaisseaux, qu'on vous interdisait toute guerre au dehors :
car c'est ce coup qui nous a donné la mort. Et ne croyez
pas qu'en cela, les Romains n'aient consulté que leur

nis credatis. Nulla magna civitas diù quiescere potest : si
foris hostem non habet, domi invenit : ut prævalida corpora ab externis causis tuta videntur, sed suis ipsa viribus one-
rantur. Tantùm nimirùm ex publicis malis sentimus, quantùm ad privatas res pertinet : nec in eis quidquam acriùs,
quàm pecuniæ damnum stimulat. Itaque quum spolia victæ Carthagini detrahebantur, quum inermem jam ac nudam
destitui inter tot armatas gentes Africæ cerneretis, nemo
ingemuit : nunc quia tributum ex privato conferendum,
tanquam in publico funere comploratis.

III. PÉROBAISON GRAVE ET TRISTE.

Quàm vereor, ne propediem sentiatis levissimo in malo
vos hodiè lacrymâsse !

---

nolite credere hoc accidisse consilio Romanorum, qui vos oderunt,
sed quia omnis nulla civitas, etc.

haine. Un grand État ne peut être long-temps en repos :
s'il n'a pas d'ennemis au dehors, il en trouve au dedans ;
tel que ces corps robustes, qui paraissant à l'abri de tout
danger extérieur., succombent sous leurs propres forces.
On voit que les maux publics ne nous touchent qu'autant
que nous en souffrons personnellement ; et que ce qui nous
est le plus sensible, c'est la perte de notre argent. Aussi,
lorsqu'on dépouillait Carthage, et que vous l'avez vue
abandonnée sans armes, et comme nue au milieu de tant
de peuples armés de l'Afrique, nul de vous n'en a gémi :
maintenant que chacun doit payer sa quote part du tribut,
vous vous lamentez comme dans un deuil public.

Que je crains qu'au premier jour vous n'éprouviez que
vous pleurez aujourd'hui sur le moindre de vos maux !

EX LIBRO XXXII.

ORATIO ARISTÆNI PRÆTORIS ACHÆORUM DE SOCIETATE ROMANORUM.

Tertium jam annum summâ vi bellum à Romanis cum Philippo, rege Macedoniæ, gerebatur, T. Quintio duce. Eo auctore, legati à fratre ejus, qui classi præerat, et Attalo, rege Pergami, Rhodiisque et Atheniensibus sociis Romanorum ad Achæos missi, qui ab iis postularent ut Romanum Macedonico præponerent fœdus : contrà Philippus, Cleomedonte legato, hortabatur ut in societate regiâ permanerent. Achæis Romana arma horrentibus, Philippi crudelitatem ac perfidiam metuentibus, quid vellent aut quid optarent, non satis constabat. Diù igitur in concilio silentium aliorum alios intuentium fuit. Tandem Aristænus prætor, qui gentem cum Romanis jungi volebat, hanc silentii pervicaciam in hunc modum objurgavit, *Cap.* 20 *et* 21 :

Aristène est tout dévoué aux Romains. Son discours est plus adroit que noble.

I. Exorde véhément et insinuant, tiré de l'état des choses. Il ne veut pas se presser de parler en faveur des Romains, de peur d'être suspect. 1º Il commence par reprocher à tous les assistans leur silence et leur timidité. 2º Il explique le motif qui l'oblige à prendre la parole.

UBI illa certamina animorum, Achæi, sunt, quibus, in conviviis et circulis, quum de Philippo et Romanis mentio incidit, vix manibus temperabatis ? Nunc in concilio, ad eam rem unam indicto, quum legatorum utrinquè verba audieritis, quum referant magistratus, quum præco ad suadendum vocet, obmutuistis. Si non cura communis salutis, ne studia quidem, quæ in hanc aut illam partem animos vestros inclinârunt, vocem cuiquam possunt exprimere ? quum præsertim nemo tam hebes sit, qui ignorare possit dicendi ac suadendi quod quisque aut velit, aut optimum putet, nunc occasionem esse, priusquàm quidquam

LIVRE XXXII.

DISCOURS DU PRÉTEUR ARISTHÈNE EN FAVEUR D'UNE ALLIANCE AVEC LES ROMAINS.

C'était déjà la troisième année que les Romains pressaient vivement Philippe, roi de Macédoine, sous les ordres de T. Quintius. Son frère, qui commandait la flotte, Attale, roi de Pergame, les Rhodiens et les Athéniens, alliés des Romains, avaient
envoyé, de son aveu, des ambassadeurs aux Achéens, pour
les engager à préférer l'alliance des Romains à celle des Macédoniens; et Cléomédon, ambassadeur de Philippe, exhor-
tait de son côté les Achéens à persister dans l'alliance du roi.
Ceux-ci, redoutant d'un côté les armes romaines, et de l'autre
la perfidie et la cruauté du roi, ne savaient trop à quoi se déter_
miner. Dans le conseil qu'ils tinrent à ce sujet, ils furent donc
long-temps à s'entre-regarder sans mot dire; enfin le préteur
Aristhène, qui penchait pour l'alliance avec les Romains, leur
reproche en ces mots ce silence obstiné (C. 20 et 21) :

Où sont, Achéens, ces discussions animées, qui, dans les
repas et dans les cercles, quand on vient à parler de Rome
et de Philippe, vont, dirait-on, vous mettre aux mains?
Et maintenant dans l'assemblée convoquée pour cet unique
objet, quand vous avez entendu les envoyés des deux parties, et le rapport de vos magistrats, et que le crieur vous
appelle à donner votre avis, vous restez muets. Si l'intérêt
public ne peut vous rien suggérer, votre penchant, celui
que vous professez pour Rome ou pour Philippe, ne sau-
rait-il vous arracher une parole? quand surtout aucun de
vous n'est assez borné pour ignorer que voici le moment
pour chacun de parler et d'exposer ce qu'il veut, ou ce

decernamus : ubi semel decretum erit, omnibus id, etiam
quibus antè displicuerit, pro bono atque utili fœdere (1)
defendendum. *Hæc adhortatio prætoris, non modò quem-*
quam unum elicuit ad suadendum, sed ne fremitum
quidem, aut murmur concionis tantæ, ex tot populis
congregatæ, movit.

Tùm Aristænus prætor rursùs : Non magis consilium
vobis, Principes Achæorum, deest, quàm lingua : sed suo
quisque periculo in commune consultum non vult. Forsitan
ego quoque tacerem si privatus essem : nunc prætor, video
aut non dandum concilium legatis fuisse, aut indè sine
responso eos dimittendos non esse. Respondere autem,
nisi ex vestro decreto, quî possum ? Et quando nemo vestrûm, qui in hoc concilium advocati estis, pro sententiâ
quidquam dicere vult aut audet, orationes legatorum
hesterno die dictas pro sententiis percenseamus, perindè
ac si non postulaverint quæ è re suâ essent, sed suaserint
quæ nobis censerent utilia esse.

II. Examen des propositions et des demandes de l'une et de l'autre
puissance. 1° Fierté des Romains, timidité de Philippe. 2° Préparatifs de part et d'autre, conformes aux discours.

1° Romani Rhodiique et Attalus societatem amicitiàmque
nostram petunt : et in bello quod adversùs Philippum gerunt, se à nobis adjuvari æquum censent. Philippus societatis secum admonet et jurisjurandi : modò postulat ut
secum stemus ; modò ne intersimus armis contentum ait se
esse. 2° Nulline venit in mentem, cur, qui nondùm socii
sunt, plus petant quàm socius ? Noń fit hoc neque modestiâ
Philippi, neque impudentiâ Romanorum. (2) Achæi portus
et dant fiduciam postulantibus et demunt. Philippi præter
legatum videmus nihil. Romana classis ad Cenchreas stat,

---

(1) *Supple* fore.

(2) Gronovius meritò existimabat hunc locum esse corruptum,
ac sensum requirere, *Sui exercitus, suæ vires et dant fiduciam.....*
aut quid aliud simile.

qu'il juge le meilleur, avant qu'on ait décrété rien ; et que , le décret une fois rendu , nous devrons tous, et même ceux qui n'en auraient pas été d'avis, le soutenir comme bon et comme salutaire.

Non-seulement cette exhortation du préteur ne détermina personne à prendre la parole ; elle n'excita même pas un frémissement , un murmure , dans la si nombreuse réunion de tant de peuples divers.

Le préteur continua donc : Chefs des Achéens , vous avez chacun votre opinion , et vous l'exprimeriez sans peine ; mais nul ne veut l'énoncer à ses risques. Peut-être , aussi moi, me tairais-je , si j'étais simple particulier : mais, comme préteur, je vois ou qu'il ne fallait pas donner audience à ces ambassadeurs, ou qu'on ne doit pas les renvoyer sans réponse ; or, que répondre, si ce n'est d'après votre décret ? et puisqu'aucun de vous, appelé à cette assemblée, ne veut ou n'ose ouvrir d'avis, prenons pour tels les discours prononcés hier par ces ambassadeurs, comme s'ils nous avaient non pas demandé ce qui leur serait avantageux, mais conseillé ce qu'ils nous jugent utile.

Les Romains , les Rhodiens , Attalus, sollicitent notre alliance et notre amitié, et pensent que nous devons les aider dans la guerre qu'ils font à Philippe. Philippe nous fait souvenir de l'alliance que nous avons jurée avec lui ; tantôt il nous prie de nous joindre à lui , tantôt il se borne à nous demander la neutralité. Nul de vous ne conçoit-il pourquoi ceux qui ne sont pas encore nos alliés, demandent plus qu'un allié ? Ce n'est certes ni modestie de la part de Philippe , ni impudence du côté de Rome. Les forces respectives sont la mesure de l'assurance des deux partis. Près de Cenchrées est la flotte romaine, chargée des dé-

510 ORAT. EX LIV. COLLECT. LIB. XXXII.

urbium Euboeæ spolia præ se ferens : consulem, legionesque
ejus exiguo maris spatio disjunctas, Phocidem ac Locridem pervagantes videmus.

III. Faiblesse de Philippe.

Miramini cur diffidenter Cleomedon, legatus Philippi,
ut pro rege arma caperemus adversùs Romanos, modò ege-
rit : qui, si ex eodem fœdere ac jurejurando, cujus nobis
religionem injiciebat, rogemus eum ut nos Philippus et ab
Nabide ac Lacedemoniis et ab Romanis defendat, non modò
præsidium quo nos tueatur, sed ne quid respondeat quidem
nobis, sit inventurus : non, Hercle, magis, quàm ipse Philippus priore anno, qui pollicendo se adversùs Nabidem
bellum gesturum, quum tentâsset nostram juventutem hinc
in Euboeam extrahere, posteaquàm nos neque decernere
id sibi præsidium, neque velle illigari Romano bello vidit,
oblitus societatis ejus quam nunc jactat, vastandos depopu-
landosque Nabidi ac Lacedæmoniis reliquit.

Ac mihi quidem minimè conveniens inter se oratio
Cleomedontis visa est. Elevabat Romanum bellum ; even-
tumque ejus eumdem fore, qui prioris belli, quod cum
Philippo gesserint, dicebat. Cur igitur nostrum ille auxilium absens petit potiùs, quàm præsens nos veteres socios
simul ab Nabide ac Romanis tueatur ? Nos dico ? quid ita
passus est Eretriam Carystumque capi ? quid ita tot Thes-
saliæ urbes ? quid ita Locridem Phocidemque ? quid ita
nunc Elatiam oppugnari patitur ? cur excessit faucibus
Epiri, claustrisque illis inexpugnabilibus super Aoum amnem, aut vi, aut metu, aut voluntate, relictoque quem
insidebat saltu, penitùs in regnum abiit ? Si suâ voluntate
tot socios reliquit hostibus diripiendos, quid recusare potest, quin et socii sibi consulant ? si metu, nobis quoque
ignoscat timentibus : si victus armis cessit, Achæi a

pouilles des villes de l'Eubée : un court trajet de mer nous
sépare de la Locride et de la Phocide, que le consul par-
court avec ses légions.

Vous étonnez-vous du peu d'assurance avec laquelle Cléomédon vous engageait hier à prendre les armes contre les
Romains, en faveur du roi : mais, cet envoyé de Philippe,
si, en vertu des traités et des sermens dont il invoquait la
sainteté, si nous lui demandions que son maître nous dé-
fendît, et de Nabis, et des Lacédémoniens, et des Romains,
il ne trouverait ni des forces pour nous protéger, ni même
des paroles pour nous répondre ; non certes, pas plus que,
l'an passé, n'en trouva Philippe lui-même, qui, par la
promesse de faire la guerre à Nabis, essaya d'attirer notre
jeunesse en Eubée ; mais quand il vit que nous ne voulions
ni la lui confier, ni nous mêler de la guerre avec les Romains, oubliant l'alliance qu'il fait valoir aujourd'hui, il
laissa Nabis et les Lacédémoniens dévaster et désoler notre
pays.

D'ailleurs, le discours de Cléomédou ne m'a point paru
conséquent : il a rabaissé les forces des Romains, et nous
a dit que cette guerre aurait le même résultat que la première qu'ils eurent avec Philippe. Pourquoi donc le roi
réclame-t-il de loin notre secours, au lieu de venir en
personne nous défendre à la fois, nous, ses anciens alliés,
contre Nabis et les Romains ? Que dis-je, nous ? Pourquoi,
cela étant, a-t-il laissé prendre Eretrie et Caryste ? et tant
de villes de Thessalie ? et la Locride ? et la Phocide ? Pourquoi, cela étant, laisse-t-il en ce moment assiéger Elatée ?
Pourquoi a-t-il abandonné les défilés de l'Epire et sa position inexpugnable sur l'Aoüs ? Est-ce de son gré, ou par
crainte, ou par force, qu'il a quitté les gorges qu'il occupait,
et s'est enfoncé dans ses Etats ? Si c'est de son gré que tant
d'alliés sont restés à la merci de l'ennemi, peut-il trouver
mauvais que d'autres alliés consultent leurs intérêts : s'il a
craint, qu'il nous pardonne de craindre ; s'il a été battu,

Rom. sustinebimus, Cleomedon quæ vos Macedones non
sustinuistis?

IV. Force des Romains.

An tibi potiùs credamus, Romanos non majoribus copiis,
nec viribus, nunc bellum gerere, quàm anteà gesserint,
(1) potiùs quàm res ipsas intueamur? Ætolos tùm classe
adjuverunt : nec duce consulari (2), nec exercitu, bellum
gesserunt. Sociorum Philippi maritimæ urbes in terrore ac
tumultu erant; mediterranea adeò tuta ab Romanis armis
fuerant, ut Philippus Ætolos nequicquàm opem Romanorum implorantes depopularetur : nunc autem defuncti bello
Punico Romani, quod per sexdecim annos velut intra viscera Italiæ toleraverunt, non præsidium Ætolis bellantibus
miserunt, sed ipsi duces belli arma terrâ marique simul
Macedoniæ intulerunt. Tertius jam consul summâ vi gerit
bellum. Sulpicius, in ipsâ Macedoniâ congressus, fudit fugavitque regem, partem opulentissimam regni ejus depopu-
latus; nunc Quintius tenentem claustra Epiri, naturâ loci,
munimentis, exercituque fretum, castris exuit : fugientem
in Thessaliam persecutus, præsidia regia sociasque ejus
urbes propè in conspectu regis ipsius expugnavit.

V. Haine contre Philippe, pour ses injustices et ses cruautés.

Ne sint vera quæ Athenienses modò legati de crudelitate,
avaritiâ et libidine regis dixerunt : nihil ad nos pertineant,
quæ in terrâ Atticâ scelera in superos inferosque Deos
sunt admissa; multò minùs, quæ Ciani Abydenique, qui
procul à nobis absunt, passi sunt : nostrorum ipsi vulnerum,
si vultis, obliviscamur; cædes direptionesque bonorum
Messenæ in mediâ Peloponneso factas; et hospitem Cypa-
rissiæ Garitenem, contra jus omne ac fas, inter epulas propè
ipsas occisum; et Aratum patrem filiumque Sicyonios,
quum senem infelicem parentem etiam appellare solitus

_____

(1) Additur secundò *potiùs*, ut clarior procedat oratio.
(2) *Lege* nec duce consule, nec exercitu consulari, bellum......

les Achéens résisteront-ils aux Romains, à qui les Macédoniens n'ont pu résister ?

Les Romains, dit-on, n'ont pas plus de troupes, plus
de forces dans cette guerre-ci que dans la précédente : qui
en croirons-nous, de Cléomédon, ou des choses mêmes ? Ils
secoururent alors les Étoliens d'une flotte, et ne mirent
pas en campagne une armée consulaire aux ordres d'un
consul. Si le trouble et la terreur furent dans les villes
maritimes des alliés de Philippe, l'intérieur des terres fut
si bien à l'abri des armes romaines, qu'il put dévaster
l'Étolie, qui implorait en vain le secours des Romains.
Délivrés aujourd'hui de la guerre Punique, qui déchira
vingt ans les entrailles de l'Italie, ils n'ont point envoyé
de renfort aux Étoliens ; mais, se chargeant eux-mêmes
de la guerre, ils ont attaqué la Macédoine par terre et par
mer à la fois. Voici déjà le troisième consul qui pousse la
guerre avec la dernière vigueur. Sulpicius, après avoir
battu et mis en fuite le roi, dans la Macédoine même, en
a ravagé les provinces les plus opulentes : et voici que
Quintius, après avoir enlevé le camp de Philippe, qui,
maître des défilés de l'Épire, se fiait sur l'assiette des lieux,
sur ses retranchemens, sur son armée, l'a poursuivi dans
sa fuite en Thessalie, et, presque sous ses yeux, a enlevé
ses places et celles de ses alliés.

Qu'il n'y ait rien de vrai dans ce que nous ont dit hier
les envoyés d'Athènes, de la cruauté, de l'avarice et de
la luxure du roi ; ne prenons aucun intérêt aux attentats
commis dans l'Attique contre les Dieux du ciel et des
enfers, et moins encore à ceux dont Ciane et Abydène,
bien plus éloignées de nous, furent le théâtre ; oublions, si
vous le voulez, nos propres blessures ; les meurtres et les
spoliations qui ont eu lieu à Messène, au centre du Péloponnèse ; et Carithènes, hôte de Philippe à Cyparisse,
égorgé presque au milieu du festin ; et l'assassinat des deux
Aratus de Sycionne : le père, malheureux vieillard, auquel
on avait même coutume de donner ce nom ; le fils, dont

ceretis abstineretisque armis, ostendebat, eâ non media, sed nulla via est. Etenim, præterquàm quòd aut accipienda aut aspernanda vobis Romana societas est, quid aliud quàm, nusquàm gratiâ stabili, velut qui eventum exspectaverimus, ut fortunæ applicaremus nostra consilia, præda victoris erimus? Nolite, si, quod omnibus votis petendum erat, ultrò offertur, fastidire. Non quemadmodùm hodiè utrumque vobis licet, sic semper liciturum est : nec sæpè nec diù eadem occasio erit. Liberare vos à Philippo jamdiù magis vultis, quàm audetis. Sine vestro labore et periculo, qui vos in libertatem vindicarent, cum magnis classibus exercitibusque mare trajecerunt. Hos si socios aspernamini, vix sanæ mentis estis; sed aut socios aut hostes habeatis oportet.

EX LIBRO XXXIII.

Verba inter Græcos vulgo jactata, de reddita sibi a Romanis libertate.

Quintius, Philippo rege Macedonibusque devictis, ex auctoritate senatûs populique Romani per præconem in isthmiorum ludicro pronunciari jussit, cunctas Græciæ civitates liberas in posterum fore. Auditâ voce præconis, majus gaudium fuit, quàm quod universum homines caperent; omnesque invicem dicebant, *Cap.* 33,

———

Esse aliquam in terris gentem quæ, suâ impensâ, suo labore ac periculo, bella gerat pro libertate aliorum : nec hoc finitimis aut propinquæ vicinitatis hominibus, aut terris continenti junctis præstet; maria trajiciat, ne quòd toto orbe terrarum injustum imperium sit, et ubiquè jus, fas, lex potentissima sint. Unâ voce præconis liberatas omnes Græciæ atque Asiæ urbes. Hoc spe concipere, audacis animi fuisse; ad effectum adducere, virtutis et fortunæ ingentis.

pas un parti moyen, mais tout-à-fait insignifiant. En effet, outre qu'il s'agit d'agréer ou de rejeter l'alliance des Romains, que serons-nous, n'ayant à compter sur personne, sinon la proie du vainqueur, pour avoir attendu l'évènement, afin d'y adapter nos résolutions. N'allez donc pas dédaigner, je le répète, ce que vous deviez appeler de tous vos vœux.

Vous n'aurez pas toujours, comme aujourd'hui, la liberté du choix; vous n'aurez ni souvent, ni long-temps l'occasion actuelle. Depuis long-temps, vous desirez, plus que vous n'osez, vous soustraire à Philippe; et, sans qu'il vous coûte ni peines ni dangers, des étrangers ont, pour vous délivrer, passé la mer avec des flottes et des armées nombreuses. Rejeter leur alliance, ce serait presqu'une folie : au reste, il faut les avoir pour amis ou pour ennemis.

LIVRE XXXIII.

LOUANGES DU PEUPLE ROMAIN DANS LA BOUCHE DES GRECS QUI RECOUVRAIENT LEUR LIBERTÉ.

Ayant vaincu le roi Philippe et les Macédoniens, T. Quintius, au nom du sénat et du P. R., fit déclarer par un héraut, dans la solennité des jeux Isthmiens, que toutes les villes Grecques jouiraient à l'avenir de la liberté. A cette publication, la joie fut excessive, et les assistans se disaient l'un à l'autre (*C.* 33):

Il est donc une nation au monde qui s'expose gratuitement aux travaux, aux périls de la guerre, pour affranchir autrui; et qui, non-seulement prête son assistance aux peuples limitrophes, ou voisins, ou du moins faisant partie du continent, mais traverse les mers pour bannir de l'univers l'injustice et la tyrannie, et faire régner partout l'équité, la justice et les lois. La voix seule d'un héraut délivre toutes les villes de la Grèce et de l'Asie. Concevoir ce projet était d'une grande ame; pour l'exécuter, il fallait autant de courage que de bonheur.

II.   23

EX LIBRO XXXIV.

Oratio M. Porcii Catonis consulis pro lege Oppia.

I. C. Oppius tribunus plebis, in medio ardore Punici belli, adversùs luxuriem muliebris cultûs legem tulerat. Bello confecto, de
eâ abrogandâ M. Fundanius et L. Valerius, tribuni plebei, ad
plebem ferebant. Matronæ omnes vias urbis, aditusque in forum
obsidebant, orantes ut sibi pristinus ornatus redderetur. At M.
Porcius Cato consul pro lege quæ abrogabatur, ita disseruit,
Cap. 2 et seq. :

———

Le caractère de Caton le Censeur est peint dans ce discours.

I. Exorde véhément, tiré du sujet.

Si in suâ quisque nostrûm matre familiæ, Quirites, jus et
majestatem viri retinere instituisset, minùs cum universis
feminis negotii haberemus ; nunc domi victa libertas nostra
impotentiâ muliebri, hìc quoque in foro obteritur et calca-
tur ; et, quia singulas sustinere non potuimus, universas hor-
remus. Equidem fabulam et fictam rem ducebam esse (1),
virorum omne genus in aliquâ insulâ conjuratione muliebri
ab stirpe sublatum esse. Ab nullo genere (2) non æquè summum periculum est, si cœtus et concilia, et secretas consul-
tationes esse sinas. Atque ego vix statuere apud animum
meum possum, utrùm pejor ipsa res, an pejore exemplo agatur. Quorum alterum ad nos consules reliquosque magistratus, alterum ad vos, Quirites, magis pertinet: nam utrùm è
rep. sit, necne, id, quod ad vos fertur, vestra existimatio
est, qui in suffragium ituri estis.

Hæc consternatio muliebris, sive suâ sponte, sive auctori-

———

(1) Mulierum Lemniarum facinus intelligit, quæ viros omnes interfecerunt.

(2) Lege, *sublatâ negatione*, ab nullo genere æquè summum
periculum est, *supple* atque à mulieribus.

LIVRE XXXIV.

DISCOURS DU CONSUL M. CATON POUR LE MAINTIEN DE LA LOI OPPIA.

1. Au fort de la guerre Punique, C. Oppius, tribun du peuple, avait porté une loi contre le luxe des femmes. La guerre finie, les tribuns M. Fundanius et L. Valérius proposaient au peuple d'abroger cette loi. Les dames, assiégeant toutes les rues qui aboutissaient au Forum, priaient qu'on leur rendît leurs anciens atours. Le Consul M. Caton parle ainsi pour le maintien de la loi (*C. 2 et suiv.*) :

Si chacun de nous, Romains, avait su conserver, à l'égard de son épouse, les droits et la dignité de mari, toutes ces femmes nous donneraient moins de besogne. Mais, après avoir insolemment triomphé de notre liberté dans nos maisons, elles veulent encore l'abattre et la fouler aux pieds ici, dans le Forum ; et, parce que nous n'avons pu leur résister à chacune séparément, elles nous font trembler en masse. En vérité, je regardais comme un conte, comme une fable, cette conjuration des femmes d'une certaine île (1), qui exterminèrent tous les hommes ; mais il n'est, je le vois, rien de plus à craindre que les femmes, si on leur permet de s'assembler, de délibérer, de cabaler en secret ; et j'aurais peine à décider ce qui est le plus dangereux, de la chose en elle-même, ou de l'exemple qu'elles donnent. L'un de ces points, Romains, vous concerne spécialement ; l'autre est du ressort des consuls et des autres magistrats : car vous avez à déterminer, par vos suffrages, si la demande qu'on vous fait est avantageuse à la République ou non.

Mais cette émeute de femmes, qu'elle soit spontanée, ou

(*) Lemnos.

bus vobis, M. Fundani et L. Valeri, facta est, haud dubiè ad
culpam magistratuum pertinens, nescio vobis, Tribuni, an
consulibus magis sit deformis : vobis , si feminas ad conci-
tandas tribunitias seditiones jam adduxistis ; nobis, si ut plebis quondàm , sic nunc mulierum secessione leges accipien-
dæ sunt. Equidem non sine rubore quodam paulò antè per
medium agmen mulierum in forum perveni. Quòd nisi me
verecundia singularum magis majestatis et pudoris, quàm
universarum tenuisset , ne compellatæ à consule viderentur ,
dixissem : Qui hic mos est in publicum procurrendi , et ob-
sidendi vias, et viros alienos appellandi ? Istud ipsum suos
quæque domi rogare non potuistis ? An blandiores in publico quàm in privato, et alienis quàm vestris , estis ? Quanquam ne domi quidem vos, si sui juris finibus matronas con-
tineret pudor , quæ leges hîc rogarentur abrogarenturve cu-
rare decuit. Majores nostri nullam ne privatam quidem rem
agere feminas sine auctore voluerunt; in manu esse parentum, fratrum, virorum: nos (si Diis placet) jam etiam remp.
capessere eas patimur, et foro quoque, et concionibus, et
comitiis immisceri. Quid enim nunc aliud per vias et com-
pita faciunt, quàm quòd aliæ rogationes tribunorum plebis
suadent, aliæ legem abrogandam censent ? Date frenos im-
potenti naturæ et indomito animali, et sperate ipsas modum
licentiæ facturas, nisi vos faciatis. Minimum hoc eorum est ,
quæ iniquo animo feminæ sibi aut moribus aut legibus in-
juncta patiuntur ; omnium rerum libertatem, imò licentiam
(si vera dicere volumus) desiderant. Quid enim , si hoc ex-
pugnaverint, non tentabunt ? Recensete omnia muliebria jura , quibus licentiam earum alligaverint majores nostri , per

que vous, Fundanius et Valérius, vous en soyez les auteurs, elle tend certes à avilir les magistrats ; et je ne sais, Tribuns , sur qui , de vous ou des consuls , il en rejaillira plus de honte ? sur vous , si vous en êtes venus à faire des femmes des instrumens de sédition ; sur nous , si , comme autrefois la retraite du peuple, celle des femmes nous fait aujourd'hui la loi. Pour moi, ce n'est pas sans rougir que je viens de traverser cette armée de femmes, pour arriver au *Forum* ; et si, par égard et par respect plutôt pour chacune en particulier que pour toutes en général , je n'eusse voulu leur épargner la honte d'être apostrophées par un consul, je leur aurais dit : « Quelle est cette manière » de vous montrer en public, d'assiéger les passages, et de » solliciter des inconnus ? Ne pouviez-vous , chacune dans » vos maisons, demander la même chose à vos parens ? » Aurez-vous plus de crédit en public qu'en particulier ; » sur des étrangers, que sur vos époux ? Que dis-je ! si la » pudeur vous retenait dans ses justes limites, il ne vous » siérait pas même de vous inquiéter chez vous de ce qu'on » propose ou qu'on abroge ici. » Nos aïeux voulaient qu'une femme ne se mêlât d'aucune affaire, même domestique , sans autorisation ; qu'elle dépendît toujours d'un père, d'un frère ou d'un époux. Nous, s'il plaît aux Dieux, nous souffrirons bientôt qu'elles s'emparent du gouvernement ; qu'elles paraissent au *Forum* , aux harangues , aux comices. Car, que se proposent-elles , en parcourant aujourd'hui les rues et les carrefours, sinon les unes d'appuyer la loi proposée par les tribuns du peuple , et les autres de faire abolir celle qui existe. Lâchez la bride à ce sexe fougueux, à ces êtres indomptables, et flattez-vous qu'ils mettront à la licence un terme que vous n'y mettrez pas. C'est ici la moindre des choses auxquelles les femmes souffrent impatiemment d'être astreintes par les mœurs ou par les lois. Elles desirent , à dire vrai , une liberté ou plutôt une licence sans bornes ; car , ce point emporté , que ne tenteront-elles pas ? Rappelez-vous toutes les lois

quæque subjecerint viris: quibus omnibus constrictas vix tamen continere potestis. Quid ? si carpere singula et extorquere, et exæquari ad extremum viris patiemini, tolerabiles vobis eas fore creditis? Extemplò, simul pares esse cœperint, superiores erunt.

II. Les lois établies pour l'universalité des citoyens, ne doivent pas être abrogées par le caprice des particuliers qui en souffrent. Explication ironique du motif des réclamations faites par les femmes.

At, Hercule, ne quid novum in eas rogetur, recusant: non jus, sed injuriam deprecantur. Imò, ut, quam accepistis, jussistis suffragiis vestris legem, quam usu tot annorum et experiendo comprobâstis, hanc ut abrogetis ; id est, ut, unam tollendo legem, ceteras infirmetis. Nulla lex satis commoda omnibus est : id modò quæritur, si majori parti et in summam prodest. Si, quod cuiquam privatìm officiet jus, id destruet ac demolietur, quid attinebit universos rogare leges, quas mox abrogare, in quos latæ sunt, possint ? Volo tamen audire quid sit, propter quod matronæ consternatæ procurrant in publicum, ac vix foro se et concione abstineant. Ut captivi ab Annibale redimantur, parentes, viri, liberi, fratres earum? Procul abest, absitque semper talis fortuna reipublicæ : sed tamen quum fuit, negâstis hoc piis precibus earum. At non pietas, nec sollicitudo pro suis, sed religio congregavit eas. Matrem Idæam à Pessinunte ex Phrygiâ venientem accepturæ sunt. Quid honestum dictu saltem seditioni prætenditur muliebri ? Ut auro et purpurâ fulgeamus, inquit (1) ; ut carpentis, festis profestisque diebus, velut triumphantes de lege victâ et abrogatâ, et captis et ereptis suffragiis vestris, per urbem vectemur ; ne ullus modus sumptibus, ne luxuriæ sit.

III. Avis sur les dangers du luxe ; application de ces maximes à la question sur la loi Oppia.

Sæpè me querentem de feminarum, sæpè de virorum, nec

_____

(1) Supple *quævis ex mulierum turbâ.*

par lesquelles nos aïeux ont enchaîné leur audace et les ont assujéties aux hommes : avec toutes ces entraves, à peine pouvez-vous les contenir. Si vous leur permettez de censurer ces lois, de les attaquer l'une après l'autre, enfin de s'égaler à vous, sentez-vous que leurs prétentions deviendront insupportables ? Elevées jusqu'à vous, elles voudront dominer.

Mais elles s'opposent seulement à ce qu'on ne porte pas de nouvelles lois contre elles ; elles repoussent, non la justice, mais l'injustice. Non, non : exiger que vous abrogiez une loi portée d'après vos suffrages, sanctionnée par l'expérience heureuse de tant d'années, c'est vouloir qu'en l'annullant, vous les ébranliez toutes. Nulle loi ne convient parfaitement à tous : on ne cherche en législation que l'avantage en bloc de la majorité. Si chacun peut détruire, anéantir les lois qui le blessent personnellement, à quoi bon le peuple réuni en porterait-il, que pourraient casser aussitôt ceux qu'elles concerneraient ? Je voudrais pourtant bien savoir pourquoi nos dames consternées courent la ville et viennent presque se mêler à cette assemblée. Est-ce afin qu'on rachète d'Annibal leurs pères, leurs époux, leurs enfans, leurs frères prisonniers ? Ce triste temps n'est plus, et puisse-t-il ne jamais reparaître ! Quoi qu'il en soit, à cette époque, vous vous refusâtes à leurs prières légitimes. Mais ce n'est point leur tendresse alarmée pour leurs proches, c'est la religion qui les rassemble : elles vont recevoir la déesse d'Ida, qui vient de Pessinunte en Phrygie. Enfin, quelle raison, du moins spécieuse, allègue-t-on de leur soulèvement ? Nous voulons, dira quelqu'une, briller d'or et de pourpre ; être, aux jours de fête et autres, portées dans la ville, sur des chars, comme triomphant de la loi vaincue et abrogée, de vos suffrages enchaînés et conquis ; nous voulons qu'il n'y ait plus de bornes à nos dépenses, à notre luxe.

Vous m'avez souvent entendu gémir, Romains, de la

de privatorum modò, sed etiam magistratuum sumptibus au-
dîstis; diversisque duobus vitiis, avaritiâ et luxuriâ, civitatem laborare : quæ pestes omnia magna imperia everterunt.
Hæc ego, quò melior lætiorque in dies fortuna reip. est,
imperiumque crescit (et jam in Græciam Asiamque transcen-
dimus, omnibus libidinum illecebris repletas, et regias etiam
attrectamus gazas), eò plus horreo, ne illæ magis res nos
ceperint, quàm nos illas.

Infesta, mihi credite, signa ab Syracusis illata sunt huic
urbi; jam nimis multos audio Corinthi et Athenarum ornamenta laudantes mirantesque, et antefixa fictilia Deorum
Rom. ridentes. Ego hos malo propitios Deos; et ita spero futuros, si in suis manere sedibus patiemur. Patrum nostrorum
memoriâ per legatum Cineam Pyrrhus, non virorum modò,
sed etiam mulierum animos donis tentavit. Nondùm lex Oppia ad coërcendam luxuriam muliebrem lata erat : tamen
nulla accepit. Quam causam fuisse censetis? Eadem fuit, quæ
majoribus nostris, nihil de hâc re lege sanciendi : nulla erat
luxuria quæ coërceretur. Sicut antè morbos necesse est co-
gnitos esse, quàm remedia eorum ; sic cupiditates priùs na-
tæ sunt, quàm leges, quæ iis modum facerent. Quid legem
Liciniam excitavit de quingentis jugeribus , nisi ingens cu-
pido agros continuandi? Quid legem Cinciam de donis et
muneribus, nisi quia vectigalis jam et stipendiaria plebes
esse senatui cœperat? Itaque minimè mirum est, nec Oppiam, nec aliam ullam tùm legem desideratam esse, quæ modum sumptibus mulierum faceret, quum aurum et purpuram data et oblata ultrò non accipiebant. Si nunc cum illis do-

dépense des femmes et des hommes, tant simples citoyens que magistrats; et répéter que la République était en proie à deux vices opposés, le luxe et l'avarice, fléaux destructeurs de tous les grands Empires. Plus donc la fortune de Rome devient florissante, plus l'Empire s'accroît (nous avons déjà pénétré dans la Grèce et dans l'Asie, pays pleins d'amorces pour les passions, et nous avons manié les trésors des rois), plus je tremble qu'au lieu d'être possesseurs de ces choses, nous n'en soyons les esclaves.

Les statues de Syracuse sont entrées, croyez-moi, dans Rome pour sa ruine. J'entends déjà trop de gens vanter, admirer les ornemens de Corinthe et d'Athènes, et se moquer des Dieux d'argile qu'on voit devant nos temples. Pour moi, je préfère ces Dieux protecteurs, et j'espère qu'ils continueront à l'être, si nous souffrons qu'ils demeurent à leur place. Pyrrhus, du temps de nos pères, chargea son ambassadeur Cynéas de gagner, par des présens, les hommes et même les femmes: la loi Oppia n'avait pas encore été portée contre le luxe de celles-ci; et nulle pourtant n'accepta. Quelle fut, à votre avis, la cause de ce refus? la même qu'avaient eue nos aïeux de ne rien décréter à ce sujet: il n'y avait pas de luxe à réprimer. Comme il faut que les maladies soient connues avant qu'on pense aux remèdes, de même les passions naissent avant les lois qui doivent les contenir. Qu'est-ce qui donna lieu à la loi Licinia, sur les cinq arpens? sinon la passion démesurée d'étendre ses propriétés; à la loi Cincia, sur les présens (*)? si ce n'est que le peuple devenait tributaire du sénat. Il n'est donc pas étonnant que l'on n'eût besoin alors ni de la loi Oppia, ni d'aucune autre, pour borner la dépense des femmes: aussi refusaient-elles l'or et la pourpre qu'on venait leur offrir. Que Cynéas parcourût aujourd'hui la ville avec

---

(*) Ceux qui plaidaient les causes des particuliers, étaient pour la plupart sénateurs; et, avant la loi Cincia, ils exigeaient pour ce service des sommes excessives, à titre d'honoraires.

23.

nis Cineas urbem circumiret, stantes in publico invenisset
quæ acciperent.

IV. Censure de la ridicule vanité qui porte les femmes à demander
l'abolition de la loi Oppia.

Atque ego nonnullarum cupiditatum ne causam quidem
aut rationem inire possum ; nam ut quod alii liceat, tibi
non licere, aliquid fortassè naturalis aut pudoris, aut in-
dignationis habeat ; sic æquato omnium cultu, quid una-
quæque vestrûm veretur ne in se conspiciatur ? Pessimus
quidem pudor est vel parcimoniæ, vel paupertatis : sed
utrumque lex vobis demit, quum, id quod habere non licet,
non habetis. Hanc, inquit, ipsam exæquationem non fero,
illa locuples. Cur non insignis auro et purpurâ conspicior ?
cur paupertas aliarum sub hâc legis specie latet, ut,
quod habere non possunt, habituræ, si liceret, fuisse
videantur ?

VI. Prédiction des désordres et des vices qui doivent naître de
l'abrogation de la loi Oppia.

Vultis hoc certamen uxoribus vestris injicere, Quirites,
ut divites id habere velint quod nulla alia possit ; pauperes,
ne ob hoc ipsum contemnantur, supra vires se extendant.
Næ, simul pudere, quod non oportet, cœperit, quod oportet, non pudebit. Quæ de suo poterit, parabit : quæ non poterit, virum rogabit. Miserum illum virum, et qui exoratus, et
qui non exoratus erit, quum, quod ipse non dederit, datum
ab alio videbit ! Nunc, vulgò alienos viros rogant ; et, quod
majus est, legem et suffragia rogant, et à quibusquam impe-
trant, adversùs te et rem tuam et liberos tuos inexorabiles. Simul lex modum sumptibus uxoris tuæ facere desierit, tu nunquàm facies. Nolite eodem loco existimare, Quirites, futuram
rem, quo fuit antequàm lex de hoc ferretur. Et hominem impro-
bum non accusari tutius est, quàm absolvi : et luxuria non mota
tolerabilior esset, quàm erit nunc, ipsis vinculis, sicut fera
bestia, irritata, deindè emissa.

ces présens, il les trouverait, dans les rues, prêtes à les recevoir.

J'avoue qu'il est des fantaisies dont je ne puis concevoir la raison; car, qu'une chose permise à l'une, soit défendue à l'autre, celle-ci pourrait en être honteuse, même indignée; mais l'ajustement étant le même pour toutes, quelle humiliation chacune de vous, Mesdames, peut-elle redouter? Rien n'est plus pénible que d'avoir à rougir d'une économie forcée ou de sa pauvreté; mais la loi vous en garantit, quand, ce que vous n'avez pas, elle vous défend de l'avoir. C'est cette égalité même que je ne puis souffrir, dira cette femme opulente : Pourquoi ne suis-je pas distinguée par l'or et la pourpre? Pourquoi la pauvreté des autres a-t-elle cette loi pour voile? Pourquoi, ce qu'elles ne peuvent se procurer, semblent-elles en état de l'avoir, si la chose était permise?

Voulez-vous, Romains, exciter entre vos femmes une émulation qui porte les riches à desirer ce que nulle autre ne pourrait avoir; les pauvres, à faire des efforts au-dessus de leur fortune, pour éviter une différence humiliante? Certes, si elles commencent à rougir de ce qui n'a rien de honteux, elles ne rougiront plus de ce qui le sera. Celle qui en aura le moyen, fera les frais de sa parure; celle qui ne l'aura pas, demandera de l'argent à son mari : et malheur au mari qui cèdera, ou ne cèdera pas. Ce qu'il refusera, il le verra donner par un autre. Elles sollicitent déjà des étrangers, et, qui pis est, elles en sollicitent des suffrages; elles en obtiennent même quelques-uns, insensibles à ce qui vous intéresse, vous, vos affaires et vos enfans. Dès que la loi cessera de borner leur dépense, vous ne le ferez jamais. En même temps, Romains, ne supposez pas que les choses resteront où elles en étaient avant qu'on eût porté la loi. Il vaut mieux ne pas accuser un méchant que de l'absoudre; et le luxe, s'il n'eût été restreint, serait plus tolérable qu'il ne le sera désormais : semblable à la bête féroce que les liens ont irritée, et qu'on laisse ensuite échapper.

VI. Conclusion.

Ego nullo modo abrogandam legem Oppiam censeo ; vos
quod faxitis , Deos omnes fortunare velim.

~~~~~~

II. Oratio L. Valerii tribuni plebis pro mulieribus contra legem Oppiam. Cap. 5. et seq.

*Modèle d'observation des convenances. La force du raisonne-
ment est jointe à la douceur et à l'agrément du style.*

I. Exorde insinuant , tiré de la personne de l'adversaire. Critique
sommaire de l'intention générale du discours précédent.

S_I privati tantummodò, ad suadendum dissuadendumque
id quod à nobis rogatur, processissent, ego quoque, quum
satis dictum pro utrâque parte existimarem , tacitus suffragia vestra exspectâssem. Nunc quum vir gravissimus, consul
M. Porcius, non auctoritate solùm, quæ tacita satis momenti
habuisset , sed oratione etiam longâ et accuratâ insectatus
sit rogationem nostram, necessum est paucis respondere.
Qui tamen plura verba in castigandis matronis, quàm in
rogatione nostrâ dissuadendâ consumpsit , et quidem , ut
in dubio poneret , utrùm id quod reprehenderet, matronæ
suâ sponte , an nobis auctoribus, fecissent; rem defendam ,
non nos ; in quos jecit magis hæc consul verbo tenùs quàm
ut re insimularet.

II. Apologie des femmes. 1° Emphase hyperbolique des déclama-
tions de Caton. 2° Régularité de la conduite des femmes dans
cette circonstance, prouvée par des exemples.

1° Cœtum et seditiones , et interdùm secessionem muliebrem appellavit , quòd matronæ in publico vos rogâssent,
ut legem , in se latam per bellum temporibus duris, in pace
et florente ac beatâ rep., abrogaretis. Verba magna, quæ rei
augendæ causâ conquirantur, et hæc, et alia esse scio; et M.
Catonem oratorem, non solùm gravem , sed interdùm etiam
trucem esse scimus omnes, quum ingenio sit mitis. 2° Nam

Je conclus à ce qu'on n'abroge point la loi Oppia. Daignent les Dieux tourner à votre avantage le parti que vous prendrez.

~~~~~~~~~~~~~~~~~~~~~~~~~~~~~~~~~~~~~

II. Harangue du Tribun du Peuple L. Valérius, en faveur des Dames, contre la loi Oppia. (*C. 5 et s.*)

————

S'il ne s'était présenté que des particuliers pour appuyer ou combattre la loi que nous vous proposons, persuadé qu'on l'a de part et d'autre assez discutée, j'attendrais en silence vos suffrages. Mais lorsque M. Caton, cet homme si respectable, oppose à notre demande non-seulement son opinion, qui, muette, aurait eu déjà tant de poids, mais un long discours étudié, je dois y répondre en peu de mots. Et quoiqu'il se soit plus attaché à censurer les dames qu'à combattre notre projet de loi, et qu'il ait mis en doute si, ce qu'il reprend en elles, ces dames l'ont fait d'elles-mêmes, ou à notre instigation; je défendrai la cause sans parler de nous, les imputations du consul étant plutôt des conjectures que des faits.

La démarche des dames qui vous demandent en public d'abroger aujourd'hui que la République est en paix, heureuse et florissante, une loi portée contre elles à l'époque d'une guerre cruelle, il la traite de coalition, de sédition, et même de révolte de femmes. Je sais qu'il est de grands mots, soit ceux-là, soit d'autres, qui prêtent à l'exagération; et nous savons tous que M. Caton, naturellement doux, est un orateur non-seulement austère, mais quel-

quid tandem novi matronæ fecerunt, quòd frequéntes in
causâ ad se pertinente in publicum processerunt? Nunquàm
ante hoc tempus in publico apparuerunt? Tuas adversùs
te *Origines* revolvam. Accipe quoties id fecerint, et quidem
semper bono publico. Jam à principio, regnante Romulo,
quum, Capitolio à Sabinis capto, medio in foro siguis collatis dimicaretur, nonne intercursu matronarum inter acies
duas prælium sedatum est? Quid? regibus exactis, quum,
Coriolano Marcio duce, legiones Volscorum castra ad quin-
tum lapidem posuissent, nonne id agmen, quo obruta hæc
urbs esset, matrone averterunt? Jam urbe captâ à Gallis,
aurum, quo redempta urbs est, nempe matronæ consensu
omnium in publicum contulerunt. Proximo bello (ne antiqua
repetam) nonne et quum pecuniâ opus fuit, viduarum pecuniæ adjuverunt ærarium, et quum Dii quoque novi ad opem
ferendam dubiis rebus arcesserentur, matronæ universæ ad
mare profectæ sunt, ad Matrem Idæam accipiendam? Dissimiles, inquit, causæ sunt. Nec mihi causas æquare pro-
positum est; nihil novi factum, purgare satis est. Ceterùm,
quod in rebus ad omnes pariter viros feminasque pertinen-
tibus fecisse eas nemo miratus est, in causâ propriè ad ipsas
pertinente miramur fecisse? Quid autem fecerunt? Superbas, medius fidius, aures habemus, si, quum domini servorum non fastidiant preces, nos rogari ab honestis feminis
indignamur.

III. Discussion. 1° Principe général sur l'abrogation des lois. 2°
Examen de la loi Oppia, conformément à ce principe. 3° Injustice
actuelle de la loi Oppia. 4° La décoration naturelle des femmes,
c'est la parure. 5° Réfutation des menaces de Caton.

1° Venio nunc ad id de quo agitur, in quo duplex consulis
oratio fuit; nam et legem ullam omninò abrogari est indi-
gnatus; et eam præcipuè legem quæ luxuriæ muliebris
coërcendæ causâ lata esset. Et illa communis pro legibus,
visa consularis (1) oratio est; et hæc adversùs luxuriam

---

(1) *Id est* digna consule.

quefois farouche. Car enfin, quoi d'étrange que les dames aient paru en public pour une affaire qui leur est personnelle? Ne les y vit-on jamais jusqu'ici? J'en appelle contre toi, Catou, à tes *Origines*. Apprends combien de fois la chose est arrivée, et certes, toujours pour le bien public.

Et d'abord, dès le règne de Romulus, quand, les Sabins étant maîtres du Capito'e, on se battait au milieu du Forum, n'est-ce pas en se jetant dans la mêlée, que les femmes firent cesser le combat? Depuis l'expulsion des rois, lorsque les Volsques, sous les ordres de Coriolan, campaient à cinq milles de Rome, ne sont-ce pas les dames qui en éloignèrent ces légions qui l'auraient détruite? Quand les Gaulois l'eurent prise, l'or dont on la racheta, n'est-ce pas elles qui le fournirent d'un accord unanime? Dans la dernière guerre (pour ne pas me borner aux faits anciens) la République manquant d'argent, les veuves ne la secoururent-elles pas du leur? Et, quand on appela de nouveaux Dieux au secours de la patrie en danger, les dames en corps n'allèrent-elles pas recevoir au bord de la mer, la mère Idéenne? Les motifs, dira-t-on, sont différens. Je ne prétends pas non plus les mettre de pair : il me suffit de prouver qu'on n'a fait rien de nouveau. Or, ce qu'on n'a pas été surpris de voir faire aux dames pour des choses qui les intéressaient, elles et les hommes, s'étonnera-t-on qu'elles le fassent dans une cause qui n'intéresse qu'elles? Et qu'ont-elles fait au fond? Nous avons, certes, des oreilles bien délicates, si les instances de femmes distinguées nous indignent, quand un maître ne dédaigne pas les prières de ses esclaves.

J'en viens à l'affaire en question, que le consul a traitée en deux points : car il s'est indigné de ce qu'on pût songer à abroger une loi quelconque, et surtout la loi portée pour restreindre le luxe des femmes. Ce qu'il a dit des lois en général, a paru digne d'un consul; ce qu'il a dit sur le luxe, convient à l'austérité de ses mœurs. Si donc je ne

severissimis moribus conveniebat. Itaque periculum est,
nisi quid in utrâque re vani sit docuerimus, ne quis error
vobis offundatur. Ego enim, quemadmodùm ex his legibus,
quæ non in tempus aliquod, sed perpetuæ utilitatis causâ
in æternum latæ sunt, nullam abrogari debere fateor, nisi
quam aut usus coarguit, aut status aliquis reip. inutilem
fecit; sic quas tempora aliqua desiderârunt leges, mortales
(ut ita dicam) et temporibus ipsis mutabiles esse video. Quæ
in pace latæ sunt, plerumque bellum abrogat; quæ in bello,
pax : ut in navis administratione, alia in secundam, alia in
adversam tempestatem usui sunt. 2° Hæc quum ita naturâ
distincta sint, ex utro tandem genere ea lex esse videtur,
quam abrogamus ? An vetus regia lex, simul cum ipsâ urbe
nata ? an (quod secundum est) à decemviris ad condenda jura
creatis in duodecim tabulis scripta? sine quâ quum majores
nostri non existimârint matronale decus servari posse, nobis
quoque verendum sit, ne cum eâ pudorem sanctitatemque
feminarum abrogemus ? Quis igitur nescit novam istam
legem esse, Q. Fabio, Ti. Sempronio consulibus, viginti
annis antè latam ? sine quâ quum per tot annos matronæ
optimis moribus vixerint, quod tandem, ne abrogatâ eâ
effundantur ad luxuriam, periculum est ? Nam si ista lex
ideò lata esset ut finiret libidinem muliebrem, verendum
foret ne abrogata incitaret. Cur sit autem lata, ipsum in-
dicabit tempus.

Annibal in Italiâ erat victor ad Cannas: jam Tarentum,
jam Arpos, jam Capuam habebat ; ad urbem Romam admo-
turus exercitum videbatur ; defecerant socii ; non milites in
supplementum, non socios navales ad classem tuendam,
non pecuniam in ærario habebamus ; servi, quibus arma
darentur, ita ut pretium pro iis bello perfecto dominis
solveretur, emebantur; (1) in eamdem diem pecuniæ, frumentum et cetera quæ belli usus postulabant, præbenda

---

(1) *In eamdem diem* quâ dominis pretium pro servis persol-
vendum erat, i. e. bello confecto.

prouve la frivolité de ses argumens sur ces deux articles,
il est à craindre qu'il ne vous jette dans quelque erreur.
D'abord, si je reconnais qu'entre les lois rendues non pour
un temps, mais pour toujours, à cause de leur invariable
utilité, il n'en est point qu'on doive abroger, si l'expérience ne les condamne, ou si quelque changement dans
l'État ne les rend inutiles; je vois aussi que celles qu'on
n'a portées qu'à raison de certaines conjonctures, sont mor-
telles, pour ainsi dire, et variables comme le temps même.
Les lois faites durant la paix, souvent la guerre y déroge,
et réciproquement: comme sur un vaisseau telle manœuvre
est bonne dans le calme, et telle pendant la tempête. Les
lois étant ainsi classées par leur nature, de quel genre vous
paraît être celle qu'il s'agit d'abolir? est-elle des vieilles
lois, nées sous les rois avec la ville même? ou, secondaire-
ment, les décemvirs créés pour établir nos droits, l'in-
scrivirent-ils sur les douze tables? Et si nos aïeux jugèrent
cette loi nécessaire pour maintenir l'honneur des dames,
n'avons-nous pas à craindre d'abroger avec elle et la pudeur du sexe et sa pureté! Mais qui donc ignore que c'est
une loi récente, portée, il y a vingt ans, sous le consulat
de Q. Fabius et de T. Sempronius? Si, sans qu'elle exis-
tât, nos femmes vécurent exemplairement tant d'années,
est-il donc tant à craindre que, cette loi abrogée, elles ne
se jettent dans le dérèglement? car si cette loi avait été
rendue pour réfréner les passions des femmes, il serait à
redouter qu'en l'abrogeant on les excitât. Mais l'époque
où elle fut portée nous en explique les motifs.

Annibal était au sein de l'Italie: vainqueur à Cannes,
et déjà maître de Tarente, d'Arpi, de Capoue, il mena-
çait de marcher sur Rome avec son armée. Nos alliés nous
abandonnaient. Nous n'avions ni recrues pour l'armée, ni
matelots pour la flotte, ni argent dans le trésor: On ache-
tait, pour les armer, des esclaves, que l'on ne paierait
aux maîtres qu'à la fin de la guerre: Les Publicains s'é-

publicani se conducturos professi erant; servos ad remum,
numero ex censu constituto, cum stipendio nostro dabamus;
aurum et argentum omne, ab senatoribus ejus rei initio
orto, in publicum conferebamus; viduæ et pupilli pecunias
suas in ærarium deferebant : cautum erat, (1) quo ne plus
auri et argenti facti, quo ne plus signati argenti et æris domi
haberemus. Tali tempore in luxuriâ et ornatu matronæ
occupatæ erant, ut ad eam coërcendam lex Oppia desiderata
sit? quum, quia Cereris sacrificium lugentibus omnibus matronis intermissum erat, senatus finiri luctum triginta
diebus jussit. Cui non apparet, inopiam et miseriam civitatis, quia omnium privatorum pecuniæ in usum publicum
vertendæ erant, istam legem scripsisse, tamdiù mansuram,
quamdiù causa scribendæ legis mansisset? Nam si quæ tunc
temporis causâ aut decrevit senatus, aut populus jussit,
in perpetuum servari oportet, cur pecunias reddimus privatis? cur publica præsenti pecuniâ locamus? cur servi,
qui militent, non emuntur? cur privati non damus remiges,
sicut tunc dedimus? 3° Omnes alii ordines, omnes homines
mutationem in meliorem statum reip. sentient: ad conjuges
tantùm nostras pacis et tranquillitatis publicæ fructus non
perveniret? Purpurâ viri utemur, prætextati in magistratibus,
in sacerdotiis : liberi nostri prætextis purpurâ togis utentur;
magistratibus in coloniis municipiisque, hîc Romæ infimo generi, magistris vicorum, togæ prætextæ habendæ jus permit-
temus; nec id ut vivi solùm habeant tantum insigne, sed
etiam ut cum eo crementur mortui : feminis duntaxat pur-
puræ usum interdicemus? et, quum tibi viro liceat purpurâ in vestæ stragulâ uti, matremfamiliæ tuam purpureum
amiculum habere non sines? et equus tuus speciosiùs instra-
tus erit, quàm uxor vestita? Sed in purpurâ, quæ teritur,
absumitur, injustam quidem, sed aliquam tamen causam

---

(1) *Quo ne plus, i. e.*, lege vetitum erat habere domi majorem
summam aliquâ definitâ. Ut gallicè *une somme de tant.* Vel sume
quò pro *ut*, quia sequitur *plures*, et *quò* sit pleonasmus cum *ne.*

taient engagés à fournir, à la même condition, du blé et
les autres objets nécessaires à l'armée : Chacun, suivant
son revenu, fournissait à ses frais des esclaves pour la
rame : Tous, à l'exemple des Sénateurs, nous déposions
au trésor notre or et notre argent : les veuves et les pu-
pilles y portaient leurs deniers : il était défendu d'avoir
chez soi au-delà d'une certaine somme en or ou en argent
ouvré, en argent ou cuivre monnoié. Sans doute, dans
une circonstance pareille, nos dames furent occupées de
luxe et de parure au point qu'il fallut la loi Oppia pour y
mettre des bornes; lorsque leur affliction à toutes ayant interrompu les sacrifices à Cérès, le sénat dut réduire à un
mois la durée de leurs deuils. Qui ne voit que la disette et
la misère publique, obligeant tous les individus à consa-
crer leurs biens aux besoins de l'État, dictèrent cette loi
qui ne devait durer qu'autant que sa cause? Car si l'on
doit observer à perpétuité les sénatus-consultes et les plébiscites rendus alors, pourquoi remboursons-nous les particuliers? pourquoi traitons-nous avec les entrepreneurs
au comptant? pourquoi n'achète-t-on plus d'esclaves pour
en faire des soldats? pourquoi ne fournissons-nous plus,
comme alors, de rameurs? Tous les autres ordres, tous
les citoyens se ressentiront de l'heureux changement sur-
venu dans l'État; nos femmes seules ne goûteront pas les
fruits de la paix et de la tranquillité! Nous autres hommes,
nous porterons la pourpre dans les magistratures, dans les
sacerdoces; les robes de nos enfans en seront bordées; nous
accorderons aux magistrats dans les colonies et les *muni-
cipes*, ici, à Rome, aux derniers officiers, aux commis-
saires de quartier, le droit d'avoir la prétexte; et non-
seulement d'en être décorés durant leur vie, mais d'en
être revêtus sur le bûcher; et ce n'est qu'à nos femmes
que nous défendrons l'usage de la pourpre? Homme, tu
pourras porter un manteau de pourpre, et tu ne permet-
tras pas à ta femme d'en avoir un petit voile! et la
housse de ton cheval aura plus d'éclat que la robe de ta
femme!

tenacitatis video : in auro verò , in quo præter manûs pretium nihil intertrimenti fit , quæ malignitas est ? Præsidium
potiùs in eo est et ad publicos et ad privatos usus , sicuti experti estis. Nullam æmulationem inter se singularum , quando nulla haberet , esse aiebat. At , Hercule , universis dolor
et indignatio est , quum sociorum Latini nominis uxoribus
vident ea concessa ornamenta , quæ sibi adempta sint ; quum
insignes eas esse auro et purpurâ ; quum illas vehi per urbem , se pedibus sequi , tanquam in illarum civitatibus ,
non in suâ imperium sit. 4° Virorum hoc animos vulnerare
posset : quid muliercularum censetis , quas etiam parva
movent ? Non magistratus , nec sacerdotia , nec triumphi ,
nec insignia , nec dona aut spolia bellica his contingere possunt. Munditiæ, et ornatus , et cultus , hæc feminarum insignia sunt ; his gaudent et gloriantur : hunc mundum
muliebrem appellârunt majores nostri. Quid aljud in luctu ,
quàm purpuram atque aurum deponunt ? quid , quum elu-
xerunt, sumunt? quid in gratulationibus supplicationi-
busque , nisi excellentiorem ornatum adjiciunt ? 5° Scilicet
si legem Oppiam abrogaveritis , non vestri arbitrii erit , si
quid ejus vetare volueritis quod nunc lex vetat : minùs
filiæ , uxores , sorores etiam . quibusdam in manu erunt.
Nunquàm salvis suis exuitur servitus muliebris ; et ipsæ
libertatem , quum viduitas et orbitas facit , detestantur.

IV. PÉRORAISON DOUCE ET PERSUASIVE. Assurance de la soumission des femmes.

In vestro arbitrio suum ornatum , quàm in legis , malunt
esse : et vos in manu et tutelâ , non in servitio , debetis habere eas ; et malle patres vos aut viros , quàm dominos dici.
Invidiosis nominibus utebatur modò consul , seditionem
muliebrem et secessionem appellando. Id enim periculum

Je vois bien dans le déchet de la pourpre qui s'use, un prétexte, sans doute injuste, mais enfin un prétexte d'économie; quant à l'or, qui ne perd rien, à la façon près, quelle avarice! L'or est plutôt une ressource pour le public et les particuliers, comme vous l'avez éprouvé. Il n'y aura pas, dit Caton, de rivalité de femme à femme, quand aucune n'en portera. Mais leur douleur et leur indignation est générale, quand elles voient ces parures qu'on leur défend, permises aux femmes des alliés du nom latin; quand elles les voient, brillantes de pourpre et d'or, portées sur des chars, qu'elles suivent à pied; comme si c'était dans quelque ville étrangère et non dans la leur, que fût le siège de l'Empire. Ce contraste pourrait blesser des hommes; quel effet doit-il, à votre avis, avoir sur un sexe aussi chatouilleux? Les magistratures, les triomphes, les sacerdoces, les couronnes, les récompenses, les dépouilles militaires, les femmes n'y peuvent prétendre; la propreté, la parure, la toilette, voilà leurs trophées, leurs jouissances, leur gloire: c'est là leur univers, suivant l'expression de nos ancêtres. Comment témoignent-elles leur affliction, sinon en quittant l'or et la pourpre? Que reprennent-elles à la fin de leur deuil? Comment célèbrent-elles les fêtes et les jours d'actions de grâces, sinon en se parant davantage? Mais, si l'on abroge la loi Oppia, il ne dépendra pas de vous d'interdire aux femmes ce qu'elle leur défend à présent; et vos filles, vos épouses, vos sœurs pourront avoir pour vous moins de déférence. Non, la dépendance des femmes ne cesse qu'avec la vie de leurs proches: elles détestent elles-mêmes la liberté que leur procure la perte d'un père ou d'un époux.

Elles aiment mieux que leur parure dépende de vous que de la loi; et vous devez, vous, les protéger, les avoir dans votre dépendance, non les tenir dans l'esclavage; et préférer le titre de père et d'époux à celui de maître. Le consul s'est servi de termes odieux, en traitant la conduite des femmes de révolte et de sédition. Il est à craindre en effet

est, ne Sacrum montem, sicut quondàm irata plebs, aut Aventinum capiant. Patiendum huic in firmitati est quodcunque vos censueritis : quò plus potestis, eò moderatiùs imperio uti debetis.

~~~~~~

ORATIO NABIDIS TYRANNI LACEDÆMONIORUM AD T. QUINTIUM.

III. Bellum adversùs Nabin, Lacedæmoniorum tyrannum, ob occupatos Argos, senatusconsulto decretum erat. Assentientibus sociis Græciæ civitatibus, T. Quintius, infesto agmine Laconiam ingressus, multa oppida aut vi aut deditione capit. Nabis, cedendum fortunæ ratus, petit ut sibi cum imperatore colloqui liceat. Dato colloquio, ita cœpit prior, *Cap.* 31 :

———

Nabis, en cédant à la puissance des Romains, présente avec force la vérité.

I. Exorde insinuant, tiré de la personne de l'adversaire.

Si ipse per me, T. Quinti, vosque qui adestis, causàm excogitare, cur mihi aut indixissetis bellum, aut inferretis, possem, tacitus eventum fortunæ meæ expectâssem; nunc imperare animo nequivi, quin, priusquàm perirem, cur periturus essem, scirem. Et, Hercule, si tales essetis, quales esse Carthaginienses fama est, apud quos nihil societatis fides sancti haberet, in me quoque vobis quid faceretis minùs pensi esse, non mirarer. Nunc, quum vos intueor, Romanos esse video, qui rerum divinarum fœdera, humanarum fidem socialem sanctissimam habeatis. Quum me ipse respexi, eum esse spero, cui et publicè, sicut et ceteris Lacedæmoniis, vobiscum vetustissimum fœdus sit; et meo nomine privatìm amicitia ac societas, nuper Philippi bello renovata.

II. Justification pour l'invasion d'Argos. 1° Par le fait même. C'est à la sollicitation des Argiens. 2° Par le temps. Les Romains ont fait depuis alliance avec lui.

At enim ego eam violavi et everti, quòd Argivorum civi-

qu'elles ne s'emparent du mont Sacré ou de l'Aventin, comme fit jadis le peuple irrité. Ce sexe faible doit souffrir tout ce que vous ordonnerez : Plus vous avez de pouvoir, plus vous devez en user avec modération (*).

DISCOURS DE NABIS, TYRAN DE LACÉDÉMONE, A T. QUINTIUS.

III. Le sénat Romain ayant déclaré la guerre à Nabis, tyran de Lacédémone, parce qu'il tenait garnison dans Argos, T. Quintius, secondé par les villes alliées de la Grèce, entre en ennemi dans la Laconie, où il prend plusieurs places de vive force, ou par capitulation. Nabis, croyant devoir céder à la fortune, demande au général une conférence : l'ayant obtenue, il prend la parole. (C. 31.)

QUINTIUS, et vous qui l'accompagnez, si j'avais pu deviner pourquoi vous m'avez déclaré, pourquoi vous me faites la guerre, j'aurais attendu en silence l'issue des événemens : mais je n'ai pu prendre sur moi de me laisser égorger, sans savoir pourquoi l'on m'égorge. Si vous étiez tels que furent, dit-on, les Carthaginois, pour qui les traités n'avaient rien de sacré, je ne serais pas surpris que vous fissiez peu de cas de ceux que nous contractâmes : mais je vois en vous des Romains pour qui l'alliance jurée est ce qu'il y a de plus saint parmi les hommes. Et si je ramène les yeux sur moi, c'est, j'espère, sur un homme compris avec les autres Lacédémoniens dans leurs très-anciens traités avec vous, et qui vient, dans la guerre de Philippe, de renouveler cette alliance en son propre nom.

Mais je l'ai violée et rompue, en ce que j'occupe la ville

(*) La loi Oppia fut abrogée.

tatem teneo. Quomodo hoc tuear ? 1° Re, an tempore ? Res
mihi duplicem defensionem præbet : nam et ipsis vocantibus
ac tradentibus urbem eam accepi, non occupavi; et accepi,
quum Philippi partium, non in vestrâ societate esset. 2° Tempus autem eo me liberat, quòd, quum jam Argos haberem,
societas mihi vobiscum convenit, et ut vòbis mitterem ad
bellum auxilia, non ut Argis præsidium deducerem, pepigistis. At, Hercule, in eâ controversiâ, quæ de Argis est,
superior sum ; et æquitate rei, quòd non vestram urbem, sed
hostium ; quòd volentem, non vi coactam accepi ; et, vestrâ confessione, quòd in conditionibus societatis mihi Argos
reliquistis.

III. Apologie de sa conduite à Lacédémone. 1° Il écarte de lui la
 haine attachée au nom de tyran. 2° Il justifie, par les lois de son
 pays, l'affranchissement d'une foule d'esclaves.

1° Ceterùm nomen tyranni et facta premunt, quòd servos ad libertatem voco, quòd in agros inopem plebem de-
duco. De nomine hoc respondere possum, me, qualiscunque sum, eumdem esse, qui fui, quum tu ipse mecum, T.
Quinti, societatem pepigisti. Tum me regem appellari à vobis memini ; nunc tyrannum vocari video. Itaque si ego nomen imperii mutâssem, mihi meæ inconstantiæ; quum vos
mutetis, vobis vestræ reddenda ratio est. 2° Quod ad multitudinem servis liberandis auctam, et egentibus divisum agrum
attinet, possum quidem et in hoc me jure temporis tutari.
Jam feceram hæc, qualiacunque sunt, quum societatem mecum pepigistis, et auxilia in bello adversùm Philippum accepistis. Sed si nunc ea fecissem, non dico quid in eo vos
læsissem, aut vestram amicitiam violâssem ? sed illud, me
more atque instituto majorum fecisse. Nolite ad vestras leges atque instituta exigere ea quæ Lacedæmone fiunt : nihil
comparare singula necesse est. Vos à censu equitem, à censu peditem legitis ; et paucos excellere opibus, plebem sub-
jectam esse illis vultis. Noster legumlator non in paucorum
manu remp. esse voluit, quem vos senatum appellatis ; nec ex-

des Argiens. Comment repousser ce reproche ? par les faits, ou par leur époque ? Le fait m'offre une double défense : car d'abord les Argiens m'ont appelé, se sont rendus à moi : je ne me suis point emparé d'Argos, je l'ai reçue : et puis quand je l'ai reçue, elle était du parti de Philippe, et non votre alliée. L'époque est aussi pour moi ; car j'avais Argos, quand je fis alliance avec vous, et vous stipulâtes que je vous fournirais des troupes, et non que je retirerais ma garnison d'Argos. Sur cet objet j'ai donc tout pour moi ; l'équité, puisque cette ville qui appartenait à l'ennemi, non pas à vous, j'y suis entré non de force, mais du gré de ses habitans ; votre aveu, puisqu'en traitant avec moi, vous me laissâtes Argos.

On me fait un reproche encore et du titre de tyran, et de ce que j'appelle les esclaves à la liberté, et de ce que je distribue des terres aux indigens. Je répondrai sur cet article que, tel que je suis, tu me vois le même que j'étais, lorsque toi-même, Quintius, tu fis alliance avec moi. Je me rappelle qu'alors vous me traitiez de roi ; je vois qu'on me nomme aujourd'hui tyran. Si j'avais, moi, changé mon titre, j'aurais à justifier mon inconstance ; c'est à vous, qui m'en donniez un autre, à justifier la vôtre. Quant aux esclaves qui sont venus près de moi chercher la liberté, quant aux terres que j'ai distribuées aux indigens, les époques sont encore en ma faveur. Ces faits, quels qu'ils soient, avaient eu lieu, quand vous traitâtes avec moi, et que vous agréâtes mes secours dans la guerre contre Philippe ; et si j'en avais agi de la sorte hier, je ne vous demanderais pas en quoi je vous aurais blessés, ou violé votre alliance ; je vous dirais que tel fut l'usage de nos ancêtres. N'allez pas juger d'après les vôtres et d'après vos lois ce qui se fait à Lacédémone. Ici les rapprochemens ne peuvent avoir lieu. Le revenu chez vous fait les cavaliers, fait les fantassins. Vous voulez que quelques-uns soient opulens, et que le reste leur soit soumis. Notre législateur ne voulut ni que le Gouvernement fût aux mains

II.   2½

cellere unum aut alterum ordinem in civitate : sed per æqua-
tionem fortunæ ac dignitatis fore credidit, ut multi essent,
qui arma pro patriâ ferrent.

IV. Péroraison laconique.

Pluribus me peregisse, quàm pro patriæ sermone bre-
vitatis, fateor. Et breviter peroratum esse potuit ; nihil me,
posteaquàm vobiscum amicitiam institui, cur ejus vos pœniteret, commisisse.

IV. Oratio T. Quintii Nabidi respondentis.
Cap. 32.

*T. Quintius Flaminius, le libérateur de la Grèce, répond à un
tyran. Il a le ton de l'indignation et du mépris ; mais plus
de véhémence que de bonnes raisons.*

I. Exorde véhément, tiré du sujet.

Amicitia et societas nobis nulla tecum, sed cum Pelope
rege Lacedæmoniorum justo ac legitimo facta est ; cujus jus
tyranni quoque, qui posteà per vim tenuerunt Lacedæmone
imperium (quia nos bella nunc Punica, nunc Gallica, nunc
alia ex aliis occupaverant) usurpârunt, sicut tu quoque
hoc Macedonico bello fecisti. Nam quid minùs conveniret,
quàm nos, qui pro libertate Græciæ adversùs Philippum
gereremus bellum, cum tyranno instituere amicitiam ? et
tyranno (1), quàm qui unquàm, sævissimo et violentissimo
in suos ?

II. Réponse au sujet d'Argos.

Nobis verò, etiamsi Argos nec cepisses per fraudem nec
teneres, liberantibus omnem Græciam, Lacedæmon quoque
vindicanda in antiquam libertatem erat, atque in leges suas ;
quarum modò, tanquam æmulus Lycurgi, mentionem fe-

---

(1) *Id est* quantùm.

de ce petit nombre que vous nommez sénat, ni que tel ou tel ordre prévalût dans l'État. Il pensa que l'égalité de rang et de fortune donnerait plus de soldats.

Je l'avoue, je me suis plus étendu que ne le comporte le style de ma patrie; et je pouvois dire en deux mots, que, depuis mon alliance avec vous, je n'ai rien fait qui vous ait donné lieu de vous en repentir.

VI. RÉPONSE DE QUINTIUS A NABIS. (*C.* 32.)

Nous ne sommes ni tes alliés, ni tes amis; nous le sommes de Pélops, roi légitime des Lacédémoniens, duquel dans la suite, lorsque nous avions la guerre tantôt avec Carthage, tantôt avec les Gaulois, tantôt avec d'autres ennemis qui se succédaient, des tyrans usurpèrent les droits, comme tu les as usurpés durant la guerre de Macédoine. Car où serait la convenance à nous, qui n'avons fait la guerre à Philippe que pour affranchir la Grèce, de faire alliance avec un tyran, et avec le tyran le plus cruel, le plus féroce qui jamais ait existé?

Mais n'eusses-tu pas pris Argos par trahison, et ne la conservasses-tu pas, nous devions, en délivrant la Grèce, rendre aussi Lacédémone à sa liberté, à ses lois, dont tu viens de parler en émule de Lycurgue. Veillerons-nous à

cisti. An, ut ab Iasso et Bargiliis præsidia Philippi dedu-
cantur, curæ erit nobis : Argos et Lacedæmonem, duas
clarissimas urbes, lumina quondàm Græciæ, sub pedibus
tuis relinquemus, quæ titulum nobis liberatæ Græciæ ser-
vientes deformeut? At enim cum Philippo Argivi senserunt.
Remittimus hoc tibi, ne nostram vicem irascaris. Satis
compertum habemus duorum, aut summùm trium in eâ
re, non civitatis culpam esse ; tam, Hercule, quàm in te
tuoque præsidio arcessendo accipiendoque in arcem, nihil
sit publico consilio actum. Thessalos, et Phocenses, et Locrenses, consensu omnium scimus partium Philippi fuisse :
tamen (1) quum ceteram liberavimus Græciam, quid tandem
censes in Argivis, qui insontes publici consilii sint, facturos? Servorum ad libertatem vocatorum, et egentibus
hominibus agri divisi crimina tibi objici dicebas : non quidem nec ipsa mediocria; sed quid ista sunt præ iis quæ à
te tuisque quotidiè alia super alia facinora eduntur? Exhibe
liberam concionem vel Argis, vel Lacedæmone, si audire
juvat vera dominationis impotentissimæ crimina.

III. Invectives contre Nabis ; récit des cruautés du tyran et de
son gendre.

Ut omnia alia vetustiora omittam, quam cædem Argis
Pythagoras iste gener tuus penè in oculis meis edidit? quam
tu ipse, quum jam propè in finibus Lacedæmoniorum essem?
Agedum, quos in concione comprehensos, omnibus audientibus civibus tuis, in custodiâ te habiturum esse pronun-
ciâsti, jube vinctos produci, ut miseri parentes, quos falso
lugent, vivere sciant. At enim, ut jam ita sint hæc, quid
ad vos, Romani? Hoc tu dicas liberantibus Græciam? hoc
iis qui, ut liberare possent, mare trajecerunt, terrâ marique
gesserunt bellum?

IV. Violation du traité avec les Romains.

Vos tamen, inquis, vestramque amicitiam ac societatem

_____

(1) *Videtur legendum esse* quum eos cum ceterâ liberavimus
Græciâ.

faire sortir les garnisons de Philippe d'Iassus et de Bargi-
lies, pour laisser sous tes pieds ces deux villes illustres,
jadis les flambeaux de la Grèce, Argos et Lacédémone,
dont l'esclavage démentirait notre titre de libérateurs de la
Grèce. Mais les Argiens étaient du parti de Philippe : je te
l'accorde, pour que tu ne m'accuses pas de tergiverser.
L'on sait de reste que cette alliance fut le délit de deux ou
trois hommes au plus et non de la cité : le grand nombre
n'y prit pas plus de part qu'il n'en eut à t'appeler tes
troupes et toi, pour te remettre la citadelle. On sait que
les Thessaliens, les Phocéens, les Locriens étaient, d'un
commun accord, dans le parti de Philippe; et si nous les
avons affranchis avec toute la Grèce, que ferons-nous, à
ton avis, pour les Argiens, qui n'ont rien de tel à se reprocher? On te fait un grief, dis-tu, d'avoir appelé les esclaves à la liberté, d'avoir distribué des terres aux indigens : torts graves en effet; mais que sont-ils en comparaison
des crimes que, les tiens et toi, vous entassez chaque
jour l'un sur l'autre? Convoque les citoyens ou d'Argos,
ou de Lacédémone, et que l'assemblée soit libre, si tu veux
savoir au juste ce qu'on reproche à ton insupportable domination.

Pour ne pas remonter plus haut, quelle boucherie dans
Argos, presque sous mes yeux, a faite Pythagore, ton
gendre! Quelle boucherie tu as faite toi-même, quand je
touchais aux frontières de la Laconie! Çà donc; les malheureux que tu fis saisir dans l'assemblée, et qui, si tous
les concitoyens ont bien entendu ton arrêt, sont dans les
cachots; ordonne qu'ils paraissent enchaînés, afin que
leurs infortunés parens, qui les pleurent sans raison, sachent qu'ils existent. Mais, diras-tu, quelque chose qu'il
en soit, que vous importe, Romains? Peux-tu parler ainsi
aux libérateurs de la Grèce? à ceux qui, pour l'affranchir,
ont passé la mer, et fait la guerre par mer et par terre?

Quant à vous du moins, ajoutes-tu, à votre amitié, à

propriè non violavi. Quoties vis te id arguam fecisse ? Sed
nolo pluribus : summam rem complectar. Quibus igitur
amicitia violatur ? nempe his duabus rebus maximè, si socios meos pro hostibus habeas ; si cum hostibus te conjungas.
Utrum non à te factum est ? Nam et Messenen uno atque
eodem jure foederis, quo et Lacedæmonem in amicitiam
nostram acceptam, socius ipse sociam nobis urbem vi atque
armis cepisti : et cum Philippo hoste nostro, non societatem solùm, sed, si Diis placet, affinitatem etiam per Phi-
loclem præfectum ejus pepigisti : et bellum adversùm nos
gerens, mare circa Maleam infestum navibus piraticis fecisti : et plures propè cives Romanos, quàm Philippus,
cepisti atque occidisti; tutiorque Macedoniæ ora, quàm
promontorium Maleæ commeatus ad exercitus nostros por-
tantibus navibus fuit.

V. PÉRORAISON SÉVÈRE ET DURE:

Proindè parcesis (1) fidem ac jura societatis jactare : et,
omissâ (2) populari oratione, tanquam tyrannus et hostis
loquere.

---

(1) *Id est* desine, quæso. *Vox* sis *usurpatur pro* si vis; *ut*
sodes *pro* si audes.

(2) *Populari.* Omitte prætexere tuis sceleribus instituta patria,
te defendere ut Lacedæmonium civem, sed tanquam tyrannus
responde.

votre alliance, à parler exactement, je n'ai point propre-
ment failli. Combien de fois faut-il te prouver que tu l'as
fait ? mais je n'ajoute rien ; je me résume : Comment ou-
trage-t-on l'amitié? c'est surtout de deux manières : si l'on
traite ses alliés en ennemis, et si l'on s'unit aux leurs. N'as-
tu pas fait l'un et l'autre ? Messène était entrée dans notre
alliance par le même traité, aux mêmes droits que Lacédémone : toi, notre allié, n'as-tu pas enlevé de force et
l'épée à la main cette ville notre alliée ? Philippe était notre
ennemi : n'as-tu pas contracté avec lui non-seulement une
alliance, mais une affinité par le moyen de son agent,
Philoclès ? Ne nous as-tu pas fait la guerre, infesté de pi-
rates la mer de Malée, pris ou tué presque plus de citoyens
Romains que Philippe ? Les vaisseaux de nos convois n'é-
taient-ils pas plus en sûreté sur les côtes de la Macédoine,
qu'autour du promontoire de Malée?

Cesse donc de mettre en avant les droits et la sainteté
des traités; et, laissant là tes propos puérils, parle-nous
comme tyran et comme ennemi.

EX LIBRO XXXV.

ORATIO ANNIBALIS AD ANTIOCHUM.

I. Romanorum inexpiabile in Annibalem odium patriâ eum ex-
pulerat, et coëgerat ad Antiochum Syriæ regem, qui de bello
Romanis inferendo cogitabat, confugere. Regi primò percarus,
non ita multò pòst, ob crebra cum legatis Romanorum ad
Antiochum missis colloquia, suspectus invisusque efficitur;
undè nec in concilium, quum de bello Romano deliberaretur,
adhibitus est. Igitur adit regem, quæsitâque simpliciter ira-
cundiæ causâ, auditâque, in hunc modum respondet, *Cap.* 19:

*On voit dans ce discours la fierté d'un grand homme malheu-
reux et offensé.*

I. Exorde *ex abrupto*, tiré de la personne de l'orateur.

Pater Amilcar, Antioche, parvum admodùm me, quum
sacrificaret, altaribus admotum jurejurando adegit, nunquàm amicum fore populi Romani.

II. Sa haine pour les Romains.

Sub hoc sacramento sex et triginta annos militavi : hoc
me in pace patriâ meâ expulit; hoc patriâ extorrem in
tuam regiam adduxit; hoc duce, si tu spem meam destitue-
ris, ubicunque vires, ubi arma esse sciam, hùc veniam,
toto orbe terrarum quærens aliquos Romanis hostes.

III. Réfutation des calomnies dirigées contre lui.

Itaque si quibus tuorum (1) meis criminibus apud te
crescere libet, aliam materiam crescendi quam (2) ex me
quærant. Odi, odioque sum Romanis; id me verum dicere
pater Amilcar et Dii testes sunt.

IV. CONCLUSION ÉNERGIQUE ET FIÈRE.

Proinde, quum de bello Romano cogitabis, inter pri-

---

(1) *Meis criminibus*, i. e. me criminando.
(2) Aliam quam *pro* aliam aliquam, *ut sæpè* aliud quid.

LIVRE XXXV.

DISCOURS D'ANNIBAL A ANTIOCHUS.

I. La haine implacable des Romains pour Annibal avait chassé ce général de sa patrie, et l'avait forcé de se réfugier près d'Antiochus roi de Syrie, qui songeait à faire la guerre aux Romains. D'abord il fut très-bien vu du roi : mais bientôt de fréquens entretiens avec les envoyés de Rome, le rendirent suspect, et même odieux; en sorte qu'on ne l'appelait plus aux conseils où l'on traitait de la guerre contre Rome. Il va donc trouver le roi, lui demande naïvement la cause de sa disgrâce, et, l'ayant apprise, il lui répond (*C.* 19) :

———

PRINCE, j'étais tout enfant, quand mon père Amilcar sacrifiant aux Dieux, me fit jurer sur l'autel que je ne serais jamais ami du P. R.

Fidèle à ce serment j'ai fait trente-six ans la guerre : c'est lui qui, malgré la paix, m'a chassé de ma patrie et m'a comme banni, amené dans ta cour; c'est pour lui obéir, que, si tu trompes mon espoir, j'irai partout où je saurai trouver des hommes et des armes, susciter des ennemis aux Romains.

Si donc quelqu'un de tes courtisans songe à s'élever en m'accusant près de toi, qu'il cherche un autre moyen de réussir. Je hais les Romains et j'en suis haï : j'en atteste mon père Amilcar et les Dieux.

Ainsi, quand tu penseras à faire la guerre aux Romains

24.

mos amicos Annibalem habeto : si qua res te ad pacem
compellet, in id consilium alium, cum quo deliberes,
quærito.

~~~~~~

ORATIO THOANTIS ÆTOLORUM DUCIS AD ANTIOCHUM,
DE ANNIBALE.

II. Antiochus, Annibali reconciliatus, cum in Italiam cum classe
mittendum propè decreverat : ipsius enim Annibalis sententia
una semper atque eadem erat, ut bellum in Italiâ gereretur ;
at Thoas dux Ætolorum, sociorum Antiochi, suadet regi ut hoc
consilium abjiciat. *Cap.* 42.

———

NEQUE dimittendam partem navium à classe regiâ, neque
si mittendæ naves forent, minùs quempiam ei classi, quàm
Annibalem præficiendum. Exulem illum et Pœnum esse,
cui mille in dies nova consilia vel fortuna sua vel ingenium possit facere : et ipsam eam gloriam belli, quâ velut
dote Annibal concilietur, nimiam in præfecto regio esse.
Regem conspici, regem unum ducem, unum imperatorem
videri debere. Si classem, si exercitum amittat Annibal,
idem damni fore, ac si per alium ducem amittantur: si quid
prosperè eveniat, Annibalis eam, non Antiochi, gloriam
fore. Si verò universo bello vincendi Romanos fortuna detur, quam spem esse, sub rege victurum Annibalem uni
subjectum, qui patriam propè non tulerit? Non ita se à
juventâ eum gessisse, spe animoque complexum orbis terrarum imperium, ut in senectute dominum laturus videatur. Nihil opus esse regi Annibale duce : comite et consi-

vois dans Annibal un de tes meilleurs amis. Si quelque motif te portait à la paix, cherche alors un autre conseiller
que moi (*).

Discours de Thoas, général des Étoliens, a Antiochus, contre Annibal.

II. Antiochus avait presque résolu d'envoyer avec une flotte Annibal en Italie; car Annibal n'eut jamais qu'un avis : c'était d'y
porter la guerre; mais Thoas, général des Étoliens, alliés du roi,
le détourne de prendre ce parti. (*C.* 42.)

Il ne faut pas, *dit-il*, diviser la flotte royale; et, si l'on
en détache des vaisseaux, Annibal est le dernier à qui on
doit les confier. C'est un exilé, c'est un Carthaginois, à
qui sa position ou son caractère peut suggérer chaque jour
mille nouveaux projets; et même sa gloire militaire, qui
lui sert comme de dot, est trop grande pour le lieutenant
d'un roi. Le roi seul doit être en évidence; seul il doit ordonner, commander. Qu'Annibal perde sa flotte, son armée, le dommage sera le même que si tout autre les eût
perdues : mais en cas de succès, la gloire en sera pour Annibal, non pour Antiochus. Mais si le résultat de la guerre
est la défaite des Romains, espère-t-on qu'Annibal voudra
vivre sous un roi, sujet d'un seul homme, lui qui fut à
peine soumis à sa patrie? Avec l'ambition qui le fit viser à
l'empire du monde, sa conduite depuis sa jeunesse n'a
pas annoncé qu'il pût souffrir un maître dans sa vieillesse.

Le roi n'a donc pas besoin d'Annibal à la tête de ses armées : il peut s'en faire accompagner, et le consulter sur
les opérations militaires. De la part d'un tel homme, de

___

(*) Ce discours dissipa les soupçons du roi ; il résolut la guerre,
et donna le principal commandement à Annibal.

liario eodem ad bellum uti posse. Modicum fructum ex ingenio tali neque gravem neque inutilem fore : si summa petantur, et dantem et accipientem pragravatura.

~~~~~~

ORATIO T. QUINTII IN CONCILIO ACHÆORUM.

III. Antiochus cum exiguo exercitu in Græciam trajecerat : consultanti cum Ætolis quid fieri opus esset, placuit Achæos tentare. Ad eos igitur et ipse et Ætoli legatos mittunt, quibus coram Quintio duce Romano datum concilium est. Legatus Antiochi primò terrestres navalesque regis copias, auri argentique vim in immensum extollens, nominibus quoque gentium vix fando auditis terruit; postremò postulavit ab Achæis ut neutri se parti conjungerent. Idem et Ætolorum legatus Archidamus petiit, ac Quintio exprobravit victoriam de Philippo, virtute Ætolorum partam. Ad ea Quintius respondit, *Cap.* 49 :

———

CORAM quibus magis, quàm apud quos verba faceret, Archidamum rationem habuisse. Achæos enim propè scire, Ætolorum omnem ferociam in verbis, non in factis esse ; et in conciliis magis concionibusque, quàm in acie apparere : itaque parvi Achæorum existimationem, quibus notos esse se scirent, fecisse ; legatis regis, et per eos absenti regi eum se jactâsse. Quòd si quis anteà ignorâsset quæ res Antiochum et Ætolos conjunxisset, ex legatorum sermone potuisse apparere : mentiendo invicem, jactandoque vires, quas non haberent, inflâsse vanâ spe, atque inflatos esse :

1. Faiblesse réelle de Philippe ; vanité du récit pompeux de ses forces.

Dum ii ab se Philippum victum, suâ virtute protectos Romanos, et quæ modò audiebatis narrant ; vos, ceteras-

médiocres services ne seront pas inutiles, sans tirer à conséquence : de trop grands exposeraient et celui qui les rendra, et celui qui les recevra (*).

~~~~~~

DISCOURS DE T. QUINTIUS DANS L'ASSEMBLÉE DES ACHÉENS.

III. Antiochus ayant passé en Grèce avec une faible armée, songea, d'après le conseil des Étoliens, à gagner les Achéens, auxquels il envoya de concert avec ceux-là, des Ambassadeurs, qui reçurent audience en présence du général Romain, Quintius. L'envoyé du roi commença par exagérer ses forces de terre et de mer et ses trésors, cita, pour intimider les esprits, des peuples à peine connus de nom, et finit par engager les Achéens à la neutralité. L'envoyé des Étoliens, Archidamus, fit la même demande en reprochant à Quintius qu'il avait dû sa victoire sur Philippe à la valeur des Étoliens. Quintius lui répondit (*C.* 49) :

ARCHIDAMUS considère plus devant qui, que chez qui il pérore. En effet les Achéens savent au mieux que toute la valeur des Étoliens est en paroles, et non en actions, et brille plus dans les assemblées que dans les combats. Aussi s'est-il peu mis en peine de ce que penseraient les Achéens, dont il sait que les Étoliens sont connus; mais il a voulu se faire valoir auprès des envoyés d'Antiochus, et par eux auprès de ce prince absent. Si jusqu'ici l'on avait ignoré ce qui a déterminé l'alliance d'Antiochus et des Étoliens, les discours des ambassadeurs auraient pu nous l'apprendre : ils se sont menti réciproquement ; et, se targuant de forces qu'ils n'avaient pas, ils se sont mutuellement enflés de vaines espérances.

Les Étoliens disent au roi qu'ils ont vaincu Philippe, fait de leur valeur un rempart aux Romains, et tout ce que

_____

(*) Ce discours inspira de la méfiance au roi, qui, cessant d'en croire Annibal, hâta sa propre ruine.

que civitates et gentes, suam sectam esse secuturos : rex contrà peditum equitumque nubes jactat , et consternit maria
suis classibus. Est autem res simillima cœnæ Chalcidensis
hospitis mei, hominis et boni, et sciti convivatoris : apud
quem solstitiali tempore comiter accepti, quum miraremur,
undè illi eo tempore anni tam multa et varia venatio ; homo
non quàm isti sunt gloriosus , renidens , condimentis ait
varietatem illam , et speciem ferinæ carnis , ex mansueto
sue factam. Hoc dici aptè in copias regis , quæ paulò antè
jactatæ sint , posse : varia enim genera armorum , et multa
nomina gentium inauditarum , Dahas, et Medos , et Cadu-
sios et Elymæos, Syros omnes esse : haud paulò mancipiorum
melius , propter servilia ingenia , quàm militum genus. Et
utinàm subjicere oculis vestris , Achæi, possem concursa-
tionem regis magni ab Demetriade , nunc Lamiam in concilium Ætolorum, nunc Chalcidem ! Videretis vix duarum malè plenarum legiuncularum instar in castris regis ; videretis
regem , nunc mendicantem propè frumentum ab Ætolis ,
quod militi admetiatur ; nunc mutuas pecunias fenore in
stipendium quærentem ; nunc ad portas Chalcidis stantem ,
et mox indè exclusum, nihil aliud quàm Aulide atque Eu-
ripo spectatis , in Ætoliam redeuntem.

II. PÉRORAISON.

Malè crediderunt et Antiochus Ætolis , et Ætoli regiæ va-
nitati. Quò minùs vos decipi debetis, sed expertæ toties spec-
tatæque Romanorum fidei credere. Nam quod optimum esse dicant, non interponi vos bello ; nihil imò tam alienum

vous venez d'entendre ; ajoutant que vous et toute la Grèce, vous suivrez leur parti : le roi de son côté se vante de lever des nuées d'infanterie et de cavalerie, et couvre la mer de ses vaisseaux. Ceci ressemble fort au repas que me donna mon hôte de Chalcis, homme de bien, et qui traite délicatement. Comme c'était à l'époque du solstice d'été, nous lui demandâmes, tout surpris, d'où pouvait lui venir dans cette saison une si grande abondance et une telle variété de gibier ; cet homme, moins vain que ces gens-ci, nous dit en souriant, que cette variété n'était due qu'à l'assaisonnement et qu'on avait donné l'apparence de venaison à de la chair de porc domestique. On peut à bon droit en dire autant de ces troupes du roi dont on vient de faire étalage ; car ces divers genres d'armure, cette foule de noms de peuples inconnus, Dahes, Mèdes, Cadusiens, Élyméens, tout cela est Syrien ; race plus digne du nom d'esclave par ses inclinations serviles, que de celui de soldat. Que ne puis-je, Achéens, vous représenter les courses de ce grand roi de Démétriade, tantôt à Lamia, pour assister à l'assemblée des Étoliens, tantôt à Chalcis : vous verriez à peine deux misérables légions, encore incomplètes, lui former une espèce de camp : vous verriez ce roi tantôt mendier presque du blé chez les Étoliens pour sa troupe ; tantôt recourir pour la solder à des emprunts usuraires ; tantôt immobile aux portes de Chalcis, pour n'y pas entrer ; et bientôt revenir en Étolie, après avoir, pour tout exploit, regardé l'Aulide et l'Euripe.

C'est à tort qu'Antiochus a compté sur les Étoliens, et que les Étoliens ont cru à ses vanteries. Avis à vous pour ne pas vous laisser abuser, et pour vous en fier à la fidélité des Romains, si souvent prouvée et si bien reconnue. Quant à ce qu'ils disent que le mieux pour vous est de ne point prendre de parti, rien au contraire n'est plus opposé

rebus vestris est : quippe sine gratiâ , sine dignitate , præmium victoris eritis.

~~~~~~~~~~~~~~~~~~~~~~~~~~~~~~~~

EX LIBRO XXXVI.

ORATIO ANNIBALIS AD ANTIOCHUM DE BELLO
ADVERSUS ROMANOS.

I. Quum Romani jamjam trajecturi exercitum in Græciam puta-
rentur, Antiochus, advocatis principibus Ætolorum et Amynandro, Athamanum rege, de summâ rerum deliberare instituit. Annibal, jamdiù non adhibitus , interfuit ei concilio. Ibi , quum ceteri omnes de tentandâ Thessalorum voluntate agerent , Annibal
interrogatus sententiam , in universi belli cogitationem regem et
eos qui aderant tali oratione avertit, *Cap.* 7 :

———

*Annibal, presque tombé dans la disgrâce du roi , q ,lui donne
asyle, n'oublie pas son caractère, surtout quand il faut délibérer sur la guerre contre les Romains. On le reconnaît à la noblesse , à la force de ses discours, et principalement à la saga-
cité de son génie pour prévoir tous les périls , et trouver des
expédients.*

1. Exorde imposant, tiré du sujet.

Si, ex quo trajecimus in Græciam, adhibitus essem in concilium , quum de Euboeâ, de Achæis, de Boeotiâ agebatur ,
eam sententiam dixissem, quam hodiè, quum de Thessalis
agitur, dicam. Ante omnia, Philippum et Macedonas in societatem belli quâcunque ratione (1) censeo deducendos
esse.

II. Inconvénients de l'alliance avec des peuples sur lesquels on ne peut compter.

Nam quod ad Euboeam Boeotosque et Thessalos attinet, cui
dubium est quin, ut quibus nullæ suæ vires sint, præsenti-

———

(1) *Libens deleverim* censeo : *magis enim mihi videtur fore ad
Livii gustum si legatur:* Eam sententiam dixissem, quam hodiè....
dicam ; *nempè* ante omnia Philippum et Macedonas in societatem
belli quâcunque ratione deducendos esse.

à vos intérêts ; puisque, sans avoir acquis ni gloire, ni amis,
vous seriez la proie du vainqueur (*).

LIVRE XXXVI.

DISCOURS D'ANNIBAL A ANTIOCHUS, SUR LA GUERRE CONTRE LES ROMAINS.

I. Comme on s'attendait à voir passer en Grèce une armée Romaine,
Antiochus ayant appelé près de lui les chefs des Étoliens avec
Aminander roi des Athamanes, Annibal, depuis long-temps mis
à l'écart, assistait à ce conseil. Comme l'avis de tous les autres
était de sonder les dispositions des Thessaliens, Annibal, quand
on lui demanda le sien, ramena par ce discours le roi et tout le
conseil à un système général de guerre (*C. 7*) :

S<small>I</small>, depuis que nous sommes en Grèce, on m'avait consulté, quand il s'agissait de l'Eubée, des Achéens, de la
Béotie, j'aurais donné le même conseil que je vais donner
aujourd'hui quant aux Thessaliens. Je pense qu'avant tout
il faut nous attacher, à tout prix, Philippe et les Macédoniens.

Car, à l'égard de l'Eubée, des Béotiens et des Thessaliens, qui doute que faibles comme ils sont, et toujours

---

(*) A l'instant et d'une commune voix, les Achéens se pronon-
cèrent pour les Romains, et déclarèrent la guerre à Antiochus et à
ses alliés.

hus adulando semper, quem metum in concilio habeant,
eodem ad impetrandam veniam utantur? simul (1) ac Romanum exercitum in Graeciâ viderint ad consuetum imperium se avertant? nec iis noxae futurum sit, quòd, quùm
Romani procul abessent, vim tuam praesentis, exercitûs-
que tui experiri noluerint?

III. Avantages de l'alliance avec Philippe. 1° Il ne pourra plus se
détacher d'Antiochus. 2° Ses forces, jointes à celles qu'on a déjà, seront invincibles.

1° Quantò igitur prius potiusque est Philippum nobis con-
jungere, quàm hos; cui, si semel in causam descenderit,
nihil integri futurum sit; quippe eas vires afferat, quae non
accessio tantùm ad Romanum esse bellum, sed per se ipsae
nuper sustinere potuerint Romanos! 2° Hoc ego adjuncto
(absit verbo invidia) qui dubitare de eventu possim, quum,
quibus adversùs Philippum valuerint Romani, iis nunc fore
videam ut ipsi oppugnentur? Aetoli, qui Philippum (quod
inter omnes constat) vicerunt, cum Philippo adversùs Romanos pugnabunt. Amynander atque Athamanum gens, quorum secundùm Aetolos plurima fuit opera in eo bello,
nobiscum stabunt. Philippus tùm, te quieto, totam molem
sustinebat belli : nunc duo maximi reges, Asiae Europaeque
viribus adversùs unum populum (ut meam utramque fortunam taceam), patrum certè aetate, ne uni quidem Epirota-
rûm regi parem, (qui (2) quid tandem erit vobiscum com-
paratus?) geretis bellum.

IV. Motifs pour espérer l'alliance de Philippe.

Quae igitur res mihi fiduciam praebet conjungi nobis Philippum posse? Una, communis utilitas, quae societatis maximum vinculum est : altera, auctores vos, Aetoli. Vester
enim legatus hìc Thoas, inter cetera quae ad exciendum in
Graeciam Antiochum dicere est solitus, ante omnia hoc
semper affirmavit, fremere Philippum, et aegrè pati sub spe-

_____

(1) *Lege* ac simul. Simul *hic sumitur pro* simul ac, simul atque.
(2) Haec verba ad Pyrrhum referuntur.

prêts à flatter le premier qui se présente, la timidité qui dicte leurs délibérations, ne les porte à demander grâce ; que , dès qu'ils verront en Grèce une armée romaine , ils ne se soumettent à une domination qu'ils connaissent ; et que les Romains ne leur feront pas un crime de ne s'être point exposés, en leur absence, à vos coups, à vous, qui avez une armée sur les lieux ?

Combien donc vous est-il moins avantageux d'attirer à votre parti ces peuples, que Philippe, qui, s'il l'embrasse une fois, ne pourra plus s'en dédire ; et d'autant que les forces dont il dispose ne seront pas un simple renfort, puisqu'il a pu résister par lui-même aux Romains. Avec un tel allié, soit dit sans choquer personne, pourrais-je douter de l'évènement ? quand je vois prêts à marcher contre les Romains ces mêmes hommes, à la valeur desquels ils durent la défaite de Philippe : les Étoliens, notoirement ses vainqueurs , combattront avec lui contre les Romains ; et nous aurons pour nous Amynander et les Athamanes, qui, après les Étoliens, contribuèrent le plus aux succès de la guerre. Philippe , sans votre secours, soutint alors tout le poids de la guerre : aujourd'hui deux rois si puissans marcheront contre un seul peuple, qui, pour ne point parler de mes succès variés, ne put même, du temps de nos pères, tenir tête au roi seul des Épirotes : et quel roi, si on vous le compare !

Mais quels motifs ai-je d'espérer que Philippe voudra se joindre à nous ? deux : et d'abord l'identité d'intérêts, des liens de la société le plus fort : ensuite vos propres assurances, Étoliens. Car votre envoyé Thoas, ici présent, entr'autres motifs qu'il employa pour engager Antiochus à venir en Grèce, ne cessait d'affirmer surtout que Philippe frémissait de colère, indigné de ce que les Romains lui

cie pacis leges servitutis sibi impositas; ille quidem, feræ
bestiæ vinctæ aut clausæ, et refringere claustra cupienti,
regis iram verbis æquabat : cujus si talis animus est, solva-
mus nos ejus vincula, et claustra refringamus, ut erumpere
diù coërcitam iram in hostes communes possit.

V. Précaution à prendre en cas de refus.

Quòd si nihil eum legatio nostra moverit; at nos, quoniam nobis eum adjungere non possumus, ne hostibus nostris adjungi possit, caveamus. Seleucus filius tuus Lysima-
chiæ est : qui si eo exercitu, quem secum habet, per Thraciam proxima Macedoniæ cœperit depopulari, facilè ab
auxilio ferendo Romanis Philippum ad sua potissimùm
tuenda avertet.

VI. Opinion sur le plan général de la guerre.

De Philippo meam sententiam habes. De ratione universi
belli quid sentirem, jam ab initio non ignorâsti : quòd si
tùm auditus forem, non in Eubœâ Chalcidem captam, et
castellum Euripi expugnatum Romani, sed Etruriam Ligu-
rumque et Galliæ Cisalpinæ oram bello ardere, et, qui maximus iis terror est, Annibalem in Italiâ esse audirent. Nunc
quoque arcessas censeo omnes navales terrestresque copias.
Sequantur classem onerariæ cum commeatibus : nam hîc
sicut ad belli munera pauci sumus, sic nimis multi pro inopiâ commeatuum. Quum omnes tuas contraxeris vires, divisam classem partìm Corcyræ in statione habebis, ne transitus Romanis liber ac tutus pateat; partìm ad littus Italiæ,
quod Sardiniam Africamque spectat, trajicies : ipse cum
omnibus terrestribus copiis in Billynum agrum procedes.
Indè Græciæ præsidebis, et speciem Ronianis trajecturum
te præbens, et, si res poposcerit, trajecturus.

VII. PÉRORAISON GRAVE ET MODESTE.

Hæc suadeo, qui, ut non omnis peritissimus sim belli,
cum Romanis certè bellare bonis malisque meis didici. In
quæ consilium dedi, in eadem nec infidelem nec segnem

avaient, sous le nom de paix, imposé le joug de la servitude : Il comparait le courroux de ce prince à celui d'une bête féroce captive, enchaînée et brûlant de forcer sa prison. Si telles sont ses dispositions, brisons ses liens, forçons sa prison, afin qu'il puisse décharger sur l'ennemi commun sa fureur long-temps comprimée.

Si l'ambassade est sans effet, alors, n'ayant pu l'attirer à nous, empêchons-le du moins de s'unir à nos ennemis. Votre fils Séleucus est à Lysimachie : qu'il traverse la Thrace avec l'armée à ses ordres, qu'il ravage les frontières de la Macédoine ; et Philippe, au lieu d'assister les Romains, aimera mieux sans doute couvrir ses États.

Voilà mon avis au sujet de Philippe ; quant au système général de la guerre, vous avez, dès le principe, connu mon opinion. Si j'avais alors été cru, les Romains apprendraient aujourd'hui non qu'on a pris Chalcis en Eubée, et le fort de l'Euripe, mais que les côtes de l'Étrurie, de la Ligurie, de la Gaule Cisalpine sont en feu, et, pour mettre le comble à leur terreur, qu'Annibal est en Italie.

Je vous propose aujourd'hui de réunir ici toutes vos forces de terre et de mer, des vaisseaux vivriers suivraient votre flotte : Car si nous sommes ici bien peu pour agir, nous sommes trop à raison de la disette de vivres. Toutes vos forces étant rassemblées, vous tiendrez une partie de votre flotte stationnée à Corcyre, pour ôter aux Romains la facilité du passage : vous enverrez l'autre sur la côte de l'Italie qui regarde l'Afrique et la Sardaigne ; et vous-même, avec toutes vos troupes de terre, vous entrerez dans le canton de Billys. De là vous veillerez sur la Grèce, menaçant les Romains de passer en Italie, et prêt à y passer au besoin.

Tel est l'avis d'un homme qui, s'il n'excelle pas en tout genre de guerre, a au moins appris par ses succès et ses revers comment il faut la faire aux Romains. Le plan que je propose, j'offre pour l'exécuter le zèle le plus actif.

operam polliceor. Dii approbent eam sententiam quæ tibi
optima visa fuerit.

~~~~~~

ORATIO T. QUINTII AD ACHÆOS DE ZACYNTHO INSULA.

II. Hierocles Zacynto insulæ ab Amynandro, Athamanum rege,
præfectus, postquàm eum bello victum pulsumque regno cognovit, Achæis insulam, pecuniam pactus, tradidit. Id præmium
belli suum esse Romani, quorum hostis Amynander fuerat,
æquum censebant. T. Quintius concilium sibi Achæorum præberi
jubet. Acta res non sine aliquo motu animorum. Tandem decretum est ut totum negotium ipsi Quintio permitteretur. Tùm
ille in hunc modum locutus est, *Cap.* 32 :

———

Comparaison ingénieuse ; mais raisonnement plus spécieux que
solide.

Si utilem possessionem ejus insulæ censerem Achæis esse,
auctor essem senatui populoque Rom. ut eam vos habere
sinerent. Ceterùm sicut testudinem, ubi collecta in suum
tegumen est, tutam ad omnes ictus video esse; ubi exerit
partes aliquas, quodcunque nudavit, obnoxium atque infir-
mum habere : haud dissimiliter vos, Achæi, clausos undiquè mari, quæ intra Peloponnesi sint terminos, ea et
jungere vobis, et juncta tueri facilè; simul aviditate plura
amplectendi hinc excedatis, nuda vobis omnia quæ extra
sint, et exposita ad omnes ictus esse.

Daignent les Dieux favoriser le parti qui vous paraîtra le meilleur (*).

~~~~~~

DISCOURS DE T. QUINTIUS AUX ACHÉENS, SUR L'ÎLE DE ZACINTHE.

11. Hiéroclès, gouverneur de Zacinthe pour Amynandre roi des Athamanes, voyant ce prince vaincu et détrôné, livra, moyennant une somme, cette île aux Achéens. Les Romains pensaient qu'elle leur appartenait comme propriété d'Amynandre, leur ennemi. T. Quintius demande que le sénat des Achéens s'assemble : la chose s'y traite non sans quelque effervescence, enfin on décrète de s'en rapporter sur cet objet à Quintius lui-même. Alors il leur parla de la sorte (*C*. 3a) :

———

Si je pensais que la propriété de cette île fût avantageuse aux Achéens, je proposerais au sénat et au P. R. de vous l'abandonner. Mais de même que la tortue, qui, ramassée dans son écaille, n'a rien à craindre, si elle fait paraître quelqu'une de ses parties, expose sans défense tout ce qu'elle a mis à nu ; de même, Achéens, ce qui se trouve dans l'enceinte du Péloponnèse, borné de tous côtés par la mer, il vous est facile de l'incorporer à votre ligue et de le défendre ensuite : mais si la passion de vous agrandir vous fait sortir de chez vous, tout ce que vous aurez au dehors sera découvert et vulnérable de toutes parts.

———

(*) Tous ceux du conseil vantèrent la sagesse d'Annibal, mais sans se mettre en peine d'en profiter. Au reste Antiochus, au lieu ce suivre ce plan, perdit à Chalcis dans la débauche et son temps et son armée.

EX LIBRO XXXVII.

VERBA SCIPIONIS AFRICANI AD LEGATUM ANTIOCHI.

I. Antiochum in Asiam cedentem secuti erant Romani. Ad eos rex
legatum de pace mittit. Is Africanum adit, cujus filius paulò ante
captus in potestate regis erat. Omnium primùm filium ei sine pretio redditurum regem dicit: deindè et auri pondus ingens pol li-
cetur, si per eum rex pacem impetrâsset. Ad ea Scipio, *Cap.* 36 :

Quòd Romanos omnes, quòd me ad quem missus es, ignoras, minùs miror, quum te fortunam ejus à quo venis,
ignorare cernam. Lysimachia tenenda erat, ne Chersonesum
intraremus; aut ad Hellespontum obsistendum, ne in Asiam
trajiceremus, si pacem, tanquam ab sollicitis de belli
eventu, petituri eratis. Concesso verò in Asiam transitu,
et non solùm frenis, sed etiam jugo accepto, quæ disceptatio ex æquo, quum imperium patiendum sit, relicta est?
Ego ex munificentiâ regiâ maximum donum filium habebo;
aliis, Deos precor, ne unquàm fortuna egeat mea; animus
certè non egebit. Pro tanto in me munere gratum me esse
in se sentiet, si privatam gratiam pro privato beneficio deside-
rabit; publicè nec habebo quidquam ab illo, nec dabo. Quod
in præsentiâ dare possim, fidele consilium est. Abi; nuncia
meis verbis, bello absistat; pacis conditionem nullam
recuset.

LIVRE XXXVII.

RÉPONSE DE SCIPION L'AFRICAIN A UN ENVOYÉ D'ANTIOCHUS.

7. Antiochus, qui se retirait dans l'intérieur de l'Asie, était suivi par les Romains. Il leur envoie un Ambassadeur pour traiter de la paix. Celui-ci vient trouver Scipion l'Africain, dont le fils était depuis peu prisonnier d'Antiochus. L'Ambassadeur lui déclare d'abord que son fils lui sera rendu sans rançon, et lui promet ensuite beaucoup d'or, si, par son entremise, le prince obtient la paix. Scipion lui répond (*C.* 36) :

———

JE m'étonne moins que tu connaisses si peu et les Romains en général, et moi, vers qui l'on t'envoie, quand je vois que tu ne connais pas même la position de celui qui te député. Il fallait défendre Lysimachie, pour nous fermer l'entrée de la Chersonnèse, ou tenir ferme sur l'Hellespont, pour nous empêcher de passer en Asie, si vous vouliez traiter de la paix comme avec des gens inquiets sur l'issue de la guerre. Mais après nous avoir laissés pénétrer en Asie, après avoir reçu non-seulement le frein, mais le joug, quel espoir avez-vous de traiter d'égal à égal, quand il s'agit de vous soumettre ?

Je recevrai mon fils comme le plus précieux des dons de la munificence royale ; quant aux autres, fassent les Dieux que ma fortune n'en ait jamais besoin ; du moins mon cœur ne les convoitera pas. Pour un si beau présent il me trouvera plein de gratitude, s'il n'attend d'un bienfait personnel qu'une reconnaissance personnelle : comme homme public, je ne recevrai de lui, je ne lui accorderai rien ; tout ce que je puis pour le moment, c'est de lui donner un conseil salutaire. Vas, dis-lui de ma part de mettre bas les armes et d'en passer par tout ce qu'on exigera (*).

———

(*) Antiochus, qui ne s'était pas encore mesuré avec les Romains, continua la guerre.

ORATIO ZEUXIDIS PACEM, ANTIOCHI NOMINE, À ROMANIS POSTULANTIS.

II. Antiochus ingenti prælio victus, legatos Zeuxidem et Antipatrum ad Romanos de pace mittit. Præbito iis frequenti concilio, Zeüxis ita verba fecit, *Cap.* 45 :

I. Orateur asiatique : Soumissions, prières, adulations.

Non tam quid ipsi dicamus, habemus, quàm ut à vobis quæramus, Romani, quo piaculo expiare errorem regis, pacem veniamque impetrare à victoribus possimus. Maximo semper animo victis regibus populisque ignovistis ; quantò id majore et placatiore animo decet vos facere in hâc victoriâ, quæ vos dominos orbis terrarum fecit ? Positis jam adversùs omnes mortales certaminibus, haud secùs quàm Deos consulere et parcere vos generi humano oportet.

III. ORATIO P. SCIPIONIS LEGATIS ANTIOCHI RESPONDENTIS. *Cap.* 45.

Scipion, désarmé par l'abaissement des ennemis, parle avec le calme et la majesté d'un maître absolu.

I. Exorde imposant, tiré de la personne au nom de laquelle on parle.

Romani ex iis, quæ in Deûm immortalium potestate erant, ea habemus, quæ Dii dederunt : animos, qui nostræ mentis sunt, eosdem in omni fortunâ gessimus, gerimusque ; neque eos secundæ res extulerunt, nec adversæ minuerunt.

Ejus rei, ut alios omittam, Annibalem vestrum vobis darem testem, nisi vos ipsos dare possem. Posteaquàm Hellespontum trajecimus, priusquàm castra regia, priusquàm

DISCOURS DE ZEUXIS, DÉPUTÉ PAR ANTIOCHUS POUR DEMANDER LA PAIX.

II. Antiochus, ayant perdu une grande bataille, députe vers les Romains Antipater et Zeuxis pour demander la paix. On les reçut dans une assemblée nombreuse, où Zeuxis parla de la sorte (*C.* 45) :

Nous sommes chargés, Romains, moins de nous justifier, que de vous demander à quel prix nous pourrons expier l'erreur du roi, et obtenir de vous le pardon et la paix. Vous avez toujours fait grâce, avec la plus grande noblesse, aux rois et aux peuples vaincus; quelles doivent donc être votre générosité, votre clémence, après une victoire qui vous rend maître de l'univers ! Puisqu'il ne vous reste plus de mortels à combattre, vous devez, à l'exemple des Dieux, songer à soulager le genre humain.

III. RÉPONSE DE SCIPION AUX ENVOYÉS D'ANTIOCHUS.
(*C.* 45.)

De ce qui dépend des Dieux immortels, nous n'avons que ce qu'ils nous ont accordé : mais quant à nos sentimens, qui sont à nous, en tout état de choses, ils furent et seront toujours les mêmes ; les succès, les revers ne nous exaltent, ni ne nous abattent.

Sans parler de nul autre, j'en donnerais pour témoin votre Annibal, si je ne pouvais vous citer vous-mêmes. Quand nous eûmes passé l'Hellespont, avant d'avoir vu votre camp et votre armée, lorsque la chance était égale

568 ORAT. EX LIV. COLLECT. LIB. XXXVII.

aciem videremus, quum communis Mars et incertus belli
eventus esset, de pace vobis agentibus, quas pares paribus
ferebamus conditiones, easdem nunc victores victis ferimus.

II. Conditions de la paix.

Europâ abstinete, Asiâque omni, quæ cis Taurum montem
est, decedite. Pro impensis deindè in bellum factis quindecim millia talentûm Euboicorum dabitis; quingenta præsentia, duo millia et quingenta quum senatus populusque
Rom. pacem comprobaverint, millia deindè talentûm per
duodecim annos. Eumeni quoque reddi quadraginta talenta,
et quod frumenti reliquum ex eo quod patri debitum est,
placet.

III. Otages pour garantie du traité.

Hæc quum pepigerimus, facturos vos ut pro certo ha-
beamus, erit quidem aliquod pignus, si obsides viginti
nostro arbitratu dabitis; sed nusquàm satis liquebit nobis,
ibi pacem esse populo Romano, ubi Annibal erit : eum ante
omnia deposcimus. Thoantem quoque Ætolum, concitorem
Ætolici belli, qui et illorum fiduciâ vos, et vestrâ illos in
nos armavit, dedetis, et cum eo Mnasimachum Acarnana,
et Chalcidenses Philonem et Eubulidam.

IV. PÉRORAISON GRAVE ET FRAPPANTE.

In deteriore suâ fortunâ pacem faciet rex, quia seriùs
facit quàm facere potuit. Si nunc moratus fuerit, sciat
regum majestatem difficiliùs ab summo fastigio ad medium
detrahi, quàm à mediis ad ima præcipitari.

et l'issue de la guerre incertaine, vous parlâtes de paix : les conditions que nous vous offrîmes étant vos égaux, nous vous les offrons encore étant vos vainqueurs.

Abandonnez l'Europe et toute l'Asie en deçà du Taurus; payez, pour les frais de la guerre, quinze mille talens euboïques; cinq cents comptant, deux mille cinq cents à la ratification du traité par le sénat et le P. R., et mille chaque année pendant douze ans. Vous paierez de plus à Eumènes quatre cents talents, et le reste du blé qui était dû à son père.

Le traité signé, pour que nous soyons assurés de son exécution, vous en donnerez pour gages vingt otages à notre choix. Mais comme le P. R. ne croira jamais être en paix avec un pays où sera Annibal, nous le demandons avant tout. Vous nous livrerez aussi l'Étolien Thoas, auteur de la guerre d'Étolie, qui, par la confiance qu'il inspirait, à vous dans sa nation, à elle dans vos forces, a soulevé les deux peuples contre nous. Vous y joindrez Mnasilochus d'Acarnanie, Eubulidas et Philon de Chalcis.

Votre roi, pour avoir différé, fera la paix dans une position plus mauvaise qu'il n'aurait pu la faire; s'il hésite encore, qu'il sache qu'on a plus de peine à faire descendre la majesté des rois du faîte au second degré, qu'à les précipiter de celui-ci dans la poussière (*).

_____

(*) Antiochus accepta ces conditions, et le sénat les ratifia.

ORATIO EUMENIS IN SENATU, DE IIS QUÆ ADEMPTA FUERANT ANTIOCHO.

IV. Romanis in bello adversùs Antiochum Eumenes rex Pergami,
Attali filius, Rhodiique fortem ac fidelem operam navaverant.
Confecto bello, Romam rex venit, Rhodii legatos miserunt.
Ille nimirùm ademptam Antiocho cis Taurum Asiam imperio
suo accedere cupiebat; hi, civitates Græcas, quæ in eâ forent,
in libertatem vindicari. Prior Eumenes in senatum introductus,
jussusque iterùm atque iterùm dicere quid sibi à senatu populoque Romano tribui æquum censeret, hujuscemodi orationem exorsus est, *Cap.* 53 :

———

*C'est un roi, sujet du peuple romain, qui défend ses intérêts
devant le sénat; plus d'éclat que de noblesse, plus d'art et
de ménagement que de force et de véhémence.*

I. Exorde insinuant, tiré du sujet.

PERSEVERASSEM tacere, P. C., nisi Rhodiorum legationem
mox vocaturos vos scirem; et illis auditis, mihi necessitatem fore dicendi. Quæ quidem eò difficilior oratio erit,
quòd ea postulata eorum futura sunt, ut non solùm nihil
quod contra me sit, sed ne quod ad ipsos quidem propriè
pertineat, petere videantur.

II. Défiance excitée contre les Rhodiens.

Agent enim causam civitatum Græcarum, et liberari eas
dicent debere : quo impetrato, cui dubium est quin et à
nobis aversuri sint, non eas modò civitates quæ libera-
buntur, sed etiam veteres stipendiarias nostras : ipsi autem
tanto obligatos beneficio, verbo socios, reverà subjectos
imperio et obnoxios habituri sint? Et (si Diis placet) quum
has tantas opes affectabunt, dissimulabunt ullà parte id ad
se pertinere : vos modò id dicere, et conveniens esse an-
tefactis, dicent. Hæc vos ne decipiat oratio providendum
vobis erit : neve non solùm inæqualiter alios nimiùm de-
primatis ex sociis vestris, alios præter modum extollatis;

DISCOURS D'EUMÈNES AU SÉNAT SUR LES ÉTATS ÔTÉS A ANTIOCHUS.

IV. Eumènes, roi de Pergame, et les Rhodiens avaient bien et fidèlement servi les Romains dans la guerre contre Antiochus. La guerre terminée, le roi vint à Rome, et les Rhodiens y envoyèrent des députés. Celui-là desirait réunir à ses États l'Asie en deçà du Taurus; les Rhodiens demandaient qu'on affranchît les villes Grecques qui en faisaient partie. Eumènes fut introduit le premier dans le sénat, et sur les instances réitérées qu'on lui fit de déclarer ce qu'il croyait juste d'obtenir du sénat et du P. R., il prononça le discours suivant (*C.* 53) :

———

J'AURAIS persisté dans le silence, P. C., si je ne savais que vous allez admettre à l'instant la députation des Rhodiens, et que je me verrais dans le cas de parler après eux; ce qui rendrait ma position d'autant plus délicate, que leurs demandes paraîtront non-seulement ne m'être en rien préjudiciables, mais aussi n'être pas pour eux d'un intérêt direct.

En effet, ils plaideront pour les villes Grecques, et diront qu'on doit leur rendre la liberté. S'ils obtiennent ce point, qui doute qu'ils ne détachent de nous et les cités qui seront affranchies, et même celles qui, de tout temps, nous ont payé tribut; que, se les attachant par ce bienfait, ils ne les aient réellement pour sujettes, sous le nom d'alliées; et, Dieu merci, parvenus à tant de puissance, ils prétendront n'y être intéressés en rien, disant que vous avez prononcé, et que votre décision est conforme aux antécédens. Prenez garde, P. C., de vous laisser séduire à ces discours; et non-seulement de trop rabaisser certains alliés, pour en élever d'autres outre mesuré, mais de traiter

sed etiam, ne qui adversùs vos arma tulerint, meliore statu sint quàm socii et amici vestri.

III. Titre d'Eumènes à l'amitié des Romains, 1º Service et dévouement de son père Attale. 2º Mérites personnels.

1º Quod ad me attinet, in aliis rebus cessisse intra finem juris mei cuilibet videri malim, quàm nimis pertinaciter in obtinendo eo tetendisse : in certamine autem amicitiæ vestræ, benevolentiæ erga vos, honoris qui à vobis habebitur, minimè æquo animo vinci possum. Hanc ego maximam hæreditatem à patre accepi, qui primus omnium Asiam Græciamque incolentium in amicitiam vestram venit, eamque perpetuâ et constanti fide ad extremum finem vitæ perduxit; nec animum duntaxat vobis bonum ac fidelem præstitit, sed omnibus interfuit bellis quæ in Græciâ gessistis, terrestribus navalibusque ; omni genere commeatuum ita, ut nemo sociorum vestrorum æquari ullâ parte possit, vos adjuvit; postremò, quum Bœotos ad societatem vestram hortaretur, in ipsâ concione intermortuus, haud multò pòst expiravit.

2º Hujus ego vestigia ingressus, voluntati quidem et studio in colendis vobis adjicere (etenim inexsuperabilia hæc erant) nihil potui : rebus ipsis meritisque et impensis officiorum ut superare possem, fortuna, tempora, Antiochus, et bellum in Asiâ gestum præbuerunt materiam. Rex Asiæ et partis Europæ Antiochus, filiam suam in matrimonium mihi dabat : restituebat extemplò civitates quæ defecerant à nobis; spem magnam in posterum amplificandi regni faciebat, si secum adversùs vos bellum gessissem. Non gloriabor eo, quòd nihil in vos deliquerim; illa potiùs, quæ vetustissimâ domûs nostræ vobiscum amicitiâ digna sunt, referam. Pedestribus navalibusque copiis, ut nemo vestrorum sociorum me æquiparare posset, imperatores vestros adjuvi; commeatus terrâ marique suppeditavi ; navalibus præliis, quæ multis locis facta sunt, omnibus affui; nec labori meo nec periculo usquàm peperci. Quod miserrimum est in bello, obsidionem passus sum,

des gens qui portèrent les armes contre vous, mieux que vos vrais alliés, vos vrais amis.

Quant à moi, j'aimerais mieux céder de mes droits à qui que ce soit sur autre chose, que de trop m'obstiner à les maintenir : mais quand il s'agit de votre amitié, d'attachement pour vous, de récompenses que vous décernerez, je ne puis me voir vaincu qu'à contre cœur. Cet amour-propre est le plus bel héritage que j'ai reçu de mon père, qui, le premier des Grecs et des Asiatiques, obtint votre amitié; qui ne cessa, jusqu'à la mort, de la cultiver fidèlement; et qui, non content de se montrer bon et constant allié, fit en personne toutes les campagnes de terre et de mer que vous avez faites en Grèce; vous fournit plus de vivres de toute espèce qu'aucun de vos alliés ne peut dire vous en avoir fourni d'une; enfin qui, frappé du coup mortel dans l'assemblée même des Béotiens, en les exhortant à s'unir à vous, expira peu de temps après.

Marchant sur ses traces, je n'ai pu sans doute l'emporter sur lui par l'ardeur de mon zèle à vous servir : la chose était impossible. Mais la fortune, les circonstances, Antiochus, m'ont donné l'occasion de le surpasser par les effets, par mes services, par les dépenses où ils m'ont jeté. Roi de l'Asie et d'une partie de l'Europe, Antiochus m'offrait sa fille en mariage; il me restituait à l'instant les cités qui s'étaient soustraites à mon pouvoir, et me faisait espérer d'agrandir un jour mes États, si je voulais me joindre à lui pour vous faire la guerre. Je ne me ferai pas une gloire de n'avoir point failli : je préfère citer des traits dignes de l'antique amitié de ma maison pour vous. J'ai mis à la disposition de vos généraux plus de forces de terre et de mer, qu'aucun de vos alliés; je leur ai fourni des vivres sur terre et sur mer; je me suis trouvé à tous les combats sur mer, livrés en divers parages, et n'ai jamais calculé ni la fatigue, ni le danger. Ce que la guerre

25.

Pergami inclusus, cum discrimine ultimo simul vitæ
regnique. Liberatus deindè obsidione, quum aliâ parte
Antiochus, aliâ Seleucus circa arcem regni mei castra
haberent, relictis rebus meis, totâ classe ad Hellespontum
L. Scipioni consuli vestro occurri, ut eum in traji-
ciendo exercitu adjuvarem. Postquàm in Asiam exercitus vester est transgressus, nunquàm à consule abscessi :
nemo miles Rom. magis assiduus in castris vestris fuit,
quàm ego fratresque mei ; nulla expeditio, nullum equestre
prælium sine me factum. In acie ibi steti, eam partem sum
tutatus, in quâ me consul esse voluit.

IV. Supériorité d'Eumènes sur tous les autres alliés.

Non sum hoc dicturus, P. C. : Quis hoc bello meritis
erga vos mecum comparari potest ? Ego nulli omnium
neque populorum neque regum, quos in magno honore
habetis, non ausim me comparare. Masinissa hostis vobis
antè quàm socius fuit ; nec incolumi regno cum auxiliis
suis, sed extorris, expulsus, amissis omnibus copiis, cum
turmâ equitum in castra confugit vestra. Tamen eum, quia
in Africâ adversùs Syphacem et Carthaginienses fideliter
atque impigrè vobiscum stetit, non in patrium solùm regnum restituistis, sed, adjectâ opulentissimâ parte Syphacis regni, præpotentem inter Africæ reges fecistis. Quo
tandem igitur nos præmio atque honore digni apud vos
sumus, qui nunquàm hostes, semper socii fuimus ? Pater,
ego, fratresque mei non in Asiâ tantùm, sed etiam procul
ab domo in Peloponneso, in Bœotiâ, in Ætoliâ, Philippi, Antiochi, Ætolico bello, terrâ marique pro vobis arma tulimus.

V. PÉRORAISON ADROITE. Délicatesse et désinteressement à l'égard
des Romains ; fermeté pour soutenir ses prétentions contre tous
les autres.

Quid ergo postulas ? dicat aliquis. Ego, P. C., quoniam
dicere utiquè volentibus vobis parendum est ; si vos eâ mente
ultra Tauri juga Antiochum emovistis, ut ipsi teneretis eas
terras, nullos accolas nec finitimos habere, quàm vos malo ;

a de plus cruel, j'ai souffert un siège dans Pergame, au péril imminent et de ma vie et de mes États. Délivré de ce danger, mais bloqué dans ma capitale par Antiochus d'une part, et Séleucus de l'autre, j'ai tout abandonné, pour venir dans l'Hellespont, avec toute ma flotte, au devant de votre consul, L. Scipio, afin de l'aider à faire passer son armée. Depuis son entrée en Asie, je ne quittai jamais le consul : Nul de vos soldats ne fut plus assidu au camp que mes frères et moi ; il ne s'est fait, sans moi, nulle expédition, livré nul combat de cavalerie ; j'ai, dans la ligne de bataille, occupé le poste que le consul m'a désigné.

Je ne dirai pas, P. C. : Qui vous a, dans cette guerre, aussi bien servi que moi ? Je ne prétends me mettre en parallèle avec aucun ni des peuples ni des rois que vous honorez le plus. Masinissa fut votre ennemi avant d'être votre allié : ce fut, non pas avant que ses forces et ses États eussent été entamés, mais quand il se vit banni, chassé, et qu'il eut perdu toute son armée, qu'il se réfugia dans votre camp avec quelques cavaliers. Cependant, comme il vous servit en Afrique avec bravoure et fidélité contre Syphax et les Carthaginois, non-seulement vous le rétablîtes dans ses États ; mais, en y joignant la partie la plus opulente de ceux de Syphax, vous en fîtes le prince le plus puissant de l'Afrique. Quelles distinctions, quelles récompenses ne méritons-nous donc pas, nous jamais vos ennemis, toujours vos alliés ? Mon père, moi, mes frères, nous avons fait pour vous la guerre non-seulement en Asie, mais loin de nos foyers, dans le Péloponnèse, en Béotie, en Étolie, par terre et par mer, contre Philippe, Antiochus et les Étoliens.

Que demandez-vous donc ! dira-t-on. Puisque je dois vous obéir en m'expliquant : si vous avez relégué Antiochus au-delà du Taurus pour occuper vous-même le pays en-deçà, je n'y desire pas d'autres habitans, d'autres voi-

nec ullâ aliâ re tutius stabiliúsque regnum meum futurum
spero. Sed si vobis decedere indè atque exercitus deducere
in animo est, neminem digniorem esse ex sociis vestris, qui
bello à vobis parta possideat, quàm me, dicere ausim. At
enim magnificum est liberare civitates servas. Ita opinor,
si nihil hostile adversùs vos fecerunt : sin autem Antiochi
partis fuerint, quantò est vestrâ prudentiâ et æquitate di-
gnius, sociis benè meritis quàm hostibus vos consulere ?

~~~~~~

V. ORATIO LEGATORUM RHODIORUM IN SENATU, DE LI-
BERANDIS GRÆCIS ASIÆ CIVITATIBUS. *Cap.* 54.

———

*Les Rhodiens, en plaidant pour la liberté, prennent un ton
noble sans arrogance, énergique sans rudesse.*

I. **Exorde insinuant**, tiré de la personne de l'adversaire.

NIHIL nobis totâ nostrâ actione, P. C., neque difficilius,
neque molestius est, quàm quòd cum Eumene nobis disceptatio est : cum quo uno maximè regum, et privatum singulis, et quod magis nos movet, publicum civitati nostræ
hospitium est. Ceterùm non animi nostri, P. C., nos, sed
rerum natura, quæ potentissima est, disjungit ; ut nos
liberi etiam aliorum libertatis causam agamus ; reges serva
omnia, et subjecta imperio suo esse velint. Utcunquè tamen res se habet, magis verecundia nostra adversùs regem
nobis obstat, quàm ipsa disceptatio aut nobis impedita est,
aut vobis perplexam deliberationem præbitura videtur.

II. **On peut récompenser Eumène sans lui sacrifier la liberté des
villes Grecques de l'Asie.**

Nam si aliter socio atque amico regi, et benè merito
hoc ipso in bello, de cujus præmiis agitur, honos haberi
nullus posset, nisi liberas civitates ei in servitutem trade-

sins ; et rien, je crois, ne contribuerait plus à la sûreté, à la stabilité de mon royaume. Mais si vous avez l'intention d'en sortir et d'en retirer votre armée, j'ose dire que nul de vos alliés ne mérite mieux que moi de posséder vos conquêtes. Mais il est généreux d'affranchir des cités asservies : Sans doute, si elles ne s'armèrent pas contre vous. Mais si elles furent du parti d'Antiochus, combien il est plus digne de votre prudence et de votre équité de ne pas sacrifier à des ennemis les intérêts d'alliés qui vous ont bien servis.

V. Discours des envoyés Rhodiens dans le Sénat, pour l'affranchissement des villes Grecques d'Asie. (C. 54.)

Le plus pénible et le plus fâcheux de notre commission, P. C., c'est d'entrer en débat avec Eumènes ; celui des rois auquel nous tenons le plus par les liens de l'hospitalité, soit personnellement comme individus, soit, ce qui nous touche davantage, en qualité de membres de l'État. Au reste, c'est moins la différence de sentimens qui nous divise, que la nature inconciliable des choses : Hommes libres, nous plaidons aussi pour la liberté d'autrui ; les rois veulent que tout soit esclave, et soumis à leur empire. Quoi qu'il en soit néanmoins, notre déférence pour le roi nous gêne plus que ne nous embarrasse la discussion même, plus qu'elle ne me paraît pouvoir jeter de perplexité dans vos délibérations.

Car si vous ne pouviez vous acquitter envers un allié, un roi dévoué, qui vous a bien servis dans cette guerre même, des récompenses de laquelle il s'agit, qu'en lui asservissant des cités libres, vous pourriez être irrésolus, dans la

retis; esset deliberatio anceps : ne aut regem amicum
inhonoratum dimitteretis; aut decederetis instituto vestro,
et gloriam Philippi bello partam nunc servitute tot civitatum deformaretis. Sed ab hâc necessitate aut gratiæ in amicum minuendæ, aut gloriæ vestræ, egregiè vos fortuna
vindicat. Est enim Deûm benignitate non gloriosa magis
quàm dives victoria vestra, quæ vos facilè isto velut ære
alieno exsolvat. Nam et Lycaonia et Phrygia utraque, et
Pisidia omnis, et Chersonesus, quæque circumjacent Europæ, in vestrâ sunt potestate : quarum una quælibet regi
adjecta, multiplicare regnum Eumenis potest; omnes verò
datæ, maximis eum regibus æquare.

III. Le premier devoir des Romains est le soin de leur honneur.

Licet ergo vobis et præmiis belli ditare socios, et non
decedere instituto vestro, et meminisse quem titulum præ-
tenderitis priùs adversùs Philippum, nunc adversùs Antiochum belli: quid feceritis Philippo victo; quid nunc à vobis,
non magis quia fecistis, quàm quia id vos facere decet,
desideretur atque exspectetur. Alia enim aliis et honesta et
probabilis est causa armorum. Illi agrum, hi vicos, hi oppida,
hi portus oramque aliquam maris ut possideant. Vos nec
cupîstis hæc antequàm haberetis; nec nunc, quum orbis
terrarum in ditione vestrâ sit, cupere potestis. Pro dignitate et gloriâ apud omne genus humanum, quod vestrum
nomen imperiumque juxtà ac Deos immortales jampridem
intuetur, pugnâstis.

IV. Ils ambitionnent le titre de libérateurs de la Grèce, et les colonies sont parties intégrantes de cette nation.

Quæ parare et quærere arduum fuit, nescio an tueri difficilius sit. Gentis vetustissimæ nobilissimæque, vel famâ
rerum gestarum, vel omni commendatione humanitatis
doctrinarumque, tuendam ab servilio regio libertatem sus-
cepistis; hoc patrocinium receptæ in fidem et clientelam

crainte ou de priver de sa récompense un roi de vos amis, ou
de dévier de vos principes, et de ternir par l'asservissement
de tant de cités, la gloire acquise dans la guerre contre Philippe. Mais la fortune vous exempte heureusement de la nécessité de manquer soit à la reconnaissance envers votre
ami, soit à votre gloire. En effet votre victoire n'étant pas
moins fructueuse que glorieuse, elle vous met en état
d'acquitter sans peine cette espèce de dette ; puisque vous
pouvez disposer de la Lycaonie, des deux Phrygies, de
toute la Pisidie, de la Chersonnèse et de tout ce qui avoi-
sine l'Europe ; provinces dont une seule doublerait les
États d'Eumènes, et qui, réunies, l'égaleraient aux plus
grands rois.

Vous pouvez donc à la fois enrichir vos alliés du fruit
de vos conquêtes, et ne pas vous départir de vos principes, et vous rappeler les motifs allégués par vous d'abord
contre Philippe, récemment contre Antiochus, la conduite
que vous tîntes à l'égard du premier après sa défaite, et ce
qu'on désire, ce qu'on attend aujourd'hui de vous, non
pas tant parce que vous l'avez fait, que parce qu'il vous
sied de le faire. Les peuples ont chacun leurs motifs de
guerre honnêtes et plausibles, pour s'emparer, qui d'un
territoire, qui de quelques bourgades, qui de telles villes,
qui de certaines côtes et de certains ports. Vous n'avez
rien convoité, vous, avant de le posséder ; et vous pouvez
bien moins convoiter aujourd'hui, que l'univers vous est
soumis. Vous n'avez combattu, vous, que pour la gloire
et pour la prééminence sur le genre humain, qui depuis
long-temps révère votre nom et votre empire, comme
celui des Dieux immortels.

S'il fut difficile de parvenir à ce point, je ne sais s'il ne
le sera pas plus encore de s'y maintenir. Vous avez entre-
pris de soustraire à la domination des rois une nation très-
ancienne, aussi célèbre par ses exploits que par sa poli-
tesse et son goût pour les arts ; l'ayant prise toute entière
sous votre protection, il est de votre honneur de la lui

vestram universæ perpetuum vos præstare decet. Non quæ
in solo (1) modò antiquo sunt , Græcæ magis urbes sunt ,
quàm coloniæ earum, illinc quondàm profectæ in Asiam.
Nec terra mutata mutavit genus aut mores ; certare pro
certamine cujuslibet bonæ artis ac virtutis ausi sumus cum
parentibus quæque civitas , et conditoribus suis. Adîstis
Græciæ , adîstis Asiæ urbes plerique ; nisi quòd longiùs à
vobis absumus , nullâ vincimur aliâ re. Massilienses , quos ,
si natura insita velut ingenio terræ vinci posset, jampridem
effecissent tot indomitæ circumfusæ gentes , in eo honore ,
in eâ meritò dignitate audimus apud vos esse, ac si medium
umbilicum Græciæ incolerent. Non enim sonum modò linguæ, vestitumque et habitum , sed ante omnia mores , et
leges , et ingenium, sincerum integrumque à contagione
accolarum servârunt.

V. Que les colonies de la côte d'Asie soient libres , sous la protection immédiate des Romains.

   Terminus est nunc imperii vestri mons Taurus ; quidquid
intra eum cardinem est , nihil longinquum vobis videri debet ; quò arma vestra pervenerunt , eòdem jus hinc profectum perveniat. Barbari , quibus pro legibus semper dominorum imperia fuerunt , quo gaudent, reges habeant ;
Græci suam fortunam , (2) vestros animos gerunt. Domesticis quondàm viribus etiam imperium amplectebantur ;
nunc imperium ubi est , ibi sit perpetuum optant : libertatem vestris tueri armis satis habent, quoniam suis non possunt. At enim quædam civitates cum Antiocho senserunt :
et aliæ priùs cum Philippo , et cum Pyrrho Tarentini : ne
alios populos enumerem , Carthago libera cum suis legibus
est.

VI. PÉRORAISON FORTE ET MAJESTUEUSE.

   Huic vestro exemplo quantùm debeatis , videte , P. C. ;

   (1) Modò hîc intelligendum nunc, etiamnum. Huic respondet
in sequentibus quondàm.
   (2) Vestros animos gerunt. Iisdem affectibus animati sunt, quibus vos : amant rempublicam , populare imperium.

continuer à jamais. Or les villes existantes sur notre ancien sol, ne sont pas plus grecques que leurs colonies qui
le quittèrent pour passer en Asie. Le changement de climat
n'a rien changé ni à notre caractère, ni à nos mœurs ; et,
par une louable émulation, chacune de nos villes osa toujours disputer à ses pères, à ses fondateurs la palme du
courage et des arts. Vous avez, la plupart, vu les villes de
la Grèce, et vu celles de l'Asie : nous ne le cédons que sur
un point : c'est que nous sommes plus éloignés. Les Marseillais, qu'auraient depuis long-temps abrutis tant de
peuples barbares qui les entourent, si les qualités dont
le sol natal est comme imprégné pouvaient s'effacer ; les
Marseillais, nous dit-on, jouissent à bon droit auprès de
vous des mêmes honneurs, de la même considération,
que s'ils habitaient le centre de la Grèce. C'est qu'ils ont
sauvé de la contagion et conservé purs et intacts, non-seulement leur langue, leur costume et leurs manières, mais
surtout leurs mœurs, leurs lois et leur caractère.

Le mont Taurus borne aujourd'hui votre Empire : rien,
en deçà, ne doit vous paraître éloigné. Il faut que d'ici
votre justice pénètre partout où vos armes ont pénétré.
Qu'ils aient des rois, les barbares qui se plaisent à n'avoir
de lois que les ordres d'un maître : Les Grecs avec une
fortune bien différente, ont les mêmes sentimens que vous.
Jadis, leurs seules forces leur donnèrent aussi la supréma-
tie : Qu'elle reste à jamais dans les mains de ceux qui en
jouissent, c'est aujourd'hui leur vœu. Ne pouvant plus défendre leur liberté, il leur suffit que vos armes la protè-
gent. Mais quelques villes, dit-on, ont été du parti d'Antiochus. Mais d'autres, auparavant, avaient bien embrassé
celui de Philippe, comme les Tarentins celui de Pyrrhus ;
et, pour ne pas citer d'autres peuples, Carthage vit libre
sous ses lois.

Voyez, Pères Conscrits, tout ce qu'exige de vous votre

inducetis in animum negare Eumenis cupiditati, quod
justissimæ iræ vestræ negâstis. Rhodii et in hoc et in omnibus bellis, quæ in illâ orâ gessistis, quàm forti fidelique
operâ vos adjuverimus, vestro judicio relinquimus; nunc in
pace id consilium afferimus : quod si comprobâritis, ma-
gnificentiùs vos victoriâ usos esse, quàm vicisse, omnes
existimaturi sint.

EX LIBRO XXXVIII.

Oratio Cn. Manlii Vulsonis consulis ad milites pugnaturos cum Gallogræcis.

I. Ingens olim Gallorum vis in Asiam transgressa erat. Hos bello
persequi, quòd Antiochum auxiliis juvissent, Cn. Manlius in
animum induxit. Quum igitur ad eorum fines pervenisset, quia
cum hoste, tam terribili omnibus regionis ejus, bellum geren-
dum erat, adhortandos milites ratus, hujuscemodi orationem
habuit, *Cap.* 17 :

———

*De la confiance, de la fierté et même de la jactance; c'est un
Romain qui va combattre des barbares.*

1. Exorde simple dans la forme, insinuant en réalité, tiré du sujet.

Non me præterit, Milites, omnium, quæ Asiam colunt,
gentium, Gallos famâ belli præstare. Inter mitissimum genus hominum ferox natio, pervagata bello propè orbem
terrarum, sedem cepit.

II. Vain appareil des Gaulois en marchant au combat.

Procera corpora, promissæ et rutilatæ comæ, vasta scuta,
prælongi gladii; ad hoc cantus inchoantium prælium, et
ululatus, et tripudia, et quatientium scuta in patrium
quemdam morem horrendus armorum crepitus : omnia de
industriâ composita ad terrorem. Sed hæc, quibus insolita

propre exemple; et vous vous déterminerez à refuser à l'ambition d'Eumènes ce que n'a pas obtenu de vous le plus juste ressentiment. Nous vous laissons à juger avec quel courage et quelle fidélité les Rhodiens vous ont aidés dans cette guerre, et dans toutes celles que vous avez faites sur cette côte. En paix aujourd'hui, nous vous donnons un conseil, qui, si vous le suivez, fera dire à l'univers que la manière dont vous usez de la victoire vous fait plus d'honneur que la victoire même (*).

LIVRE XXXVIII.

DISCOURS DU CONSUL CN. MANLIUS VULSO A SES SOLDATS, AVANT D'ATTAQUER LES GAULOIS D'ASIE.

I. Les Gaulois, en grand nombre, avaient autrefois passé en Asie. Comme ils avaient donné du secours à Antiochus, Cn. Manlius Vulso résolut de leur faire la guerre. Étant donc arrivé sur leurs frontières, comme il s'agissait d'attaquer un ennemi, l'effroi de toutes ces contrées, il crut devoir, pour encourager les soldats, leur tenir ce discours (C. 17) :

JE n'ignore pas, Soldats, que les Gaulois passent pour la nation la plus belliqueuse de l'Asie. Ce peuple féroce, après avoir parcouru les armes à la main presque toute la terre, est venu s'établir parmi les plus doux des hommes.

A leur haute taille, à de longs cheveux de couleur ardente, à de grands boucliers, ajoutez des chants en marchant au combat, des hurlemens, des danses convulsives, le bruit effrayant de leurs armes, dont, suivant une sorte d'usage antique, ils frappent leurs boucliers ; le tout calculé pour exciter la terreur. Mais, ces nouveautés, que des

(*) Le sénat trouva le moyen de satisfaire les deux partis.

atque insueta sunt, Græci et Phryges et Cares timeant
Romanis Gallici tumultûs assuetis etiam vanitates notæ sunt.
Semel primo congressu ad Alliam olim fuderunt majores
nostros: ex eo tempore per ducentos jam annos pecorum
in modum consternatos cædunt fugantque (1); et plures
propè de Gallis triumphi, quàm de toto orbe terrarum acti
sunt.

III. Faiblesse des Gaulois en général.

Jam usu cognitum est, si primum impetum, quem fer-
vido ingenio et cæcâ irâ effundunt, sustinueris, fluunt su-
dore et lassitudine membra, labant arma; mollia corpora,
molles ubi ira consedit animos, sol, pulvis, sitis, ut ferrum non admoveas, prosternunt. Non legionibus legiones
eorum solùm experti sumus, sed vir unus cum viro con-
grediendo. T. Manlius, M. Valerius, quantùm Gallicam
rabiem vinceret Romana virtus, docuerunt. Jam M. Manlius unus agmine scandentes in Capitolium Gallos detrusit.

IV. Plus grande faiblesse des Gaulois en Asie.

Et illis majoribus nostris cum haud dubiis Gallis in terrâ
suâ genitis res erat. Hi jam degeneres sunt; mixti et Gal-
logræci verè, quod appellantur: sicut in frugibus pecudi-
busque, non tantùm semina ad servandam indolem valent,
quantùm terræ proprietas cœlique sub quo aluntur, mutat.
Macedones, qui Alexandriam in Ægypto, qui Seleuciam
ac Babyloniam, quique alias sparsas per orbem terrarum
colonias habent, in Syros, Parthos, Ægyptios degenerâ-
runt. Massilia, inter Gallos sita, traxit aliquantùm ab
accolis animorum. Tarentinis quid ex Spartanâ durâ illâ et
horridâ disciplinâ mansit? Generosius in suâ quidquid sede
gignitur: insitum alienæ terræ, in id quo alitur, naturâ
vertente se, degenerat. Phrygas igitur Gallicis oneratos
armis, sicut in acie Antiochi cecidistis, victos victores cæ-

---

(1) *Supple* Romani.

Grecs, des Phrygiens, des Cariens s'en intimident : les Romains accoutumés aux brusques mouvemens des Gaulois, connaissent aussi ces jongleries. Si, dans la première rencontre, ils vainquirent nos aïeux sur l'Allia, depuis lors (et voici deux cents ans), les Romains les égorgent et les chassent devant eux comme de timides troupeaux ; ils ont remporté sur eux presque plus de triomphes, que sur le reste de la terre.

On sait par expérience que, si l'on soutient leur premier choc, où ils mettent une vivacité bouillante et un aveugle emportement, bientôt épuisés de sueur et de fatigue, ils laissent tomber leurs armes. Dès que leur fureur efféminée s'est refroidie, le soleil, la poussière, la soif, suffisent, sans le secours du fer, pour terrasser leurs corps sans vigueur. Nous les avons éprouvés non-seulement de légion à légion, mais en combat singulier. T. Manlius, M. Valérius ont fait voir combien la valeur romaine l'emportait sur la fureur gauloise. Déjà M. Manlius avait, seul, renversé une troupe de Gaulois qui escaladait le Capitole.

Et c'était à de vrais Gaulois, enfans de la Gaule, que nos aïeux avaient affaire. Ils ont déjà dégénéré, ceux-ci ; race mélangée, et, comme on l'appelle, réellement gallo-grecque. Ainsi, dans les plantes et les animaux, la semence n'a pas autant de force pour maintenir leur caractère que l'influence du sol et du climat pour l'altérer.

Les Macédoniens d'Alexandrie, en Égypte, ceux de Babylone, de Séleucie et des autres colonies répandues sur toute la terre, ont dégénéré en Égyptiens, en Parthes, en Syriens ; Marseille, entourée de Gaulois, a pris quelque chose de leurs inclinations. Que reste-t-il aux Tarentins de ces mœurs dures et austères de Sparte ? La plante la plus vigoureuse sur son propre sol, transplantée dans un autre, se pénètre des nouveaux sucs qui la nourrissent, et dégénère. Ces Phrygiens donc, chargés d'armes gauloises, de même que vous les avez taillés en pièces dans l'armée d'Antiochus ; de même, déjà leurs vainqueurs, vous les

detis. Magis id vereor, ne parùm indè gloriæ, quàm ne
nimiùm belli sit : Attalus eos rex sæpè fudit, fugavitque.
Nolite existimare belluas tantùm recèns captas, feritatem
illam silvestrem primò servare, deindè, quum diù manibus
humanis alantur, mitescere ; in hominum feritate mulcendâ
non eamdem naturam esse. Eosdemne hos creditis esse, qui
patres eorum avique fuerunt ? Extorres inopiâ agrorum,
profecti domo per asperrimam Illyrici oram, Pæoniam
indè et Thraciam, pugnando cum ferocissimis gentibus,
emensi, has terras ceperunt. Duratos eos tot malis exaspe-
ratosque accepit terra, quæ copiâ rerum omnium sagina-
ret. Uberrimo agro, mitissimo cœlo, clementibus accolarum ingeniis, omnis illa, cum quâ venerant, mansuefacta
est feritas. Vobis, mehercule, Martis viris, cavenda ac fu-
gienda quamprimùm amœnitas est Asiæ : tantùm hæ pere-
grinæ voluptates ad exstinguendum vigorem animorum
possunt : tantùm contagio disciplinæ morisque accolarum
valet.

V. PÉRORAISON BRILLANTE.

Hoc tamen feliciter evenit, quòd sicut vim adversùs
vos nequaquàm, ita famam apud Græcos parem illi anti-
quæ obtinent, cum quâ venerunt ; bellique gloriam victores
eamdem inter socios habebitis, quàm si servantes antiquum
specimen animorum Gallos vicissetis.

vaincrez encore. Je crains plus d'acquérir peu de gloire,
que de courir trop de dangers avec eux. Attale les a souvent battus et mis en fuite. Ne pensez pas qu'il n'y ait que
les bêtes prises récemment, qui, conservant d'abord leur
naturel sauvage, s'apprivoisent quand on les nourrit long-
temps, et que la férocité de l'homme ne s'adoucit pas ainsi.
Croyez-vous que ces Gaulois soient ce que furent leurs
pères et leurs aïeux? Forcés, faute de terres, de quitter
leur patrie, ils suivirent les côtes si âpres de l'Illyrie, et
traversèrent la Pæonie et la Thrace, toujours aux mains
avec les peuples les plus féroces, pour venir s'établir dans
cette contrée. Endurcis, aigris par tant de misère, ils sont
arrivés dans ce pays abondant en toutes choses; et sa fer-
tilité, la douceur du climat, celle des habitans ont amolli
cette férocité qu'ils y apportèrent. Pour vous, enfans de
Mars, vous devez redouter et fuir au plus tôt les délices de
l'Asie: tant ces voluptés étrangères sont capables d'abâ-
tardir le courage; tant seraient contagieux l'exemple et les
mœurs de ces peuples.

Un avantage pour vous cependant, c'est qu'incapables
de vous résister, les Gaulois ont conservé près des Grecs la
vieille réputation qui suivit ici leurs pères; et votre victoire
sur eux vous fera le même honneur parmi vos alliés, que
si les vaincus avaient hérité de l'antique valeur de leurs
aïeux (*).

(*) La bataille se donna au pied du mont Olympe : les Gaulois
furent vaincus et demandèrent la paix.

VERBA ROMÆ INTER HOMINES VULGÒ JACTATA, DE SCIPIONE AFRICANO.

II. Scipioni Africano duo Q. Petilii tribuni plebis diem dixerant, pecuniæ captæ in Antiochi bello reum accusantes. Id , prout cujusque ingenium erat , interpretabantur : alii non tribunos - modò plebis , sed universam civitatem , quæ id pati posset , incusabant. *Cap.* 5o.

DUAS maximas orbis terrarum urbes ingratas uno propè tempore in principes inventas, Romam ingratiorem : si quidem victa Carthago victum Annibalem in exilium expulisset ; Roma victrix victorem Africanum expellat. *Alii:* Neminem unum civem tantùm eminere debere, ut legibus interrogari non possit : nihil tam æquandæ libertatis esse, quàm potentissimum quemque posse dicere causam (1). Quid autem tutò cuiquam , nedùm summam remp. permitti, si ratio non sit reddenda ? Qui jus æquum pati non possit, in eum vim haud injustam esse.

VERBA PETILIORUM IN SCIPIONEM REUM.

III. Tribuni plebis suspicionibus magis , quàm argumentis , pecuniæ captæ Scipionem accusârunt. Ceterùm infamia intactum , invidiâ quâ possunt urgent. *Cap.* 5i.

FILIUM captum sine pretio redditum ; omnibusque aliis rebus Scipionem , tanquam in ejus unius manu pax Romana bellumque esset , ab Antiocho cultum. Dictatorem eum

---

(1) *Id est* posse accusari.

DIFFÉRENS SENTIMENS SUR SCIPION L'AFRICAIN.

II. Les deux Pétilius, tribuns du peuple, ayant appelé en jugement Scipion, l'accusaient d'avoir pris de l'argent pendant la guerre d'Antiochus. Chacun, suivant sa façon de voir, les blâmait ou les approuvait. Quelques-uns s'élevaient non-seulement contre les tribuns, mais contre la cité même qui souffrait cette indignité. (*C.* 50.)

———

Les deux plus grandes Républiques du monde se sont, *disaient-ils*, montrées presque en même temps ingrates envers leurs plus illustres citoyens; et Rome est la plus ingrate. Carthage vaincue a banni Annibal vaincu ; mais Rome victorieuse rejette Scipion victorieux.

Nul citoyen, *disaient d'autres*, ne doit être assez éminent pour se dispenser de répondre à la loi : rien n'assure mieux le niveau de la liberté, que de réduire les plus grands à la nécessité de se défendre. A qui serait-il sûr de confier quelque charge, à plus forte raison les premières, s'il ne devait pas rendre de comptes? Qui ne peut souffrir l'égalité, ne peut se plaindre de ce qu'on emploie contre lui la force.

———

ACCUSATION CONTRE SCIPION.

III. C'était sur des soupçons, plutôt que sur des preuves, que les tribuns accusaient Scipion d'avoir reçu de l'argent : l'opprobre ne pouvant l'atteindre, ils cherchaient à réveiller l'envie. (*C.* 51.)

———

Antiochus lui avait rendu son fils sans rançon, et lui avait témoigné tous les genres d'égards, comme si la paix et la guerre n'avaient dépendu que de Scipion. Il avait paru en Asie comme dictateur près du consul, non comme son

II. 26

consuli, non legatum in provinciâ fuisse : nec ad aliam
rem eò profectum, quàm ut id quod Hispaniæ, Galliæ,
Siciliæ, Africæ jampridem persuasum esset, hoc Græciæ
Asiæque et omnibus ad Orientem versùs regibus gentibusque appareret, unum hominem caput columenque imperii
Rom. esse ; sub umbrâ Scipionis civitatem dominam orbis
terrarum latere ; nutus ejus pro decretis Patrum, pro populi jussis esse.

~~~~~~

VERBA AFRICANI REI AD POPULUM.

IV. Citatus reus, magno agmine amicorum clientiumque per mediam
concionem ad rostra subiit ; silentioque facto, ita verba fecit,
Cap. 51 :

___

Beau développement d'une idée sublime.

Hoc die, Tribuni plebis, vosque Quirites, cum Annibale et Carthaginiensibus signis collatis in Africâ benè ac
feliciter pugnavi Itaque quum hodiè litibus et jurgiis super-
sederi æquum sit, ego hinc extemplò in Capitolium ad
Jovem Optimum Maximum, Junonemque et Minervam,
ceterosque Deos, qui Capitolio atque arci præsident, salu-
tandos ibo ; hisque gratias agam, quòd mihi et hoc ipso
die ; et sæpè alias egregiè reip. gerendæ mentem faculta-
temque dederunt. Vestrûm quoque, quibus commodum est,
ite mecum, Quirites, et orate Deos ut meî similes principes
habeatis : ita, si ab annis septendecim ad senectutem semper vos ætatem meam honoribus vestris anteistis, ego vestros honores rebus gerendis præcessi.

___

Lieutenant; et son unique but en y passant, avait été de prouver à la Grèce, à l'Asie, à tous les rois, à tous les peuples de l'Orient, ce dont l'Espagne, la Gaule, la Sicile et l'Afrique étaient depuis long-temps persuadées, qu'un seul homme était le chef et l'appui de l'Empire romain ; que la cité maîtresse du monde gisait à l'ombre de Scipion; que ses moindres signes étaient des décrets du sénat et des plébiscites.

PAROLES DE SCIPION CITÉ DEVANT LE PEUPLE.

IV. Au jour fixé, Scipion cité s'avance à la tribune, au milieu d'un nombreux cortège d'amis et de cliens : et dès qu'on eut fait silence, il dit (*C.* 51) :

A pareil jour, Tribuns, et vous Romains, je combattis en Afrique avec autant de courage que de bonheur, contre Annibal et les Carthaginois. Ainsi, comme il convient aujourd'hui de surseoir à tout procès, à toute discussion, je vais de ce pas au Capitole, rendre hommage au très-bon et très-grand Jupiter, à Junon, à Minerve et aux autres Dieux, patrons du Capitole et de la citadelle, et les remercier de m'avoir, ce jour même et mainte autre fois, donné le desir et les moyens de bien servir la République.

Que ceux de vous, Romains, qui en ont le loisir, m'accompagnent : venez prier les Dieux de vous donner des chefs qui me ressemblent ; s'il est vrai que, depuis ma dix-septième année jusqu'à ma vieillesse, les honneurs que j'ai reçus de vous ont toujours prévenu mon âge, et si mes services ont surpassé ces honneurs.

VERBA T. SEMPRONII GRACCHI, TRIBUNI PLEBIS, DE SCIPIONE.

V. Scipio, die longiore prodictâ, in Literninum concessit; certo consilio ne ad causam dicendam adesset. Ubi dies venit, citarique absens est cœptus, L. Scipio morbum causam esse cûr abesset, excusabat. Quam excusationem quum tribuni, qui diem dixerant, non acciperent, T. Sempronius Gracchus, tribunus plebis, cui inimicitiæ cum Scipione intercedebant, ita decrevit, *Cap.* 53:

———

QUUM L. Scipio excuset morbum esse causam fratri, satis id sibi videri. Se P. Scipionem, priusquàm Romam redîsset, accusari non passurum: tùm quoque si se appellet, auxilio ei futurum, ne causam dicat. Ad id fastigium rebus gestis, honoribus populi Rom. P. Scipionem Deorum hominumque consensu pervenisse, ut sub rostris reum stare et præbere aures adolescentium conviciis, populo Rom. magis deforme, quàm ipsi sit. *Adjecit decreto indignationem:* Sub pedibus vestris stabit, Tribuni, domitor ille Africæ Scipio? Ideò quatuor nobilissimos duces Pœnorum in Hispaniâ, quatuor exercitus fudit, fugavitque; ideò Syphacem cepit, Annibalem devicit; Carthaginem vectigalem nobis fecit; Antiochum (recepit enim fratrem consortem hujus gloriæ L. Scipio) ultra Tauri juga emovit, ut duobus Petiliis succumberet, vos de P. Africano palmam peteretis? Nullisne meritis suis, nullis vestris honoribus unquàm, in arcem tutam et velut sanctam, clari viri pervenient, ubi si non venerabilis, inviolata saltem senectus eorum considat?

PAROLES DE T. SEMPRONIUS GRACCHUS, TRIBUN DU PEUPLE, EN FAVEUR DE SCIPION.

V. L'affaire ayant été ajournée, Scipion se retira dans le canton de Literne, résolu de ne pas se présenter. Quand, au jour fixé, on le cita, son frère Lucius donna la maladie pour motif de son absence. Les Tribuns accusateurs n'admettant pas l'excuse, leur collègue, T. Sempronius, ennemi de Scipion, se prononça de la sorte (C. 53) :

DÈS que Lucius allègue une maladie en faveur de son frère, je crois que cela suffit : Je ne souffrirai pas qu'on mette en accusation Publius, avant son retour à Rome; et même alors, s'il me réclame, je m'opposerai à ce qu'il plaide sa cause. Les exploits de Scipion, les honneurs que lui a conférés le P. R., l'ont élevé si haut, de l'aveu des Dieux et des hommes, qu'il serait plus honteux pour le P. R. que pour lui-même, qu'on le vît debout, sous la tribune, prêter l'oreille aux propos injurieux de quelques jeunes gens.

Et, cédant à l'indignation, il ajouta : Paraîtra-t-il debout, à vos pieds, Tribuns, Scipion, ce vainqueur de l'Afrique? Aura-t-il battu, mis en fuite en Espagne quatre armées, quatre généraux Carthaginois des plus illustres ? aura-t-il pris Syphax, défait Annibal, rendu Carthage tributaire de Rome, et rejeté (car L. Scipion a voulu que son frère partageât sa gloire) Antiochus au-delà des sommets du Taurus; pour succomber sous les deux Pétilius, pour que vous triomphassiez de Scipion l'Africain? Les services des grands hommes et les dignités dont vous les honorez, ne leur assureront-ils jamais un asyle comme sacré, où se puisse reposer leur vieillesse sinon vénérée, du moins inviolable (*) ?

_____

(*) Scipion passa le reste de ses jours à Literne, et ne voulut pas même rentrer à Rome après sa mort.

EX LIBRO XXXIX.

Oratio Lycortae, praetoris Achaeorum, legatis Romanorum respondentis.

I. Philopœmene prætore, Achæi, Lacedæmoniis bello victis, muros
urbis diruerant; ipsos concilii sui fecerant, ademptis Lycurgi
legibus. Eas injurias Lacedæmonii apud legatos Romanorum primò qui tùm in Græciâ erant; deindè, postquàm in iis parùm
erat præsidii, apud senatum deploravêre. Nova legatio missa;
cujus princeps Ap. Claudius, quum in concilio Achæorum dixisset ea quæ apud senatum questi erant Lacedæmonii, displicere
senatui, Lycortas Achæorum prætor, qui Philopœmenis factionis erat, in hunc modum respondit, *Cap.* 36 *et* 37 :

———

Lycortas est l'ami et le successeur de Philopœmen; énergie d'un
homme que tourmente le besoin de la liberté.

I. Exorde insinuant, tiré de la situation.

Difficilior nobis, Appi Claudi, apud vos oratio est,
quàm Romæ nuper apud senatum fuit. Tunc enim Lacedæmoniis accusantibus respondendum erat: nunc à vobis ipsis
accusati sumus, apud quos causa dicenda est. Quàm ini-
quitatem conditionis subimus illâ spe, judicis animo te
auditurum esse, positâ contentione quâ paulò antè egisti.
Ego certè, quum ea, quæ et hìc anteà apud Q. Cæcilium,
et posteà Romæ questi sunt Lacedæmonii, à te paulò antè
relata sint, non tibi, sed illis me apud te respondere credam.

II. Bon droit des Achéens établi en principe.

Cædem objicitis eorum qui, à Philopœmene prætore evocati
ad causam dicendam, interfecti sunt. Hoc ego crimen non
modò à vobis, Romani, sed ne apud vos quidem nobis obji-
ciendum fuisse arbitror. Quid ita? quia in vestro fœdere
erat, ut maritimis urbibus abstinerent Lacedæmonii. Quo

LIVRE XXXIX.

RÉPONSE DE LYCORTAS, PRÉTEUR DES ACHÉENS, A APPIUS
CLAUDIUS, DÉPUTÉ DE ROME.

1. Les Achéens ayant, sous la préture de Philopœmen, vaincu les
Lacédémoniens, avaient détruit les murs de leur ville; et les
avaient agrégés à leur ligue, en leur ôtant les lois de Lycurgue.
Les Lacédémoniens avaient d'abord porté plainte de ces violences
aux députés Romains qui se trouvaient alors en Grèce, puis,
n'en étant pas protégés, ils s'étaient adressés au sénat. Une nouvelle députation partit; et son chef, Appius Claudius, ayant no-
tifié à l'assemblée des Achéens que le sénat était mécontent de
ce qui avait provoqué les plaintes des Lacédémoniens, le préteur
des Achéens Lycortas, qui était de la faction de Philopœmen, lui
répondit ainsi (C. 36 et 37) :

Il nous est plus difficile, Appius, de parler devant toi
qu'il ne nous le fut naguère de parler à Rome devant le
sénat. Nous n'avions à répondre alors qu'aux accusations
des Lacédémoniens ; aujourd'hui c'est devant toi, qui nous
accuses, que nous avons à nous défendre. Quel que soit le
désavantage de cette position, nous nous y soumettons,
dans l'espoir que tu nous écouteras avec des oreilles de
juge, oubliant la chaleur que tu as montrée récemment.
Pour moi les sujets de plainte articulés par les Lacédémoniens ici d'abord, devant Q. Cæcilius, et depuis à Rome,
lorsque tu nous les rappelles, je me persuade que c'est non
pas à toi, mais à eux que je réponds devant toi.

On nous reproche le meurtre de ceux que le préteur Philopœmen avait mandés pour rendre compte de leur conduite. Ce reproche ne dut jamais nous être fait, Romains,
non-seulement par vous, mais devant vous. Pourquoi?
parce que votre traité portait que les Lacédémoniens ne
toucheraient pas aux villes maritimes. Il existait quand,
ayant pris les armes, ils s'emparèrent de nuit des villes

tempore armis captis, urbes, à quibus abstinere jussi erant,
nocturno impetu occupaverunt, si T. Quintius, si exercitus Romanus, sicut anteà, in Peloponneso fuisset, eò nimirùm capti et oppressi confugissent. Quum vos procul essetis, quò aliò, nisi ad nos socios vestros, quos anteà Gythio
opem ferentes, quos Lacedæmonem vobiscum similide causâ oppugnantes viderant, confugerent? Pro vobis igitur
justum piumque bellum suscepimus. Quod quum alii lau-
dent, reprehendere ne Lacedæmonii quidem possint ; Dii
quoque ipsi comprobaverint, qui nobis victoriam dederunt:
quonam modo ea, quæ belli jure acta sunt, in disceptatio-
nem veniunt?

    III. Justification pour le meurtre des Lacédémoniens.

Quorum tamen maxima pars nihil pertinet ad nos. Nostrum est, quòd evocavimus eos ad causam dicendam, qui
ad arma multitudinem exciverant, qui expugnaverant maritima oppida, qui diripuerant, qui cædem principum fecerant. Quòd verò illi venientes in castra interfecti sunt,
vestrum est, Areu et Alcibiade, qui nunc nos, si Diis placet, accusatis, non nostrum. Exules Lacedæmoniorum, quo
in numero hi quoque duo fuerunt, et tunc nobiscum erant,
quòd domicilio sibi delegerant maritima oppida, se petitos
credentes, in eos quorum operâ patriâ extorres, ne in tuto
quidem exilio posse consenescere se indignabantur, impetum fecerunt. Lacedæmonii igitur Lacedæmonios, non
Achæi, interfecerunt; nec, jure an injuriâ cæsi sint, argumentari refert.

    V. Justification pour l'abolition des lois de Lycurgue et la des-
    truction des murailles. 1° Les murs étaient des monumens d'es-
    clavage. 2° Les Achéens ont communiqué leurs lois aux Lacé-
    démoniens, qui n'en avaient plus.

    1° At enim illa certè vestra sunt, Achæi, quòd leges dis-
ciplinamque vetustissimam Lycurgi sustulistis, quòd muros
diruistis. Quæ utraque ab iisdem objici quî possunt, quum
muri Lacedæmoniis non à Lycurgo, sed paucos ante annos
ad dissolvendam Lycurgi disciplinam exstructi sint? Tyranni

auxquelles il leur était défendu de toucher. Si, comme autrefois, T. Quintius avec une armée romaine avait été dans le Péloponnèse, ils auraient à coup sûr eu recours à lui, ceux qu'on avait surpris. Quand vous étiez éloignés, à qui auraient-ils eu recours, si ce n'est à nous, vos alliés, qu'ils avaient déjà vus marcher au secours de Gythium; et, pour une cause pareille, assiéger avec vous Lacédémone? Ce que chacun approuve, ce que les Lacédémoniens ne peuvent eux-mêmes blâmer, ce qu'ont approuvé les Dieux en nous accordant la victoire, ce qu'autorisaient les lois de la guerre, comment en fait-on la matière d'un débat?

Quand surtout, en très-grande partie, la chose ne nous regarde en rien. Mais c'est par nous qu'ont été cités à comparaître ceux qui avaient excité la multitude à prendre les armes, pris et pillé les villes maritimes, égorgé leurs principaux habitans. Mais s'ils furent tués en venant au camp, cela vous regarde, vous, Aréus, et Alcibiades, aujourd'hui, Dieu merci, nos accusateurs, et non pas nous. Les bannis de Lacédémone, du nombre desquels étaient ces deux-ci, et qui se trouvaient alors avec nous, se crurent attaqués, vu qu'ils s'étaient établis dans les villes maritimes; et indignés de ce que ceux qui les avaient chassés de leur patrie, ne leur permissent pas même de vieillir sans danger dans l'exil, ils se jetèrent sur eux. Ce sont donc non des Achéens, mais des Lacédémoniens qui ont tué des Lacédémoniens. Ont-ils eu tort ou raison, c'est ce qu'il ne s'agit pas de discuter.

Mais du moins, Achéens, avez-vous, sans nul doute, aboli les lois et l'antique discipline de Lycurgue, et détruit les murs des Lacédémoniens. Eh! comment peuvent-ils nous faire ce double reproche, puisque ces murs ont été bâtis, non par Lycurgue, mais depuis peu d'années, pour détruire la discipline de Lycurgue? Les tyrans en avaient

26.

enim nuper eos, arcem et munimentum sibi, non civitati
paraverunt. Et si existat hodiè ab inferis Lycurgus, gau-
deat ruinis eorum, et nunc se patriam et Spartam antiquam
agnoscere dicat. Non Philopœmenem exspectare, nec Achæos,
sed vos ipsi, Lacedæmonii, vestris manibus amoliri et
diruere omnia tyrannidis vestigia debuistis. Vestræ enim
illæ deformes veluti cicatrices servitutis erant : et quum
sine muris per octingentos propè annos liberi, aliquandò
etiam principes Græciæ fuissetis, muris velut compedibus
circumdatis vincti per centum annos servîstis. 2°. Quod ad
leges ademptas attinet, ego antiquas Lacedæmoniis leges
tyrannos ademisse arbitror ; vos, non suas ademisse, quas
non habebant, sed nostras leges dedisse : nec malè consuluisse civitati, quum concilii nostri eam fecerimus, et nobis
miscuerimus, ut corpus unum et concilium totius Peloponnesi esset. Tunc, opinor, si aliis ipsi legibus viveremus,
alias istis injunxissemus, queri se iniquo jure esse, et indi-
gnari possent.

V. Récrimination véhémente contre les Romains.

Scio ego, Appi Claudi, hanc orationem, quâ sum adhuc
usus, neque sociorum apud socios, neque liberæ gentis esse,
sed servorum veriùs disceptantium apud dominos. Nam, si
non vana illa vox præconis fuit, quâ liberos esse omnium
primos Achæos jussistis ; si fœdus ratum est ; si societas et
amicitia ex æquo observatur, cur ego, quid Capuâ captâ
feceritis Romani, non quæro ; vos rationem reposcitis,
quid Achæi Lacedæmoniis bello victis fecerimus? Interfecti
aliqui sunt ; finge à nobis : quid? vos senatores Campanos
securi non percussistis? Muros diruimus ; vos non muros
tantùm, sed urbem et agros ademistis. Specie, inquis,
æquum est fœdus apud Achæos, re precaria libertas ; apud
Romanos etiam imperium est. Sentio, Appi ! et, si non

fait une défense pour eux et non pour la ville, et si Lycurgue sortait aujourd'hui des enfers, ces ruines le réjouiraient : Maintenant, dirait-il, je reconnais ma patrie et l'ancienne Sparte. Vous ne deviez pas, Lacédémoniens, attendre Philopœmen et les Achéens : vous deviez vous-mêmes, de vos mains, effacer, anéantir toutes les traces de la tyrannie. Ces murs étaient comme les cicatrices honteuses de votre servitude : sans murs vous fûtes libres huit cents ans, et quelquefois les arbitres de la Grèce ; et comme entravés par ces murs, vous avez été cent ans esclaves. Quant aux lois qu'on leur a ravies, je pense que, les tyrans ayant privé les Lacédémoniens de leurs anciennes lois, nous leur avons non pas ôté celles qu'ils n'avaient pas, mais donné les nôtres ; et que nous avons fait le bien de cette ville en l'agrégeant et l'incorporant à notre ligue, afin que tout le Péloponnèse n'eût qu'un corps et qu'un esprit. Ce serait, je pense, si, vivant sous nos lois, nous leur en imposions de différentes, qu'ils pourraient s'indigner et se plaindre de notre injustice.

Je sais, Appius, que j'ai parlé jusqu'ici non comme un allié s'expliquant avec des alliés, non comme chef d'un peuple libre, mais comme un esclave plaidant devant son maître. Car si ce ne fut pas en vain qu'un héraut proclama que vous appeliez, avant tous, les Achéens à la liberté ; s'il existe entre nous un traité ; si l'alliance ratifiée est d'égal à égal, pourquoi, quand je ne demande pas, Romains, ce que vous avez fait à Capoue après l'avoir prise, demandez-vous raison de ce que nous, Achéens, nous avons fait aux Lacédémoniens vaincus ? Quelques-uns ont été tués ; supposez par nous : Eh ! n'avez-vous point abattu les têtes des sénateurs Campaniens ? Nous avons détruit des murailles ; vous, ce ne sont pas des murs seulement, mais une ville, un territoire que vous avez envahis. C'est en apparence, diras-tu, que les Achéens ont traité de pair avec nous : dans le fait, ils n'ont qu'une liberté précaire, et la souveraineté même est chez les Romains. Je le sens, Appius ; et,

oportet, non indignor ; sed oro vos, quantumlibet intersit
inter Romanos et Achæos, modò ne in æquo hostes vestri
nostrique apud vos sint, ac nos socii : imò ne meliore jure
sint. Nam ut in æquo essent, nos fecimus, quum leges iis
nostras dedimus, quum, ut Achæi concilii essent, effecimus.

VI. PÉRORAISON VIGOUREUSE. Il établit dans un court résumé le
   droit des Achéens contre les Lacédémoniens, et menace indirec-
   tement les Romains , s'ils veulent le violer.

Parùm est victis quod victoribus satis est; plus postulant
hostes, quàm socii habent. Quæ jurejurando, quæ monumentis litterarum in lapide insculptis in æternam memoriam sancta atque sacrata sunt, ea cum perjurio nostro tollere parant. Veremur quidem vos, Romani , et, si ita vultis, etiam timemus : sed plus et veremur et timemus Deos
immortales.

~~~~~~

VERBA ANNIBALIS VENENUM, QUO SE NECARET, POS-
                   GENTIS.

II. Annibal, victo Antiocho , in Bithyniam ad Prusiam regem con-
fugerat. Prusias , ut gratificaretur Romanis et Tito Quintio Flami-
nio eorum legato, per se necandi ejus aut tradendi in potestatem consilium cepit : milites ergo ad domum Annibalis custo-
diendam missi sunt. Annibal , postquàm nullum effugium pate-
bat, venenum poposcit, dicens, *Cap.* 51 :

——————

LIBEREMUS diuturnâ curâ populum Romanum, quandò
mortem senis exspectare longum censent : nec magnam nec
memorabilem ex inermi proditoque Flaminius victoriam
feret. Mores quidem populi Rom. quantùm mutaverint,
vel hic dies argumento erit. Horum patres Pyrrho regi, hosti
armato, exercitum in Italiâ habenti, ut à veneno caveret ,

s'il faut, je ne m'en indigne pas. Mais, de grâce, que les Romains soient autant qu'on le voudra au-dessus des Achéens, pourvu que vous ne traitiez pas vos ennemis et les nôtres sur le même pied, que dis-je? plus favorablement que nous, vos alliés. Car qu'ils aillent de pair, nous y avons pourvu, en leur donnant nos lois, en les admettant dans la ligue achéenne.

Les vaincus n'ont pas assez de ce qui suffit aux vainqueurs : des ennemis demandent plus que n'ont des alliés. Ce que nous avons ratifié, consacré par serment, et fait graver sur le marbre pour en éterniser la mémoire, ils s'apprêtent à l'effacer, en nous entachant de parjure. Nous vous respectons, Romains, et même, si vous le voulez, nous vous craignons : mais nous respectons et nous craignons bien plus les Dieux immortels.

~~~~~~~~~~~~~~~~~~~~~~~~~~~~~~~~~~~~~

PAROLES D'ANNIBAL, PRÊT À PRENDRE DU POISON.

II. Annibal, après la défaite d'Antiochus, s'était réfugié chez Prusias, roi de Bithynie. T. Flaminius y vint en ambassade ; et, soit qu'il eût reproché à Prusias de garder à sa cour l'implacable ennemi des Romains, soit que le roi, pour leur faire plaisir, eût projeté de le faire mourir, ou de le livrer, des soldats eurent ordre d'investir sa maison. Annibal, ne voyant aucun moyen de s'échapper, demanda du poison, en disant (*C.* 51) :

———

Délivrons le P. R. de sa vieille inquiétude, puisqu'il trouve ennuyeux d'attendre la mort d'un vieillard. La victoire que Flaminius va remporter sur un ennemi sans armes et trahi, ne sera ni brillante, ni mémorable : mais ce jour seul fera connaître combien les Romains ont dégénéré. Leurs pères, quand le roi Pyrrhus, en guerre avec eux, avait une armée en Italie, l'avertirent d'être en garde contre le poison : leurs descendans ont envoyé conseiller à

prædixerunt : hi legatum consularem, qui auctor esset
Prusiæ per scelus occidendi hospitis, miserunt.

‹‹‹

EX LIBRO XL.

ORATIO PHILIPPI, MACEDONUM REGIS, QUUM SEDERET JUDEX INTER DUOS FILIOS.

1. Philippo, Macedonum regi, duo filii fuêre : Perseus alter ex
pellice susceptus, sed ordine nascendi prior ; alter Demetrius,
ex legitimâ uxore. Hic obses olim ac pignus pacis missus Romam, gratusque Romanis ; sed eo nomine suspectus patri erat
bellum instaurare cupienti ; multò adhuc invisior fratri, qui
eum ut gravem æmulum metuebat. Venerat tempns exercitûs
lustrandi. Sacro peracto, divisæ bifariàm duæ acies, ducibus
regiis juvenibus, sudibus concurrêre ad simulacrum pugnæ.
Infestissimis animis decertatum : pars ea, quæ sub Demetrio
erat, longè superior fuit. Convivium eo die sodalium qui simul decurrerant, uterque separatìm habuit, quum vocatus
ad cœnam à Demetrio Perseus negâsset. A victoribus inter epu-
larum hilaritatem jocosa dicta in adversarios quum jactaren-
tur, ad has excipiendas voces speculator, à Perseo missus, à
juvenibus fortè triclinio egressis malè multatur. Hujus rei ignarus Demetrius hortatur convivas ut comessatum ad fratrem
eant : igitur illi qui speculatorem pulsaverant, ferrum veste
abdiderunt, quo se tutari, si qua vis fieret, possent. Præcurrit
statìm index ad Persea, qui ferro succinctos cum Demetrio
venire nunciet. Perseus infamandæ rei gratiâ januam obserari
jubet. Posterâ die, accusat Demetrium apud patrem tanquam
cum armatis domum ad se interficiendum venisset. Philippus,
arcessito statìm Demetrio, quum consedisset inter duos filios,
in hunc modum locutus fertur, *Cap.* 8 :

—

*Philippe, malheureux père, entre deux fils ennemis l'un de
l'autre, s'exprime avec toute l'amertume de la douleur et de
l'indignation.*

1. Exorde pathétique, pris de la situation de l'orateur.

SEDEO, miserrimus pater, judex inter duos filios, accusa-

Prusias, par un ambassadeur consulaire, l'infâme assassinat
de son hôte (*).

LIVRE XL.

DISCOURS DE PHILIPPE, ROI DE MACÉDOINE, A SES
DEUX FILS.

1. Philippe, roi de Macédoine, eut deux fils, Persée, fils d'une
concubine, mais l'aîné; Démétrius, né d'une épouse légitime.
Celui-ci, envoyé jadis à Rome, comme otage et garant de la
paix, et bien vu des Romains, était, par cela même, suspect à
Philippe, qui pensait à recommencer la guerre : il était encore
plus odieux à Persée, qui le craignait comme un rival dangereux.
L'époque vint de passer l'armée en revue. Après le sacrifice, les
troupes en deux corps, aux ordres des jeunes princes, donnèrent avec des bâtons le simulacre d'un combat. On se chargea
avec animosité; et la division commandée par Démétrius eut
tout l'avantage. Les deux chefs régalèrent séparément, le soir,
leurs compagnons de combat, Persée ayant refusé de souper
avec Démétrius, qui l'y avait invité. Les vainqueurs dans la joie
du festin, ayant laissé échapper quelques plaisanteries sur leurs
adversaires, un espion envoyé par Persée pour recueillir les propos, fut surpris et maltraité par des jeunes gens sortis par hasard
de la salle. Démétrius, qui n'en sut rien, propose aux convives
d'aller chez son frère achever la fête. Ceux donc qui avaient mal-
mené l'espion, afin de pouvoir se défendre, si on les attaquait,
cachent des épées sous leurs habits. Un traître prend aussitôt les
devants, et prévient Persée que son frère vient à lui avec des
gens armés. Persée, pour empoisonner la chose, ordonne de
fermer les portes; et, le lendemain, il accuse Démétrius auprès
de son père d'être venu avec des satellites pour l'égorger. Philippe, ayant aussitôt mandé l'accusé, s'assied entre ses deux
fils, et leur parle en ces termes (C. 8) :

PÈRE infortuné, me voici donc séant comme juge entre

(*) Annibal but le poison et mourut, en invoquant la vengeance
des Dieux hospitaliers, outragés en sa personne.

torem parricidii, et reum ; aut confícti, aut admissi crí-
minis labem apud meos inventurus.

II. Tristes regards jetés sur le passé. 1° L'espérance de les voir revenir à de meilleurs sentimens l'avait en vain flatté. 2° Tous
ses avis, toutes ses leçons, tous les exemples ont été inutiles.

Jampridem quidem hanc procellam imminentem timebam, quum vultus inter vos minimè fraternos cernerem,
quum voces quasdam exaudirem : sed interdùm spes animum subibat, deflagrare iras vestras, purgari suspiciones
posse : etiam hostes, armis positis, fœdus icisse, et privatas
multorum simultates finitas ; subituram vobis aliquandò
germanitatis memoriam, puerilis quondàm simplicitatis
consuetudinisque inter vos, meorum deniquè præceptorum :
quæ vereor, ne vana surdis auribus cecinerim.

III. Invective contre leur fureur dénaturée.

Quoties ego, audientibus vobis, detestatus exempla discordiarum fraternarum, horrendos eventus eorum retuli, (1)
quibus se stirpemque suam, domos, regna, funditùs ever-
tissent ? Meliora quoque exempla parte alterâ posui ; socia-
bilem consortionem inter binos Lacedæmoniorum reges,
salutarem per multa secula ipsis patriæque ; eamdem civitatem, posteaquàm mos sibi cuique rapiendi tyrannidem
exortus sit, eversam. Jam hos Eumenem Attalumque fratres,
à quàm exiguis rebus, propè ut puderet regii nominis, mihi,
Antiocho, et cuilibet regum hujus ætatis, nullâ re magis,
quàm fraternâ unanimitate, regnum æquâsse. Ne Romanis
quidem exemplis abstinui, quæ aut visa aut audita habebam :
T. et L. Quintiorum, qui bellum mecum gesserunt ; P. et
L. Scipionum, qui Antiochum devicerunt ; patris patruique
eorum, quorum perpetuam vitæ concordiam mors quoque
miscuit.

Neque vos illorum scelus, similisque sceleri eventus deterrere à vecordi discordiâ potuit ; neque horum bona mens,

---

(1) Libenter legerem *qui* pro *quibus. Eorum* potest intelligi *fratrum : quibus* autem referetur ad *eventus.*

mes deux fils, l'un accusateur, l'autre accusé de parricide ; prêt à découvrir dans ma famille la noirceur ou de la calomnie, ou du forfait.

Cet orage qui s'approchait, depuis long-temps je le pressentais à des mots, à des regards, rien moins que fraternels ; mais je me flattais quelquefois que vos haines pourraient s'éteindre, et les soupçons s'évanouir. Si des ennemis posent les armes et font la paix, si les haines domestiques ont souvent un terme, j'espérais qu'il vous souviendrait un jour des liens du sang qui vous unissent, de votre innocente intimité dans votre enfance, de mes leçons enfin, que je crains d'avoir en vain prodiguées à des sourds.

Que de fois, maudissant devant vous les exemples de discorde entre frères, vous en ai-je retracé les horribles effets, qui avaient amené la ruine absolue de leur maison, de leurs palais, de leurs États ! A ces exemples, j'en opposais de meilleurs à suivre : l'étroite union des deux rois de Lacédémone, si salutaire, durant plusieurs siècles, et pour eux et pour la patrie ; et la même cité réduite à rien, quand l'usage s'y fut établi d'attirer, chacun à soi, l'autorité. Je vous citais ces deux frères, Eumènes et Attale, si peu puissans d'abord qu'ils rougissaient presque du nom de rois, et devenus mes égaux, ceux d'Antiochus et de quelque roi que ce fût de cet âge ; par quel moyen surtout ? par l'union fraternelle. Je vous donnais pour modèles jusqu'à des Romains que j'avais connus, ou dont on m'avait parlé : Les deux Quintius, qui m'ont fait la guerre ; les Scipions, vainqueurs d'Antiochus ; leur père et leur oncle, dont la mort n'interrompit pas la constante intimité.

Ni le crime des uns, et ses justes résultats, n'ont pu vous guérir de vos lâches fureurs ; ni la sagesse et la pros-

bona fortuna, ad sanitatem flectere. Vivo et spirante me,
hæreditatem meam ambo et spe et cupiditate improbâ (1)
crevistis. Eousquè me vivere vultis, donéc alterius vestrûm
superstes, haud ambiguum regem alterum meâ morte faciam. Nec fratrem, nec patrem potestis pati; nihil cari,
nihil sancti est : in omnium vicem regni unius insatiabilis
amor successit.

IV. PÉRORAISON VÉHÉMENTE.

Agite! conscelerate aures paternas : decernite criminibus,
mox ferro decreturi : dicite palàm quidquid aut veri potestis, aut comminisci libet. Reseratæ aures sunt, quæ posthâc
secretis alterius ab altero criminibus claudentur.

II. Oratio Persei accusatoris in Demetrium
fratrem. *Cap.* 9 *et seq.*

*Persée, ambitieux et cruel, ne cherche qu'à perdre son frère :
sensibilité affectée, feinte modestie, grandes protestations
de respect et de zèle, enfin tout ce qui caractérise l'hypocrisie.*

I. Exorde pathétique, pris dans le sujet. Plaintes sur l'indifférence
de son père à son égard; faux-semblant de douleur et d'effroi.

APERIENDA nimirùm nocte janua fuit; et armati comes-
satores accipiendi, præbendumque ferro jugulum, quando
non creditur, nisi perpetratum facinus; et eadem petitus
insidiis audio, quæ latro atque insidiator. Non nequicquàm
isti unum Demetrium filium te habere, me subditum et
pellice genitum appellant. Nam si gradum, si caritatem
filii apud te haberem, non in me querentem deprehensas

---

(1) *Crevistis.* Amplexi estis, et quasi occupatis. Hoc verbo
designatur, quum quis hæreditatem adit, sive quòd res et bona
videat, sive quòd se decernat hæredem.

périté des autres, vous ramener à la raison. Moi vivant et respirant, vous vous êtes, dans votre avidité criminelle, envié mes dépouilles. Vous ne voulez me voir vivre que jusqu'à l'époque où, survivant à l'un de vous, je laisse à l'autre, par ma mort, un droit non équivoque au trône. Vous ne pouvez souffrir ni frère, ni père : rien ne vous est cher, ni sacré : l'insatiable passion de régner seul vous tient lieu de tout.

Hé bien ! souillez ces oreilles paternelles : attaquez-vous d'inculpations, en attendant que vous tiriez le glaive. Vérité ou fiction, révélez ce qui est, ou ce qu'il vous plaît d'avancer. Mes oreilles sont ouvertes, pour être fermées ensuite aux délations de l'un contre l'autre.

II. Discours de Persée, accusant Démétrius. (C. 9 et suiv.)

Oui : je devais ouvrir de nuit ma porte, accueillir des ivrognes armés et tendre la gorge au couteau, dès qu'on ne croit pas au crime, s'il n'est consommé, et que moi, menacé d'assassinat, j'essuie les mêmes reproches que le brigand et l'assassin. On a raison de dire que vous n'avez de fils que Démétrius, et de me traiter de sujet, né d'une concubine. Car si j'avais près de vous le rang et les droits de fils, vous séviriez, non contre moi, qui dénonce les

insidias, sed in eum qui fecisset, sævires : nec adeò tibi
vilis vita esset nostra, ut nec præterito periculo meo mo-
vereris, neque futuro, si insidiantibus sit impunè. Itaque
si mori tacitum oportet, taceamus, precati tantùm Deos ut
à me cœptum scelus in me finem habeat, nec per meum
latus tu petaris. Sin autem, quod circumventis in solitudine natura ipsa subjicit, ut hominum, quos nunquam
viderint, fidem tamen implorent, mihi quoque ferrum in
me strictum cernenti, vocem mittere liceat ; (1) per te,
patrium nomen, quod utri nostrûm sanctius sit, jampridem sentis, ita me audias, precor, tanquam si, voce et
comploratione nocturnâ excitus, mihi quiritanti interve-
nisses, Demetrium cum armatis nocte intempestâ in vestibulo meo deprehendisses. Quod tùm vociferarer in re præsenti pavidus, hoc nunc postero die queror.

II. Preuves du prétendu complot d'assassinat. 1º Animosité de son
frère contre lui. 2º Tentative d'exécution. 3º Confrontation avec
les complices ; aveu arraché. 4º Corollaire des argumens qui
précèdent.

1º Frater, non (2) comessantium in vicem jamdiù vivi-
mus inter nos. Regnare utique vis : huic spei tuæ obstat ætas
mea, obstat gentium jus ; obstat vetustus Macedoniæ mos ;
obstat verò etiam patris judicium. Hùc transcendere, nisi
per meum sanguinem, non potes ; omnia moliris et tentas :
adhuc seu cura mea, seu fortuna, restitit parricidio tuo.
Hesternâ die in lustratione, et decursu, et simulacro ludicro pugnæ, funestum propè prælium fecisti : nec me aliud
à morte vindicavit, quàm quòd me ac meos vinci passus sum.
Ab hostili prælio, tanquam fraterno lusu, pertrahere me ad
cœnam voluisti. 2º Credis me, pater, inter inermes convivas cœnaturum fuisse, ad quem armati comessatum venc-

---

(1) *Lege*, Sin autem..... vocem mittere licet, te precor per
patrium nomen, ita me audias tanquam, etc. *Vulgò hìc legitur*
patriumque nomen.

(2) *Id est* in morem comessantium.

pièges que j'ai découverts, mais contre celui qui les dressa ; et vous ne feriez pas assez peu de cas de ma vie, pour n'être touché ni de mes dangers passés ni de ceux qui me menacent, si les coupables demeurent impunis. S'il faut donc mourir sans se plaindre, taisons-nous, en priant les Dieux que l'attentat essayé sur moi se borne-là, et qu'à travers mon corps le fer ne vous atteigne pas. Mais si, comme la nature même le suggère à l'homme attaqué dans un désert, d'implorer le secours de gens qu'il n'a jamais vus; si j'ose, voyant le fer levé sur ma tête, jeter du moins un cri; je vous en conjure, ô mon père, par ce nom sacré (vous savez depuis long-temps pour qui, de lui ou de moi, il l'est davantage), mon père, écoutez-moi, comme si, réveillé dans les ténèbres par ma voix plaintive, attiré par mes gémissemens, vous aviez, au milieu de la nuit, dans mon vestibule, surpris Démétrius avec des gens armés. Les cris que l'effroi m'eût alors arrachés, entendez-les aujourd'hui.

Mon frère, la table depuis long-temps ne nous réunit plus. Tu veux régner; mais, à ton ambition, s'opposent et mon âge, et le droit des gens, et l'antique usage de la Macédoine, et la volonté même d'un père. L'effusion de mon sang peut seule applanir ces obstacles : tu fais tout pour les lever. Soit précaution, soit bonheur, j'ai jusqu'à présent échappé à tes mains parricides. Hier, d'une revue, d'un exercice, de l'image d'un combat, tu fis presque une affaire sanglante, et je n'échappai à la mort qu'en me laissant vaincre, moi et les miens. Sortant de ce combat hostile, comme d'un jeu fraternel, tu voulus m'entraîner à ta table. A votre avis, aurais-je soupé, mon père, avec des gens désarmés, lorsqu'ils sont venus armés faire réveillon chez moi? N'aurais-je eu, de nuit, rien à craindre de leurs épées, moi qu'ils ont presque tué, sous vos yeux, avec des bâtons ?

runt? credis (1) nihil à gladiis nocte periculi fuisse, quem su
dibus, te inspectante, propè occiderunt? Quid hoc noctis,
quid inimicus ad iratum, quid cum ferro succinctis juveni
bus venis? Convivam me tibi committere ausus non sum;
commessatorem te cum armatis venientem recipiam? Si
aperta janua fuisset, funus meum parares hoc tempore, pater,
quo querentem audis. 3° Nihil ego, tanquam accusator cri
minosè, nec, dubia argumentis colligendo, ago. Quid enim?
negat se cum multitudine venisse ad januam meam? an ferro
succinctos secum fuisse? Quos nominavero, arcesse. Possunt
quidem omnia audere, qui hoc ausi sunt : non tamen aude
bunt negare. Si deprehensos intra limen meum cum ferro ad
te deducerem, pro manifesto haberes ; fatentes, pro depre
hensis habe. 4° Exsecrare nunc cupiditatem regni, et furias
fraternas concita (2) : sed ne sint cæcæ, pater, exsecrationes
tuæ : discerne et dispice insidiatorem, et petitum insidiis
noxium (3) huic esse caput. Qui occisurus fratrem fuit, ha
beat etiam iratos paternos Deos : qui periturus fraterno sce
lere fuit, perfugium in patris misericordiâ et justitiâ habeat.
Quò enim aliò confugiam, cui non solenne lustrale exerci
tûstui, non decursus militum, non domus, non epulæ, non
nox ad quietem data naturæ beneficio mortalibus, tuta est?
Si vero ad fratrem invitatus, moriendum est : si recepero
intra januam commessatum fratrem , moriendum est : nec
eundo, nec manendo, insidias evito.

III. Parallèle des deux frères. 1° Dévouement de Persée pour les
intérêts de son père ; 2° perfidie et arrogance de Démétrius en
vers Philippe.

1° Quò me conferam? Nihil præter Deos, pater, et te co
lui : non Romanos habeo, ad quos confugiam ; perîsse expe
tunt, quia tuis injuriis doleo ; quia tibi ademptas tot urbes,
tot gentes, modò Thraciæ maritimam oram, indignor. Nec
me, nec te incolumi, Macedoniam futuram suam sperant. Si

---

(1) *Supple* mihi.
(2) *Id est* furias ultrices fraternarum discordiarum.
(3) *Lege* noxium his, *nempè* exsecrationibus incesse caput.

Toi, mon ennemi, que venais-tu faire, chez un homme
irrité, à cette heure de la nuit, avec des gens armés ? Je
n'osai hasarder d'être ton convive, et je te recevrai, venant
faire la débauche avec tes satellites ! Si ma porte eût été
ouverte, au moment où vous m'écoutez, mon père, vous
ordonneriez mes funérailles. Je n'agis point en accusateur
qui invective, et donne des soupçons pour des preuves.
Car enfin, niera-t-il être venu à ma porte avec beaucoup
de monde, et que ses gens étaient armés ? Ceux que je
nommerai, fais-les paraître. Ils peuvent tout oser, après
un tel forfait : ils n'oseront pourtant pas nier le fait. Si je
te les amenais, surpris avec des épées dans l'intérieur de
ma maison, tu regarderais le crime comme avéré : que
leur aveu tienne lieu de cette preuve. Maudissez maintenant la passion de régner ; évoquez les furies de la frater-
nité... Mais, mon père, ne soyez pas aveugle en vos ma-
lédictions ; distinguez, séparez le traître de sa victime :
qu'elles frappent la tête coupable. Celui qui voulait tuer son
frère, irritait aussi les Dieux paternels. Que celui qui fut au
moment de périr par le crime d'un frère, trouve un asyle dans
la pitié, la justice de son père. Car, où me réfugier ailleurs,
moi qui ne fus en sûreté ni pendant la cérémonie religieuse
de la revue de votre armée, ni durant l'exercice militaire
qui la suivit, ni dans ma maison, ni à table, ni pendant
la nuit, que la nature accorde au repos des mortels ? Si je
me rends à l'invitation d'un frère, il faut périr ; si je reçois
ce frère à ma table, il faut périr. Que j'aille, ou que je
reste, je tombe dans le piège.

A qui recourir ? Je n'ai rendu d'hommages qu'aux Dieux
et à vous, mon père. Je n'ai point les Romains pour me
donner asyle : ils desirent ma perte, parce que je ressens
vos affronts, et que je m'indigne de ce qu'ils vous aient
enlevé tant de villes, tant de pays, et récemment le littoral
de la Thrace. Ni vous ni moi vivans, ils ne se flattent pas
de posséder la Macédoine ; mais que nous mourions, moi

me scelus fratris, te senectus absumpserit, aut ne ea quidem
exspectata fuerit; regem regnumque Macedoniæ sua futura
sciunt. Si quid extra Macedoniam tibi Romani reliquissent,
mihi quoque id relictum crederem receptaculum. At in Mace-
donibus satis præsidii est. Vidisti hesterno die impetum in me
militum. Quid illis defuit, nisi ferrum? Quod illis defuit interdiù, convivæ fratris noctu assumpserunt. 2° Quid de
magnâ parte principum loquar, qui in Romanis spem omnem dignitatis et fortunæ posuerunt, et in eo qui omnia
apud Romanos potest? Neque, Hercule, istum mihi tantùm
fratri majori, sed propè est ut tibi quoque ipsi regi et
patri præferant. Iste enim est, cujus beneficio pœnam tibi
senatus remisit, qui nunc te ab armis Rom. protegit, qui
tuam senectutem obligatam et obnoxiam adolescentiæ suæ
esse æquum censet. Pro isto Romani stant; pro isto omnes
urbes tuo imperio liberatæ; pro isto Macedones, qui pace
Romanâ gaudent : mihi præter te, pater, quid usquàm aut
spei aut præsidii est ?

Quò spectare illas litteras ad te nunc missas T. Quintii
credis, quibus benè te consuluisse rebus tuis ait, quòd Demetrium Romam miseris, et hortatur ut iterùm, et cum
pluribus legatis, et primoribus quoque Macedonum, re-
mittas eum? T. Quintius nunc est auctor omnium rerum
isti, et magister; eum sibi, te abdicato patre, in locum
tuum substituit; illic antè omnia clandestina concocta sunt
consilia. Quæruntur adjutores consiliis, quum te plures, et
principes Macedonum cum isto mittere jubet. Qui hinc integri et sinceri Romam eunt, Philippum regem se habere
credentes, imbuti illinc et infecti Romanis delinimentis
redeunt. Demetrius iis unus omnia est : eum jam regem
vivo patre appellant.

de la main d'un frère, et vous de vieillesse, en supposant qu'on attende ce moment, ils savent qu'ils disposeront du royaume et du roi de Macédoine. Encore, s'ils vous avaient laissé quelque chose au dehors de la Macédoine, je croirais qu'ils me l'auraient laissé pour asyle. Mais j'ai, dans les Macédoniens, des ressources suffisantes. Eh ! vous vîtes hier l'animosité des soldats contre moi. Que leur manqua-t-il, que du fer ? et s'il leur manqua de jour, les convives de mon frère en trouvèrent de nuit. Que dirai-je de la plupart des grands, qui n'attendent les dignités et la fortune que des Romains, ou de celui qui peut tout auprès d'eux ? et certes ils le préfèrent non-seulement à moi, son aîné, mais presqu'à vous-même, son père et son roi. C'est en effet lui qui a obtenu votre grâce du sénat ; qui vous met en ce moment à l'abri des armes de Rome ; qui croit juste que votre vieillesse soit redevable et comme assujétie à sa jeunesse. Il a pour lui les Romains, pour lui toutes les villes détachées de votre Empire, pour lui ceux des Macédoniens qui veulent vivre en paix avec Rome. Et moi, mon père, excepté vous, quel espoir, quelle ressource ai-je au monde ?

Quel but supposez-vous aux dernières lettres de Quintius, où il vous dit que vous avez bien entendu vos intérêts en envoyant Démétrius à Rome, et vous exhorte à l'y renvoyer avec une ambassade plus nombreuse, et choisie entre les premiers de l'Etat ? Quintius est en tout aujourd'hui son agent et son maître. C'est lui que, reniant son père, il vous a substitué ; c'est à Rome qu'ils ont mûri leurs complots ; c'est pour se ménager des complices, que Quintius vous engage à faire accompagner Démétrius par une ambassade nombreuse et des premiers de la nation. Ceux qui partent pour Rome irréprochables et purs, avec la croyance que Philippe est leur roi, en reviennent imbus et infectés des filtres des Romains. Le seul Démétrius est tout pour eux : ils l'appellent déjà roi, du vivant de son père.

II.   27

IV. PÉRORAISON ARTIFICIEUSE. Résumé vigoureux. 1° Persée ne
peut être soupçonné d'ambition. 2° Démétrius sacrifiera tout à la
sienne. 3° il faut punir les coupables, ou l'on doit tout craindre.

Hæc si indignor, audiendum est statim, non ab iis solùm,
sed etiam à te, pater, cupiditatis regni crimen : ego verò,
si in medio ponitur, non agnosco. Quem enim suo loco
moveo, ut ipse in ejus locum succedam? Unus ante me pater est; et, ut diù sit, Deos rogo : superstes (et ita sim, si
merebor, ut ipse me esse velit) hæreditatem regni, si pater
tradet, accipiam. 2° Cupit regnum, et quidem scelerate
cupit, qui transcendere festinat ordinem ætatis, naturæ,
moris Macedonum, juris gentium. Obstat frater major, ad
quem jure, voluntate etiam patris, regnum pertinet. Tol-
latur : non primus regnum fraternâ cæde petiero. Pater
senex, et filio solus orbatus, de se magis timebit, quàm ut
filii necem ulciscatur. Romani lætabuntur, probabunt, defendent factum. Hæ spes incertæ, pater, sed non inanes
sunt. Ita enim res se habet : periculum vitæ propellere à me
potes, puniendo eos, qui ad me interficiendum ferrum
sumpserunt : si facinori eorum successerit, mortem meam
idem tu persequi non poteris.

Si tout cela m'indigne, je m'entends aussitôt reprocher non-seulement par autrui, mais par vous, mon père, la passion de régner. Pour moi, si on généralise, je ne puis me reconnaître là. En effet, qui déplacé-je pour le remplacer ? je ne vois avant moi que mon père, et je prie les Dieux qu'il y soit long-temps. Si je lui survis (et que ce ne soit qu'autant que je mériterai qu'il le désire lui-même), je recueillerai comme héritage son royaume, s'il me le transmet. C'est convoiter le trône, et le convoiter en scélérat, que de vouloir y monter contre l'ordre de la naissance et de la nature ; contre l'usage des Macédoniens et le droit des gens. Je vois un obstacle dans mon aîné, que la loi, que même la volonté d'un père appellent au trône ; qu'il périsse. Je ne serai pas le premier qui ait acquis un sceptre par le meurtre d'un frère. Un père vieux et privé de son fils, tremblera trop pour lui-même, et n'osera le venger. Les Romains se réjouiront, approuveront, me justifieront.

Cet espoir, mon père, sans être assuré, n'est pas sans fondement. Les choses en sont là. Vous pouvez mettre ma vie à couvert, en punissant ceux qui se sont armés pour me l'arracher. Si le crime s'exécute, vous ne serez plus en état de venger ma mort.

III. Oratio Demetrii Perseo respondentis.
Cap. 12 et seq.

Démétrius, accusé injustement, sait que son père ne lui est pas
favorable : Candeur et sensibilité.

1. Exorde insinuant, tiré de l'action de l'adversaire. Démétrius reprend, en analyse, les parties du plaidoyer de son frère, et dé-
voile ses artifices et ses impostures.

Omnia quæ reorum anteà fuerant auxilia, pater, præoccu-
pavit accusator. Simulatis lacrymis in alterius perniciem
veras meas lacrimas suspectas tibi fecit. Quum ipse, ex quo
ab Romà redii, per occulta cum suis colloquia dies noctesque insidietur, ultrò mihi, non insidiatoris modò, sed latronis
manifesti et percussoris speciem induit. Periculo suo te ex-
terret, ut inoxio fratri per eumdem te maturet perniciem.
Perfugium sibi nusquàm gentium esse ait, ut ego ne apud te
quidem quidquam spei reliquæ habeam. Circumventum,
solum, inopem, invidiâ gratiæ externæ, quæ obest potius
quàm prodest, onerat. Jam illud quàm accusatorie, quod
noctis hujus crimen miscuit cum ceterâ insectatione vitæ
meæ! ut et (1) hoc, quod jam quale sit, scies, suspectum
alio vitæ nostræ tenore faceret; et illam vanam criminatio-
nem spei, voluntatis, consiliorum meorum, nocturno hoc
ficto et composito argumento fulciret. Simul et illud quæsivit, ut repentina et minimè præparata accusatio videretur,
quippe ex noctis hujus metu et tumultu repentino exorta.
Oportuit autem, Perseu, si proditor ego patris regnique
eram, si cum Romanis, si cum aliis inimicis patris, inieram
consilia, non exspectatam fabulam noctis hujus esse, sed
proditionis meæ antè me accusatum : si illa separata ab hâc
vanâ accusatio erat, invidiamque tuam adversùs me magis

---

(1) *Hoc* i. e. hujus criminis, quod mox scies quale sit, scilicet
falsum, suspicionem augeret alio, etc.

II. III. DÉMÉTRIUS RÉPOND A PERSÉE (*C.* 12 *et suiv.*);

———

Tout ce que les accusés eurent jusqu'ici de ressources, ô mon père! l'accusateur s'en est emparé. Ses larmes feintes pour me perdre vous ont rendu suspectes mes larmes véritables. Lui qui, depuis mon retour de Rome, trame jour et nuit, avec ses partisans, des complots contre moi, vient me représenter non-seulement comme un traître, mais comme un brigand, un assassin déclaré. Il vous effraie sur ses dangers, pour hâter par vos mains la ruine d'un frère innocent. Il dit n'avoir plus d'asyle au monde, afin qu'il ne me reste, même en vous, aucun espoir. Isolé, circonvenu, sans appui, que je suis, il me fait un crime d'une amitié plus nuisible pour moi qu'avantageuse. D'abord, avec quelle méchanceté n'établit-il pas des rapports marqués entre l'aventure de cette nuit et toute ma conduite précédente! afin de rendre suspect, par l'aperçu de ma vie entière, un fait que je vais vous expliquer, et de fortifier, par sa fable nocturne, la vaine accusation d'espérances, de désirs, de projets qu'il m'impute. Il a de même voulu qu'elle parût formée à l'instant et sans préparation, comme étant l'effet de la crainte et du trouble subit qu'il venait d'éprouver. Mais, Persée, si je trahissais et mon père et l'État; si je conspirais avec les Romains et les autres ennemis de mon père, il fallait non pas attendre la fable de cette nuit, mais révéler d'avance mes trahisons; ou, si l'accusation isolée devait manifester plutôt votre haine pour

quàm crimen meum indicatura , hodiè quoque eam aut
prætermitti, aut in aliud tempus differri, ut perspiceretur
utrùm ego tibi , an tu mihi , novo quidem et singulari genere
odii, insidias fecisses. Ego tamen , quantùm in hâc subitâ
perturbatione potero , separabo ea quæ tu confudisti ; et
noctis hujus insidias aut tuas aut meas detegam.

II. Justification. 1º Sûr de la protection des Romains , il n'.. ût pas
eu besoin d'un crime qui ne pouvait que lui faire perdre tous
ses prétendus avantages. 2º Les lieux mêmes et les temps doivent
éloigner le soupçon d'un tel crime. 3º Les imputations se détruisent les unes les autres. 4º Démétrius explique et éclaircit
les faits altérés ou embrouillés à dessein.

Occidendi suî consilium me inîsse videri vult, ut scilicet, majore fratre sublato, cujus jure gentium, mòre
Macedonum, tuo etiam, ut ait, judicio regnum est futurum, ego minor in ejus quem occidissem succederem locum. 1º Quid ergo illa sibi vult pars altera orationis, quâ
Romanos à me cultos ait, atque eorum fiduciâ in spem
regni me venisse ? Nam si et in Romanis tantùm momenti
esse credebam , ut, quem vellent, imponerent Macedoniæ
regem , et meæ tantùm apud eos gratiæ confidebam , quid
opus parricidio fuit ? An ut cruentum fraternâ cæde diadema gererem ? ut illis ipsis, apud quos aut verâ aut certè
simulatâ probitate partam gratiam habeo, si quam fortè
habeo , exsecrabilis et invisus essem. Nisi T. Quintium
credis, cujus (1) virtute et consiliis me nunc arguis regi ,
quum et ipse tali pietate vivat cum fratre , mihi fraternæ
cædis fuisse auctorem. Idem non Romanorum solùm gratiam, sed Macedonum judicia, ac penè omnium Deorum
hominumque consensum collegit, per quæ omnia se mihi
parem in certamine non futurum crediderit : idem , tanquàm in aliis omnibus rebus inferior essem , ad sceleris
spem ultimam confugisse me insimulat. Vis hanc formulam
cognitionis esse , ut uter timuerit, ne alter dignior videretur
regno, is consilium opprimendi fratris cepisse judicetur ?

_____

(1) Meliùs hîc legeretur *auctoritate.*

moi que mon crime, il fallait encore aujourd'hui la taire ou l'ajourner, afin qu'on vît qui de nous deux, par un genre d'animosité aussi nouveau qu'étrange, avait tendu des pièges à l'autre. Je vais cependant, autant que mon trouble subit me le permettra, séparer ce que vous avez confondu, et dévoiler les pièges tendus cette nuit, soit par vous, soit par moi.

Il veut faire croire que j'ai eu dessein de lui ôter la vie, sans doute afin qu'après la mort d'un frère aîné, qu'appellent au trône le droit naturel, les usages de la Macédoine, et même, dit-il, vos intentions, moi, le plus jeune, je succède à celui que j'aurais fait périr. Mais, que signifie donc cette autre partie de son discours, où il dit que j'ai cultivé l'amitié des Romains, et que c'est sur elle que je compte pour m'élever à l'Empire? Car si je leur croyais le pouvoir de donner à la Macédoine un roi de leur choix, et si je me fiais autant sur mon crédit auprès d'eux, pourquoi recourir au parricide? était-ce pour ceindre un diadème teint du sang d'un frère? afin de me rendre odieux, exécrable à ceux même dont j'ai dû la faveur à ma probité réelle ou du moins supposée, si tu ne supposes que Quintius, par l'influence et les avis duquel tu me reproches d'agir, m'ait conseillé le meurtre de mon frère, lui qui vit dans une si tendre union avec le sien. Mon adversaire veut qu'outre l'amitié des Romains, j'aie le suffrage des Macédoniens et presque le vœu unanime des hommes et des dieux, d'où résulte pour moi une supériorité décidée; en même temps, comme si je lui étais inférieur en tout, il m'accuse de n'avoir vu de ressource que dans le crime. Veux-tu que l'on instruise sur ce principe, que celui-là qui aura craint que l'autre ne parût plus digne de régner, soit jugé coupable de desseins formés contre la vie de son frère?

2° Exsequamur tamen quocunque modo conficti ordinem criminis. Pluribus modis se petitum criminatus est, et omnes insidiarum vias in unum diem contulit. Volui interdiù eum post lustrationem, quum concurrimus, et quidem, si Diis placet, lustrationum die occidere : volui, quum ad cœnam invitavi, veneno scilicet tollere : volui, quum comessatum gladiis accincti me secuti sunt, ferro interficere. Tempora quidem, qualia sint ad parricidium electa, vides, lusûs, convivii, comessationis. Quis dies? qualis? quo lustratus exercitus, quo inter divisam victimam prælatis omnium, qui unquàm fuêre, Macedoniæ regum armis regiis, duo soli tua tegentes latera, pater, prævecti sumus, et secutum est Macedonum agmen. Hoc ego, etiam si quid antè admisissem piaculo dignum, lustratus et expiatus sacro tùm quum maximè in hostiam itineri nostro circumdatam intuens, parricidium, venena, gladios in comessationem præparatos, volutabam in animo ; ut quibus aliis deindè sacris contaminatam omni scelere mentem expiarem ?

3° Sed cæcus criminandi cupiditate animus, quum omnia suspecta efficere vult, aliud alio confundit. Nam si veneno te inter cœnam tollere volui, quid minùs aptum fuit, quàm pertinaci certamine et concursu iratum te efficere, ut meritò, sicut fecisti, invitatus ad cœnam abnueres? Quum autem iratus negâsses, utrùm ut placarem te danda opera fuit, ut aliam quærerem occasionem, quoniam semel venenum paraveram : an ab illo consilio velut transiliendum ad aliud fuit, ut ferro te, et quidem eo die, per speciem comessationis occiderem? Quo deindè modo, si te metu mortis credebam cœnam evitâsse meam, non ab eodem metu comessationem quoque evitaturum existimabam ?

4° Non est res quâ erubescam, pater, si die festo inter æquales largiore vino sum usus. Tu quoque velim inquiras quâ lætitiâ, quo lusu apud me celebratum hesternum con-

Suivons pourtant de notre mieux le plan de ce prétendu crime. Il se plaint d'avoir été en butte à plusieurs attaques, et tous les pièges tendus l'ont été, dit-il, le même jour. J'ai voulu le tuer de jour, après la revue, durant l'exercice, et cela, grands Dieux! le jour même d'un sacrifice; je voulais, en l'invitant à souper, m'en défaire, apparemment par le poison; je voulais, en allant boire chez lui, suivi de gens armés, le percer d'un poignard. Quel temps choisissais-je pour ce parricide? Vous le voyez, celui d'un spectacle, d'un festin, d'une partie de plaisir? et quel jour? celui où l'on avait purifié l'armée, le jour où, passant entre les membres de la victime, et précédés des armes royales de tous les rois vos prédécesseurs, nous marchions seuls à vos côtés, mon père, suivis de la phalange macédonienne. Eussé-je auparavant commis quelque forfait; aurais-je, après le sacrifice qui venait de l'expier, et surtout ayant sous les yeux la victime étendue sur notre passage, aurais-je roulé dans mon esprit les idées de parricide, de poison, d'apprêts meurtriers pour la nuit? Et quel autre sacrifice aurait ensuite purifié cette ame souillée de tous les crimes?

Mais, aveuglé par la passion de m'accuser, il confond tout, en voulant rendre tout suspect. Car, si je projetais de t'empoisonner à table, quoi de plus maladroit que de t'irriter par une charge, une lutte opiniâtre, qui te porterait à te refuser, comme tu fis, à mon invitation? Et, d'après ce refus, devais-je, ou songer à t'appaiser, en attendant une autre occasion, puisque j'avais fait les frais du poison, ou comme sauter d'un projet à un autre, et penser le jour même à t'égorger, sous prétexte d'un réveillon? Comment enfin, si je croyais que la crainte de la mort t'eût éloigné de ma table, ne supposais-je pas que la même crainte t'empêcherait de m'admettre à la tienne?

Je ne rougis point, mon père, de m'être, un jour de fête, avec des jeunes gens de mon âge, permis quelque excès de vin. Sachez aussi, de grâce, quelle joie, quelle

27.

vivium sit : illo etiam (pravo forsitan) gaudio provehente,
quòd in juvenili armorum certamine pars nostra non inferior fuerat. Miseria hæc et metus crapulam facilè excusse-
runt : quæ si non intervenissent, insidiatores nos sopiti
jaceremus. Si domum tuam expugnaturus, captâ domo dominum interfecturus eram, non temperâssem vino in unum
diem ? non milites abstinuissem meos ? Et ne ego me solus
nimiâ simplicitate tuear, ipse quoque minimè malus ac
suspicax·frater : « Nihil aliud scio, inquit ; nihil arguo,
nisi quòd cum ferro comessatum venerunt. » Si quæram
undè id ipsum scieris, necesse erit te fateri, aut specula-
torum tuorum plenam domum fuisse meam, aut illos ita
apertè sumpsisse ferrum, ut omnes viderent. Et, ne quid
ipse aut priùs inquisisse, aut nunc 'criminosè argumentari
videretur, te quærere ex iis, quos nominâsset, jubebat, an
ferrum habuissent ? ut, tanquam in re dubiâ, quum id
quæsisses, quod ipsi fatentur, pro convictis haberentur.
Quin tu illud quæri jubes, num tui occidendi causâ ferrum
sumpserint ? num me auctore et sciente ? Hoc enim videri
vis, non illud quod fatentur et palàm est, (1) et sui se tuendi causâ sumpsisse dicunt. Rectè an perperàm fecerint,
ipsi sui facti rationem reddent. Meam causam, quæ nihil
eo facto contingitur, ne misceueris : aut explica utrùm apertè
an clàm te aggressuri fuerimus. Si apertè, cur non omnes
ferrum habuimus ? cur nemo præter eos qui tuum speculatorem pulsârunt ? Si clam, quis ordo consilii fuit ? Convivio
soluto, quum comessator ego discessissem, quatuor substi-
tissent, ut sopitum te aggrederentur ? Quomodo fefellissent
et alieni, et mei, et maximè suspecti, quia paulò antè in
rixâ fuerant ? Quomodo autem, trucidato te, ipsi evasuri

---

(1) Lege, deletis voculâ *et* ac verbo *dicunt*, *sui se tuendi causâ
sumpsisse.*

gaîté animait hier mes convives; avec quels transports, indiscrets peut-être, on s'applaudissait de n'avoir point eu le dessous dans ces jeux militaires. Mon malheur et mes alarmes ont eu bientôt dissipé les fumées du vin, sans cela, nous autres assassins, nous dormirions encore. Si j'avais eu dessein de forcer ta maison, et, l'ayant prise, d'en égorger le maître, n'aurais-je pu m'abstenir de boire un seul jour? n'aurais-je pas interdit le vin à mes soldats? Craignant que, seul, je ne me défende avec trop de naïveté, ce frère sans malice et nullement soupçonneux : *Tout ce que je sais*, dit-il, *tout ce dont je me plains, c'est qu'on est venu armé pour faire le réveillon*. Et si je demande de qui tu tiens le fait, il te faudra bien avouer, ou que ma maison était pleine d'espions, ou qu'on s'est armé si publiquement que chacun l'a vu. Et, pour ne point paraître, ou d'abord avoir fait des recherches, ou maintenant montrer de l'animosité, il vous engage à demander à ceux qu'il nommera, s'ils avaient des armes, comme si la chose était douteuse, et que leur aveu, qui a devancé la question, entraînât la conviction du crime. Que ne leur fais-tu demander plutôt s'ils s'étaient armés en vue de t'égorger? si c'était par mon ordre? si je le savais? Car voilà ce que tu insinues, et non ce qu'ils avouent, ce qui est évident : qu'ils s'étaient armés pour leur sûreté. Ont-ils bien ou mal fait? c'est à eux de rendre compte de leurs motifs. Ma cause et leur conduite, qui n'ont rien de commun, ne les confonds pas; sinon, dis-nous si c'était ouvertement ou en secret qu'on voulait t'attaquer. Si c'était ouvertement, pourquoi ne nous étions-nous pas tous armés? pourquoi ne s'arma-t-il que ceux qui avaient chassé ton espion? Si c'était en secret, voyons le plan du complot. Le repas fini, je te quittais, et quatre des miens restaient chez toi, pour t'attaquer endormi. Comment en auraient imposé des étrangers, des gens à moi, des gens surtout suspects, vu la rixe où ils venaient de se trouver? comment, après le coup, se

fuerint? Quatuor gladiis domus tua capi et expugnari potuit?

III. Récrimination contre Persée.

Quin tu, omissâ istâ nocturnâ fabulâ, ad id quod doles, quod invidiam urit, reverteris? Cur usquàm regni tui mentio fit, Demetri? Cur dignior patris fortunæ successor quibusdam videris, quàm ego? Cur spem meam, quæ, si tu non esses, certa erat, dubiam et sollicitam facis? Hæc sentit Perseus, etsi non dicit: hæc istum inimicum, hæc accusatorem faciunt: hæc domum, hæc regnum tuum criminibus et suspicionibus replent. Ego autem, pater, quemadmodùm nec nunc sperare regnum, nec ambigere unquàm de eo forsitan debeam, quia minor sum, quia tu me majori cedere vis; sic illud nec debui facere, nec debeo ut (1) indignus te patre, indignus omnibus videar: id enim vitiis meis, non cedendo cui jus fasque est, non modestiâ, consequar.

IV. Justification au sujet de l'amitié des Romains.

Romanos objicis mihi, et ea quæ gloriæ esse debent, in crimen vertis. Ego nec obses Romanis ut traderer, nec ut legatus mitterer Romam, petii: à te missus, ire non recusavi: utroque tempore ita me gessi, ne tibi pudori, ne regno tuo, ne genti Macedonum essem. Itaque mihi cum Romanis amicitiæ causa tu fuisti, pater: quoad tecum illis pax manebit, mecum quoque gratia erit; si bellum esse cœperit, qui obses, qui legatus pro patre non inutilis fui, idem hostis illis acerrimus ero. Nec hodiè, ut prosit mihi gratia Romanorum, postulo: ne obsit tantùm deprecor, nec in bello cœpit, nec ad bellum reservatur. Pacis pignus fui; ad pacem retinendam legatus missus sum; neutra re

_____

(1) Hæc sana non videntur, lege *ut indignus regno tibi, pater, et omnibus videar.*

seraient-ils échappés ? Pouvait-on, avec quatre poignards, attaquer, forcer ta maison ?

Crois-moi, Persée, laisse-là ta fable nocturne, et reviens au vrai motif de ton chagrin, l'envie qui te dévore. Dis tout haut : Pourquoi, Démétrius, parle-t-on quelquefois de te porter au trône ? pourquoi des gens te jugent-ils plus digne de succéder à mon père que moi ? pourquoi rends-tu douteux un espoir qui, sans toi, serait certain ? Voilà ce que pense Persée, quoiqu'il ne le dise pas ; voilà ce qui le rend mon ennemi, mon accusateur ; voilà ce qui remplit votre palais et votre Empire de troubles et de soupçons. Pour moi, mon père, si maintenant, si peut-être jamais je ne dois prétendre à la couronne, vu que je suis le plus jeune, et que vous voulez que je cède à mon aîné, je n'ai dû pour cela, ni ne dois donner lieu à vous et à l'univers de m'en juger indigne, et je le serais par mon crime, si j'avais l'arrogance de ne pas reconnaître des droits incontestables.

Tu m'objectes les Romains, et, ce qui doit me faire honneur, tu me l'imputes à crime. Mais je n'ai demandé ni de leur être livré pour otage, ni d'aller à Rome comme ambassadeur. Vous m'y avez envoyé ; je n'ai point refusé de partir ; et, dans mes deux voyages, je me suis comporté de manière à ne dégrader ni mon père, ni sa couronne, ni le peuple macédonien. C'est donc à vous, mon père, que je dois d'être devenu l'ami des Romains, et je le serai, tandis que vous serez en paix avec eux : si la guerre recommence, moi-même, qui fus auprès d'eux l'otage et l'ambassadeur d'un père à qui je n'ai pas nui, je serai leur ennemi le plus cruel. Je ne prétends pas aujourd'hui me prévaloir de leur faveur : qu'elle ne me nuise pas, c'est tout ce que je demande. La guerre ne la vit pas naître, la guerre ne la verra pas subsister. Je fus le gage de la paix ; mon ambassade eut pour but de la conserver : que les deux missions ne fassent ni ma gloire ni mon crime. Si j'ai com-

mihi hec gloriæ nec crimini sit. Ego si quid impiè in te, pater, si quid sceleratè in fratrem admisi, nullam deprecor pœnam : si innocens sum, ne invidiâ conflagrem, quum crimine non possim, deprecor.

V. PÉRORAISON PATHÉTIQUE. 1° Animosité de son frère. 2° Désavantage de sa situation. 3° Il implore la pitié de son père, et
l'avertit de se tenir en garde contre l'ambition de Persée.

1° Non hodiè me primùm frater accusat; sed hodiè pri-mùm apertè, nullo meo in se merito. Si mihi pater succen-seret, te majorem fratrem pro minore deprecari oportebat, te adolescentiæ, te errori veniam impetrare : in eo, ubi præsidium esse oportebat, ibi exitium est. 2° È convivio et comessationibus propè semisomnus raptus sum ad causam parricidii dicendam; sine advocatis, sine patronis, ipse pro me dicere cogor. Si pro alio dicendum esset, tempus ad me-ditandam et componendam orationem sumpsissem; quum quid aliud, quàm ingenii famâ periclitarer? Ignarus quid arcessitus essem, te iratum et jubentem dicere causam, fratrem accusantem audivi. Ille diù antè præparatâ, medi-tatâ in me oratione est usus; ego id tautùm temporis, quo accusatus sum, ad cognoscendum quid ageretur, habui. Utrùm momento illo horæ accusatorem audirem? an de-fensionem meditarer? Attonitus repentino atque inopinato malo, vix quid objiceretur intelligere potui; nedùm satis sciam quo modo me tuear. 3° Quid mihi spei esset, nisi pa-trem judicem haberem? apud quem etiam, si caritate à fratre majore vincor, misericordiâ certè reus vinci non debeo. Ego enim, ut me mihi tibique serves, precor; ille, ut me in securitatem suam occidas, postulat. Quid eum, quum regnum ei tradideris, facturum credis in me esse, qui jam nunc sanguine meo sibi indulgeri æquum censet?

mis quelque faute envers vous , mon père ; tramé quelque
scélératesse contre mon frère , je me soumets à tous les
supplices ; mais si je suis innocent, que la haine, à défaut
de crime , ne m'accable pas.

Ce n'est pas d'aujourd'hui que mon frère m'accuse ;
mais c'est aujourd'hui qu'il le fait à découvert , sans que
je l'aie mérité. Si mon père était irrité contre moi , toi ,
Persée, comme aîné , tu devrais intercéder pour un cadet
et rejeter sa faute sur son âge ; mais , où je dus avoir un
appui, je ne trouve que ma perte. Sortant d'un festin ,
d'une partie de plaisir, on m'entraîne, presque encore
endormi , pour répondre à une accusation de parricide.
Sans avocat, sans défenseur, je suis forcé de plaider ma
propre cause. Si j'avais à parler pour autrui, j'aurais pris
le temps de méditer et de préparer mon discours. Et
qu'aurais-je risqué pourtant , sinon ma réputation de ta-
lent ? Appelé, sans savoir pourquoi, je trouve un père
irrité, qui m'ordonne de répondre au frère qui m'accuse ;
il prononce un discours préparé dès long-temps et mûre-
ment réfléchi; moi, ce n'est que par l'accusation même
que j'ai connu ce dont il s'agissait. Devais-je en ce moment
écouter l'accusateur, ou réfléchir à ma défense ? Étourdi
de ce malheur imprévu , à peine ai-je compris de quel
crime on m'accuse , loin que je sache comment me justifier.
Quel serait mon espoir, si je n'avais pour juge un père ? Si
mon aîné lui est plus cher, j'ai du moins, dans ma position,
les mêmes droits à sa pitié. C'est, et pour vous et pour
moi que je vous prie, mon père, de me laisser la vie : c'est
pour sa sûreté, qu'il vous demande ma mort. Comment
croyez-vous qu'il agisse envers moi , quand vous lui aurez
transmis le trône , lui qui pense déjà que, pour le satisfaire , on doit verser mon sang (*) ?

(*) Philippe ajourna sa décision, jusqu'à ce qu'il eût examiné
strictement leur conduite passée ; mais, l'année d'après, cédant aux
importunités de Persée et à ses propres soupçons, il fit empoisonner Démétrius dans un festin.

ORATIO Q. CÆCILII METELLI AD M. LEPIDUM ET M. FULVIUM CENSORES DECLARATOS.

IV. M. Æmilius et M. Fulvius , inter quos nobiles erant inimicitiæ, censores creati fuerant. Comitiis confectis, quum in campo ad aram Martis sellis curulibus, de more , consedissent , eò repentè principes senatorum venerunt cum agmine civitatis : inter quos Q. Cæcilius Metellus verba fecit. *Cap.* 46.

———

Un sénateur fait des remontrances aux magistrats suprêmes de la République : douceur et modestie dans les formes, force et gravité dans les pensées.

I. Exorde insinuant , tiré de la personne de l'auditeur.

Non obliti sumus, Censores, vos paulò antè ab universo populo Rom. moribus nostris præpositos esse , et nos à vobis et admoneri et regi, non vos à nobis debere : indicandum tamen est quid omnes bonos in vobis aut offendat , aut certè mutatum malint.

II. Regret et crainte qu'inspire leur inimitié mutuelle.

Singulos quum intuemur, M. Æmili, M. Fulvi, neminem hodiè in civitate habemus , quem , si revocemur in suffragium , velimus vobis prælatum esse : ambo quum simul aspicimus, non possumus non vereri ne malè comparati sitis , nec tantùm reip. prosit, quòd omnibus nobis egregiè placetis, quàm , quòd alter alteri displicetis, noceat.

III. Invitation à la paix et à la concorde, appuyée d'un grand exemple.

Inimicitias per annos multos vobis ipsis graves et atroces geritis, quæ periculum est ne, ex hâc die, nobis et reip. quàm vobis, graviores fiant. De quibus causis hoc timeamus , multa succurrunt quæ dicerentur, (1) nisi forte implacabiles vestræ iræ implicaverint animos vestros. Has

————————————————

(1) Hæc omninò corrupta et depravata sunt.

DISCOURS DE Q. CÆCILIUS MÉTELLUS A M. ÆMILIUS ET M. FULVIUS, CRÉÉS CENSEURS.

IV. M. Æmilius et M. Fulvius, deux nobles depuis long-temps ennemis, avaient été créés censeurs. Après les comices, comme ils étaient, suivant l'usage, assis dans leurs chaises curules, dans le champ et près de l'autel de Mars, une foule de citoyens s'y porta tout-à-coup à la suite des principaux sénateurs, dont l'un, Q. Cæcilius Métellus, leur adressa ces paroles (*C.* 46) :

———

Nous n'avons pas oublié, Censeurs, que le P. R. vient de vous préposer à l'inspection des mœurs, et que c'est à vous à nous diriger, et non pas à nous de vous donner des avis ; il faut vous indiquer cependant ce qui chez vous fait de la peine aux bons citoyens, ou, du moins, en quoi de votre part un changement leur serait agréable.

En vous envisageant chacun à part, M. Emilius, M. Fulvius, Rome aujourd'hui ne nous offre personne que nous vous préférassions, si l'on retournait aux suffrages. En vous voyant tous deux ensemble, on ne peut s'empêcher de craindre que vous ne soyez mal assortis, et qu'il ne soit pas autant à l'avantage de l'Etat que vous nous plaisiez on ne peut plus à tous, qu'à son préjudice que vous vous déplaisiez mutuellement.

Depuis bien des années vous vous portez, l'un à l'autre, une haine cruelle, qui peut, de ce jour, être plus nuisible pour nous et pour l'Etat que pour vous. Nous pourrions nous étendre sur les motifs de cette crainte, *et vous avoueriez qu'ils sont fondés*, à moins que vous ne fussiez aveuglés par un ressentiment implacable. Nous venons tous

ut hodiè, ut in isto templo finiatis simultates, quæsumus vos universi ; et quos conjunxit suffragiis suis populus Rò-manus , hâc etiam reconciliatione gratiæ conjungi à nobis sinatis. Uno animo , uno consilio legatis senatum , equites recenseatis, agatis censum , lustrum condatis : quod in om-nibus ferè precationibus nuncupabitis verbis , « Ut ea res mihi collegæque meo benè et feliciter eveniat » , id ita ut verè , ut ex animo velitis evenire ; efficiatisque ut , quod Deos precati eritis , id vos velle etiam homines credamus. T. Tatius et Romulus , in cujus urbis medio foro acie hostes concurrerant , ibi concordes regnârunt. Non modò simul-tates, sed bella quoque finiuntur ; ex infestis hostibus ple-rumquè socii fideles , interdùm etiam cives fiunt. Albani , dirutâ Albâ , Romam traducti sunt ; Latini , Sabini in civita-tem accepti.

IV. PÉRORAISON SIMPLE ET GRAVE. Précepte proposé sous la forme d'une maxime.

Vulgatùm illud , quia verum erat , in proverbium venit : « Amicitias immortales, inimicitias mortales debere esse. »

ORATIO PHILIPPI REGIS MACEDONUM AD ANTIGONUM.

V. Philippus , assiduis Persei adversùs Demetrium criminationibus incensus , filium insontem interfecerat. Tùm verò Perseus , haud dubiè et suâ et omnium opinione rex , gravis jam esse cœpit se-nectuti patris. Unus Antigonus , Antigoni illius fratris filius , qui tutor Philippi fuerat , fidus permanserat regi. Philippus igi-tur quum regnum ipsi tradere , exhæredato Perseo , statuisset, vocatum eum sic alloquitur, *Cap.* 56 :

I. Explication de son dessein et de ses motifs.

QUANDÒ in eam fortunam veni , Antigone , ut orbitas mi-hi , quam alii detestantur parentes , optabilis esse debeat ,

vous supplier d'abjurer aujourd'hui, dans ce lieu saint, vos
inimitiés, et de nous permettre de réunir de cœur par cette
réconciliation, ceux que le P. R. a réunis par ses suffrages.
N'ayez qu'une ame, qu'un sentiment pour le choix du
sénat, la revue des chevaliers, la confection des rôles et
le dénombrement. Ces mots, que vous prononcerez dans
presque toutes vos prières : « Puisse la chose tourner à
» mon avantage et à celui de mon collègue », souhaitez
franchement et de cœur qu'ils soient efficaces, et per-
suadez-nous, à nous autres hommes, que vous desirez ce
que vous demandez aux Dieux. Tatius et Romulus ré-
gnèrent en bonne intelligence dans cette ville, où ils en
étaient venus aux mains, au milieu du Forum. Non-seulement les inimitiés, mais les guerres ont un terme : souvent
des ennemis acharnés sont devenus des alliés fidèles,
quelquefois des concitoyens. Les Albains, après la destruction d'Albe, furent transférés à Rome ; les Latins, les
Sabins ont reçu le droit de cité.

Et, parce qu'il est vrai, ce mot trivial a passé en pro-
verbe que *les amitiés doivent être éternelles et les haines
passagères.*

DISCOURS DE PHILIPPE, ROI DE MACÉDOINE, A ANTIGONE.

V. Après la mort de Démétrius, Persée se jugeant assuré du trône,
où le portait aussi l'opinion générale, accabla bientôt de chagrins
la vieillesse de son père. Antigone seul, neveu de celui qui avait
été tuteur de Philippe, lui était resté fidèle. Il ne négligea rien
pour dévoiler et le crime de Persée, et l'innocence de Démétrius.
Philippe ayant donc résolu de déshériter Persée, et d'appeler au
trône Antigone, le fait venir et lui parle ainsi (*C.* 56) :

PUISQUE j'en suis au point d'avoir à desirer d'être sans
enfans, privation si redoutée des autres pères, ce royaume

regnum , quod à patruo tuo, forti , non solùm fideli , tutelâ
ejus custoditum et auctum etiam accepi , id tibi tradere in
animo est. Te unum babeo quem dignum regno judicem ;
si neminem haberem, perire et exstingui id mallem , quàm
Perseo scelestæ fraudis præmium esse.

II. Estime pour Antigone , regrets pour Démétrius.

Demetrium excitatum ab inferis restitutumque credam
mihi, si te, qui morti innocentis, qui meo infelici errori unus
inlacrymâsti, in locum ejus substitum relinquam.

~~~~~~~~~~~~~~~~~~~~~~~~~~~~~~~~~~~~~

EX LIBRO XLII.

VERBA SENIORUM è PATRIBUS DE DECEPTO A LEGATIS ROM. PERSEO.

Perseus Philippo patre non in regno magis, quàm in odio adversùs Romanos , successerat. Quum igitur bellum brevi exarsisset ,
legati à senatu Q. Martius , M. Atilius missi ad obeundas Græciæ
civitates. Hi , quum sibi nihil satis paratum ad bellum cernerent ;
vanâ cum spe pacis ludificati, inducias cum eo pepigerunt, dum
scilicet legatos ad senatum mitteret. Reversi Romam legationem
ita renuntiârunt, ut gloriarentur à se decepto rege. Quod veteres,
et moris antiqui memores, magnoperè vituperabant. *Cap.* 47.

———

Negabant se in eâ legatione Romanas agnoscere artes. Non
per insidias et nocturna prælia, nec simulatam fugam im-
provisosque ad incautum hostem reditus, nec ut astu magis
quàm verâ virtute gloriarentur, bella majores gessisse. Indi-
cere priùs quàm gerere solitos bella, denuntiare etiam , interdùm locum finire in quo dimicaturi essent. Eâdem fide indi-

que la mâle et fidèle administration de ton oncle m'a transmis plus florissant; j'ai dessein de te le transmettre. Tu es le seul que j'en estime digne; et si je n'avais à qui le léguer, j'aimerais mieux qu'il fût anéanti que de le voir la récompense de l'horrible trahison de Persée.

Je croirai rappeler à la vie et retrouver Démétrius, si toi, qui seul as pleuré la mort de ce fils innocent et ma fatale erreur, je puis te faire asseoir à sa place (*).

LIVRE XLII.

PLAINTES DES ANCIENS PATRICIENS CONTRE L'ASTUCE EMPLOYÉE ENVERS PERSÉE.

Persée, héritier du royaume de Philippe, l'avait été de même de sa haine pour les Romains. La guerre s'étant donc bientôt allumée, le sénat chargea Q. Marcius et M. Atilius de visiter les villes de la Grèce. N'y trouvant pas les préparatifs de guerre assez avancés, les députés, abusant le roi par de fausses espérances de paix, firent une trève avec lui, comme pour lui donner le temps d'envoyer une ambassade au sénat. C'est ce qu'ils racontèrent à leur retour, se faisant gloire d'avoir trompé le prince, et ce que blâmaient hautement les anciens, qui se souvenaient des usages de leurs aïeux. (C. 47.)

Ils ne reconnaissaient pas un procédé romain dans celui des ambassadeurs. La guerre, chez leurs aïeux, ne consistait pas en embuscades, en combats nocturnes, en fuites simulées, pour revenir à l'improviste sur l'ennemi qu'on surprend; on ne se piquait pas alors de finesse plus que de vraie bravoure; on annonçait la guerre avant de la faire; on la déclarait même, et quelquefois on assignait le lieu

(*) Dès que Philippe fut mort, Persée, au mépris de la volonté de son père, s'empara du trône, et fit égorger Antigone.

catum Pyrrho regi medicum , vitæ ejus insidiantem : eàdem
Faliscis vinctum traditum proditorem liberorum (1) regis.
Hæc Romana esse , non versutiarum Punicarum, neque cal-
liditatis Græcæ, apud quos fallere hostem quàm vi superare
gloriosius fuerit. Interdùm in præsens tempus plus profici
dolo quàm virtute ; sed ejus demùm animùm in perpetuum
vinci , cui confessio expressa sit , se neque arte , neque casu , sed collatis cominùs viribus justo ac pio bello esse su-
peratum.

EX LIBRO XLV.

VERBA L. ÆMILII PAULI AD PERSEUM CAPTIVUM.

I. Æmilius consul quùm regno Macedonico finem , devicto et capto
Perseo , imposuisset , adductum ad se captivum regem introduci
in tabernaculum , et adversùs advocatos in consilium considere
jussit. *Cap*.8.

Vainqueur magnanime ; modération et gravité imposante.

PRIMA percontatio fuit quâ subactus injuriâ contra populum Rom. bellum tam infesto animo suscepisset , quo se
regnumque suum ad ultimum discrimen adduceret? *Quum
responsum exspectantibus cunctis , terram intuens , diù
tacitus fleret , rursùm consul :*

I. Son premier mouvement est de confondre le roi de Macédoine ,
en lui reprochant sa conduite insensée.

Si juvenis regnum accepisses , miuùs equidem mirarer
ignorâsse te , quàm gravis aut amicus aut inimicus esset populus Rom. Nunc verò quum et bello patris tui, quod nobiscum gessit , interfuisses, et pacis posteà, quam cum sum-

---

(1) *Lege* proditorem liberorum magistrum. *Vide suprà* , lib. V,
Orat. III et IV.

du combat. Ce fut avec cette bonne foi qu'on prévint le roi Pyrrhus que son médecin en voulait à sa vie ; qu'on remit garrotté, aux Falisques, l'instituteur qui livrait leurs enfans. Voilà qui sent le Romain , et non la finesse punique et la subtilité des Grecs, qui croient plus glorieux de tromper l'ennemi , que de le réduire par la force. La ruse réussit quelquefois mieux de nos jours que la valeur ; mais celui-là seul est dompté pour toujours , à qui l'on arrache l'aveu d'avoir été vaincu, non par astuce et par hasard, mais en bataille rangée, dans une guerre juste et légitime.

LIVRE XLV.

Paroles de L. Æmilius Paulus a Persée après sa défaite.

Ⅰ. Le consul Æmilius ayant, par la défaite et la prise de Persée, mis fin au royaume de Macédoine, se fit amener dans sa tente le roi captif, et lui ayant ordonné de s'asseoir en face des membres du conseil (*C* 8.),

————

Il lui demanda d'abord quel outrage l'avait porté à faire au P. R. cette guerre si acharnée qui l'avait réduit, ainsi que son royaume, à la dernière extrémité ? *Chacun attendait sa réponse; mais, comme il resta long-temps muet, les yeux baignés de larmes et fixés vers la terre, le consul reprit :*

Si tu étais monté jeune sur le trône , je serais moins étonné que tu eusses ignoré de quel poids était l'amitié des Romains , ou leur inimitié. Mais comme tu pris part aux guerres que ton père eut avec nous , et que tu devais te

mâ fide adversùs eum coluimus, meminisses; quod consilium, quorum et vim bello, et fidem in pace expertus
esses, cum iis tibi bellum esse quàm pacem malle?

II. Il le voit consterné; il relève son courage.

Nec interrogatus, nec accusatus, quum responderet,
Utcunquè tamen hæc, sive errore humano, seu casu, seu necessitate inciderunt, bonum animum habe: multorum regum,
populorum casibus cognita populi Rom. clementia, non
modò spem tibi, sed propè certam fiduciam salutis præbet.

III. Grande leçon tirée de la situation de ce prince.

Hæc Græco sermone Perseo, Latinè deindè suis:
Exemplum insigne cernitis, *inquit*, mutationis rerum humanarum! Vobis hoc præcipuè dico, juvenes. Ideò in
secundis rebus nihil in quemquam superbè ac violenter
consulere decet, nec præsenti credere fórtunæ, quum,
quid vesper ferat, incertum sit. Is demùm vir erit, cujus
animum nec prospera flatu suo efferet, nec àdversa infrin-
get:

souvenir de la fidélité scrupuleuse avec laquelle nous obser-
vâmes la paix qui les suivit, comment as-tu mieux aimé
être en guerre qu'en paix avec un peuple dont tu avais
éprouvé la force dans la guerre et la bonne foi dans la
paix?

Le roi ne répondant ni aux questions, ni à l'accusation,
Emilius continua : Au reste, que ceci soit l'effet ou de la
faiblesse humaine, ou du hasard, ou de la fatalité, ne
perds pas courage. La clémence du P. R., attestée par sa
conduite envers tant de rois et de nations, te donne un
espoir, ou même une presque certitude de salut.

Il dit cela en grec à Persée; puis, s'adressant aux siens:
Vous voyez, *reprit-il en latin,* un exemple insigne des
révolutions humaines. C'est à vous surtout que je parle,
jeunes gens. Il ne convient donc pas, dans la prospérité,
de traiter qui que ce soit avec hauteur et dureté, ni de se
fier à la fortune du moment, puisqu'on ignore ce que le
soir amènera. Celui-là seul est homme, que les succès
n'enflent pas plus que les revers ne l'abattent.

Voyez l'argument qui suit.

ORATIO L. ÆMILII PAULI AD POPULUM DE MORTE FI-
LIORUM.

II. Victor Paulus triumphavit. Perseus cum liberis ante currum triumphantis actus : sed non victus magis, quàm victor ipse, per illos dies documentum casuum humanorum fuit. Nam duobus liberis quos Paulus, duobus datis in adoptionem, solos nomine hæredes retinuerat domi, alter quinque diebus ante triumphum, alter triduo post triumphum decessit. Paucis pòst diebus Paulus in concione tùm de rebus à se gestis, tùm de morte liberorum magno animo disseruit. *Cap.* 41.

———

La magnanimité de Paul Emile se montre peut-être avec un peu trop d'emphase dans ce discours.

I. Exorde majestueux, tiré des circonstances.

QUANQUAM et quàm feliciter remp. administraverim, et quæ duo fulmina domum meam per hos dies perculerint, non ignorare vos, Quirites, arbitror, quum spectaculo vobis nunc triumphus meus, nunc funera liberorum meorum fuerint ; tamen paucis quæso sinatis me cum publicâ felicitate comparare, eo quo debeo animo, privatam meam fortunam.

II. Récit de son expédition en Macédoine.

Profectus ex Italiâ, classem à Brundusio sole orto solvi ; nonâ diei horâ cum omnibus meis navibus Corcyram tenui : indè quinto die Delphis Apollini pro me exercitibusque et classibus vestris sacrificavi. A Delphis quinto die in castra perveni ; ubi exercitu accepto, mutatis quibusdam quæ magna impedimenta victoriæ erant ; progressus, quia inexpugnabilia castra hostium erant, neque cogi pugnare poterat rex, inter præsidia ejus saltum ad Petram evasi, et ad pugnam rege coacto, acie vici : Macedoniam in potestatem populi Rom. redegi, et, quod bellum per (1) quadriennium

———

(1) *Lege* per triennium tres ante me consules, *nempè P. Licinius, A. Hostilius, Q. Marcius.*

DISCOURS DE PAUL ÉMILE SUR LA MORT DE SES ENFANS.

H. Persée, vaincu, ne fut pas plus que son vainqueur, un exemple des vicissitudes humaines. Car Émilius ayant laissé deux de ses fils passer par adoption dans d'autres familles, des deux qu'il s'était réservés pour perpétuer son nom, l'un mourut cinq jours avant, l'autre trois jours après son triomphe. A quelques jours delà, Paulus, dans l'assemblée du peuple, tint ce discours, digne de sa grande ame, sur ses opérations militaires et la mort de ses fils. (C. 41.)

QUOIQUE vous n'ignoriez, je pense, Romains, ni les succès de la République sous mon consulat, ni les deux coups de foudre qui, les jours passés, ont frappé ma maison, puisque vous avez été témoins et de mon triomphe, et de la pompe funèbre de mes enfans; souffrez néanmoins qu'avec les sentimens que je dois avoir, je compare en peu de mots le bonheur de l'État à ma fortune personnelle.

A mon départ d'Italie, parti de Brindes au soleil levant, j'abordai à trois heures après-midi à Corcyre avec tous mes vaisseaux, et, le cinquième jour après, j'offris à Delphes un sacrifice à Apollon, pour vos armées de terre et de mer. De Delphes, je vins en cinq jours au camp où je pris le commandement de l'armée; puis, ayant réformé certains abus, qui étaient un grand obstacle à la victoire, je m'avançai vers l'ennemi : mais, comme son camp était inexpugnable et qu'on ne pouvait forcer Persée à combattre, je parvins, à travers les détachemens de son armée, à me saisir des gorges de Pétra; il dut alors accepter la bataille, et je fus vainqueur. Je soumis la Macédoine au P. R.; et cette guerre que, depuis trois ans, les consuls

quatuor ante me consules ita gesserunt, ut semper successori traderent gravius, id ego quindecim diebus perfeci.

Aliarum deindè secundarum rerum velut proventus secutus, civitates omnes Macedoniæ se dediderunt; gaza regia in potestatem venit; rex ipse, tradentibus propè ipsis Diis, in templo Samotbracum cum liberis est captus. Mihi quoque ipsi nimia jam fortuna mea videri, eoque suspecta esse. Maris pericula timere cœpi in tantâ pecuniâ regiâ in Italiam trajiciendâ, et victore exercitu transportando.

III. Son Dévouement pour l'État; son triomphe, son malheur ; considération sur les vicissitudes humaines.

Postquàm omnia secundo navium cursu in Italiam pervenerunt, neque erat quod ultrà precarer, illud optavi, ut, quum ex summo retrò volvi fortuna consuêsset, mutationem ejus domus mea potiùs quàm resp. sentiret. Itaque defunctam esse fortunam publicam meâ tam insigni calamitate spero, quòd triumphus meus, velut ad ludibrium casuum humanorum, duobus funeribus liberorum meorum est interpositus. Et quum ego et Persens nunc nobilia maximè sortis mortalium exempla spectemur, ille, qui ante se captivos captivus ipse duci liberos vidit, incolumes tamen eos habet : ego, qui de illo triumphavi, ab alterius funere filii curru (i) ex Capitolio ad alterum propè jam exspirantem veni : neque ex tantâ stirpe liberûm superest, qui L. Æmilii Pauli nomen ferat. Duos enim, tanquam ex magnâ progenie liberorum in adoptionem datos, Cornelia et Fabia gens habent; Pauli in domo præter se nemo superest. Sed hanc cladem domûs meæ vestra felicitas et secunda fortuna publica consolatur.

(1) *Adde* in Capitolium.

avaient faite de manière à la rendre chacun plus difficile pour son successeur, en quinze jours je la terminai.

D'autres succès furent comme le fruit du premier. Toutes les villes de la Macédoine se rendirent : le trésor du roi tomba dans mes mains : le roi lui même, comme livré par les Dieux mêmes, fut pris avec ses enfans dans le temple de Samothrace. Le sort me parut alors à moi-même trop prospère, et me devint suspect. Je redoutai d'abord les périls de la mer, en transportant en Italie tant d'argent et l'armée victorieuse.

Enfin une heureuse navigation ayant fait tout aborder en Italie, et n'ayant plus rien à demander aux Dieux, je désirai, comme c'est arrivée au sommet que la fortune rétrograde, que ma maison, plutôt que la République, éprouvât son inconstance. Ainsi, je l'espère, mes insignes disgrâces ont acquitté la République, et mon triomphe, entre les deux cercueils de mes fils, servira comme de jouet aux caprices du sort.

Lorsque nous donnons, Persée et moi, des exemples si frappans des misères humaines, lui, qui, captif, vit marcher devant lui ses enfans captifs, les a du moins vivans : et moi, qui ai triomphé de lui, qui, sortant des funérailles d'un de mes fils, ai monté sur un char au Capitole, j'en suis descendu pour voir, à bien dire, expirer le second ; en sorte que, d'une lignée si brillante, il ne reste plus d'héritiers du nom de Paul-Émile. D'un grand nombre d'enfans deux sont entrés par adoption chez les Fabius et les Cornélius. Paul-Émile se trouve seul dans sa maison, mais vos succès, Romains, et la prospérité publique, me consolent des malheurs de ma maison.

ORATIONES

EX CORNELIO TACITO COLLECTÆ.

EX LIBRO I ANNALIUM.

VERBA PERCENNII, GREGARII MILITIS, COMMILITONES AD
SEDITIONEM INCITANTIS.

1. Initio principatûs Tiberii Pannonicas legiones seditio incessit.
Dux et concitor Percennius, gregarius miles, procax linguâ : qui
congregatos ad se deterrimum quémque, velut concionabundus,
interrogabat, *Cap.* 17.

Cur paucis centurionibus, paucioribus tribunis, in modum
servorum obedirent? quando ausuros exposcere remedia,
nisi novum et nutantem adhuc principem precibus vel
armis adirent? satis per tot annos ignaviâ peccatum, quòd
tricena aut quadragena stipendia senes, et plerique trunca-
to ex vulneribus corpore, tolerent. Ne dimissis quidem finem esse militiæ, sed apud vexillum retentos, alio vocabulo
eosdem labores perferre : ac si quis tot casus vitâ superave-
rit, trahi adhuc diversas in terras, ubi per nomen agrorum,
uligines paludum vel inculta montium accipiant. Enimverò
militiam ipsam gravem, infructuosam : denis in diem assibus animam ac corpus æstimari : hinc vestem, arma, ten-
toria; hinc sævitiam centurionum et vacationes munerum
redimi. At, Hercule, verbera et vulnera, duram hiemem,

DISCOURS

EXTRAITS DE TACITE.

LIVRE I DES ANNALES.

PAROLES DE PERCENNIUS, SIMPLE SOLDAT, POUR EXCITER
SES CAMARADES A LA RÉVOLTE.

I. Au commencement du règne de Tibère, une sédition s'étant éle-
vée parmi les légions de Pannonie, un simple soldat, Percennius,
effronté parleur, en fut l'ame et le chef, ayant attroupé les plus
corrompus, et prenant un ton d'orateur, (*C.* 17.)

POURQUOI, *s'écriait-il*, obéissez-vous en esclaves à quelques centurions, à un plus petit nombre de tribuns? Quand
oserez-vous réclamer des adoucissemens, si vous n'employez vos prières ou vos armes vis-à-vis d'un nouveau
prince encore chancelant? C'est assez d'avoir eu si long-
temps la lâcheté de servir trente ou quarante ans, cassés de
vieillesse, et, la plupart, criblés de blessures.

Congédiés même, vous ne cessez pas d'être soldats. Atta-
chés au drapeau sous un nom différent, vous endurez les
mêmes fatigues; et, s'il en est qui survivent à tant de misères, on les disperse en différens pays, où, sous le nom de
terres, on leur donne soit des marais fangeux, soit des rochers incultes. Et le service en lui-même, qu'il est dur,
qu'il est ingrat! Ou vous estime corps et ame, dix as par
jour (*); sur quoi l'on doit se fournir d'armes, de tentes,
d'habits, se racheter de la cruauté des centurions, payer
les dispenses de travaux. Mais, en revanche, les coups, les

(*) 14 à 15 sous de notre monnaie.

exercitas æstates, bellum atrox, aut sterilem pacem, sempiterna : nec aliud levamentum, quàm si certis sub legibus
militia iniretur : ut singulos (1) denarios mererent; sextus
decimus stipendii annus finem adferret; ne ultrà sub vexil-
lis tenerentur, sed iisdem in castris præmium pecuniâ solveretur. An prætorias cohortes, quæ binos denarios acciperent, quæ post sexdecim annos penatibus suis reddantur,
plus periculorum suscipere ? Non obtrectari à se urbanas
excubias; sibi tamen apud horridas gentes è contuberniis
hostem aspici.

~~~~~~

VERBA VIBULENI IN BLÆSUM.

II. Junius Blæsus, qui Pannonicis legionibus legatus præerat, paucos seditiosos in carcerem duci jusserat. Accurritur ab universis,
et carcere effracto, vincula solvuntur. Tùm Vibulenus, gregarius miles, quò furentes magis incitaret, fingit fratrem, qui nunquàm ipsi fuerat, jussu Blæsi clàm interfectum. *Cap.* 22.

———————

Vos quidem his innocentibus et miserrimis lucem et spiri-
tum reddidistis : sed quis fratri meo vitam, quis fratrem
mihi reddit? quem missum ad vos à Germanico exercitu,
de communibus commodis, nocte proximâ jugulavit per
gladiatores suos, quos in exitium militum habet atque armat.
Responde, Blæse, ubi cadaver abjeceris? ne hostes quidem
sepulturæ invident. Quum osculis, quum lacrymis dolorem
meum implevero, me quoque trucidari jube; dum inter-
fectos nullum ob scelus, sed quia utilitati legionum consu-
lebamus, hi sepeliant.

_____

(1) Tunc denarius sexdecim assibus æstimabatur.

blessures , les rigueurs de l'hiver , les fatigues de l'été , les guerres périlleuses , les paix infructueuses se succèdent sans fin.

A cela quel autre remède , que de fixer les conditions du service? Qu'on nous donne le denier effectif (*) ; au bout de seize ans notre congé, sans nul service ultérieur ; et que , dans le camp même, on nous compte une somme pour récompense. Les cohortes prétoriennes , qui touchent deux deniers par jour , et qui vont , au bout de seize ans, revoir leurs pénates, sont-elles plus exposées que nous? Mais, sans dépriser leur service à Rome , nous, rélégués chez des peuples féroces , de nos tentes nous voyons l'ennemi.

PAROLES DE VIBULÉNUS A BLÆSUS.

H. Junius Blæsus , qui commandait les légions de Pannonie , avait fait mettre en prison quelques séditieux. On accourt en foule ; on enfonce la prison; on les délivre. Alors pour échauffer encore les furieux , Vibulénus, simple soldat, feint qu'un frère qu'il n'avait jamais eu, avait été secrètement mis à mort, par ordre de Blæsus. (*C.* 22.)

———

Vous avez, à la vérité, rendu le jour et l'existence à ces infortunés innocens : mais qui rendra la vie à mon frère ? qui me rendra mon frère ? L'armée de Germanie l'envoyait vers vous pour vos communs intérêts; et Blæsus, la nuit dernière , l'a fait égorger par ses gladiateurs, qu'il tient armés pour massacrer les soldats. Réponds, Blæsus : où as-tu jeté son cadavre? l'ennemi même ne refuse pas la sépulture à son ennemi. Quand j'aurai repu ma douleur de baisers et de larmes, fais-moi de même égorger, pourvu que ceux qui m'écoutent rendent les derniers devoirs à des hommes dont tout le crime fut de s'être occupés du bien-être des légions.

———

(*) Environ 18 sous.

VOCES MILITUM, QUUM DRUSUS IPSORUM POSTULATA AD SENATUM PATREMQUE REJICERET.

III. Tiberius ad compescendam seditionem Drusum filium ab urbe mittit. Cui, advocatâ concione, Clemens centurio postulata militum edit. Ad ea quum Drusus arbitrium senatûs et patris obtenderet, clamore turbatur. *Cap.* 26.

———

CUR venisset, neque augendis militum stipendiis, neque adlevandis laboribus, denique nullâ benefaciendi licentiâ? at, Hercule, verbera et necem cunctis permitti. Tiberium olim nomine Augusti desideria legionum frustrari solitum: easdem artes Drusum retulisse. Nunquamne ad se nisi filios familiarum venturos? Novum id planè, quòd imperator sola militis commoda ad senatum rejiciat. Eumdem ergo senatum consulendum, quoties supplicia aut prælia indicantur. An præmia sub dominis, pœnas sine arbitro esse?

CLAMEURS DES SOLDATS LORSQUE DRUSUS OPPOSE A LEURS
DEMANDES LA VOLONTÉ DU SÉNAT ET DE SON PÈRE.

III. Tibère envoya de Rome son fils Drusus, pour appaiser la sédition. Il fit assembler l'armée, dont le centurion Clémens lui
exposa les demandes; et, comme Drusus y opposait la volonté du
Sénat et de son père, on l'interrompit par ces clameurs (C. 26):

POURQUOI vient-il sans être autorisé à augmenter la
solde, à adoucir le service, à faire enfin le moindre bien ?
Mais les verges, la hache, chacun les a, certes, à sa disposition. Tibère, au nom d'Auguste, avait coutume de se
jouer du vœu des légions : Drusus nous rapporte les
mêmes artifices. Il est tout-à-fait neuf de voir l'empereur
renvoyer au sénat ce qui n'intéresse que le soldat; il devrait
donc aussi consulter le sénat chaque fois qu'il s'agit de supplices et de bataille. Faut-il des arbitres pour les récompenses, quand il n'en est pas pour les peines (*) ?

_____

(*) Les mutins alors s'assurèrent des portes, et placèrent des
corps de garde sur les points importans.

VERBA CLEMENTIS CENTURIONIS, ALIORUMQUE QUI MILITUM ANIMOS SEDARE NITEBANTUR.

IV. Incensos animos et in scelus noctu erupturos fors lenivit. Quùm
    enim subitò luna defecisset, ut sunt mobiles ad superstitionem
    vulgi mentes, sua seditiosi facinora aversari Deos lamentántur.
    Utendum inclinatione eâ animorum ratus Cæsar, Clementem, et
    si qui alii bonis artibus grati in vulgus, circumire tentoria jubet.
    Ii spem offerunt, metum intendunt. *Cap.* 28.

Quousquè filium imperatoris obsidebimus? quis certami-
num finis? Percennione et Vibuleno sacramentum dicturi
sumus? Percennius et Vibulenus stipendia militibus, agros
emeritis largientur? deniquè pro Neronibus et Drusis, imperium populi Rom. capessent? Quin potiùs, ut novissimi in
culpam, ita primi ad pœnitentiam sumus? Tarda sunt quæ
in commune expostulantur : privatam gratiam statìm me-
reare, statìm recipias.

PAROLES DU CENTURION CLÉMENS, ET DE QUELQUES
AUTRES QUI TACHENT D'APPAISER L'ESPRIT DES SOLDATS.

IV. Le hasard calma les esprits échauffés et prêts à se porter au
crime la nuit suivante. Car, la lune s'étant tout-à-coup éclipsée,
comme le vulgaire est enclin à la superstition, les séditieux se
désolent de ce que les Dieux condamnent leur conduite. Voulant
profiter de cette impression, Drusus envoie de tente en tente
Clémens et ceux des officiers qui, par des voies légitimes, s'étaient
rendus agréables à la multitude. Ils excitent l'espérance, ils inspirent la crainte. (*C.* 28.)

JUSQU'A quand, *disent-ils*, tiendrons-nous assiégé le fils
de l'empereur? Quelle sera la fin de ces débats? jurerons-
nous obéissance à Percennius; à Vibulénus? Percennius,
Vibulénus donneront-ils la paie aux soldats, des terres aux
vétérans? enfin prendront-ils, à la place des Drusus et des
Néron, les rênes du P. R.? Ah! plutôt, nous tombés les
derniers, relevons-nous les premiers. Ce qu'on demande en
commun se fait long-temps attendre; les services particuliers sont récompensés à l'instant (*).

(*) Ces propos ayant jeté la méfiance entre les vétérans et le reste
de l'armée, les mutins, dont les chefs furent égorgés, se séparèrent;
et tout bientôt rentra dans l'ordre.

ORATIO GERMANICI CÆSARIS AD SEDITIOSOS.

V. Iisdem diebus, iisdem causis, Germanicæ legiones turbatæ. Præerat Germanicus Cæsar, patre Druso Augusti privigno genitus, à
Tiberio patruo adoptatus. Is, milites multis commodis augendo,
eorum animos placaverat. Sed quum legati ab senatu venissent,
rursùs turbantur legiones. Tùm verò Germanicus uxorem ac filium parvulum procul à furentibus summovere statuit, et ad
Treviros mittere. Tetigit ea res militum animos. Germanicum ad-
eunt, orant ut mutaret consilium. Isque, ut erat recens dolore
et irâ, apud circumfusos ita cœpit, *Cap.* 42 *et seq.* :

———

*Germanicus, chéri de ses soldats, vient cependant d'être offen-
sé par eux. Mélange de sévérité et de tendresse, de douleur et
de fierté.*

I. Exorde véhément, tiré du sujet.

Non mihi uxor, aut filius, patre et republicâ cariores sunt;
sed illum quidem sua majestas, imperium Rom. ceteri exercitus defendent : conjugem et liberos meos, quos pro gloriâ vestrâ libens ad exitium offerrem, nunc procul à furentibus summoveo, ut quidquid istuc sceleris imminet, meo
tantùm sanguine pietur ; neve occisus Augusti pronepos,
interfecta Tiberii nurus, nocentiores vos faciat.

II. Il les confond et les attendrit en leur reprochant avec indignation
leur révolte et les fureurs qui l'ont signalée ; et il excite leur
émulation en parlant du zèle empressé des Belges.

Quid enim per hos dies inausum intemeratumve vobis ?
Quod nomen huic cœtui dabo ? *Militesne* appellem ? qui filium
imperatoris vestri vallo et armis circumsedistis. An *cives* ?
quibus tam projecta senatûs auctoritas : hostium quoque
jus, et sacra legationis, et fas gentium rupistis. Divus Julius seditionem exercitûs verbo uno compescuit, *Quirites*
vocando qui sacramentum ejus detrectabant. Divus Augustus vultu et aspectu Actiacas legiones exterruit : nos,
ut nondùm eosdem, ita ex illis ortos, si Hispaniæ Syriæve

~~~~~~

DISCOURS DE GERMANICUS AUX SÉDITIEUX.

V. En même temps et pour semblable cause, les légions de Germanie s'étaient soulevées. A leur tête était Germanicus, fils de Drusus, et adopté par son oncle Tibère : il avait appaisé le trouble,
en accordant aux soldats divers avantages. Mais, des députés du
sénat étant arrivés au camp, la crainte qu'ils ne vinssent pour
annuller ce que la sédition avait arraché, la renouvela. Alors
Germanicus résolut d'éloigner des furieux sa femme et son fils
encore enfant, et de les envoyer à Trèves. Les soldats consternés
vont trouver Germanicus et le conjurent de renoncer à son dessein. Le prince, encore tout agité de douleur et de colère, s'adressant à ceux qui l'entouraient (*C.* 42 *et suiv.*),

———————

MA femme et mon fils, *leur dit-il*, ne me sont pas plus
chers que mon père et l'État : mais l'empereur sera défendu par sa majesté, l'Empire par ses autres armées; pour
ma femme et mes enfans, que j'exposerais volontiers à la
mort pour votre gloire, je les dérobe aujourd'hui à des
furieux, afin d'être l'unique victime de l'attentat qui se
prépare, et que le meurtre de l'arrière-petite fille d'Auguste, de la bru de Tibère, ne vous rende pas plus criminels.

Car, ces jours-ci, que n'avez-vous point, soit osé, soit
profané? Quel nom donnerai-je à cette réunion? celui de
soldats? vous venez d'assiéger en forme le fils de votre
empereur : celui de citoyens? vous foulez aux pieds l'autorité du sénat; les égards dus à l'ennemi, le caractère sacré d'ambassadeur, le droit des gens, vous n'avez rien respecté. Le divin Jules, avec le seul mot *Romains*, réprima
des soldats infidèles à leur serment : La présence, un regard du divin Auguste, fit trembler les légions d'Actium.
Nous qui, si nous ne les égalons pas encore, sommes du
moins leur sang; si des soldats d'Espagne et de Syrie nous

miles aspernaretur, tamen mirum et indignum erat : primane et vicesima legiones, illa signis à Tiberio acceptis, tu tot præliorum socia, tot præmiis aucta, egregiam duci vestro gratiam refertis ? Hunc ego nuncium patri, læta omnia aliis è provinciis audienti, feram ? ipsius tirones, ipsius veteranos, non missione, non pecuniâ satiatos ; hìc tantùm interfici centuriones, ejici tribunos, includi legatos ; infecta sanguine castra, flumina : meque precariam animam inter infensos trahere ?

Cur enim primo concionis die ferrum illud, quod pectori meo infigere parabam, detraxistis, ô improvidi amici ? melius et amantius ille qui gladium offerebat. Cecidissem certè nondùm tot flagitiorum exercitui meo conscius : legissetis ducem, qui meam quidem mortem impunitam sineret, (1) Vari tamen et trium legionum ulcisceretur. Neque enim Dii sinant ut Belgarum, quamquam offerentium, decus istud et claritudo sit, subvenisse Romano nomini, compressisse Germaniæ populos.

III. PÉRORAISON SUBLIME.

Tua, dive Auguste, cœlo recepta mens ; tua, pater Druse, imago, tui memoria, iisdem istis cum militibus, quos jam pudor et gloria intrat, eluant hanc maculam, irasque civiles in exitium hostibus vertant. Vos quoque, quorum alia nunc ora, alia pectora contueor ; si legatos senatui, obsequium imperatori, si mihi conjugem ac filium redditis, discedite à contactu, ac dividite turbidos : id stabile ad pœnitentiam, id fidei vinculum erit.

---

(1) Varus cum tribus legionibus quibus præerat, Augusto imperante, à Germanis cæsus fuerat.

manquaient de respect, on le trouverait étrange, on s'en indignerait : et vous, première légion qui reçûtes vos drapeaux de Tibère; vous, vingtième, si souvent compagne de ses travaux et comblée de ses bienfaits, telle est donc votre reconnaissance pour votre général ! Manderai-je à mon père, qui n'apprend rien que de flatteur des autres provinces, que ni les congés ni l'argent ne satisfont ses vieux et ses nouveaux soldats ; que l'on ne sait ici que massacrer des centurions, chasser des tribuns, emprisonner des députés; que le camp, que les fleuves y sont souillés de sang ; et que, parmi des furieux, je traîne une vie précaire?

Amis imprévoyans ! pourquoi, le jour de la première assemblée, m'arrachâtes-vous le fer dont j'allais me percer le sein ? il avait mes intérêts plus à cœur, celui qui m'offrait son épée. J'eusse du moins péri sans avoir été témoin de tant d'horreurs de la part de mon armée : vous vous seriez donné un chef, qui, tout en laissant ma mort impunie, aurait vengé du moins Varus et ses trois légions : car aux Dieux ne plaise que les Belges, malgré leurs offres, aient l'honneur et la gloire de rétablir celle du nom romain, et de réprimer les peuples de la Germanie.

Non; que ce soient ton génie admis dans le ciel, divin Auguste, et ta mémoire gravée dans les cœurs, ô mon père Drusus, qui, par ces mêmes soldats chez qui pénètrent déjà le repentir et l'amour de la gloire, effacent cet affront et rendent fatales aux ennemis nos discordes civiles. Vous, à qui je vois un autre maintien et d'autres pensées, qui voulez rendre au sénat ses députés, à l'empereur obéissance, à moi ma femme et mon fils; évitez la contagion et séparez-vous des séditieux. Ce sera la preuve de votre repentir, ce sera le gage de votre fidélité (*).

(*) Les soldats rentrant en eux-mêmes, punirent de mort les chefs de la révolte; ensuite Germanicus cassa ceux des officiers dont la conduite l'avait provoquée.

ORATIO SEGESTIS AD GERMANICUM.

VI. Segestes, inter Germanos clarus genere factisque, fuerat olim amicus Romanis : sed, consensu gentis in bellum tractus, discors tamen manebat, auctis privatim odiis, quòd Arminius filiam ejus alii pactam rapuerat. Hoc anno, quum pacis auctor esset, à popularibus circumsessus, legatos ad Germanicum auxilium orantes misit, cumque iis filium antea rebellem. Filiam quoque secum habebat, tùm maximè gravidam. Ereptus ex obsidione, Germanicum in hunc modum alloquitur, *Cap.* 58 :

———

Ségeste est suppliant, mais avec la fierté d'un Germain.

I. Exorde simple et insinuant, tiré de la personne de l'orateur.

Non hic mihi primus erga populum Rom. fidei et constantiæ dies : ex quo à divo Augusto civitate donatus sum, amicos inimicosque ex vestris utilitatibus delegi ; neque odio patriæ (quippe proditores, etiam iis quos anteponunt, invisi sunt), verùm quia Romanis Germanisque idem conducere, et pacem quàm bellum probabam.

II. Évènemens où il a montré son zèle pour les Romains ; offres de services.

Ergo raptorem filiæ meæ, violatorem fœderis vestri Arminium, apud Varum, qui tùm exercitui præsidebat, reum feci : dilatus segnitiâ ducis, quia parùm præsidii in legibus erat, ut me, et Arminium, et conscios vinciret, flagitavi : testis illa nox, mihi utinàm potiùs novissima ! Quæ secuta sunt, defleri magis quàm defendi possunt. Ceterùm et injeci catenas Arminio, et à factione ejus injectas perpessus sum. Atque ubi primùm tui copia, vetera novis, et quieta turbidis antè habeo : neque ob præmium, sed ut me perfidiâ exsolvam ; simul genti Germanorum idoneus conciliator, si pœnitentiam quàm perniciem maluerit.

DISCOURS DE SÉGESTE A GERMANICUS.

VI. Ségeste, Germain distingué par sa naissance et ses exploits, avait jadis été l'ami des Romains ; quoique amené par le vœu de sa nation à leur faire la guerre, il y répugnait, animé personnellement contre Arminius, qui avait enlevé sa fille, promise à un autre. Assiégé cette année par ses concitoyens, parce qu'il voulait la paix, il fit demander du secours à Germanicus par des ambassadeurs, du nombre desquels était son fils précédemment rebelle. Il avait aussi près de lui sa fille, alors très-avancée dans sa grossesse. Délivré par Germanicus, il lui parle en ces mots (*C.* 58) :

—————

CE n'est pas ici la première preuve que je donne aux Romains de constance et de fidélité. Depuis que le divin Auguste me donna le droit de cité, je n'ai voulu d'amis et d'ennemis que les vôtres : non pas en haine de ma patrie (les traîtres sont odieux même à ceux qu'ils servent) ; mais parce que je croyais que les Romains et les Germains avaient les mêmes intérêts, et que je préférais la paix à la guerre.

J'accusai devant Varus, alors à la tête de vos armées, le ravisseur de ma fille, Arminius, d'enfreindre les traités : Votre général ayant, par indolence, ajourné l'affaire, comme les lois étaient impuissantes, je le priai qu'on nous mît aux fers, moi, Arminius et ses complices. *Il ne me crut pas :* témoin cette affreuse nuit ; que ne fut-elle ma dernière ! La suite est plutôt à déplorer qu'à justifier. Au reste, j'ai chargé de fers Arminius, et sa faction m'en a chargé. Te voyant à portée, je préfère l'ancien au nouvel état de choses, le repos à la turbulence. Je le dis, non pour qu'on m'en récompense, mais pour me disculper de perfidie, et pour être en droit d'intercéder pour les Germains, s'ils aiment mieux se repentir que de périr.

III. PÉRORAISON ÉNERGIQUE. Prière pour obtenir la grâce de ses enfans. Compensation des torts de la fille par les mérites du père.

Pro juventâ et errore filii veniam precor : filiam necessitate hùc adductam fateor. Tuum erit consultare, utrùm praevaleat, quòd ex Arminio concepit, an quòd ex me genita est.

~~~~~~

EX LIBRO II ANNALIUM.

ORATIO M. HORTALI, SUBSIDIUM REI SUÆ FAMILIARI POSCENTIS.

I. M. Hortalus, nepos oratoris Hortensii, quum gravi inopiâ premeretur, inlectus Augusti liberalitate fuerat ducere uxorem, suscipere liberos. Quum igitur quatuor filios sustulisset, gravisque esset in angustis rebus hæc tam numerosa soboles, adductis iis ad curiæ limen, quum in palatio senatus haberetur, ad hunc modum cœpit. *Cap.* 37 :

———

La démarche d'Hortalus a quelque chose d'humiliant, ses paroles s'en ressentent.

I. Il expose la misère de sa famille, et les motifs de son mariage.

PATRES Conscripti, hos quorum numerum et pueritiam videtis, non sponte sustuli, sed quia princeps monebat : simul majores mei meruerant, ut posteros haberent. Nam ego, qui non pecuniam, non studia populi, neque eloquentiam, gentile domûs nostræ bonum, varietate temporum accipere vel parare potuissem, satis habebam si tenues res meæ nec mihi pudori, nec cuiquam oneri forent. Jussus ab imperatore, uxorem duxi.

II. Il implore la pitié du sénat pour ses enfans.

En stirps et progenies tot consulum, tot dictatorum : nec ad invidiam ista, sed conciliandæ misericordiæ refero. Adsequentur, florente te, Cæsar, quos dederis honores ; interìm Q. Hortensii pronepotes, divi Augusti alumnos, ab inopiâ defende.

Je demande grâce pour mon fils, à raison de sa jeunesse. Je conviens que ma fille n'est pas ici de son gré. C'est à toi de voir qui doit l'emporter près de toi de l'épouse d'Arminius, ou de la fille de Ségeste.

~~~~~~

LIVRE II DES ANNALES.

M. HORTALUS DEMANDE DES SECOURS POUR SA FAMILLE.

I. Hortalus, petit-fils de l'orateur Hortensius, étant réduit à l'extrême indigence, Auguste l'avait déterminé par ses libéralités à se marier, pour perpétuer sa race. Il eut quatre fils; et, comme c'était trop pour lui dans son état de gêne, un jour que le sénat se tenait dans le palais de Tibère, il les fit venir à la porte de la salle, et parla de la sorte (*C.* 37):

———

PÈRES CONSCRITS, ces enfans dont vous voyez le nombre et la faiblesse, c'est non pas volontairement que je leur ai donné le jour, mais à l'invitation du prince, et parce que mes aïeux méritaient d'avoir des descendans. Car moi, à qui nos révolutions n'ont permis ni de recueillir, ni d'acquérir les richesses, la faveur du peuple, ni l'éloquence héréditaire dans ma maison; il me suffisait, dans ma pauvreté, de vivre avec décence et de n'être à charge à personne. Mais l'empereur ordonna; je me mariai.

Voilà donc la race, les rejetons de tant de consuls, de tant de dictateurs: si je les cite, c'est en vue non pas de blesser personne, mais d'émouvoir la pitié. Sous votre empire, César, ils parviendront aux honneurs que vous leur donnerez: en attendant, préservez de l'indigence les arrière-petits-fils d'Hortensius, les nourrissons d'Auguste.

II. Oratio Tiberii Cæsaris Hortalo
respondentis. *Cap.* 38.

———

L'humeur farouche et cruelle ajoute à la dureté du refus.

I. Exorde sévère et accablant, tiré du sujet.

Sɪ quantùm pauperum est, venire hùc, et liberis suis petere pecunias cœperint, singuli nunquàm exsatiabuntur, respublica deficiet.

II. Inconvenance du procédé d'Hortalus.

Nec sanè ideò à majoribus concessum est ægredi ali- quando relationem, et quod in commune conducat, loco sententiæ proferre, ut privata negotia, res familiares nostras hìc augeamus, cum invidiâ senatûs et principum, sive indulserint largitionem, sive abnuerint. Non enim preces sunt istuc, sed efflagitatio intempestiva quidem et impro- visa, quum aliis de rebus convenerint Patres, consurgere, et numero atque ætate liberûm suorum urgere modestiam senatûs, eamdem vim in me transmittere, ac velut per- fringere ærarium : quod si ambitione exhauserimus, per scelera supplendum erit.

III. Injustice de ses prétentions.

Dedit tibi, Hortale, divus Augustus pecuniam, sed non compellatus, nec eâ lege ut semper daretur ;

IV. Confirmation toujours plus austère.

Languescet alioqui industria, intendetur socordia, si nullus ex se metus aut spes ; et securi omnes aliena subsi- dia exspectabunt, sibi ignavi, nobis graves.

II. Réponse de Tibère. (*C. 38.*)

Si tous les pauvres se mettent à venir ici mendier pour leurs enfans, sans jamais rassasier les individus, on épuisera l'État.

En permettant de s'écarter quelquefois de l'objet des délibérations, et, au lieu d'opiner, de présenter des vues de bien public, nos aïeux n'ont pas voulu que ce fût pour s'occuper ici d'intérêts personnels et de l'augmentation de sa fortune, en jetant de l'odieux sur le sénat et sur le *prince*, soit qu'ils accordent la demande, soit qu'ils s'y refusent. Ce n'est pas en effet une prière, c'est une importunité déplacée, quand le sénat doit s'occuper d'un autre objet, de venir, en exposant le nombre et l'âge de ses enfans, harceler la compassion du sénat, me faire violence à moi-même, et comme forcer le trésor, qu'il faudra remplir par des vexations, si nous l'épuisons par des complaisances.

Le divin Auguste te donna de l'argent, Hortalus, mais de son propre mouvement, mais sans s'obliger à t'en donner toujours.

Autrement l'émulation s'éteindrait bientôt, et la paresse prévaudrait, si l'on n'avait rien à craindre et rien à espérer de soi. Chacun compterait avec sécurité sur des secours étrangers, inutile à lui-même, à charge à la communauté (*).

(*) Des ames viles applaudirent; le grand nombre se tut, ou murmura. Tibère promit alors quelques secours à Hortalus : mais ils furent si légers, que la maison Hortensia s'éteignit bientôt dans une extrême indigence.

~~~~~~

ORATIO GERMANICI MORIENTIS AD AMICOS.

III. Germanicus jamjam moriturus, quum venenum sibi à Pisone
Syriæ præside Plancinâque ejus uxore datum esse pro certo haberet, amicos orat ne mortem suam inultam patiantur. *Cap.* 71.

———

*Dernières paroles d'un jeune héros qui meurt par un crime;
douleur sans faiblesse, indignation sans emportement.*

I. Début attendrissant tiré du sujet.

SI fato concederem, justus mihi dolor etiam adversùs
Deos esset, quòd me parentibus, liberis, patriæ, intra juventam præmaturo exitu raperent : nunc scelere Pisonis et
Plancinæ interceptus, ultimas preces pectoribus vestris re-
linquo. Referatis patri ac fratri, quibus acerbitatibus dila-
ceratus, quibus insidiis circumventus, miserrimam vitam
pessimâ morte finierim. Si quos spes meæ, si quos propinquus sanguis, etiam quos invidia erga viventem movebat,
inlacrymabunt, quondàm florentem, et tot bellorum su-
perstitem, muliebri fraude cecidisse.

II. Prière, exhortation pour obtenir vengeance.

Erit vobis locus querendi apud senatum, invocandi leges.
Non hoc præcipuum amicorum munus est, prosequi de-
functum ignavo questu; sed quæ voluerit meminisse, quæ
mandaverit exsequi. Flebunt Germanicum etiam ignoti :
vindicabitis vos, si me potiùs quàm fortunam meam fove-
batis. Ostendite populo Rom. divi Augusti neptem, eam-
demque conjugem meam : numerate sex liberos. Miseri-
cordia cum accusantibus erit : (1) fingentibusque scelesta
mandata, aut non credent homines, aut non ignoscent.

———

(1) *Id est* fingentibus sibi à Tiberio et Liviâ mandatum, ut me
veneno tollerent.

DISCOURS DE GERMANICUS MOURANT.

III. Germanicus au lit de la mort, persuadé qu'il a été empoisonné par Pison, gouverneur de Syrie, et par sa femme Plancine, pri ses amis de venger sa mort. (C. 71.)

Si ma mort était naturelle, j'aurais droit de reprocher aux Dieux l'arrêt prématuré qui m'enlève si jeune à ma famille, à mes enfans, à la patrie. Mais, victime de la perfidie de Pison et de Plancine, je dépose dans votre sein mes dernières prières. Dites à mon père et à mon frère comment, abreuvé d'amertume, au milieu des embûches, j'ai terminé ma déplorable vie par une mort plus déplorable. Ceux que mes espérances, que les liens du sang, que la jalousie même intéressaient à mon sort, pleureront en apprenant qu'après avoir échappé à tant de combats, moi, naguère brillant de santé, je péris par la trahison d'une femme.

Vous serez en droit de vous faire entendre dans le sénat, d'y réclamer les lois. Le premier devoir de l'amitié n'est pas de donner aux morts des larmes impuissantes, mais de se rappeler, d'exécuter leurs dernières volontés. Ceux même qui ne l'ont pas connu pleureront Germanicus : vous le vengerez, vous, si vous me chérissiez plutôt que ma fortune. Présentez au P. R. la petite-fille d'Auguste, dans mon épouse : présentez-lui nos six enfans. La pitié sera du côté des accusateurs : et ceux qui allègueraient des ordres barbares (1), dût-on les croire, on ne leur pardonnera pas (*).

---

(1) De Tibère ou de Livie.

(*) Chacun jura de poursuivre une si juste vengeance. *Voy. la suite.*

II.   29

VERBA DOMITII CELERIS AD PISONEM.

IV. Mortuo Antiochiæ Germanico, legati Sentium ex suo numero
deligunt, quem Syriæ præficerent. At Piso, cujus ea provincia
erat, quamvis eâ decedere jussu Germanici coactus esset, deliberat cum amicis an eam repetere debeat, et armis vindicare.
Domitius Celer ex intimâ ejus amicitiâ regrediendum censet.
Cap. 77.

UTENDUM eventu. Pisonem, non Sentium, Syriæ præpo-
situm : huic fasces et jus prætoris, huic legiones datas. Si-
quid hostile ingruat, quàm justiùs arma oppositurum, qui
legati auctoritatem et propria mandata acceperit ? Relin-
quendum etiam rumoribus tempus, quo senescant : ple-
rumquè innocentes, recenti invidiæ impares. At si teneat
exercitum, augeat vires, multa, quæ provideri non possint, fortuitò in melius casura. An festinamus cum Germanici cineribus adpellere, ut te, inauditum et indefensum,
planctus Agrippinæ ac vulgus imperitum primo rumore
rapiant ? Est tibi Augustæ conscientia, est Cæsaris favor,
sed in occulto : et periisse Germanicum nulli jactantius
mœrent, quàm qui maximè lætantur.

PAROLES DE DOMITIUS A PISON.

IV. Germanicus était mort à Antioche, ses lieutenans nommèrent
Sentius, l'un d'eux, commandant de Syrie. Mais Pison, qui en
était gouverneur, quoiqu'il en fût sorti par ordre de Germanicus,
délibère avec ses amis s'il doit y rentrer et s'y rétablir à main
armée. Domitius, un de ses intimes, opine pour y retourner.
(C. 77.)

_____

Il faut profiter de l'évènement : le gouverneur de Syrie
c'est Pison, et non Sentius. Pison a les faisceaux et la dignité de préteur : à Pison ont été confiées les légions. Qui,
en cas d'hostilités, est plus en droit de les commander
que lui, qui, avec la qualité de lieutenant, a reçu des in-
structions particulières ?

On doit aussi laisser aux bruits le temps de s'amortir :
sans fondement la plupart des haines récentes les enveni-
ment. Mais, si Pison s'assure de l'armée, s'il augmente ses
forces, le hasard fera tourner à notre avantage mille choses
qu'on ne peut prévoir. Nous hâterions-nous d'abord avec
les cendres de Germanicus, afin que, sans qu'on l'écoute,
sans qu'on t'entende, les premiers soupçons te rendent la
victime des pleurs d'Agrippine et de la sottise du vulgaire ?
Tu as pour toi, mais en secret, l'approbation de Livie et la
faveur de César; et nul n'affiche plus le regret de la mort
de Germanicus que ceux qui s'en réjouissent le plus (*).

_____

(*) Pison ne put rentrer en Syrie.

EX LIBRO III ANNALIUM.

ORATIO TIBERII IN SENATU, DE PISONE ET IPSIUS ACCUSATORIBUS.

I. Pisò Syriâ pulsus, ac reversus Romam, ab amicis Germanici apud senatum accusatur. Tiberius eò intentior ad cohibendos premendosque penitùs sensus suos, quò ad eos rimandos magis arrecta civitas erat, die senatûs orationem habuit meditato temperamento. *Cap.* 12.

On reconnaît Tibère à cette ambiguité artificieuse.

PATRIS sui legatum atque amicum Pisonem fuisse, adjutoremque Germanico datum à se, auctore senatu, rebus apud Orientem administrandis : illic contumaciâ et certaminibus asperâsset juvenem, exituque ejus lætatus esset, an scelere exstinxisset, integris animis dijudicandum.

I. Il montre le desir qu'on examine la cause sans partialité.

Nam si legatus officii terminos, obsequium erga imperatorem exuit, ejusdemque morte et luctu meo lætatus est, odero, seponamque à domo meâ, et privatas inimicitias, non principis, ulciscar. Sin facinus, in cujuscunque mortalium nece vindicandum, detegitur, vos verò et liberos Germanici, et nos parentes justis solatiis adficite : simulque illud reputate, turbidè et seditiosè tractaverit exercitus Piso, quæsita sint per ambitionem studia militum, armis repetita provincia ; an falsa hæc in majus vulgaverint accusatores ;

II. Il blâme le zèle inconsidéré des amis de Germanicus.

Quorum ego nimiis studiis jure succenseo. Nam quò pertinuit (1) nudare corpus et contrectandum vulgi oculis permittere, differrique etiam per externos, tanquam ve-

_____

(1) In foro Antiochensium, antequàm cremaretur.

LIVRE III DES ANNALES.

DISCOURS DE TIBÈRE AU SÉNAT, SUR PISON ET SES ACCUSATEURS.

1. Pison, chassé de la Syrie, fut, à son retour à Rome, accusé devant le sénat par les amis de Germanicus. Tibère, d'autant plus attentif à dissimuler ses vrais sentimens, que le peuple s'efforçait plus de les pénétrer, s'explique avec une réserve étudiée. (*C. 12.*)

———

Pison fut lieutenant, fut ami de mon père; et moi-même, sur la proposition du sénat, je le donnai à Germanicus, pour l'aider à régler les affaires d'Orient. Dans ce poste, a-t-il exaspéré le jeune prince par un esprit d'arrogance et de contradiction? s'est-il réjoui de sa mort? ou l'a-t-il hâtée par un crime? voilà ce que vous devez approfondir sans partialité.

Si le lieutenant a outre-passé son devoir, s'il a triomphé de la mort de Germanicus et de ma douleur, je le haïrai, je lui interdirai ma maison; je punirai l'injure faite à Tibère, et non celle de l'empereur. Mais s'il est convaincu d'un forfait dont les lois vengent le dernier des hommes, donnez, P. C., une juste satisfaction aux enfans de Germanicus, à la tendresse d'un père. Examinez en même temps si Pison a provoqué la sédition et la révolte de l'armée; si, pour se l'attacher, il a pratiqué le soldat; s'il a voulu se ressaisir de la Syrie les armes à la main; ou si ce sont là de vains bruits exagérés par ses accusateurs.

J'ai sujet d'être irrité de l'excès de leur zèle. En effet, à quoi bon livrer le corps tout nu à la curiosité publique, et répandre chez l'étranger que Germanicus était mort em-

neno interceptus esset, si incerta adhuc ista et scrutanda
sunt?

III. Il laisse entrevoir sa faveur pour l'accusé, par les encouragemens qu'il lui donne, en affectant toujours l'équité la plus
exacte.

Defleo equidem filium meum, semperque deflebo; sed
neque reum prohibeo, quominùs cuncta proferat, quibus
innocentia ejus sublevari, aut, si qua fuit iniquitas Germanici, coargui possit : vosque oro ne, quia dolori meo causa
connexa est, objecta crimina pro adprobatis accipiatis. Si
quos propinquus sanguis, aut fides sua patronos dedit,
quantùm quisque eloquentiâ et curâ valet, juvate periclitan-
tem : ad eumdem laborem, eamdem constantiam accusatores hortor.

IV. Il évoque l'affaire au tribunal du sénat, qu'il dominera plus aisément, et il réitère l'exhortation à ne pas craindre de condamner la mémoire de Germanicus.

Id solum Germanico super leges præstiterimus, quòd in
curiâ potiùs quàm in foro, apud senatum, quàm apud judices, de morte ejus anquiritur : cetera pari modestiâ trac-
tentur : nemo Drusi lacrymas, nemo moestitiam meam spec-
tet, nec si qua in nos adversa finguntur.

poisonné, quand le fait est encore douteux, et qu'il s'agit d'en informer?

Je pleure et ne cesserai de pleurer la mort de mon fils ; mais je n'empêche pas l'accusé de produire tout ce qui peut établir son innocence, ou, si Germanicus eut des torts, de s'en prévaloir : et, je vous en prie, que la connexion de ma douleur et de la cause ne vous porte pas à prendre des imputations pour des convictions. Vous, que le sang ou l'amitié donne à Pison pour défenseurs, déployez pour le défendre tout ce que vous avez d'éloquence et de zèle : j'exhorte les accusateurs aux mêmes efforts, à la même persévérance.

L'unique faveur que nous accordions à Germanicus, c'est que l'enquête sur sa mort se fasse au palais plutôt qu'au Forum ; devant le sénat, plutôt que devant les juges ordinaires. A cela près, que tout soit égal de part et d'autre. N'ayez égard ni aux larmes de Drusus, ni à mon affliction (*).

(*) Tibère ne pardonnait pas à Pison d'avoir porté la guerre en Syrie; le sénat ne le jugeait pas innocent de la mort de Germanicus ; et le peuple criait aux portes du palais que, si on l'épargnait, il en ferait justice. Le lendemain on le trouva mort dans son appartement, une épée auprès de lui.

~~~~~~

QUERELÆ OPTIMI CUJUSQUE IN LIVIAM.

II. Piso suâ manu, aut immisso à Tiberio percussore, cecidit:
Plancina secretis Augustæ precibus veniam obtinuit. Igitur
dum Tiberius pro Plancinâ in senatu dissereret, matris preces ob-
tendens, in eam optimi cujusque questus ardescebant. *Cap.* 17.

———

Id ergo fas aviæ, interfectricem nepotis adspicere, adloqui,
eripere senatui? quod pro omnibus civibus leges obtineant,
uni Germanico non contigisse! Vitellii et Veranii voce de-
fletum Cæsarem; ab imperatore et Augustâ defensam Plancinam! proinde venena et artes tam feliciter expertas verte-
ret in Agrippinam, in liberos ejus egregiamque aviam, ac
patruum sanguine miserrimæ domûs exsatiaret.

~~~~~~

III. ORATIO SEVERI CÆCINÆ IN SENATU, NE QUEM MA-
GISTRATUM, CUI PROVINCIA OBVENISSET, UXOR COMITA-
RETUR. Cap. 33.

———

Haud frustrà placitum olim, ne feminæ in socios aut gentes
externas traherentur : inesse mulierum comitatui, quæ pacem luxu, bellum formidine morentur, et Romanum agmen
ad similitudinem barbari incessûs convertant. Non imbecillum tantùm et imparem laboribus sexum; sed, si licentia ad-
sit, sævum, ambitiosum, potestatis avidum : incedere inter
milites, habere ad manum centuriones : (1) præsedisse nu-

———

(1) Tangit Plancinam.

PLAINTES DES HONNÊTES GENS CONTRE LIVIE.

II. Pison ayant péri de sa propre main, ou de celle d'un sicaire de l'empereur, Plancine obtint son pardon sur les instances de Livie. Aussi quand Tibère s'expliqua dans le sénat sur Plancine, en allé- guant les prières de sa mère, tous les honnêtes gens indignés se disaient (C. 17) :

L'Aïeule a donc le droit de choyer, de favoriser, d'arra- cher au sénat celle qui fit périr son petit-fils. Ce que la loi garantit au moindre citoyen, le seul Germanicus n'a pu l'obtenir ! Vitellius et Véranius ont déploré sa mort : l'em- pereur et Livie défendent Plancine. Le poison, les moyens qui lui ont si bien réussi, qu'elle s'en serve à présent contre Agrippine, contre ses enfans et leur respectable aïeule, et qu'elle rassasie l'oncle du sang de cette maison infor- tunée.

III. DISCOURS DE SÉVÉRUS CÆCINA DANS LE SÉNAT, POUR QU'UN GOUVERNEUR DE PROVINCE NE PUT S'Y FAIRE ACCOMPAGNER PAR SON ÉPOUSE (C. 33.)

Ce n'était pas sans motif qu'on avait défendu jadis de me- ner des femmes chez les alliés et les nations étrangères. Un cortège de femmes traîne à sa suite le luxe en temps de paix, la peur en temps de guerre, et donne aux légions romaines l'air d'une cohue de barbares. Non-seulement le sexe est faible et hors d'état de soutenir la fatigue ; mais, si l'on ne le contient, il est violent, ambitieux, avide de pouvoir ; il se mêle parmi les soldats, il a sous sa main les

per feminam exercitio cohortium, decursu legionum. Cogi-
tarent ipsi, quoties repetundarum aliqui arguerentur, plura
uxoribus objectari: his statìm adhærescere deterrimum quemque provincialium : ab his negotia suscipi, transigi : duorum egressus coli, duo esse prætoria ; pervicacibus magis et
impotentibus mulierum jussis, quæ Oppiis quondàm aliisque
legibus constrictæ, nunc, vinculis exsolutis, domos, fora, jam
et exercitus regerent.

~~~~~~

IV. ORATIO VALERII MESSALINI, CÆCINÆ RESPONDENTIS.
Cap. 34.

———

MULTA duritiæ veterum meliùs et lætiùs mutata. Neque
enim, ut olim, obsideri urbem bellis, aut provincias hostiles
esse, et pauca feminarum necessitatibus concedi, quæ ne conjugum quidem penates, adeò socios non onerent : cetera
promiscua cum marito, nec ullum in eo pacis impedimen-
tum. Bella planè accinctis obeunda : sed revertentibus post
laborem, quod honestius quàm uxorium levamentum ? At
quasdam in ambitionem aut avaritiam prolapsas. Quid ipsorum magistratuum, nonne plerosque variis libidinibus obnoxios ? non tamen ideò neminem in provinciam mitti. Corruptos sæpè pravitatibus uxorum maritos : num ergo omnes
cælibes integros ? Placuisse quondam Oppias leges, sic temporibus reip. postulantibus ; remissum aliquid posteà et mi-

centurions : Une femme (1) n'a-t-elle pas présidé récemment aux exercices des cohortes , à la petite guerre ?

Songez , P. C. , que chaque fois que quelqu'un est accusé de concussion , sa femme est le plus gravement inculpée : C'est elle à qui s'accrochent d'abord les plus grands fripons; elle qui se charge des affaires , qui les expédie ! Il y a deux issues , deux prétoires , pour satisfaire ces femmes décidées, impérieuses, qu'enchaînait autrefois, entr'autres lois, celle d'Oppius , et qui de nos jours , libres d'entraves , domineraient chez elles , au Forum , et bientôt aux armées.

IV. Valérius Messalinus répond a Cécina (C. 34) :

D'heureuses circonstances ont beaucoup adouci l'austérité des anciens. En effet, ne voyant plus comme jadis les ennemis à nos portes, ou les provinces armées contre nous, on a fait au sexe quelques concessions, qui, loin d'être à charge aux alliés, ne le sont même pas aux fortunes privées. Tout, au reste, étant commun entre la femme et le mari, je ne vois aucun embarras en temps de paix. La guerre, sans doute, est le métier des hommes, mais après les fatigues, est-il un délassement plus honnête, que celui qu'on goûte près d'une épouse ?

Mais il en est de sujettes à l'avarice, à l'ambition : et les magistrats mêmes, ne sont-ils pas la plupart esclaves de diverses passions? est-ce une raison pour n'en point envoyer dans les provinces ? Mais souvent une femme dépravée a corrompu son mari : tous les célibataires sont-ils donc irréprochables ?

Les lois d'Oppius furent goûtées autrefois ; ainsi l'exigeait la position de la République : on s'est relâché, on

---

(1) Plancine.

tigatum, quia expedierit. Frustra nostram ignaviam alia ad
vocabula transferri : nam viri in eo culpam, si femina modum excedat. Porro ob unius aut alterius imbecillum animum,
malè eripi maritis consortia rerum secundarum adversarumque. Simul sexum naturâ invalidum deseri, et exponi suo
luxu, cupidinibus alienis. Vix præsendi custodiâ manere
illæsa conjugia : quid fore, si per plures annos in modum
dissidii obliterentur ? Sic obviàm irent iis quæ alibi peccarentur, ut flagitiorum urbis meminissent.

ORATIO M. LEPIDI, IN SENATU, DE LUTORIO PRISCO.

V. Lutorium Priscum equitem Rom., post celebre carmen quo
Germanici suprema defleverat, pecuniâ donatum à Cæsare corripuerat delator, objectans ægro Druso composuisse, quod,
si extinctus foret, majore præmio vulgaretur : id Lutorius coram multis illustribus feminis per vaniloquentiam legerat.
Sententiâ Haterii indictum reo ultimum supplicium : contra M.
Lepidus in hunc modum disseruit, *Cap.* 50 :

*Un honnête homme veut empêcher une injustice cruelle, mais
sans se compromettre. Que de ménagemens ! que d'adresse !*

I. Exorde insinuant, tiré du sujet.

Si, P. C., unum id spectamus, quàm nefariâ voce Lutorius Priscus mentem suam et aures hominum polluerit,
neque carcer, neque laqueus, ne serviles quidem cruciatus
in eum suffecerint : sin flagitia et facinora sine modo sunt,
suppliciis ac remediis, principis moderatio, majorumque
et vestra exempla temperant ; et vana à scelestis, dicta à
maleficiis differunt : est locus sententiæ, per quam neque

les a mitigées, parce que les temps étaient changés. En vain donnons-nous à notre lâcheté d'autres noms : si la femme s'égare, la faute en est au mari. Or, pour un ou deux hommes sans caractère, on priverait mal à propos les autres de la compagne de leurs succès et de leurs revers. Ce serait en même temps isoler un être faible de sa nature, et le mettre aux prises avec ses passions et celles d'autrui.

La présence d'un gardien met à peine le mariage hors d'atteinte ; que sera-ce quand une sorte de divorce de plusieurs années en aura fait perdre la mémoire ? Ainsi l'on préviendrait les désordres qui pourraient se commettre ailleurs, pour avoir sous les yeux ceux de la ville (*).

DISCOURS DE M. LÉPIDUS AU SÉNAT EN FAVEUR DE LUTORIUS PRISCUS.

V. Lutorius Priscus, chevalier Romain, ayant fait, sur la mort de Germanicus, une élégie qui eut du succès et qui lui valut une gratification de Tibère ; un délateur l'accusa d'en avoir composé une autre, pendant une maladie de Drusus, en vue, si le prince mourait, de la publier, dans l'espoir d'une plus forte récompense : Lutorius l'avait lue par vanité devant plusieurs dames de distinction. Hatérius ayant opiné contre le coupable au dernier supplice, M. Lépidus parla comme il suit (*C.* 50) :

Si vous ne prenons garde qu'aux horreurs dont Lutorius a souillé son esprit et les oreilles de ses auditeurs, ni la prison, ni le cordeau, ni les supplices réservés aux esclaves ne le puniraient assez. Mais si la malice et les attentats sont portés à l'excès, la modération du prince, l'exemple de nos aïeux et le vôtre vous portent à n'employer qu'avec mesure le remède des châtimens ; et, comme il y a loin de l'étourderie à la scélératesse, et des paroles aux forfaits, nous pouvons rendre un jugement, qui, sans laisser le

(*) La proposition de Cæcina fut rejetée.

huic delictum impune sit, et nos clementiæ simul ac se-
veritatis non pœniteat.

II. Réflexions en faveur de l'accusé.

Sæpè audivi principem nostrum conquerentem, si quis
sumptâ morte misericordiam ejus prævenisset. Vita Lutorii
in integro est, qui neque servatus in periculum'reip., neque
interfectus, in exemplum ibit. Studia illi, ut plena vecordiæ,
ita inania et fluxa sunt : nec quidquam grave ac serium ex
eo metuas, qui suorum ipse flagitiorum proditor, non
virorum animis, sed muliercularum adrepit.

III. CONCLUSION.

Cedat tamen urbe, et bonis amissis, aquâ et igni arcea-
tur : quod perindè censeo, ac si lege majestatis teneretur.

LITTERÆ TIBERII AD SENATUM DE LUXU.

VI. Mentio illata ab ædilibus fuerat de coërcendo luxu, qui
immensùm proruperat. Consulti Patres, integrum id negotium
ad principem, qui tùm in Campaniâ erat, distulerant. Tiberius, re diù multùmque perpensâ, litteras ad senatum com-
posuit, quarum sententia in hunc modum fuit, *Cap.* 53 *et* 54 :

Sombre, jaloux de sa puissance, il craint de la compromettre,
et fait tout craindre sans jamais éclater.

I. Exorde sévère et doux, tiré de la personne à qui l'on parle.

CETERIS forsitan in rebus, P. C., magis expediat me
coràm interrogari et dicere quid'è rep. censeam : in -hâc
relatione subtrahi oculos meos meliùs fuit, ne denotantibus
vobis ora, ac metum singulorum qui pudendi luxûs arguue-
rentur, ipse etiam viderem eos, ac velut deprehenderem.

II. Inutilité, imprudence de la proposition des édiles.

Quòd si mecum antè viri strenui ædiles consilium habuissent, nescio an suasurus fuerim omittere potiùs prævalida

délit impuni, ne nous entache ni de mollesse, ni de dureté.

J'ai souvent entendu notre prince gémir de ce qu'en se donnant la mort, des accusés avaient prévenu l'effet de sa clémence. Lutorius existe ; et sa vie ne peut nuire à l'État, ni sa mort faire exemple. Ses ouvrages sans nerf, sont aussi sans consistance : et que craindre de sérieux et de réfléchi d'un homme qui, trahissant lui-même son infamie, et n'osant s'adresser à des hommes, rampe aux pieds de quelques femmelettes ?

Qu'il soit banni de Rome, que l'on confisque ses biens, et qu'on lui interdise le feu et l'eau. J'opine ainsi comme jugeant Lutorius coupable de lèze-majesté (*).

LETTRE DE TIBÈRE AU SÉNAT SUR LE LUXE.

VI. Les Édiles avaient parlé de réprimer le luxe qui faisait des progrès effrayans. Le sénat, après en avoir délibéré, s'en remit à la décision de l'empereur, qui était alors en Campanie. Tibère, après un long et mûr examen, fit au sénat la réponse qui suit (*C.* 53 *et* 54) :

EN toute autre occasion, P. C., il serait mieux peut-être que le sénat me demandât et que je donnasse en personne mon avis sur ce que je croirais le plus utile à l'État ; mais cette affaire, il est plus à propos qu'elle se traite hors de ma présence, de peur qu'en vous voyant observer la contenance et les alarmes de ceux qu'on accuserait d'un luxe honteux, je ne vinsse à les remarquer moi-même, et à les prendre comme sur le fait.

Si les édiles, si bien intentionnés, en avaient d'abord conféré avec moi, je ne sais si je ne leur aurais pas con-

(*) Cet avis ne fut adopté que par un autre consulaire. Celui d'Hatérius forma l'arrêt et fut exécuté. Tibère, suivant son usage, condamna la précipitation du sénat, et n'abusa personne.

et adulta vitia, quàm hoc adsequi, ut palàm fieret, quibus flagitiis impares essemus. Sed illi quidem officio functi sunt, ut ceteros quoque magistratus sua munia implere velim. Mihi autem neque honestum silere, neque proloqui expeditum, quia non ædilis aut prætoris, aut consulis partes sustineo : majus aliquid et excelsius à principe postulatur ; et cùm rectè factorum sibi quisque gratiam trahant, unius invidiâ ab omnibus peccatur. Quid enim primùm prohibere, et priscum ad morem recidere adgrediar ? villarumne infinita spatia ? familiarum numerum et nationes ? argenti et auri pondus ? æris, tabularumque miracula ? promiscuas viris et feminis vestes ? atque illa feminarum propria, quîs, lapidum causâ, pecuniæ nostræ ad externas aut hostiles gentes transferuntur ?

III. Inconvéniens et dangers d'une tentative pour corriger le luxe. 1° Ceux qui s'en plaignent seront les premiers à crier contre la réforme. 2° Un mal qu'on a essayé vainement de guérir devient plus pernicieux.

1° Nec ignoro in conviviis et circulis incusari ista, et modum posci : sed si quis legem sanciat, pœnas indicat, iidem illi civitatem verti, splendidissimo cuique exitium parari, neminem criminis expertem clamitabunt. Atqui, ne corporis quidem morbos veteres et diù auctos, nisi per dura et aspera coërceas; corruptus simul et corruptor, æger et flagrans animus, haud levioribus remediis restinguendus est quàm libidinibus ardescit. 2° Tot à majoribus repertæ leges, tot quas divus Augustus tulit, illæ oblivione, hæ (quod flagitiosius est) contemptu abolitæ, securiorem luxum fecêre. Nam si velis quod nondùm vetitum est, timeas ne vetêre : at si prohibita impunè transcenderis, neque metus ultrà, neque pudor est. Cur ergo olim parcimonia pollebat ? quia sibi quisque moderabatur ; quia unius urbis cives eramus : ne irritamenta quidem eadem, intra Italiam do-

seillé de laisser là des désordres trop enracinés, plutôt que de donner à connaître contre quels vices nous sommes sans pouvoir. Au reste, ils ont fait leur devoir, comme je voudrais que les autres magistrats fissent le leur. Pour moi, Sénateurs, s'il ne me sied pas de me taire, il m'est difficile de m'expliquer, n'ayant à remplir les fonctions ni d'édile, ni de préteur, ni de consul. On exige du prince quelque chose de plus grand, de plus imposant; et tandis que chacun tire avantage de ce qui se fait de bien, un seul est responsable des écarts de tous. Mais que réformer d'abord, pour faire revivre les anciennes mœurs? sera-ce l'immense étendue des maisons de campagne? le nombre des esclaves, classés par nations? la quantité des vases d'or et d'argent? ces bronzes, ces tableaux, chefs-d'œuvre de l'art? ces étoffes, communes aux deux sexes? ou cette manie particulière aux femmes, qui, pour des pierres, fait passer notre or à l'étranger, ou même à l'ennemi.

Je sais que, dans les repas, dans les cercles, on blâme ces abus, qu'on en provoque la répression; mais qu'on porte une loi, qu'on décerne des peines, les frondeurs se mettront à crier qu'on bouleverse l'Etat, qu'on projette la ruine des premiers citoyens; que nul ne va être à l'abri des recherches. Cependant, si les maladies opiniâtres et invétérées ne se guérissent que par des remèdes violens et désagréables, de même le cœur, corrupteur à la fois et corrompu, aliment et foyer du feu, doit être traité par des remèdes non moins actifs que les passions qui l'enflamment. Tant de lois de nos aïeux, tant d'autres portées par le divin Auguste lui-même, abolies, celles-là par l'oubli, celles-ci par un mépris encore plus criminel, n'ont fait que rassurer le luxe. Car si l'on convoite ce qui n'est pas encore défendu, on craint de le voir défendre; mais la défense une fois bravée impunément, il n'existe plus ni crainte ni pudeur. Pourquoi donc l'économie régnait-elle jadis? parce que chacun se modérait; que nous étions tous citoyens d'une seule ville; que, resserrés dans l'Italie, nous n'avions

minantibus : externis victoriis aliena, civilibus etiam nostra
consumere didicimus.

IV. PÉRORAISON ADROITE ET FORTE.

Quantulum istud est, de quo ædiles admonent! quàm,
si cetera respicias, in levi habendum! At, Hercule, nemo
refert, quòd Italia externæ opis indiget, quòd vita populi
Rom. per incerta maris et tempestatum quotidiè volvitur ;
ac nisi provinciarum copiæ et dominis, et servitiis et agris
subvenerint, nostra nos scilicet nemora nostræque villæ
tuebuntur ? Hanc, P. C., curam sustinet princeps : hæc
omissa funditùs remp. trahet; reliquis intra animum me-
dendum est : nos, pudor; pauperes, necessitas; divites,
satias, in melius mutet. Aut si quis ex magistratibus tantam
industriam ac severitatem pollicetur, ut ire obviàm queat,
hunc et laudo, et exonerari laborum meorum partem fateor :
sin accusare vitia volunt, dein, quum gloriam ejus rei
adepti sunt, simultates faciunt, ac mihi relinquunt; credite,
P. C., me quoque non esse offensionum avidum. Quas quum
graves, et plerumque iniquas, pro rep. suscipiam, manes
et irritas, neque mihi aut vobis usui futuras, jure deprecor.

pas les mêmes amorces. Nos victoires sur l'étranger nous
ont appris à dévorer sa substance ; nos guerres civiles à
consumer la nôtre.

Qu'il est peu de chose l'abus signalé par les édiles ! qu'il
est léger, en comparaison des autres ! En effet, nul ne
considère que l'Italie ne peut se passer de l'Etranger ; que la
vie du P. R. est chaque jour à la merci de la mer et des
vents. Eh ! si les provinces ne fournissaient aux besoins des
maîtres, des esclaves, des campagnes ; nos parcs et nos
châteaux y pourvoiraient-ils ?

Voilà, P. C., les soins dont le prince est chargé : s'il les
négligeait, l'Etat s'abîmerait. Le reste, c'est en nous qu'il
faut y chercher un remède : que l'honneur change en mieux
les grands, la nécessité les pauvres, la satiété les riches.
Ou si quelqu'un des magistrats se sent assez de vigueur et
d'habileté pour s'opposer au torrent, je l'en félicite, et
j'avoue qu'il me décharge d'une partie de mon fardeau.
Mais si l'on dénonce les vices pour se faire honneur de sa
censure, et qu'après avoir excité des haines, on les laisse
retomber sur moi, croyez, P. C., que je n'en suis pas
plus avide qu'un autre. Mon zèle pour l'Etat m'attire assez
de ressentimens profonds, et la plupart injustes, j'ai droit
de m'en épargner d'inutiles pour vous et pour moi (*).

(*) Le projet des édiles n'eut pas de suite.

VII. Verba Tiberii in senatu, quum, proconsule
Asiæ Silano repetundarum damnato, Dolabella
censuisset ne quis vita probrosus provinciam sor-
tiretur, idque princeps dijudicaret. *Cap.* 69.

Non quidem sibi ignara quæ de Silano vulgabantur; sed
non ex rumore statuendum. Multos in provinciis, contra
quàm spes aut metus de illis fuerit, egisse : excitari quosdam ad meliora magnitudine rerum, hebescere alios. Neque
posse principem suâ scientiâ cuncta complecti : neque expedire ut ambitione alienâ trahatur. Ideò leges in facta
constitui, quia futura in incerto sint : sic à majoribus insti-
tutum, ut, si anteîssent delicta, pœnæ sequerentur : ne
verterent sapienter reperta, et semper placita. Satis onerum
principibus, satis etiam potentiæ. Minui jura, quoties gliscat
potestas; nec utendum imperio, ubi legibus agi possit.

EX LIBRO IV ANNALIUM.

Verba Tiberii in senatu, post mortem filii Drusi.

I. Tiberius, Druso filio defuncto, necdùm sepulto, curiam ingressus, magno animo de hoc suo vulnere disseruit *Cap.* 8.

Non quidem sibi ignarum posse argui quòd tam recenti
dolore subierit oculos senatûs : vix propinquorum adloquia
tolerari, vix diem adspici à plerisque lugentium : neque
illos imbecillitatis damnandos ; se tamen fortiora solatia è
complexu reip. petivisse. *Miseratusque Augustæ extremam*

PAROLES DE TIBÈRE AU SÉNAT.

VII. Silanus, proconsul d'Asie, ayant été condamné pour concussion, Dolabella proposait qu'à l'avenir aucun individu diffamé ne pût obtenir un gouvernement, et que le prince en prononçât en pareil cas. Tibère, à ce sujet, parla de la sorte au sénat (*C.* 69) :

JE n'ignore pas ce qu'on publiait de Silanus ; mais il ne faut pas statuer sur des bruits. Que de gens ont démenti, dans leurs gouvernemens, les craintes ou les espérances qu'on en avait conçues ! L'élévation donne aux uns du ressort, et l'ôte à d'autres. Un prince ne peut tout savoir, et il ne faut pas que l'ambition d'autrui l'égare. Aussi les lois portent-elles sur les faits, parce que l'avenir est incertain. Ainsi nos aïeux ont voulu que le délit précédât, et que la peine suivît.

Les princes ont assez de charge, ont assez de puissance : la justice s'affaiblit où le pouvoir s'accroît ; et l'on ne doit pas en faire usage où la loi peut agir.

LIVRE IV DES ANNALES.

PAROLES DE TIBÈRE DANS LE SÉNAT, APRÈS LA MORT DE SON FILS DRUSUS.

I. Après la mort et avant les funérailles de son fils Drusus, Tibère s'étant rendu au sénat, y parle de sa perte avec beaucoup de fermeté. (*C.* 8.)

JE n'ignore pas, P. C., que l'on peut me blâmer de paraître à vos yeux dans une affliction si récente ; dans ces momens où l'on souffre à peine l'entretien de ses proches, où, le plus souvent, on souffre à peine la lumière. Pour moi, sans taxer autrui de faiblesse, je viens chercher, dans les bras de la République, de plus mâles consolations. *Puis, après*

senectam, rudém adhuc nepotum, et vergentem ætatem
suam, ut Germanici liberi, unica præsentium malorum
levamenta, inducerentur, petivit. Egressi consules fir-
matos alloquio adolescentulos, deductosque ante Cæsarem statuunt ; quibus adprehensis :

P. C., hos, *inquit*, orbatos parente, tradidi patruo ipsorum, precatusque sum, quanquam esset illi propria soboles,
ne seciùs quàm suum sanguinem foveret ac tolleret, sibique
et posteris conformaret. Erepto Druso, preces ad vos con-
verto; Diisque et patriâ coram obtestor, Augusti pronépo-
tes, clarissimis majoribus genitos, suscipite, regite : vestram meamque vicem explete. Hi vobis, Nero et Druse,
parentum loco. Ita nati estis, ut bona malaque vestra ad
remp. pertineant.

~~~~~~

DEFENSIO CREMUTII CORDI IN SENATU.

II. Cremutius Cordus, accusatus apud senatum quòd, editis anna-
libus, laudatoque M. Bruto, C. Cassium Romanorum ultimum
dixisset, relinquendæ vitæ certus, defensionem in hunc modum
exorsus est , *Cap. 34 et 35* :

———

Celui qui, sous Tibère, osait louer Cassius et Brutus, ne pouvait
plaider sa cause avec faiblesse.

J. Exorde majestueux, tiré de la personne de l'orateur. Témoignage
de son innocence.

VERBA mea, P. C., arguuntur; adeò factorum innocens
sum.

de touchantes réflexions sur la caducité de Livie, sur l'âge tendre de ses petits-fils et son âge avancé, il demanda qu'on introduisît les enfans de Germanicus, unique ressource dans les malheurs présens. Les consuls étant allés chercher les jeunes princes, et les ayant rassurés, les amenèrent devant l'empereur, qui, les prenant par la main, ajouta :

Ces enfans, privés de leur père, je les remis, P. C., à leur oncle, en le priant, quoiqu'il en eût lui-même, de choyer, d'élever ceux-ci comme sa propre lignée, et de les former pour lui et pour la postérité. Ayant perdu Drusus, c'est à vous que j'adresse mes prières ; je vous en conjure, au nom des Dieux et de la patrie, prenez sous votre protection et sous votre tutelle ces arrière-petits-fils d'Auguste, ces rejetons de tant de héros ; remplissez à leur égard votre devoir et le mien. Néron et Drusus, voilà ceux qui vous tiendront lieu de pères. Votre naissance est telle que, bonne ou mauvaise, votre fortune intéresse la République (*).

DÉFENSE DE CRÉMUTIUS CORDUS DEVANT LE SÉNAT.

II. Crémutius Cordus fut accusé devant le sénat d'avoir publié des Annales, où, après avoir fait l'éloge de Brutus, il appelait Cassius le dernier des Romains. Assuré de perdre la vie, il se défendit comme il suit (*C.* 34 *et* 35) :

O<small>N</small> attaque mes paroles, P. C., tant mes actions sont innocentes.

(*) Ce discours fut accueilli par des acclamations et des vœux. Mais Tibère se hâta de prouver qu'il avait joué une sorte de comédie, quand il offrit de céder sa place à celui que le sénat en jugerait digne.

II. Justification 1° par de nombreux exemples ; 2° par l'examen du
fait.

1° Sed neque hæc in principem aut principis (1) parentem,
quos lex majestatis amplectitur. Brutum et Cassium lauda-
visse dicor : quorum res gestas, quum plurimi composuerint,
nemo sine honore memoravit. Titus Livius , eloquentiæ ac
fidæi præclarus in primis, Cn. Pompeium tantis laudibus tulit, ut *Pompeianum* eum Augustus appellaret : neque id
amicitiæ eorum offecit. Scipionem , Afranium , hunc ipsum
Cassium , hunc Brutum , nusquàm latrones et parricidas , quæ
nunc vocabula imponuntur , sæpè ut insignes viros nominat. Asinii Pollionis scripta, egregiam eorumdem memoriam
tradunt. Messala Corvinus imperatorem suum Cassium præ-
dicabat ; et uterque opibusque atque honoribus perviguêre.
Marci Ciceronis libro, quo Catonem cœlo æquavit, quid
aliud dictator Cæsar , quàm rescriptâ oratione , velut apud
judices respondit? Antonii epistolæ , Bruti conciones, falsa
quidem in Augustum probra, sed multâ cum acerbitate habent : carmina Bibaculi et Catulli, referta contumeliis Cæsarum , leguntur. Sed ipse divus Julius, ipse divus Augustus,
et tulêre ista et reliquêre ; haud facilè dixerim , moderatio-
ne magis, an sapientiâ : namque spreta exolescunt ; si ira-
scare, adgnita videntur. Non attingo Græcos, quorum non
modò libertas, etiam libido impunita : aut si quis advertit,
dictis dicta ultus est.

2° Sed maximè solutum (2), et sine obtrectatore fuit ,
prodere de iis quos mors odio aut gratiæ exemisset. Num
cum armatis Cassio et Bruto, ac Philippenses campos obti-
nentibus, belli civilis causâ, populum per conciones incen-
do? (3) an illi quidem septuagesimum ante annum perempti,
ti, quo modo imaginibus suis noscuntur , quas nec victor
quidem abolevit , sic partem memoriæ apud scriptores reti-
nent? /

_____

(1) Matrem, Liviam. (2) *Solutum*, liberum. (3) *An* pro *nonne*.

Et même ces paroles ne concernent ni le prince, ni sa mère, objets de la loi de lèse-majesté, dont, sur tant d'auteurs qui ont écrit leur histoire, aucun n'a parlé sans respect. Tite-Live surtout, éloquent autant qu'exact, comble tellement de louanges Pompée, qu'Auguste lui donna le nom de *Pompéien*, sans que leur amitié en souffrît. Scipion, Afranius, ce même Cassius et ce Brutus, il ne les traite nulle part, comme on fait aujourd'hui, de brigands et de parricides ; souvent il les cite comme des héros.

Les écrits d'Asinius Pollio ne laissent d'eux qu'un glorieux souvenir ; Messala Corvinus se vantait d'avoir servi sous Cassius ; et tous les deux furent comblés de biens et d'honneurs. Comment le dictateur César répondit-il au livre où Cicéron élève jusqu'aux cieux Caton, sinon par un plaidoyer écrit, comme s'il avait paru devant des juges. Les lettres d'Antoine, les harangues de Brutus sont pleines d'injures contre Auguste, mensongères sans doute, mais souvent diffamantes. Les vers de Bibaculus et de Catulle sont pleins d'invectives contre la maison des Césars. Cependant et le divin Jules, et le divin Auguste eux-mêmes les souffrirent et ne les proscrivirent pas, et j'aurais peine à dire si ce fut modération ou sagesse ; car le mépris émousse les traits que la vengeance fait passer pour constans. Je ne dis rien des Grecs, chez qui non-seulement la liberté, mais la licence était impunie ; ou, si quelqu'un y fut sensible, il rendit satires pour satires.

Mais rien ne fut jamais plus libre et moins répréhensible que de s'expliquer sur ceux que la mort a rendus étrangers à la haine comme à la faveur. Partisan de Brutus et de Cassius, en armes, aux champs de Philippe, excité-je, par mes harangues, le peuple à la guerre civile ? Ces hommes, morts il y a plus de soixante-dix ans, qui ne sont plu connus que par leurs images, que leur vainqueur même a laissées subsister, n'ont-ils pas, dans l'histoire, des droits à notre souvenir ?

II.   3o

III. Péroraison digne de l'exorde. Pensée grande, noblesse de sentiment, précision et énergie de style.

Suum cuique decus posteritas rependit. Nec deerunt, si damnatio ingruit, qui non modò Cassii et Bruti, sed etiam mei meminerint.

~~~~~~

Oratio Tiberii in senatu templum sibi in Hispania exstrui vetantis.

III. Biennio antè Asiæ civitates decreverant templum Tiberio, et permissum fuerat statuere. Hoc anno quum Hispania ulterior, missis ad senatum legatis, oraret ut exemplo Asiæ delubrum Tiberio exstrueret, Cæsar hujusmodi orationem habere cœpit, *Cap.* 37 et 38 :

———

Tibère soutient dans ce discours la dignité d'un souverain.

I. Exorde simple et grave, tiré du sujet.

Scio, P. C., constantiam meam à plerisque desideratam, quòd, Asiæ civitatibus nuper idem istud petentibus, non sim adversatus : ergo et prioris silentii defensionem, et quid in futurum statuerim, simul aperiam.

II. L'exemple d'Auguste lui sert d'excuse.

Quum divus Augustus sibi atque urbi Romæ templum apud Pergamum sisti non prohibuisset, qui omnia facta dictaque ejus, vice legis, observem, placitum jam exemplum promptiùs secutus sum, quia cultui meo veneratio senatûs adjungebatur. Ceterùm, ut semel recepisse veniam habuerit, ita per omnes provincias effigie numinum sacrari, ambitiosum, superbum ; et vanescet Augusti honor, si promiscuis adulationibus vulgatur.

III. Péroraison noble et modeste. Profession de sentimens convenables à un souverain aussi zélé que sage.

Ego me, P. C., mortalem esse, et hominum officia fungi, satisque habere, si locum principem impleam, et vos

La postérité rend à chacun ce qu'on lui doit, et si l'on me condamne, il ne manquera pas de gens qui n'oublieront ni Cassius, ni Brutus, ni même Crémutius (*).

~~~~~~

TIBÈRE DÉFEND QU'ON LUI ÉLÈVE UN TEMPLE EN ESPAGNE.

III. Deux ans auparavant, les villes d'Asie avaient décerné à Tibère un temple, et obtenu la permission de l'élever. L'Espagne ultérieure ayant fait demander au sénat par des ambassadeurs, qu'on lui accordât la même grâce qu'à l'Asie, Tibère prononça le discours suivant (C. 37 et 38) :

———

JE sais, P. C., qu'en général on ne me trouva pas assez de fermeté, quand, en dernier lieu, je ne m'opposai pas à pareille demandé faite par les villes d'Asie : je vais donc à la fois justifier mon premier silence, et déclarer mes intentions pour l'avenir.

Le divin Auguste ayant souffert qu'à Pergame on lui élevât un temple, à lui et à la ville de Rome, moi, qui me fais une loi de me régler en tout sur ses préceptes et sa conduite, je suivis d'autant plus aisément son exemple, qu'au culte de Tibère on joignait celui du sénat. Mais s'il est pardonnable d'avoir une fois cédé, il y aurait un excès d'orgueil à laisser diviniser nos images dans chaque province, et l'hommage que reçoit Auguste serait déconsidéré, si la flatterie le prodiguait indifféremment.

Je suis mortel, P. C., et ma condition est celle des autres hommes ; il me suffit de remplir la première place.

(*) Crémutius, rentré chez lui, se laissa mourir de faim. Son ouvrage condamné au feu, disparut alors, pour reparaître ensuite.

testor, et meminisse posteros volo, qui satis superque memoriæ meæ tribuent, ut majoribus meis dignum, rerum vestrarum providum, constantem in periculis, offensionum pro utilitate publicâ non pavidum credant. Hæc mihi in animis vestris templa, hæc pulcherrimæ effigies, et mansuræ: nam quæ saxo struuntur, si judicium posterorum in odium vertit, pro sepulcris spernuntur. Proinde socios, cives et Deos ipsos precor: hos, ut mihi ad finem usque vitæ quietam et intelligentem humani divinique juris mentem dent; illos, ut quandocunque concessero, cum laude et bonis recordationibus facta atque famam nominis mei prosequantur.

CODICILLI QUIBUS SEJANUS LIVIÆ MATRIMONIUM A TIBERIO POSTULAT.

IV. Sejanus præfectus prætorio, eques Romanus, variis artibus ad id fastigium pervenerat, ut proximus à principe haberetur: sed eo parùm contentus, etiam dominationem invadere cogitabat. Hoc consilio Liviam uxorem Drusi, adulterio pellectam, ad spem conjugii et consortium regni et mariti necem impulerat. Duobus jam à morte Drusi elapsis annis, promissumque matrimonium flagitante Liviâ, componit ad Cæsarem codicillos. Moris quippe tùm erat, quamvis præsentem scripto adire. Ejus talis forma fuit, *Cap.* 39:

BENEVOLENTIA patris Augusti, et mox plurimis Tiberii judiciis, ita insuevisse, ut spes votaque sua non priùs ad Deos, quàm ad principum aures conferret. Neque fulgorem honorum unquàm precatum: excubias ac labores, ut unum è militibus, pro incolumitate imperatoris malle. Attamen, quod pulcherrimum, adeptum, ut (1) conjunctione

---

(1) Filiâ ipsius Claudii filio desponsâ.

Je vous en prends à témoin, et je veux que la postérité
s'en souvienne. Elle honorera bien assez ma mémoire, si
elle juge que je fus digne de mes aïeux, soigneux de vos
intérêts, inébranlable dans le danger, prêt à braver les
haines pour le bien de l'Etat. Voilà mes temples dans vos
cœurs, voilà mes plus belles statues et les plus durables ;
car les édifices de pierre, si la postérité condamne l'homme
auquel on les dédia, sont méprisés comme tombeaux. Je
supplie donc nos alliés, mes concitoyens et les Dieux mêmes,
ceux-ci de me conserver, jusqu'à mon dernier jour, le
calme d'une ame éclairée sur ses devoirs civils et religieux ;
ceux-là, quand je ne serai plus, d'honorer d'un bon souvenir ma conduite et la gloire de mon nom (*).

SÉJAN DEMANDE A TIBÈRE LIVIE EN MARIAGE.

IV. Séjan, chevalier Romain et préfet du Prétoire, était parvenu
par différens moyens, jusqu'à se voir le premier de l'Etat après
l'Empereur ; mais peu content de ce qu'il était, il songeait à se
saisir du pouvoir suprême. Pour y parvenir, ayant corrompu
Livie, épouse de Drusus, il l'avait, par la promesse de l'épouser
et de l'associer à l'Empire, engagée à faire périr son mari. Deux
ans s'étant écoulés depuis la mort de Drusus, comme Livie le pressait de tenir sa parole, Séjan dresse un mémoire à l'Empereur ;
l'usage étant alors de s'adresser à lui par écrit, quoiqu'il fût présent. Le sens en était (*C.* 39)

Que les bontés d'Auguste, et bientôt les nombreux bienfaits de Tibère l'avaient accoutumé à ne pas déposer ses
vœux et ses espérances dans le sein des Dieux, plustôt que
dans l'oreille de ses princes. Il n'avait jamais désiré l'éclat
des honneurs, aimant mieux endurer, comme un simple
soldat, la fatigue et les veilles, pour la sûreté de l'empe-

(*) Quelle que fût sa façon de penser, Tibère ne cessa depuis
d'exprimer son aversion pour le culte qu'on affectait de vouloir lui
rendre.

Cæsaris dignus crederetur : hinc initium spei. Et quoniam
audiverit Augustum, in conlocandâ filiâ, nonnihil etiam de
equitibus Rom. consultavisse ; ita si maritus Liviæ quære-
retur, haberet in animo amicum, solâ necessitudinis gloriâ
usurum. Non enim exuere imposita munia : satis æstimare
firmari domum adversùm iniquas Agrippinæ offensiones ;
idque liberorum causâ : nam sibi multùm superque vitæ
fore, quod tali cum principe explevisset.

V. Responsio Tiberii. *Cap.* 40.

—

*Chef-d'œuvre d'artifice : il refuse une grâce, et paraît donner
une nouvelle marque d'amitié.*

Ceteris mortalibus in eo stare consilia, quid sibi conducere putent ; principum diversam esse sortem, quibus
præcipua rerum ad famam dirigenda. Ideò se non illuc decurrere, quod promptum rescriptu ; posse ipsam Liviam
statuere, nubendum post Drusum, an in penatibus iisdem
tolerandum haberet : esse illi (1) matrem et (2) aviam,
propiora consilia. Simpliciùs acturum. De inimicitiis primùm Agrippinæ, quas longè acriùs arsuras, si matrimonium
Liviæ, velut in partes, domum Cæsarum distraxisset. Sic
quoque erumpere æmulationem feminarum, eâque discordiâ
nepotes suos convelli : quid si intendatur certamen tali
conjugio ?

I. Danger d'une trop grande élévation.

Falleris enim, Sejane, si te mansurum in eodem ordine
putas, et Liviam, quæ (3) C. Cæsari, mox Druso nupta
fuerit, eâ mente acturam, ut cum equite Rom. senescat.

---

(1) Antoniam. (2) Liviam Augustam. (3) Nepoti Augusti.

reur. Cependant, il avait obtenu ce qu'il y avait de plus
flatteur, d'être jugé digne de l'alliance de César (*), d'où
l'origine de son ambition. Et comme il avait ouï dire qu'en
mariant sa fille, Auguste avait hésité s'il ne la donnerait
pas à un chevalier romain, de même il priait Tibère, s'il
cherchait un époux à Livie, de songer à un ami, qui ne
tirerait de là que la gloire de son amitié. Car il ne remettrait
pas sa charge : il croirait sa maison assez à l'abri de l'injuste
haine d'Agrippine, et cela pour ses enfans ; car il aurait
pour lui-même assez du temps qu'il vivrait avec un pareil
prince.

V. RÉPONSE DE TIBÈRE. (C. 40.)

LES autres hommes n'ont à consulter que leurs intérêts ; il
n'en est pas ainsi des princes, qui doivent surtout avoir
égard à l'opinion. Je ne te dirai donc pas, comme je pourrais
te répondre, que Livie peut décider elle-même s'il convient
qu'elle se remarie, ou qu'elle passe sa vie dans la maison
de Drusus ; qu'elle a d'ailleurs, pour conseils immédiats,
sa mère et son aïeule. J'agirai plus franchement. D'abord,
quant à la haine d'Agrippine, combien tu la rendras plus
ardente, si, en épousant Livie, tu fais comme deux
partis dans la maison des Césars! De là naîtra pareillement
la jalousie entre les femmes, d'où la discorde entre mes
petits-fils. Et si ce mariage trouvait des opposans !

Tu te trompes, Séjan, si tu crois rester dans l'ordre
dont tu fais partie, et que Livie, d'abord épouse de
C. César, ensuite de Drusus, voudra vieillir avec un

_____

(*) Sa fille avait épousé le fils même de Claudius.

Ego ut sinam, credisne passuros, qui (1) fratrem ejus, qui patrem (2) majoresque nostros, in summis imperiis videre? Vis tu quidem istum intra locum sistere : sed illi magistratus et primores qui, te invito, perrumpunt, omnibusque de rebus consulunt, excessisse jampridem equestre fastigium, longèque (3) antîsse patris mei amicitias non occulti ferunt, perque invidiam tui me quoque incusant.

II. Réfutation de l'exemple d'Auguste, allégué par Séjan.

At enim Augustus filiam suam equiti Rom. tradere meditatus est. Mirum, Hercule, si, quum in omnes curas distraheretur, immensumque attolli provideret, quem conjunctione tali super alios extulisset, C. Proculeium et quosdam in sermonibus habuit, insigni tranquillitate vitæ, nullis reip. negotiis permixtos. Sed si dubitatione Augusti movemur, quantò validius est, quòd Marco Agrippæ, mox mihi conlocavit?

III. PÉRORAISON AFFECTUEUSE. Il tâche d'adoucir le refus par des protestations d'amitié et des promesses brillantes.

Atque ego hæc pro amicitiâ non occultavi : ceterùm neque tuis, neque Liviæ destinatis adversabor. Ipse quid intra animum volutaverim, quibus adhuc necessitudinibus immiscere te mihi parem, omittam ad præsens referre : id tantùm aperiam, nihil esse tam excelsum, quod non virtutes istæ tuusque in me animus mereantur; datoque tempore, vel in senatu, vel in concione non reticebo.

_____

(1) Germanicum.   (2) Drusum, Tiberii fratrem.
(3) *Antîsse* amicitias patris. i. e. te amicum meum potentiâ et dignitate supergressum amicos patris mei.

sénateur romain. Que j'y consente, je le veux, crois-tu
qu'ils le souffriront, ceux qui ont vu son frère, son père
et nos aïeux dans les premiers emplois, voulusses-tu
même en rester où tu es? Mais ces magistrats et ces grands,
qui malgré toi s'élèvent et donnent leurs avis sur tout : ils
disent tout haut que tu te vois, depuis long-temps, au-
dessus de l'ordre équestre, du point où t'avait mis l'a-
mitié de mon père, et m'en font un reproche en haine
de toi.

Mais Auguste projeta de se donner pour gendre un
chevalier. Il eût été certes bien étonnant que, surchargé
de soins, dont il prévoyait l'accroissement sans mesure, il
eût parlé d'élever au-dessus de tous, par son alliance,
Proculéius et d'autres personnes connues par leur amour du
repos et par leur éloignement des affaires d'Etat. Mais si les
réflexions d'Auguste nous imposent, n'est-il pas plus con-
cluant le choix qu'il fit d'Agrippa et bientôt de moi pour
gendre?

Voilà ce que l'amitié me défend de te cacher. Au reste,
je ne m'opposerai point à tes vues, ni à celles de Livie. Je
ne te dirai pas, pour l'instant, quels projets je roule dans
ma tête, et par quels nouveaux liens je songe à l'identifier
avec moi; tu sauras seulement qu'il n'est rien de si élevé
que tes vertus et ton attachement pour moi ne méritent,
et que, dans le temps, je ne m'en tairai ni dans le sénat,
ni devant le peuple.

EX LIBRO VI ANNALIUM.

ORATIO M. TERENTII EQUITIS ROMANI.

Patuêre tandem scelesta Sejani de parando regno consilia ; ipse oppressus interiit. Secuta deindè ejus amicorum strages. Verùm eâ tempestate, quâ Sejani amicitiam ceteri falsò exuerant, ausus est eques Rom. M. Terentius, ob id reus, amplecti crimen, ad hunc modum apud senatum ordiendo, *Cap.* 8 :

Les accusateurs de Térentius furent envoyés en exil ou punis de mort. Ce succès extraordinaire n'étonne pas après la lecture de son discours.

I. Exorde imposant, tiré du sujet. Aveu franc et hardi du fait dont on l'accuse.

FORTUNÆ quidem meæ fortassè minùs expediat adgnoscere crimen, quàm abnuere : sed, utcunquè casura res est, fatebor et fuisse me Sejano amicum, et ut essem expetîsse, et postquàm adeptus eram, lætatum.

II. Justification.

Videram collegam patris regendis prætoriis cohortibus; mox urbis et militiæ munia simul obeuntem. Illius propinqui et ad fines honoribus augebantur. Ut quisque Sejano intimus, ita ad Cæsaris amicitiam validus; contrà, quibus infensus esset, metu ac sordibus conflictabantur. Nec quemquam exemplo adsumo : cunctos, qui novissimi consilii expertes fuimus, meo unius discrimine defendam. Non enim Sejanum Vulsiniensem, sed Claudiæ et Juliæ domûs partem, quas adfinitate occupaverat, tuum, Cæsar, generum, tui consulatûs socium, tua officia in rep. capessentem colebamus. Non est nostrum æstimare, quem supra ceteros, et quibus de causis extollas. Tibi summum rerum judicium Dii dedêre ; nobis obsequii gloria relicta est. Spectamus porrò quæ coràm habentur ; cui ex te opes, honores, quîs

LIVRE VI DES ANNALES.

Discours de M. Térentius chevalier Romain.

On découvrit enfin les menées de Séjan pour s'assurer l'Empire :
on les prévint, et il fut mis à mort; puis on fit ensuite un mas-
sacre de ses amis. Mais à cette époque où chacun abjurait ce
titre, Térentius, chevalier Romain, accusé de l'avoir porté, osa
en convenir, et se défendit ainsi dans le sénat (*C.* 8) :

———

Il m'eût été plus avantageux peut-être de nier ce dont on
m'accuse que d'en convenir ; mais, quoi qu'il en arrive,
j'avoue et que je fus l'ami de Séjan, et que je desirai de
l'être, et qu'y étant parvenu, je m'en félicitai.

Je l'avais vu collègue de son père, dans le commandement des gardes prétoriennes, et bientôt appelé tout à la
fois aux premiers emplois civils et militaires. Ses parens,
ses alliés étaient comblés d'honneurs. Mieux on était avec
Séjan, plus on avait de part à la faveur du prince; avait-on
au contraire Séjan pour ennemi, l'on devait s'attendre aux
alarmes, aux affronts ; et, sans citer personne, je vais,
à mes seuls risques, plaider la cause de tous ceux qui,
comme moi, n'ont point trempé dans ses derniers projets.
Ce n'était point à Séjan de Vulsinies que s'adressaient nos
hommages ; c'était aux maisons Claudia et Julia, dont,
par alliance, il faisait partie ; à ton gendre, César ; à ton
collègue dans le consulat ; à ton associé dans les soins de
l'Empire. Ce n'est pas à nous de juger du mérite de l'homme
que tu élèves au-dessus de tous, ni des motifs de ton choix.
Les Dieux t'ont fait notre arbitre suprême ; il ne nous
reste que la gloire d'obéir. Nos yeux se portent sur ce qui
les frappe ; sur celui qui tient de toi les richesses, les
honneurs, le pouvoir de servir et de nuire ; et l'on ne peut

plurima juvandi nocendive potentia : quæ Sejano fuisse,
nemo negaverit. Abditos principis sensus, et si quid occul-
tius parat, exquirere inlicitum, anceps ; (1) nec ideò adsequare.

III. PÉRORAISON SUBLIME.

Ne, P. C., ultimum Sejani diem, sed sexdecim annos
cogitaveritis. Etiam Satrium atque Pomponium veneraba-
mur : libertis ac janitoribus ejus notescere, pro magnifico
accipiebatur. Quid ergo ? indistincta hæc defensio et promiscua dabitur ? imò justis terminis dividatur : insidiæ in
remp., consilia cædis adversùm imperatorem, puniantur :
de amicitiâ et officiis, (2) idem finis et te, Cæsar, et nos
absolverit.

EX LIBRO XI ANNALIUM.

ORATIO CLAUDII, IN SENATU, DE ADSCISCENDIS
è GALLIA COMATA SENATORIBUS.

Quum de supplendo senatu Claudius agitaret, primoresque Galliæ,
quæ Comata appellatur, fœdera et civitatem Rom. pridem ad-
secuti, jus adipiscendorum in urbe honorum expeterent, Claudius eorum postulatis annuere, multis licèt refragantibus, statuit ; vocatoque senatu ita disseruit, *Cap.* 24 :

————

Tacite n'a presque rien conservé du discours de Claude pour le
fond des idées, et rien du tout pour le style. Tant-mieux : son
discours est fort beau, et celui de Claude était fort ennuyeux.

I. Exorde simple, tiré de la personne de l'orateur.

MAJORES mei (quorum antiquissimus Clausus, origine
Sabinâ, simul in civitatem Rom. et in familias patriciorum

————————

(1) *Nec ideò adsequare*, ideoque non assequereris.
(2) *Idem finis.* Quoniam eâdem mente inducti nos fuimus, quâ
tu ipse, æquum est nos, sicut te, innocuos judicari.

nier que tel n'ait été Séjan. Il est illicite et même dangereux de vouloir pénétrer les sentimens cachés du prince et ses vues secrètes ; et même on n'y réussirait pas.

Songez, P. C., non pas au dernier jour de Séjan, mais aux seize années précédentes. On portait même du respect à Satrius, à Pomponius. Etre connu de ses affranchis, de ses portiers, était un grand honneur. Mais quoi ! admettra-t-on en général, indifféremment ces moyens de défense ? Non, sans doute ; faites une juste distinction. Les attentats contre la République, les projets contre les jours du prince, qu'ils soient punis. Quant à notre attachement, à nos égards pour Séjan, ton absolution, César, sera la nôtre.

LIVRE XI DES ANNALES.

DISCOURS DE CLAUDE POUR ADMETTRE DES GAULOIS AU RANG DE SÉNATEURS (*).

Claude pensait à nommer aux sièges vacans dans le sénat ; et les principaux de la Gaule, dite *Chevelue*, jouissant depuis long-temps du droit de cité Romaine, sollicitaient celui d'être admis aux honneurs. César ayant, malgré de nombreux opposans, résolu de le leur accorder, convoqua le sénat, où il s'expliqua de la sorte (C. 24) :

MES aïeux, dont le plus ancien, Clausus, Sabin d'origine, fut admis à la fois parmi les citoyens romains et dans le

(*) Nous possédons, à quelques lacunes près, l'original de ce discours de Claude, tel qu'il fut prononcé au sénat. Il s'est trouvé à Lyon, gravé sur des tables de bronze, que l'on y conserve encore. M. l'abbé Brotier l'a transcrit dans ses notes : on peut l'y consulter. Cette pièce est curieuse ; elle nous confirme ce que l'on soupçonnait bien déjà, que ces belles harangues des historiens anciens sont entièrement de leur imagination.

adscitus est) hortantur, utì paribus consiliis remp. capes-
sam, transferendo hùc, quod usquàm egregium fuerit.

II. Étrangers admis aux honneurs.

Neque enim ignoro Julios Albâ, Coruncanios Camerio,
Porcios Tusculo, et, ne vetera scrutemur, Etruriâ Luca-
niâque et omni Italiâ in senatum accitos. Postremò ipsam
ad Alpes promotam, ut non modò singuli viritìm, sed terræ
gentesque in nomen nostrum coalescerent. Tunc solida
domi quies, et adversùs externa floruimus, quùm Transpa-
daoi in civitatem recepti, quum specie deductarum (1) per
orbem terræ legionum, additis provincialium validissimis,
fesso imperio subventum est. Num pœnitet Balbos ex Hispaniâ, nec minùs insignes viros è Galliâ Narbonensi trans-
ivisse ? Manent posteri eorum, nec amore in hanc patriam
nobis concedunt. Quid aliud exitio Lacedemoniis et Atheniensibus fuit, quanquam armis pollerent, nisi quòd victos
pro alienigenis arcebant ? At conditor noster Romulus tantùm sapientiâ valuit, ut plerosque populos eodem die
hostes, dein cives, habuerit. Advenæ in nos regnaverunt.
Libertinorum filiis magistratus mandari, non, ut plerique
falluntur, recens, sed priori populo factitatum est.

III. Apologie des Gaulois.

At cum Senonibus pugnavimus : scilicet Volsci et Æqui,
nunquàm adversam nobis aciem struxêre ! Capti à Gallis
sumus : sed et Tuscis obsides dedimus, et Samnitium jugum
subivimus. Attamen si cuncta bella recenseas, nullum bre-
viore spatio quàm adversùs Gallos confectum : continua indè
ac fida pax. Jam moribus, artibus, adfinitatibus nostris
mixti, aurum et opes suas inferant, potiùs quàm separati
habeant.

IV. PÉRORAISON SIMPLE.

Omnia, P. C., quæ nunc vetustissima creduntur, nova

---

(1) Supple *in colonias.* Iis admisti ferè proviuciales eodem jure.

corps des patriciens ; mes aïeux m'exhortent à les imiter, en introduisant ici tout ce qui se distingue ailleurs.

Je n'ignore pas que les Julius sont venus d'Albe, les Coruncanius de Camerium, les Porcius de Tusculum, et, pour s'en tenir aux temps modernes, que l'Etrurie, la Lucanie et toute l'Italie ont fourni des sénateurs. Enfin, l'Italie n'a plus eu de bornes que les Alpes, afin que non-seulement les individus, mais les peuples et les pays fussent réunis sous notre nom. Rome fut assurée du repos et respectée de l'Etranger, quand, après avoir mis au nombre de ses citoyens les Transpadans, elle eut donné pour appuis à l'Empire fatigué ses légions répandues sur toute la terre en colonies, renforcées des meilleurs soldats des provinces. Se repent-on d'avoir attiré d'Espagne les Balbus, et de la Gaule Narbonnaise des hommes non moins distingués? Leurs descendans existent et ne nous le cèdent pas en amour pour la patrie. Fut-il une autre cause de la ruine des Athéniens et des Lacédémoniens, si bons guerriers d'ailleurs, que d'avoir rejeté, comme étrangers, les vaincus? Mais Romulus, notre fondateur, eut la sagesse de voir, le même jour, dans la plupart des peuples, des ennemis, puis des citoyens. Des étrangers ont régné sur nous, et ce n'est point, comme on le croit à tort, une nouveauté d'élever des fils d'affranchis aux magistratures ; les premiers Romains le firent souvent.

Mais nous avons eu la guerre avec les Sénonais : les Volsques et les Eques n'ont apparemment jamais pris les armes contre nous ! Les Gaulois ont pris Rome : mais nous avons et donné des otages aux Etruriens, et passé sous le joug des Samnites. Cependant, si l'on passe toutes les guerres en revue, nulle ne dura moins que celle avec les Gaulois ; et depuis, la paix n'a pas été interrompue. Les mœurs, les arts, les alliances nous les assimilent aujourd'hui. Qu'ils nous apportent leur or et leurs richesses, plutôt que d'en jouir à part.

P. C., tout ce qui maintenant est antique fut nouveau.

fuêre. Plebeii magistratus post patricios, Latini post plebeios, ceterarum Italiæ gentium post Latinos. Inveterascet hoc quoque; et quod hodiè exemplis tuemur, inter exempla erit.

~~~~~~

EX LIBRO XII ANNALIUM.

Oratio Caractaci Britannorum imperátoris, quum captivus ante Claudium sisteretur. *Cap.* 37.

———

Quoique dans les fers et suppliant, il a toujours la force et la fierté des nations du nord.

I. Exorde majestueux et touchant, tiré de la personne de l'orateur.

Si quanta nobilitas et fortuna mihi fuit, tanta rerum prosperarum moderatio fuisset, amicus potiùs in hanc urbem, quàm captus venissem : neque dedignatus esses claris majoribus ortum, pluribus gentibus imperitantem, fœdere pacis accipere.

II. Apologie.

Præsens sors mea, ut mihi informis, sic tibi magnifica est. Habui equos, viros, arma, opes : quid mirum, si hæc invitus amisi? Non, si vos omnibus imperitare vultis, sequitur ut omnes servitutem accipiant. Si statìm deditus traderer, neque mea fortuna, neque tua gloria inclaruisset;

III. Péroraison forte.

Et supplicium meî oblivio sequetur : at si incolumen servaveris, æternum exemplar clementiæ ero.

Après les magistrats patriciens, on en vit de plébéiens ;
après ceux-ci, de Latins ; après les Latins, de tous les
peuples d'Italie. Ce système aussi vieillira ; et ce que nous
appuyons aujourd'hui d'exemples, servira d'exemple à son
tour.

LIVRE XII DES ANNALES.

DISCOURS DE CARACTACUS, GÉNÉRAL DES BRETONS, A CLAUDE.

La neuvième année de la guerre dans la Bretagne, Caractacus, général des Bretons, qui avait bravé jusqu'alors les armées Romaines,
fut enfin vaincu par le lieutenant Ostorius. Amené prisonnier à
Rome, quand il parut devant Claude, il lui tint ce discours (C.
37)

Si, dans la prospérité, ma modération avait égalé ma
noblesse et ma fortune, j'aurais paru dans cette ville plutôt
en ami qu'en captif, et tu n'aurais pas dédaigné l'alliance
d'un prince issu d'un sang illustre et souverain de plusieurs
nations.

Mon état actuel, si honteux pour moi, te fait d'autant
plus d'honneur. J'eus des chevaux, des hommes, des
armes, des richesses : quoi d'étonnant, si je ne voulais
pas m'en dessaisir ? Parce que vous voulez commander à
l'univers, s'ensuit-il que chacun doive livrer sa tête au
joug ? Si je m'étais d'abord soumis, je n'aurais illustré ni
mon nom ni votre victoire.

Ma mort se perdra dans l'oubli ; mais si vous me conservez la vie, je serai pour toujours un monument de votre
clémence (*).

(*) Claude fit aussitôt mettre en liberté Caractacus, son épouse
et ses frères.

~~~~~~

EX LIBRO XIII ANNALIUM.

QUERELÆ AGRIPPINÆ DE NERONIS INJURIIS.

1. Agrippina, dominandi avida, filium suum Neronem ita ceteris
imperare cupiebat, ut sibi pareret : ille verò deformis obsequii
impatiens erat. Præceps ig ur ad minas mater, principis aures
hoc convicio verberare ausa est, *Cap.* 14 :

ADULTUM jam esse (1) Bri,tannicum, veram dignamque stirpem suscipiendo patris imperio, quod (2) insitus et adoptivus,
per injurias matris exerceret. Non abnuere se quin cuncta
infelicis domûs mala patefierent, (3) suæ in primis nuptiæ,
(4) suum veneficium. Id solum Diis et sibi provisum, quòd
viveret privignus. Ituram cum illo in castra. Audiretur hinc
(5) Germanici filia, indè debilis rursùs (6) Burrhus et exul
(7) Seneca, truncâ scilicet manu, et professoriâ linguâ,
generis humani regimen exspostulantes.

_____

(1) Claudii filium à se dejectum imperio.
(2) Nero ipse adoptatus à Claudio.
(3) Claudio patruo incestè nupserat.
(4) Quo maritum sustulerat.
(5) Ipsa Agrippina.
(6) Præfectus prætorio ; *debilis*, truncâ manu.
(7) Præceptor Neronis, exul sub Claudio.

LIVRÉ XIII DES ANNALES.

MENACES D'AGRIPPINE.

I. Agrippine, avide de pouvoir, aurait voulu que son fils ne commandât que pour lui obéir, et Néron voulait secouer une déférence honteuse. La mère, prompte à menacer, osa frapper les oreilles du prince de ces invectives (C. 14) :

BRITANNICUS est adulte : il est le vrai, le digne héritier de son père, dont le fils adoptif a pris la place par l'injustice de sa mère. J'oserai dévoiler tous les malheurs d'une maison infortunée, et d'abord mon mariage, mes empoisonnemens. Grâce aux Dieux et à moi, mon beau-fils existe. J'irai dans le camp avec lui. On entendra d'une part la fille de Germanicus, de l'autre l'estropié Burrhus et Sénèque le banni, c'est-à-dire un manchot et un rhéteur, réclamer le gouvernement du genre humain.

VERBA AGRIPPINÆ, OBJECTA SIBI CRIMINA DILUENTIS.

11. Junia Sinala , Agrippinæ infensa, parat accusatores è clientibus
suis Iturium et Calvisium , qui deferant destinavisse eam Rubel-
lium Plautum ex Augusti posteris , ad res novas extollere. Hæc
Iturius et Calvisius Atimeto , Domitiæ Neronis amitæ liberto,
aperiunt. Qui, lætus oblatis , Paridem histrionem , libertum et
ipsum Domitiæ , impulit ire properè , crimenque atrociter de-
ferre. Quo audito ita exarsit Nero , ut matrem statim interficere destinaret. Ægrè retentus , Burrhum ad eam mittit, ut no-
sceret objecta dissolveretque., vel pœnas lueret. Agrippina ,
ferociæ memor , in hunc modum respondit , *Cap.* 21 :

———

*Voici comme la superbe et artificieuse Agrippine devait se
justifier.*

I. Mépris pour ses accusateurs.

Non miror Silanam , numquàm edito partu , matrum affectus ignotos habere. Neque enim perindè à parentibus
liberi , quàm ab impudicà adulteri mutantur. Nec , si Iturius et Calvisius , adesis omnibus fortunis , novissimam
suscipiendæ accusationis operam auui rependunt , ideò aut
mihi infamia parricidii , aut Cæsari conscientia subæunda
est,

II. Ses soins pour élever Néron à l'Empire.

Nam Domitiæ inimicitiis gratias agerem , si benevolentià
mecum in Neronem meum certaret. Nunc , per concubinum
Atimetum et histrionem Paridem , quasi scenæ fabulas
componit. Baiarum suarum piscinas excolebat , quum meis
consiliis adoptio , et proconsulare jus , et designatio consulatûs , et cetera apiscendo imperio præpararentur.

III. Impossibilité de prouver qu'elle ait tenté la foi des légions et des officiers.

Aut existat qui cohortes in urbe tentatas , qui provinciarum fidem labefactatam , denique servos vel libertos ad
scelus corruptos arguat.

JUSTIFICATION D'AGRIPPINE.

II. Junia Silana, ennemie d'Agrippine, charge Iturius et Calvisius, deux de ses cliens, de l'accuser d'avoir jeté les yeux sur Rubellius Plautus, un descendant d'Auguste, pour amener une révolution. Iturius et Calvisius en parlent à Atimétus, affranchi de Domitia, tante paternelle de Néron. Celui-ci, ravi de l'occasion, engage l'histrion Pâris, autre affranchi de cette dame, à se hâter de dénoncer la chose. Néron en fut tellement irrité, qu'on eut peine à l'empêcher de faire à l'instant mourir sa mère. Il lui envoie Burrhus, pour qu'elle soit instruite de l'accusation, et qu'elle s'en justifie : sinon elle périra. Agrippine, rappelant son orgueil, répond en ces termes (*C.* 21) :

———

JE ne m'étonne pas que Silana, qui n'eut jamais d'enfans, soit étrangère aux affections d'une mère. Une mère en effet ne change pas d'enfans, comme une impudique de complices de ses adultères : et si, après avoir mangé tout son bien, Iturius et Calvisius rendent à cette vieille le dernier service de se porter mes accusateurs, ce n'est pas une raison pour infliger à moi l'infamie du soupçon, à César le soupçon d'un parricide.

Car je remercierais Domitia de son inimitié, si elle rivalisait avec moi d'attachement pour mon cher Néron. Elle compose aujourd'hui comme une pièce de théâtre avec son galant Atimétus, et l'histrion Pâris : elle soignait ses viviers de Baïes, lorsque, par mes conseils, tout se préparait pour élever Néron à l'Empire ; qu'on l'adoptait, qu'on l'investissait du pouvoir proconsulaire, qu'on le désignait consul.

Qu'il se présente celui qui peut m'accuser d'avoir ici cherché à séduire les cohortes, d'avoir ébranlé la fidélité des provinces, d'avoir enfin gagné des esclaves ou des affranchis pour commettre le crime.

IV. Sa sûreté personnelle devait éloigner d'elle l'idée du complot
dont on l'accuse.

Vivere ego , Britannico potiente rerum, poteram : at si
Plautus , aut quis alius remp. judicaturus obtinuerit, de-
sunt scilicet mihi accusatores , qui , non verba , impatientiâ
caritatis aliquandò incauta , sed ea crimina objiciant , quibus , nisi à filio , mater absolvi non possim.

~~~~~~~~~~~~~~~~~~~~~~~~~~~~~~~~~~~

VERBA SUILLII REI.

III. Suillius , imperitante Claudio , districtus accusator fuerat , ter-
ribilisque ac venalis eloquentiæ. Ejus opprimendi gratiâ repetitum
credebatur senatusconsultum , pœnaque Cenciæ legis adversùs
eos , qui pretio causas oravissent. His igitur criminibus reus ,
Senecam , à quo maximè premebatur , his verbis increpabat ,
Cap. 42 :

Infensum amicis Claudii , sub quo justissimum exilium
pertulisset. Simul studiis inertibus , et juvenum imperitiæ
suetum , livere his qui vividam et incorruptam eloquentiam
tuendis civibus exercerent. Se quæstorem Germanici ; illum
domûs ejus (1) adulterum fuisse. An gravius existimandum ,
sponte litigatoris , præmium honestæ operæ assequi , quàm
corrumpere cubicula principum feminarum? Quâ sapientiâ ,
quibus philosophorum præceptis , intra quadriennium regiæ
amicitiæ , ter millies sestertiûm paravisset ? Romæ testa-
menta, et orbos, velut indagine ejus capi: Italiam et provincias immenso fenore hauriri. At sibi labore quæsitam , et
modicam pecuniam esse. Crimen , periculum , omnia po-

_____

(1) Seneca à Claudio relegatus fuerat in Corsicam insulam , ob
suspicionem adulterii cum Juliâ Germanici filiâ.

Oui, je pouvais vivre sous l'empire de Britannicus; mais
que j'en aie jugé digne Plautus ou tout autre, qu'il s'offre
donc des accusateurs qui me reprochent non des mots
échappés à ma tendresse trop susceptible, mais de ces crimes
dont mon fils seul peut absoudre sa mère.

Paroles de Suillius contre Sénèque.

III. Suillius avait été sous l'empire de Claude un délateur impi-
   toyable, un orateur fougueux et vénal. On rappelait pour le
   perdre, un ancien sénatus-consulte et les peines portées par la
   loi Ciucia, contre ceux qui se faisaient payer pour plaider. Dans
   cette position, il reprochait à Sénèque, qui le pressait le plus
   vivement (C. 42),

D'être ennemi des amis de Claudius, qui l'avait, avec
justice, exilé. Accoutumé, *disait-il*, à des études oiseuses,
adaptées à l'inexpérience de la jeunesse, il enviait ceux
qui, pour la défense des citoyens, employaient une éloquence mâle et sans affèterie. Je fus questeur de Germanicus; il fut adultère dans sa maison (1). Estimera-t-on
plus criminel de recevoir d'un plaideur de gré à gré le prix
d'un travail honorable, que de souiller le lit des femmes
les plus distinguées!

De quels sages, de quels philosophes a-t-il appris à s'assurer, en quatre ans de relations avec le prince, de trois cent
millions de sesterces (2)? A Rome, il a pris, comme au
filet, et les testamens et les personnes sans enfans : l'Italie
et les provinces, il les a épuisées par des usures excessives.
Moi, j'ai peu de bien, et je le dois à mon travail. Les accusations, les dangers, je braverai tout, avant de faire

_____

(1) Claude avait relégué Sénèque dans l'île de Corse, comme
soupçonné d'adultère avec Julia, fille de Germanicus.
(2) 59,365,075 livres.

tiùs toleraturum, quàm veterem ac diù partam dignatio-
nem subitæ felicitati submitteret.

~~~~~~

EX LIBRO XIV ANNALIUM.

Oratio Senecæ ad Neronem.

I. Seneca, quum Neronem ad deteriores inclinare cerneret, seque
variis criminationibus incessi, cedere invidiæ statuit, seque in
otium penitùs abdere. Igitur Cæsarem adit, atque in hunc modum alloquitur, *Cap.* 53 et 54 :

*Tacite, en faisant ainsi parler Sénèque, justifie bien l'opinion
qu'il a donnée de ce philosophe.* (Pollebat præceptis eloquentiæ
et comitate honestâ.)

I. Exorde insinuant, tiré du sujet.

Quartusdecimus annus est, Cæsar, ex quo spei tuæ admo-
tus sum; octavus, (1) ut imperium obtines. Medio temporis,
tantùm honorum atque opum in me cumulâsti, ut nihil felicitati meæ desit, nisi moderatio ejus.

II. Apologie. 1º Souvenir délicat de ses services et de la générosité
de Néron. 2º Réponse aux reproches qu'on pourrait lui faire.

1º Utar magnis exemplis, nec meæ fortunæ, sed tuæ.
Abavus tuus Augustus, M. Agrippæ Mytilenense secretum;
C. Mæcenati, urbe in ipsâ, velut peregrinum otium permi-
sit: quorum alter bellorum socius, alter Romæ pluribus laboribus jactatus, ampla quidem, sed pro ingentibus meritis, præmia acceperant. Ego (2) quid aliud munificenciæ adhibere potui, quàm studia, ut sic dixerim, in umbrâ educata; et quibus
claritudo venit, quòd juventæ tuæ rudimentis affuisse videor? grande hujus rei pretium. At tu gratiam immensam,
innumeram pecuniam circumdedisti; 2º adeò ut plerum

―――――――――――――――――――――――――

(1) *Ut imperium obtines :* ex quo obtines.
(2) *Id est,* quam aliam munificentiæ tuæ materiam offerre potui.

plier, sous une influence d'hier, une ancienne réputation, fruit de mes longs travaux.

~~~~~~~~~~~~~~~~~~~~~~~~~~~~~~~

LIVRE XIV DES ANNALES.

DISCOURS DE SÉNÈQUE A NÉRON.

I. Voyant Néron pencher pour les partisans du vice, et se trouvant lui-même en butte à différens reproches, Sénèque résolut de céder à l'envie, et de s'ensevelir dans la retraite : il va donc trouver César, et lui parle ainsi (*C.* 53 *et* 54) :

VOILA quatorze ans, César, que je fus associé à vos espérances, et huit que vous gouvernez. Durant ce temps, vous m'avez comblé de tant d'honneurs et de richesses, qu'il ne manque à ma félicité que d'y mettre des bornes.

Je citerai de grands exemples, dignes de vous, s'ils sont au-dessus de moi. Votre bisaïeul, Auguste, voulut bien qu'Agrippa se retirât à Mitylène, et que Mécène goûtât le repos à Rome, comme s'il s'en était éloigné. L'un, son compagnon à la guerre, l'autre, chargé de mille affaires épineuses à Rome, ils avaient, mais pour des services signalés, reçu d'amples récompenses. Pour moi, quel autre titre puis-je alléguer de vos bienfaits, qu'un zèle exercé, pour ainsi dire, à l'ombre, et dont l'éclat vient de ce que je parais avoir été utile à votre éducation? prix déjà fort au-dessus de la chose. Vous y avez joint un crédit immense, des richesses infinies; en sorte que je me dis souvent : « Se

II.   3₁

quæ intra me ipsum volvam : « Egone equestri et provinciali
loco ortus , proceribus civitatis annumeror ? inter nobiles
et longa decora præferentes , novitas mea enituit ? Ubi est
animus ille modicis contentus ? Tales hortos instruit , et per
hæc suburbana incedit , et tantis agrorum spatiis , tam lato
fenore exuberat ? » Una defensio occurrit , quòd muneribus
tuis obniti non debui.

III. Proposition de rendre tous ses biens et de se retirer.

Sed uterque mensuram implevimus , et tu , quantùm
princeps tribuere amico posset , et ego , quantùm amicus à
principe accipere. Cetera invidiam augent : quæ quidem ,
ut omnia mortalia , infra tuam magnitudinem jacet : sed
mihi incumbit ; mihi subveniendum est. Quo modo in
militiâ aut viâ fessus adminiculum orarem ; ita in hoc itinere
vitæ , senex , et levissimis quoque curis impar , quum opes
meas ultrà sustinere non possim , præsidium peto. Jube eas
per procuratores tuos administrari , in tuam fortunam recipi.
Nec me in paupertatem ipse detrudam , sed traditis , quorum fulgore perstringor , quod temporis hortorum aut vil-
larum curæ seponitur , in animum revocabo.

V. PÉRORAISON ADROITE. Eloge de l'empereur , et modestie de
Sénèque.

Superest tibi robur , et tot per annos nixum fastigii regimen : (1) possumus seniores amici quiete respondere. Hoc
quoque in tuam gloriam cedet , eos ad summa vexisse , qui
et modica tolerarent.

---

(1) Seniores amici nil nisi quietem præstare possumus. *Respondere* , id est , satisfacere.

peut-il qu'issu d'une race de chevaliers de province, je compte parmi les grands de Rome? qu'un homme nouveau brille au milieu des nobles, présentant une série d'images? Où donc est cet esprit satisfait de peu? Est-ce bien Sénèque qui fait construire ces jardins, qui se promène dans ces maisons de campagne, qui possède tant de terres, qui ne sait que faire de ses revenus?» Je n'ai qu'une réponse à faire : je n'ai pas dû m'opposer à vos dons.

Mais nous avons tous deux comblé la mesure, vous de ce qu'un prince pouvait donner à son ami, moi de ce qu'un ami peut recevoir d'un prince; le plus irriterait l'envie. Elle est, comme tout ici-bas, au-dessous de votre grandeur : mais elle pèse sur moi; il faut me soulager. Las du service ou du chemin, je demanderais de l'assistance : de même, dans cette route de la vie, affaibli par les ans, incapable des moindres soins, succombant sous le fardeau de mes richesses, je sollicite un appui. Chargez vos intendans d'administrer ces biens, de les réunir à vos domaines. Je ne me réduirai pas à l'indigence; mais, renonçant à ce dont l'éclat m'éblouit, j'emploierai à réfléchir le temps que m'enlève le soin de mes jardins et de mes maisons.

Vous êtes dans la vigueur de l'âge, et tant d'années vous ont rendu familier l'exercice du pouvoir; nous, vos vieux amis, nous ne pouvons plus vous servir que par le repos. Il vous sera même glorieux d'avoir élevé à la plus haute fortune des gens qui savent se contenter d'une médiocre.

II. Responsio Neronis ad Senecam. *Cap.* 55 et 56.

*Néron oppose la dissimulation à l'artifice. Il affecte une grande
douceur et beaucoup d'amitié.*

I. Exorde insinuant tiré de la personne de l'auditeur.

Quòn meditatæ orationi tuæ statìm occurram, id primum
tui muneris habeo, qui me non tantùm prævisa, sed subita
expedire docuisti.

II. Réfutation du discours de Sénèque article par article. 1° Exemple d'Auguste tourné contre Sénèque. 2° Grands services de Sénèque et modicité des récompenses. 3° Refus motivé pour l'offre
des richesses et pour la demande de la retraite.

1° Abavus meus Augustus Agrippæ et Mæcenati usurpare
otium post labores concessit, sed in eâ ipsâ ætate, cujus auctoritas tueretur, quidquid illud et qualecumque tribuisset:
attamen neutrum datis à se præmiis exuit. 2° Bello et periculis meruerant : in his enim juventa Augusti versata est.
Nec mihi tela et manus tuæ defuissent in armis agenti. Sed,
quod præsens conditio poscebat, ratione, consilio, præceptis pueritiam, dein juventam meam fovisti. Et tua quidem
erga me munera, dum vita suppetet, æterna erunt : quæ à
me habes, horti, et fenus, et villæ, casibus obnoxia sunt :
ac licèt multa videantur, plerique, haudquaquàm artibus
tuis pares, plura tenuerunt. Pudet referre libertinos, qui
ditiores spectantur : undè etiam rubori mihi est, quod,
præcipuus caritate, nondùm omnes fortunâ antecellis.

3° Verùm et tibi valida ætas, rebusque et fructui rerum suf-
ficiens ; et nos prima imperii spatia ingredimur : nisi fortè
aut te Vitellio ter consuli, aut me Claudio postponis. Sed
quantùm Volusio longa parcimonia quæsivit, tantùm in te
mea liberalitas explere non potest. Quin, si quâ in parte

II. Réponse de Néron a Sénèque. (C. 55 et 56.)

Si je réponds sur-le-champ à ce discours étudié, c'est un effet de tes leçons, à toi qui m'as appris à parler sur tous les sujets imprévus, comme prévus.

Auguste, mon bisaïeul, permit qu'Agrippa et Mécène prissent du repos après leurs fatigues; mais qu'elle qu'ait été l'espèce de cette permission, son âge autorisait sa conduite: Au reste il ne dépouilla ni l'un, ni l'autre de ses dons. Ils les avaient mérités dans la guerre et dans les dangers, dont fut entourée la jeunesse d'Auguste. Tu m'aurais également servi de tes armes et de ton bras, si j'avais eu la guerre: mais, ce que les conjonctures exigeaient, ta prudence, tes avis, tes leçons ont formé mon enfance d'abord, ensuite ma jeunesse. Ce que j'ai reçu de toi m'appartient pour la vie; ce que tu tiens de moi, jardins, revenus, maisons, tout est casuel: et quelque grands que ces biens paraissent, que de gens, d'un mérite bien inférieur, en ont possédé davantage! J'aurais honte de citer les affranchis qui t'effacent en opulence; et je rougis de ce qu'étant au premier rang dans mon amitié, quelqu'un soit encore au-dessus de toi par sa fortune.

Ton âge, d'ailleurs, et ta vigueur te permettent et de t'occuper des affaires, et de jouir: et moi, je fais les premiers pas dans la carrière de l'Empire: T'estimerais-tu moins que Vitellius avec ses trois consulats, ou me mettrais-tu au-dessous de Claude? Ma libéralité ne peut-elle te donner l'équivalent de ce que Volusius doit à sa longue parcimonie? Enfin si la jeunesse me fait faire quelque

lubricum adolescentiæ nostræ declinat, revocas, (1) orna-
tumque robur subsidio impensius regis.

III. PÉRORAISON FORTE.

Non tua moderatio, si reddideris pecuniam; nec quies,
si reliqueris principem; sed mea avaritia, meæ crudelitatis
metus in ore omnium versabitur. Quòd si maximè continentia tua laudetur, non tamen sapienti viro decorum fuerit, undè amico infamiam paret, indè gloriam sibi recipere.

EX LIBRO XV ANNALIUM.

ORATIO PÆTI THRASEÆ IN SENATU.

Claudius Timarchus Cretensis reus agebatur, quum aliis criminibus, tùm quòd dictitâsset in suâ potestate situm, utrùm pro-
consulibus, qui Cretam obtinuissent, grates agerentur. Quam
occasionem Pætus Thrasea in bonum publicum vertens, postquàm de reo censuerat, hæc addidit, *Cap.* 20 *et* 21 :

*Ce langage sentencieux convient bien à la gravité du stoïque
Thraséas.*

I. Exorde imposant, tiré du sujet.

Usu probatum est, P. C., leges egregias, exempla honesta,
apud bonos ex delictis aliorum gigni. Sic oratorum licentia,
Cinciam rogationem; candidatorum ambitus, Julias leges;
magistratuum avaritia, Calpurnia scita, pepererunt. Nam
culpa, quàm pœna, tempore prior; emendari, quàm pec-
care, posterius est. Ergo adversùs novam provincialium
superbiam, dignum fide constantiâque Romanâ capiamus
consilium, quo tutelæ sociorum nihil derogetur, nobis
opinio decedat, qualis quisque habeatur, alibi quàm in
civium judicio esse.

---

(1) *Id est* postquàm robur ætatis meæ præceptis ornâsti, nunc
subsidio tuo impensiùs regis.

écart, tu me rappelles à moi-même : Toi qui me formas, tes avis peuvent diriger ma force actuelle !

Le public ne parlera ni de ton désintéressement, si tu me remets tes biens, ni de ton amour du repos, si tu t'éloignes du prince; mais de mon avarice, et de la crainte que t'a inspirée ma cruauté. Et dût-on porter aux nues ta modération, il n'est pas digne d'un sage de se faire un nom, en couvrant d'infamie un ami (*).

LIVRE XV DES ANNALES.

Discours de Pétus Thraséas au sénat.

Claudius Timarchus, de Crète, était, entr'autres crimes, accusé d'avoir dit qu'il dépendait de lui de faire décerner des actions de grâces aux proconsuls qui avaient gouverné la Crète. Pétus Thraséas, saisissant l'occasion en faveur du bien public, après avoir donné son avis sur l'accusé, ajouta (*C. 20 et 21*) :

L'expérience nous apprend, P. C., que les hommes de bien ont fait naître, des délits mêmes, d'excellentes lois et de bons exemples. Ainsi la loi Cincia naquit de la licence des orateurs; la loi Julia, des excès de la brigue; la loi Calpurnia de l'avarice des magistrats : car la faute devance la punition; et la correction vient après l'erreur. A l'orgueil qui s'introduit dans les provinces, opposons donc une résolution digne de la bonne foi, de la fermeté romaines; et, sans déroger en rien à la protection due aux alliés, proscrivons cette opinion, qu'on peut, ailleurs qu'à Rome, statuer sur les réputations.

(*) Néron joignit à ce discours les plus vives caresses : mais Sénèque n'en quitta pas moins la cour. Bientôt, soupçonné d'être entré dans une conspiration, il fut réduit à se faire ouvrir les veines.

II. Abus et inconvéniens des éloges décernés par les provinces
aux magistrats romains.

Olìm quidem non modò prætor aut consul, sed privati
etiam mittebantur, qui provincias viserent, et quid de
cujusque obsequio videretur, referrent : trepidabantque
gentes de æstimatione singulorum. At nunc colimus externos et adulamur, et quomodò ad nutum alicujus grates,
ita promptiùs accusatio decernitur : decernaturque, et
maneat provincialibus potentiam suam tali modo osten-
tandi; sed laus falsa et precibus expressa, perindè cohi-
beantur, quàm malitia, quàm crudelitas. Plura sæpe pec-
cantur, dum demeremur, quàm dum offendimus. Quædam
imò virtutes odio sunt, severitas obstinata, invictus adversùs gratiam animus. Indè initia magistratuum nostrorum
meliora fermè, et finis inclinat, dum in modum candidatorum suffragia conquirimus;

III. PÉRORAISON SOLIDE.

Quæ si arceantur, æqualiùs atque constantiùs provinciæ
regentur : nam ut metu repetundarum infracta avaritia
est, ita vetitâ gratiarum actione ambitio cohibetur.

Ce n'était pas non-seulement un consul, un préteur, mais de simples particuliers qu'on envoyait jadis visiter les provinces, pour venir rendre compte au sénat de l'obéissance des provinces; et les nations tremblaient dans l'attente du rapport des individus. Aujourd'hui nous courtisons, nous flattons les étrangers; il dépend du caprice de l'un d'eux de faire décerner des actions de grâces, ou intenter une accusation. Eh bien ! qu'ils en intentent : laissons-leur ce moyen de faire montre de leur pouvoir ; mais ces éloges faux, arrachés par des bassesses, proscrivons-les, comme l'injustice et la cruauté. Souvent on se rend plus coupable en obligeant qu'en offensant : il est même des vertus détestées, telles que la sévérité inflexible, et l'équité inaccessible à la faveur. De là, nos magistrats, en général intègres d'abord, mollissent vers la fin, parce qu'à l'instar des candidats, ils briguent des suffrages.

Que ce soit en vain, et les provinces seront gouvernées avec plus de justice et de fermeté : car si la crainte de l'accusation de concussion a réprimé l'avarice, la suppression des actions de grâces réprimera l'ambition (*).

(*) Le sénat, de l'aveu du prince, défendit à toutes personnes de proposer dans les assemblées des alliés de faire rendre aux gouverneurs des actions de grâces en plein sénat, ou de se charger d'une pareille mission.

EX LIBRO XVI ANNALIUM.

ORATIO CAPITONIS COSSUTIANI.

1. Pætus Thrasea virtutibus suis iram Neronis meritus erat. Multa quippe egerat, adulandi nescius, ex quibus appareret sævitiam ipsi ac libidines principis magnopere improbari. Ob ea
igitur infensum ipsi Neronis animum, insuper accendebat
Capito Cossutianus, præter animum ad flagitia præcipitem,
privatis etiam de causis inimicus Thraseæ. *Cap.* 22.

PRINCIPIO anni vitare Thraseam solenne jusjurandum:
nuncupationibus votorum non adesse, quamvis quindecim-
virali sacerdotio præditum: nunquàm pro salute principis,
aut (1) cœlesti voce immolavisse: assiduum olim et inde-
fessum, qui vulgaribus quoque Patrum consultis semet
fautorem aut adversarium ostenderet, triennio non introïsse
curiam: nuperrimèque, quum ad coërcendos Silanum et
Veterem certatim concurreretur, privatis potiùs clientium
negotiis vacavisse. Secessionem jam id et partes: et, si
multi idem audeant, bellum esse. Ut quondàm C. Cæsarem,
et M. Catonem, ita nunc te, Nero, et Thraseam avida discordiarum civitas loquitur. Et habet sectatores, vel potiùs
satellites, qui nondùm contumaciam sententiarum, sed
habitum vultumque ejus sectantur, rigidi et tristes, quò
tibi lasciviam exprobrent. Huic uni incolumitas tua (2) sine
arte, sine honore. Prosperas principis res spernit; etiamne
luctibus et doloribus non satiatur? Ejusdem animi est,
Poppæam divam non credere, cujus in acta divi Augusti
et divi Julii non jurare. Spernit religiones, abrogat leges.
Diurna populi Rom. per provincias, per exercitus curatiùs

---

(1) Nota est Neronis circa vocem et cantus insania.
(2) *Grotius legit* incolumitas tua, tuæ artes sine honore.

LIVRE XVI DES ANNALES.

Discours de Capito Cossutianus.

1. Pétus Thraséas avait mérité la haine de Néron. Incapable de flatter, il avait fait beaucoup de choses qui démontraient combien il désapprouvait les débauches et la cruauté du prince. Très-aigri déjà contre Thraséas, Néron était encore excité par Capito Cossutianus, qui joignait à son penchant naturel pour le crime un ressentiment personnel contre Thraséas. Il lui reprochai t , entr'autres (*C.* 22),

---

D'ÉVITER, au commencement de l'année, de prêter le serment solennel; et, quoique quindecim-vir, de ne point assister à leurs vœux pour le prince; de ne jamais offrir de sacrifices pour la conservation du prince ou de sa voix divine. Cet homme, *ajoutait-il*, jadis assidu, infatigable, qui affectait d'appuyer ou de combattre les plus insignifians décrets du sénat, n'y met les pieds depuis trois ans; et, lorsqu'on y accourait à l'envi les jours passés, pour s'occuper du châtiment de Silanus et de Vétus, il a mieux aimé vaquer aux affaires de ses cliens. C'est une révolte, une conspiration, qui, si beaucoup d'autres ont la même témérité, annonce la guerre civile. Comme autrefois, avide de discordes, Rome parlait de César et de Caton, de même elle s'occupe aujourd'hui de toi, César, et de Thraséas. Il a aussi des partisans, ou plutôt des satellites qui imitent, non pas encore l'insolence de ses discours, mais son air et son maintien, te reprochant ta gaieté par une austérité sombre. Seul il est indifférent à ton salut; seul il n'honore pas tes talens; il ne jouit pas des succès du prince. Quoi? le deuil et les larmes, il n'en est pas rassasié! il ne doit pas croire à la divinité de Poppée, celui qui ne jure point par les actes du divin César et du divin Auguste; il méprise la religion, il anéantit les lois. On lit plus assidûment dans les provinces les *journaux* de Rome, pour savoir ce que

leguntur, ut noscatur quid Thrasea non fecerit. Aut trans-
eamus ad illa instituta, si potiora sunt; aut nova. cupien-
tibus auferatur dux et auctor. Ista secta Tuberones et
Favonios, veteri quoque reip. ingrata nomina, genuit. Ut
imperium evertant, libertatem præferunt : si perverterint,
libertatem ipsam aggredientur. Frustrà Cassium amovisti,
si gliscere et vigere Brutorum æmulos passurus es. Denique
nihil ipse de Thraseâ scripseris; disceptatorem senatum
nobis relinque.

VERBA AMICORUM THRASEÆ.

II. Thrasea , quum sibi imminere accusationem videret , inter
   proximos consultavit , tentaretne defensionem , an sperneret.
   Diversa consilia adferebantur. Quibus intrari curiam placebat
   dixerunt, *Cap.* 25 *et* 26 ,

SECUROS esse de constantiâ ejus : nihil dicturum , nisi quo
gloriam augeret. Segnes et pavidos supremis suis secretum
circumdare. Aspiceret populus virum morti obvium : audiret senatus voces quasi ex aliquo numine supra humanas :
posse ipso miraculo etiam Neronem permoveri. Sin crudelitati insisteret , distingui certè apud posteros memoriam
honesti exitûs ab ignaviâ per silentium pereuntium.

*Contrà , qui opperiendum domi censebant , de ipso
Thraseâ eadem ;* sed ludibria et contumelias imminere.
Subtraheret aures conviciis et probris. Non solùm Cossu-
tianum aut Eprium ad scelus promptos , superesse qui
forsitan (1) manus ictusque per immanitatem Augusti; etiam
bonos metu sequi. Detraheret potiùs senatui, quem perorna-
visset, infamiam tanti flagitii; et relinqueret incertum, quid,
viso Thraseâ reo, decreturi Patres fuerint. Ut Neronem flagi-

---

(1) *Supple* intentarent , ingererent : *per immanitatem Augusti ,*
id est Neronis.

n'a pas fait Thraséas. Adoptons ses principes, s'ils sont les meilleurs; ou enlevons aux amis de la nouveauté leur chef et leur guide. Cette secte engendra les Tubérons et les Favonius; noms odieux même à l'ancienne République. Ils vantent la liberté pour renverser l'Empire; s'ils le renversent, ils attaqueront la liberté même. En vain auras-tu écarté Cassius, si tu laisses croître et se fortifier les émules de Brutus : enfin, ne prononce rien toi-même sur Thraséas, et laisse le sénat juger entre nous (*).

SENTIMENS DES AMIS DE THRASÉAS.

II. Thraséas, se voyant menacé d'accusation, délibère avec ses intimes amis s'il essaiera, ou s'il dédaignera de se défendre. Les avis sont partagés. Suivant ceux qui voulaient qu'il parût au sénat (*C.* 25 *et* 26) :

Ils étaient assurés de sa fermeté : il ne dirait rien qui n'ajoutât à sa gloire. A leur dernier moment, les gens mous et timides cherchaient la solitude. Que le peuple vît un homme affronter la mort : que le sénat entendît la voix comme d'un être au-dessus de l'humanité. Ce prodige seul pourrait émouvoir jusqu'à Néron : et, s'il persistait dans sa cruauté, la postérité distinguerait à coup sûr une mort honorable du lâche trépas de ceux qui périssaient en silence.

Ceux qui conseillaient à Thraséas d'attendre dans sa maison, répliquaient : qu'ayant à s'attendre à l'insulte, aux outrages, il devait dérober ses oreilles aux sarcasmes injurieux. Cossutianus, Éprius n'étaient pas les seuls hommes familiarisés aux forfaits : il en existait qui, pour flatter la férocité d'Auguste, iraient peut-être jusqu'à saisir, à frapper Thraséas. Que plutôt il sauvât au sénat, dont il fut l'ornement, l'infamie d'un tel attentat, et laissât

(*) Voir la suite.

tiorum pudor caperet; irritâ spe agitari; multòque magis
timendum, ne in conjugem, in familiam, in cetera pignora
ejus sæviret. Proindè intemeratus, impollutus, quorum
vestigiis et studiis vitam duxerit, eorum gloriâ peteret
finem.

Oratio Eprii Marcelli in Thraseam.

III. Eprius Marcellus, socius à Nerone adjunctus erat Cossutiano
in accusando Thraseâ. Quum igitur princeps per quæstorem
suum arguisset Patres, quòd publica munia desererent, ac
plerique, adepti consulatum et sacerdotia, hortorum potiùs
amœnitati inservirent, hoc velut telo arrepto Eprius, maximâ
vi vociferatur, *Cap.* 28:

Summam reip. agi; contumaciâ inferiorum lenitatem im-
peritantis deminui. Nimiùm mites ad eam diem Patres, qui
Thraseam desciscentem, qui generum ejus, Helvidium
Priscum, in iisdem furoribus, simul Paconium Agrippi-
num paterni in principes (1) odii hæredem, et Curtium
Montanum detestanda carmina factitantem, eludere impunè sinerent. Requirere se in senatu consularem, in votis
sacerdotem, in jurejurando civem: nisi, contra instituta
et cærimonias majorum, proditorem palàm et hostem
Thrasea induisset. Deniquè agere senatorem, et principis
obtrectatores protegere solitus, veniret, censeret quid
corrigi aut mutari vellet: faciliùs perlaturos singula in-
crepantem, quàm nunc silentium perferrent omnia dam-
nantis. Pacem illi per orbem terræ, an victorias sine damno
exercituum displicere? Ne hominem bonis publicis mœstum,

(1) Pater ipsius sub Tiberio perierat majestatis reus.

douteux le parti qu'il eût pris, à la vue de Thraséas accusé. On se flatterait en vain de voir Néron rougir de ses forfaits; il était bien plus à craindre qu'il ne sévît contre l'épouse, la famille et tout ce qui fut cher à Pétus; qu'il s'acheminât donc, pur et sans tache, vers la fin glorieuse des héros sur les traces desquels il avait marché durant sa vie (*).

DISCOURS D'EPRIUS MARCELLUS CONTRE THRASÉAS.

III. Éprius Marcellus avait été adjoint par Néron à Cossutianus pour suivre l'accusation contre Thraséas. Le prince ayant fait reprocher par son questeur, aux sénateurs, de négliger leurs fonctions, et, dès qu'ils avaient obtenu le consulat et des sacerdoces, de préférer à leurs devoirs l'agrément de leurs jardins, Éprius s'empare de cette espèce d'arme, et, vociférant en furieux (C. 28),

---

Il s'agit, *s'écrie-t-il*, du salut de l'État : l'audace des inférieurs épuise l'indulgence du chef. Le sénat a, jusqu'à ce jour, été trop bon de se laisser jouer impunément par le rebelle Thraséas, dont le gendre, Helvidius Priscus, partage les fureurs; par un Paconius, héritier de la haine de son père pour nos princes; par un Curtius Montanus, auteur fécond de vers abominables. Je veux qu'on soit consulaire au sénat, prêtre à l'autel, citoyen devant les tribunaux; à moins qu'au mépris des lois et des rites de nos aïeux, Thraséas ne soit affiché pour traître et pour ennemi. Eh! qu'il fasse donc le sénateur; qu'il vienne, accoutumé qu'il est à protéger les détracteurs du prince, qu'il dise ce qu'il faut corriger ou changer. Qu'il critique tout; sa voix sera plus supportable que son silence actuel, qui condamne tout. Est-il mécontent de la paix générale, ou de nos victoires qui ne coûtent point de sang, et qui ne peuvent

---

(*) Voyez le discours suivant.

et qui fora, theatra, templa pro solitudine haberet, qui mini-
taretur exilium suum, ambitionis pravæ compotem facerent.
Non illi consulta hæc, non magistratus, aut Romam urbem
videri. Abrumperet vitam ab eâ civitate, cujus caritatem
olim, nunc et aspectum exuisset.

~~~~~~

ORATIO SERVILIÆ, SORANI FILIÆ.

IV. Barea Soranus, vir eximiæ sanclimoniæ, variis criminibus
accusabatur. Hujus filia Servilia, imprudentiâ ætatis, consul-
taverat magos, an placabilis Nero, an cognitio senatûs nihil
atrox adferret; et, ut faciendis magicis sacris pecuniam con-
traheret, cultus dotales ac monile venundederat. Accita igitur
in senatum, parente coram, hoc modo locuta est, *Cap.* 31:

Sensibilité, candeur et générosité.

I. Début simple et touchant, tiré du sujet.

Nullos impios Deos, nullas devotiones, nec aliud infelicibus precibus invocavi, quàm ut hunc optimum patrem,
tu, Cæsar, et vos, Patres, servaretis incolumem.

II. Explication de sa conduite.

Sic gemmas et vestes et dignitatis insignia dedi, quo modo si sanguinem et vitam poposcissent. Viderint isti, ante-
hac mihi ignoti, quo nomine sint, quas artes exerceant:
nulla mihi principis mentio, nisi inter numina fuit.

III. Justification de son père.

Nescit tamen miserrimus pater; et si crimen est, sola
deliqui.

conduire à son détestable but un homme que le bonheur public afflige, pour qui le Forum, les théâtres, les temples sont une solitude; et qui nous menace de s'exiler? Pour lui vos décrets, vos magistrats ne sont rien, et Rome n'est plus la ville. Qu'il cesse donc de vivre dans une cité, qui, depuis long-temps odieuse à son cœur, l'est, à présent, même à ses yeux (*).

DISCOURS DE SERVILIA, FILLE DE SORANUS.

IV. On accusait de divers crimes Baréa Soranus, homme de la plus haute probité. Servilia, sa fille, avait eu la faiblesse de consulter des devins pour savoir si l'on pourrait apaiser Néron, et si la procédure du sénat aurait une issue funeste. Pour subvenir aux frais des sacrifices magiques, elle avait vendu ses présens de noce et son collier. Citée devant le sénat, elle parla ainsi, son père étant présent (*C.* 31) :

JE n'ai ni supplié des divinités malveillantes, ni prononcé d'imprécations; mes funestes invocations ne tendaient qu'à obtenir de toi, César, et de vous, sénateurs, le salut du meilleur des pères.

C'est dans cette vue que j'ai donné mes pierreries, mes habits, les parures convenables à ma naissance, comme j'aurais donné mon sang et ma vie, si on l'avait demandé. Ces gens que je n'ai pas connus jusqu'alors, qu'ils répondent sur leur nom et sur leur art, moi, je n'ai fait mention du prince que dans le nombre des divinités.

Mon malheureux père l'ignorait; et, si c'est un crime, je suis seule coupable (**).

(*) Le sénat finit par condamner à mort Thraséas, qui se fit ouvrir les veines, et expira en consacrant son sang à Jupiter libérateur.

(**) Le père et la fille furent condamnés; seulement on leur laissa le choix du genre de mort.

EX LIBRO I HISTORIARUM.

Oratio Galbæ imperatoris ad Pisonem, quum eum adoptaret.

I. Depulso Nerone, Galba, procousul, militari suffragio lectus imperator fuerat : parcus ac severus senex, et ad obeunda imperii munia per ætatem invalidus. Quum se ob ea sperni intelligeret, accepissetque etiam Germanicas legiones sacramenti reverentiam rupisse, præsidium sibi, adoptato nobili et egregio viro Pisone Liciniano, parare statuit. Eum igitur accitum in hunc modum alloquitur, *Cap.* 15 *et* 16 :

Force et majesté.

1. Exorde grave, tiré du sujet.

Si te privatus, lege Curiatâ, apud pontifices, ut moris est, adoptarem ; et mihi egregium erat tunc, Pompeii et M. Crassi sobolem in penates meos adsciscere, et tibi insigne, Sulpiciæ ac Lutatiæ decora nobilitati tuæ adjecisse.

II. Motifs qui ont réglé son choix. Eloge de Pison.

Nunc me Deorum hominumque consensu ad imperium vocatum præclara indoles tua, et amor patriæ impulit, ut principatum, de quo majores nostri armis certabant, bello adeptus, quiescenti offeram ; exemplo divi Augusti, qui sororis filium Marcellum, dein generum Agrippam, mox nepotes suos, postremò Tiberium Neronem privignum, in proximo sibi fastigio collocavit. Sed Augustus in domo successorem quæsivit, ego in republicâ : non quia propinquos aut socios belli non habeam ; sed neque ipse imperium ambitione accepi, et judicii mei documentum sint non meæ tantùm necessitudines, quas tibi postposui, sed et tuæ. Est tibi frater, pari nobilitate, natu major, dignus hâc fortunâ, nisi tu potior esses. Ea ætas tua, quæ cupiditates adolescentiæ

LIVRE I DES HISTOIRES.

Discours de l'Empereur Galba a Pison, en l'Adoptant.

I. Galba, proconsul, avait été nommé par son armée, empereur, après la chute de Néron. C'était un vieillard économe, sévère, et, vu son âge, incapable de remplir les fonctions du gouvernement. Se voyant en conséquence en butte au mépris, et sachant que les légions de Germanie s'étaient révoltées, il résolut de se donner un appui, en adoptant Pison Licinianus, homme d'un mérite égal à sa noblesse. L'ayant donc fait venir, il lui parla de la sorte (C. 15 et 16) :

Si, comme simple citoyen, je t'adoptais, suivant l'usage, devant les pontifes, en vertu d'une loi des curies, il serait glorieux pour moi de faire entrer dans ma maison un descendant de Pompée et de M. Crassus, et beau pour toi de joindre à vos titres de noblesse, ceux des Sulpicius et des Lutatius.

Mais élevé à l'Empire par le concert unanime des Dieux et des hommes, ton grand caractère et l'amour de la patrie m'engagent à t'offrir aujourd'hui, sans que tu la recherches, une place que nos aïeux se disputaient les armes à la main ; en cela j'imite Auguste, qui plaça successivement au premier rang, après lui, Marcellus, fils de sa sœur, son gendre Agrippa, puis ses petits-fils, enfin son beau-fils Tibère. Mais Auguste choisit un successeur dans sa maison ; et moi, j'en cherche un dans la République. Non que je manque de parens, ou de compagnons de guerre : mais ce n'est pas l'ambition qui m'a fait accepter l'Empire ; et je le prouve, en te donnant la préférence, non-seulement sur ma famille, mais aussi sur la tienne. Tu as un frère, ton égal en noblesse, au-dessus de toi par l'âge, et digne de ce haut rang, si tu n'en étais plus digne que lui. Tu es d'un âge où l'on a déjà dépassé les écueils de la

jam effugerit : ea vita , in quâ nihil præteritum excusandum
habeas.

III. Dangers de la grandeur souveraine.

Fortunam adhuc tantùm adversam tulisti. Secundæ res
acrioribus stimulis animos explorant : quia miseriæ toleran-
tur, felicitate corrumpimur. Fidem, libertatem, amicitiam,
præcipua humani animi bona, tu quidem eâdem constantiâ
retinebis ; sed alii per obsequium imminuent. Inrumpet
adulatio, blanditiæ, pessimum veri affectûs venenum,
sua cuique utilitas. Etiam ego ac tu simplicissimè inter nos
hodiè loquimur ; ceteri libentiùs cum fortunâ nostrâ quàm
nobiscum. Nam suadere principi quod oporteat, multi laboris : assentatio erga principem quemcunque sine affectu
peragitur.

IV. Avis sur l'état du gouvernement et la situation de l'Empire.

Si immensum imperii corpus stare ac librari sine rectore
posset , dignus eram à quo resp. inciperet. Nunc eò neces-
sitatis jampridem ventum est, ut nec mea senectus conferre
plus populo Romano possit, quàm bonum successorem :
nec tua plus juventa, quàm bonum principem. Sub Tiberio,
et Caio, et Claudio, unius familiæ quasi hæreditas fuimus :
loco libertatis erit, quòd eligi cœpimus. Et, finitâ Juliorum
Claudiorumque domo, optimum quemque adoptio inveniet.
Nam generari et nasci à principibus fortui tum, nec ultrà
æstimatur : adoptandi judicium integrum; et, si velis eligere, consensu monstratur.

V. Exhortation à profiter de l'exemple des mauvais princes, et à ne pas craindre les mouvemens de quelques séditieux.

Sit ante oculos Nero, quem longâ Cæsarum serie tumen-
tem, non Vindex cum inermi provinciâ, aut ego cum unâ
legione, sed sua immanitas, sua luxuria cervicibus publicis

jeunesse, et ta vie est, jusqu'à présent, exempte de reproche.

Tu n'as encore connu que la mauvaise fortune (1); la
bonne presse l'ame d'aiguillons plus puissans : c'est qu'on
supporte le malheur, et que la prospérité corrompt. Tu ne
cesseras de chérir la bonne foi, l'amitié, la liberté; ces
biens les plus précieux de l'homme : mais le desir de te
plaire y portera atteinte. Tu seras assailli de caresses adu-
latrices, poison mortel des affections pures, mais utile aux
individus. Toi et moi, nous nous parlons encore aujour-
d'hui avec bonhommie : les autres s'adressent plutôt à
notre fortune qu'à nous. Car il en coûte beaucoup pour
faire goûter au prince des avis salutaires; mais quel que
soit le prince, le flatteur est du sien, sans l'aimer.

Si le corps immense de l'Empire pouvait subsister et se
mouvoir sans chef, j'étais digne de rétablir la République.
Mais nous en sommes depuis long-temps au point que ce
que nous pouvons faire de mieux, pour le P. R., c'est : moi,
dans ma vieillesse, de choisir un sage successeur; toi,
dans ta jeunesse, de lui donner un bon prince. Sous Tibère,
sous Caïus, sous Claude, nous étions comme l'héritage
d'une seule famille : la coutume de s'élire des maîtres va
tenir lieu de liberté; et la famille des Jules et des Claudes
étant éteinte, l'adoption trouvera le plus digne. Car descendre ou naître d'un prince est un hasard, et ne compte
que pour cela; et, s'il s'agit de choix, le vœu public le dirige.

Rappelle-toi sans cesse Néron, enflé d'une longue série
de Césars. Ce n'est pas Vindex (2) et sa province désarmée,
ni moi, suivi d'une légion, c'est sa barbarie, sa luxure qui
en ont délivré nos têtes : et l'on n'avait point encore eu

(1) Claude et Néron avaient fait périr deux de ses frères; et lui-
même il avait été long-temps en exil.
(2) Préteur de la Gaule Lyonnaise, il avait, le premier, pris
les armes contre Néron.

depulêre : neque erat adhuc damnati principis exemplum.
Nos bello, et ab æstimantibus adsciti, cum invidiâ, quamvis
egregii, erimus. Ne tamen territus fueris, si duæ legiones in
hoc concussi orbis motu nondûm quiescunt. Ne ipse quidem
ad securas res accessi; et, auditâ adoptione, desinam videri
senex, quod nunc mihi unum objicitur. Nero à pessimo quoque semper desiderabitur : mihi ac tibi providendum est,
ne etiam à bonis desideretur.

VI. PÉRORAISON NOBLE ET SOLIDE.

Monere diutiùs, neque temporis hujus; et impletum est
omne consilium, si te benè elegi. Utilissimus quidem ac
brevissimus bonarum malarumque rerum delectus est, cogitare quid aut volueris sub alio principe, aut nolueris.
Neque enim hîc, ut in ceteris gentibus quæ regnantur,
certa dominorum domus, et ceteri servi : sed imperaturus
es hominibus, qui nec totam servitutem pati possunt, nec
totam libertatem.

ORATIO PISONIS AD MILITES, IN OTHONEM.

II. Otho flagitiis ac mollitie infamis, diùque gratus Neroni æmu-
latione luxûs, primus in partes Galbæ transgressus fuerat. Undè
conceptâ spe adoptionis, postquàm se delusum cognovit, imperium scelere et cæde principis invadere statuit. Corruptis igitur per largitiones et promissa pessimis quibusque militum,
qui in urbe erant, à viginti et tribus primò speculatoribus imperator consalutatus, in castra Prætorianorum militum rapitur.
Quo audito, cohortem eam, quæ in palatio stationem agebat,
Piso, jubente Galbâ, in hunc modum allocutus est, *Cap.*
29 *et* 30 :

Il parle aux soldats sans véhémence, mais avec force, sans
bassesse, comme sans orgueil.

1. Exorde simple et insinuant, tiré de l'état des choses.

SEXTUS dies agitur, commilitones, ex quo ignarus fu-

d'exemple d'un prince condamné. Nous qui devons l'Empire à nos talens militaires, à ceux qui les ont appréciés, nous serions accomplis sans échapper aux haines. Ne sois donc pas effrayé si, dans cet ébranlement du globe, deux légions sont encore agitées (1). Mon début dans la carrière n'a pas été non plus sans danger, et ton adoption va dissiper le reproche d'être vieux, le seul que l'on me fasse. Néron sera toujours regretté des méchans; empêchons, toi et moi, qu'il ne le soit aussi des gens de bien.

De plus longs avis ne seraient pas de saison; mon projet est rempli, si j'ai fait un bon choix. La plus courte et la meilleure manière, dans les succès, dans les revers, est de songer à ce qu'on approuverait ou blâmerait dans un autre prince. Car il n'en est pas ici comme chez les nations qui ont des rois : là, il n'est qu'une maison de maître, les autres sont esclaves; mais tu vas commander à des hommes qui ne peuvent supporter ni l'entière servitude, ni l'entière indépendance (*).

DISCOURS DE PISON AUX SOLDATS CONTRE OTHON.

II. Othon, fameux par sa mollesse et ses débauches, fut long-temps cher à Néron, à raison de leur goût commun, en fut disgracié dans la suite, et passa le premier dans le parti de Galba. Il s'était flatté d'être adopté par ce prince; et, voyant son espérance déçue, il résolut d'employer la trahison et le meurtre pour s'emparer de l'Empire. Ayant donc gagné par largesses et par promesses les soldats les plus dépravés qui se trouvaient à Rome, un poste de vingt-trois d'entr'eux le salua d'abord empereur, puis l'entraîna dans le camp des Prétoriens. A cette nouvelle, Pison, par ordre de Galba, harangue ainsi la cohorte de garde au palais (C. 29 et 30) :

CAMARADES, voici le sixième jour que, sans prévoir l'a-

---

(1) Les légions de la Germanie avaient proclamé Vitellius.

(*) Pison accepta sans qu'il parût aucun changement sur son visage, et, par sa modération, sembla digne de sa nouvelle dignité.

turi, et sivé optandum hoc nomen sive timendum erat,
Cæsar adscitus sum; quo domûs nostræ aut reip. fato, in
vestrâ manu positum est. Non quia meo nomine tristiorem casum paveam, ut qui adversas res expertus, quum
maximè discam ne secundas quidem minùs discriminis habere : patris, et senatûs, et ipsius imperii vicem doleo, si
nobis aut perire hodiè necesse est, aut, quod æquè apud
bonos miserum est, occidere. Solatium proximi motûs habebamus, incruentam urbem et res sine discordiâ transla-
tas. Provisum adoptione videbatur, ut ne post Galbam
quidem bello locus esset.

II. Censure d'Othon.

Nihil arrogabo mihi nobilitatis aut modestiæ : neque
enim relatu virtutum, in comparatione Othonis, opus est.
Vitia, quibus solis gloriatur, evertêre imperium, etiam
quum amicum imperatoris ageret. Habitúne et incessu, an
illo muliebri ornatu mereretur imperium? Falluntur, quibus luxuria specie liberalitatis imponit. Perdere iste sciet,
donare nesciet : stupra nunc, et comessationes, et feminarum cœtus volvit animo : hæc principatûs præmia putat,
quorum libido ac voluptas penes ipsum sit; rubor ac de-
decus, penes omnes. Nemo enim unquàm imperium flagitio
quæsitum, bonis artibus exercuit.

III. Titres de Galba et de Pison.

Galbam consensus generis humani; me Galba, consen-
tientibus vobis, Cæsarem dixit. Si resp. et senatus, et populus, vana nomina sunt; vestrâ, commilitones, interest,
ne imperatorem pessimi faciant.

IV. Honneur des prétoriens intéressé à étouffer la sédition.

Legionum seditio adversùm duces suos audita est aliquandò; vestra fides famaque illæsa ad hunc diem mansit:
et Nero quoque vos destituit, non vos Neronem. Minus

venir, sans savoir si je devais le desirer ou le craindre, j'ai reçu le titre de César; fut-ce pour le bonheur ou le malheur de la maison impériale? vous allez en décider. Ce n'est pas que je redoute pour moi une chance funeste: Accoutumé à la mauvaise fortune, j'ai appris que la prospérité n'avait pas moins de danger. Mais je plains et mon père, et le sénat, et l'Empire même, s'il nous faut ou périr aujourd'hui, ou, chose aussi cruelle pour des cœurs vertueux, donner la mort. Une consolation pour nous dans la dernière révolution, c'est que le sang n'avait point coulé dans Rome, et que le changement de chef avait eu lieu sans guerre civile; et mon adoption semblait promettre que la mort même de Galba ne fournirait aucun prétexte de guerre.

Je ne ferai parade ni de noblesse, ni de retenue; il ne s'agit pas de vertus là où Othon est en concurrence: les vices, titres uniques de sa gloire, ont renversé l'Empire, alors même qu'il jouait le rôle d'ami de l'empereur. Son maintien, sa démarche, sa parure efféminée, mériteraient-ils l'Empire? Ils se trompent, ceux à qui son luxe impose sous le nom de générosité. Il saura prodiguer; mais donner? jamais. Il ne rêve déjà que séductions, débauches de table, réunions de femmes; le plus beau droit du pouvoir suprême est pour lui la faculté de se livrer à des passions dont le plaisir sera pour lui; la honte, l'infamie, pour tous les autres. Jamais, en effet, qui parvint à l'Empire par le crime, ne gouverna par la vertu.

Galba y fut élevé par les suffrages de l'univers; c'est de votre aveu qu'il m'a nommé César. Si la République, le sénat, le peuple, sont de vains noms, il vous importe du moins, Camarades, que les scélérats ne disposent pas de l'Empire.

On sait que des légions se sont quelquefois soulevées contre leurs chefs; mais, jusqu'ici, votre fidélité, votre gloire sont restées sans tache. Vous n'abandonnâtes pas même Néron; il vous abandonna. Moins de trente déser-

II.   32

xxx transfugæ et desertores, quos centurionem aut tribu-
num sibi eligentes nemo ferret, imperium assignabunt?
Admittitis exemplum? et quiescendo commune crimen fa-
citis.

V. Péroraison forte.

Transcendet hæc licentia in provincias; et ad nos scele-
rum exitus, bellorum, ad vos pertinebunt. Nec est plus,
quod pro cæde principis, quàm quod innocentibus datur:
sed proindè à nobis donativum ob fidem, quàm ab aliis pro
facinore accipietis.

~~~~~~

VERBA AMICORUM GALBÆ.

III. Quidquid penè in urbe militum erat, Othoni favebat. At imbellis plebs palatium implebat, mixtis servitiis, et dissono clamore cædem Othonis et conjuratorum exilium poscentium.
Interim Galbam duæ distinebant sententiæ : T. Vinius, ex inti-
mis amicorum, censebat, Cap. 32 et 33 :

MANENDUM intra domum, opponenda servitia, firmandos
aditus, non eundum ad iratos : daret malorum pœnitentiæ,
daret bonorum consensui spatium : scelera impetu, bona
consilia morâ valescere. Deniquè eundi ultrò, si ratio sit,
eamdem mox facultatem : regressus, si pœniteat, in alienâ
potestate.

Festinandum ceteris videbatur, antequàm cresceret invalida adhuc conjuratio paucorum. Trepidaturum etiam
Othonem, qui furtìm digressus, ad ignaros illatus, cunctatione nunc et segnitiâ terentium tempus, imitari principem
discat. Non exspectandum ut compositis castris, forum
invadat, et, prospectante Galbâ, Capitolium adeat; dum
egregius imperator, (1) cùm fortibus amicis januâ ac limine

_____

(1) Id est, Fortibus januâ tenùs, ut qui extra illam progredi
non auderent.

teurs ou transfuges, à qui l'on ne permettrait pas même
d'élire un tribun, un centurion, disposeront-ils de l'Empire?
Autoriserez-vous cet exemple? en le souffrant, vous deve-
nez leurs complices.

Cette licence gagnera les provinces; et si nous sommes
victimes de ces attentats, vous le serez des fureurs de la
guerre. D'ailleurs, on ne vous offre pas plus pour égorger
votre empereur, que nous ne vous donnons pour n'être pas
coupables; et votre fidélité recevra de nous ce qu'on vous
promet pour un crime (*).

SENTIMENS DES AMIS DE GALBA.

III. Presque tout ce qu'il y avait de soldats dans Rome était pour
Galba : mais les esclaves, mêlés à une populace sans armes, rem-
plissaient le palais. Des voix dissonantes demandaient la mort
d'Othon et l'exil des conjurés. Cependant Galba flottait entre
deux avis; celui de Vinius, un de ses intimes amis, était (*C.* 3₂
et 33)

DE rester au palais, d'armer les esclaves, de fortifier les
issues, de ne point s'offrir à des furieux; de donner le
temps aux méchans de se repentir, aux bons de se réunir :
la fougue est utile au crime, la lenteur à la bonne cause :
enfin si plus tard on a des motifs de sortir, on le pourra
toujours : rentrer ne dépendrait pas de nous.

Hâtons-nous, *disaient les autres*, avant que cette poi-
gnée de conjurés ne trouve des complices. Il tremblera lui-
même, Othon, qui, porté furtivement chez des gens ignorant son projet, tandis que notre nonchalance use le temps
en délais, apprend le rôle de prince. N'attendons pas
qu'après s'être assuré du camp, il envahisse le forum, et
monte au Capitole, sous les yeux de Galba; tandis que

(*) La cohorte abandonna presqu'aussitôt Pison et Galba, pour
se réunir au reste des Prétoriens.

tenùs, domum cludit, obsidionem nimirùm toleraturus.
Et præclarum in servis auxilium, si consensus tantæ multitudinis, et, quæ plurimùm valet, prima indignatio lan-
guescat ! Proindè intuta, quæ indecora ; vel, si cadere
necesse sit, occurrendum discrimini. Id Othoni invidio-
sius, et ipsis honestum.

<hr>

ORATIO OTHONIS AD MILITES.

IV. Jam tota Prætorianorum castra, jam legio à Nerone olim è
classe conscripta sacramentum Othonis acceperat. Itaque quos
adhuc singulos exstimulaverat, accendendos in commune ratus,
pro vallo castrorum ita cœpit, *Cap.* 37 *et* 38 :

Il faut de l'énergie et de la vivacité, pour donner la dernière
impulsion à des séditieux.

I. Exorde insinuant et animé , tiré de la personne de l'auditeur et
de l'orateur.

Quis ad vos processerim, Commilitones, dicere non possum ; quia nec privatum me vocare sustineo, princeps à
vobis nominatus ; nec principem, alio imperante. Vestrum
quoque nomen in incerto erit, donec dubitabitur imperatorem populi Rom. in castris, an hostem habeatis. Audi-
tisne, ut pœna mea et supplicium vestrum simul postulentur?
adeò manifestum est neque perire nos, neque salvos esse,
nisi unà , posse.

II. Censure de Galba.

Et, cujus lenitatis est Galba , jam fortassè promisit : ut
qui, nullo exposcente, (1) tot millia innocentissimorum
militum trucidaverit. Horror animum subit ; quoties re-

---

(1) De hâc Galbæ sævitiâ , vide Tacitum ipsum, Suet. ac Plut.
in Galbâ.

notre illustre empereur, avec ses amis, braves jusqu'au seuil de la porte, la ferme, sans doute pour attendre le siège. Belle ressource que les esclaves, si on laisse refroidir le zèle d'une telle multitude, et surtout sa première indignation! Ainsi point de sûreté dans ce qui messied; ou, en d'autres termes, s'il faut périr, allons au devant de la mort. L'odieux en sera pour Othon, pour nous la gloire (*).

DISCOURS D'OTHON AUX SOLDATS.

IV. Déjà tout le camp des Prétoriens et la légion levée par Néron parmi les matelots, avaient prêté serment à Othon. Croyant alors devoir s'adresser en masse à ceux qu'il n'avait encore excités qu'isolément, il leur tint ce discours en avant du camp (*C.* 37 *et* 38) :

QUE suis-je, Camarades, en me présentant à vous? Je ne puis le dire : car il me répugne de me qualifier de simple citoyen, quand vous m'avez nommé empereur, et d'empereur, quand un autre l'est encore. Vous n'aurez pas non plus de nom positif, tandis qu'on doutera si c'est un empereur romain, ou un ennemi que vous avez dans votre camp. Entendez-vous comme on demande à la fois ma tête et votre châtiment? tant il est manifeste que nous ne pouvons ni périr, ni nous sauver qu'ensemble.

Et peut-être, de la douceur dont il est, Galba a-t-il déjà promis votre supplice; lui qui, sans y être excité, fit égorger tant de milliers des plus irréprochables soldats. L'horreur me saisit,

(*) Voyez la suite.

cordor feralem introitum, et hanc solam Galbæ victoriam,
quum in oculis urbis decumari deditos juberet, quos de-
precantes in fidem acceperat. His auspiciis urbem ingressus,
quam gloriam ad principatum attulit, nisi occisi Obultronii
Sabini, et Cornelii Marcelli in Hispaniâ, Vettii Chilonis in
Galliâ, Fonteii Capitonis in Germaniâ, Clodii Macri in
Africâ, Cingonii in viâ, Turpiliani in urbe, Nymphidii in
castris? Quæ usquàm provincia, quæ castra sunt, nisi
cruenta et maculata, aut, ut ipse prædicat, emendata et
correcta? Nam quæ alii scelera, hic remedia vocat; dum
falsis nominibus, severitatem pro sævitiâ, parcimoniam
pro avaritiâ, supplicia et contumelias vestras, disciplinam
appellat.

III. Tyrannie et avarice de ses favoris.

Septem à Neronis fine menses sunt, et jam plus rapuit
(1) Icelus, quàm quod Polycleti, et Vatinii, et Elii paraverunt. Minore avaritiâ ac licentiâ grassatus esset T. Vinius,
si ipse imperâsset. Nunc et subjectos nos habuit tanquam
suos; et viles, ut alienos. Una illa domus sufficit (2) donativo, quod vobis nunquàm datur, et quotidiè exprobratur.

IV. Humeur triste et farouche du successeur qu'il a choisi.

Ac ne qua saltem in successore Galbæ spes esset, arcessit
ab exilio, quem tristitiâ et avaritiâ suî simillimum judicabat.
Vidistis, Commilitones, notabili tempestate, etiam Deos
infaustam adoptionem adversantes.

V. PÉRORAISON VÉHÉMENTE.

Idem senatûs, idem populi Rom. animus est. Vestra virtus
exspectatur, apud quos omne honestis consiliis robur, et
sine quibus, quamvis egregia, invalida sunt. Non ad bellum vos, nec ad periculum voco; omnium militum arma
nobiscum sunt: nec una cohors (3) togata defendit nunc Gal-

---

(1) Libertus Galbæ. Ceteri, liberti Neronis.

(2) Donativum, militi nomine Galbæ jamdiù promissum, nondùm persolutum erat.

(3) Togas enim, non saga, milites in urbe gestabant.

chaque fois que je me rappelle la funeste entrée et l'unique
victoire de Galba, lorsqu'aux yeux des Romains, il fit dé-
cimer des malheureux qui s'étaient rendus, et qu'il avait
reçus à merci. Entré dans Rome sous ces auspices, quel
honneur a-t-il fait à sa place, sinon de faire égorger Obul-
tronius Sabinus et Cornélius Sabinus en Espagne, Vettius
Chilo dans la Gaule, Fontéius Capito en Germanie, Clo-
dius Macer en Afrique, Cingonius sur le grand chemin,
Turpilianus dans Rome, Nymphidius dans le camp?
Quelle province, quel camp n'ont pas été souillés de sang,
ou, comme il le dit, réformés et corrigés? Car ce que
d'autres nomment crime, il l'appelle remède, qualifiant
faussement la cruauté de sévérité, l'avarice d'économie,
et de discipline les supplices, les outrages que vous endurez.

Voilà sept mois depuis la chute de Néron, et déjà Icélus
a plus pillé que n'amassèrent les Polyclète, les Vatinius,
les Élius. Nous eussions moins gémi de l'avarice et de l'insolence de Vinius s'il eût régné lui-même; au lieu qu'il nous
a opprimés comme si nous étions ses sujets, et sans ménagement, comme étant ceux d'un autre. Sa fortune seule
suffirait à ces gratifications qu'on ne vous donne jamais et
qu'on vous reproche tous les jours.

Et pour que vous n'eussiez même rien à espérer de son
successeur, Galba a tiré de l'exil l'homme qu'il a jugé lui
ressembler le plus par la dureté, par l'avarice. Vous avez,
Camarades, vous avez vu les Dieux mêmes, par un orage
affreux, condamner cette malheureuse adoption.

Le sénat, le peuple romain pensent de même; leur attente repose sur vous, dont la valeur assure le succès des
nobles projets, et sans qui les plus beaux échouent. Il ne
s'agit ni de guerre, ni de dangers; toutes les armes des soldats sont ici, une seule cohorte en toge ne défend pas, elle
retient Galba. Dès qu'elle vous verra, dès qu'elle aura reçu

bam, sed detinet. Quum vos aspexerit, quum signum meum
acceperit, hoc solum erit certamen, quis mihi plurimum
imputet. Nullus cunctationi locus est in eo consilio, quod
non potest laudari, nisi peractum.

~~~~~~~~~~~~~~~~~~~~~~~~~~~~~~~~~~~~~~

ORATIO OTHONIS, MILITUM SEDITIONEM CASTIGANTIS.

V. Pisone et Galbá interfectis, Otho imperium invaserat; sed
Vitellius, à Germanicis legionibus imperator consalutatus, cum
ingentibus copiis adventabat. Quâdam ergo die, quum armandæ
cohortis unius causâ, Otho, incipiente nocte, vehicula one-
randa aperto armamentario jusserat, in suspicionem venit militibus familias senatorum in perniciem Othonis armari, ac
subitò tumultuosè congregati palatium petunt, senatum universum ad cædem deposcunt. Otho precibus ac lacrymis ægrè
militem cohibuit ; posterâ die castra ingressus, ita disseruit,
Cap. 83 et 84 :

————

*Othon est la créature des soldats : que de ménagemens dans
ses réprimandes ! quelle douceur dans ses plaintes !*

I. Exorde insinuant, tiré du sujet.

Neque ut affectus vestros in amorem meî accenderem,
Commilitones, neque ut animum ad virtutem cohortarer
(utraque enim egregiè supersunt) ; sed veni postulaturus
à vobis temperamentum vestræ fortitudinis, et erga me
modum caritatis. Tumultûs proximi initium, non cupiditate vel odio (quæ multos exercitus in discordiam egêre),
ac ne detrectatione quidem aut formidine periculorum ,
nimia pietas vestra acriùs quàm consideratiùs excitavit :
nam sæpè honestas rerum causas, ni judicium adhibeas,
perniciosi exitus consequuntur.

II. Nécessité d'une entière subordination.

Imus ad bellum : non omnes nuncios palàm audiri, omnia
consilia cunctis præsentibus tractari, ratio rerum aut occa-
sionum velocitas patitur : tam nescire quædam milites ,
quàm scire oportet. Ita se ducum auctoritas , sic rigor

mon mot de ralliement, vous la verrez ne combattre que de zèle pour me servir. Il n'y a point à temporiser dans une chose qui ne méritera d'éloges qu'après l'exécution.

~~~~~~

DISCOURS D'OTHON AUX SÉDITIEUX.

V. Othon s'était emparé de l'Empire; mais Vitellius, proclamé lui-même empereur par les légions de Germanie, s'avançant avec une très-nombreuse armée, on se préparait à la guerre. Un soir qu'Othon voulant armer une cohorte avait fait ouvrir l'arsenal, et y faisait charger des voitures, les soldats s'imaginent que les sénateurs vont armer leurs gens contre l'empereur. Aussitôt ils s'assemblent tumultuairement, vont au palais, et demandent qu'on leur livre le sénat entier pour l'égorger. Othon calme à grand' peine leur fureur par ses prières et ses larmes. Le lendemain il va au camp et leur tient ce discours (C. 83 et 84) :

———

JE ne suis venu, Camarades, ni pour stimuler votre zèle pour moi, ni pour animer votre courage (l'un et l'autre sont des plus ardens) ; mais pour vous prier d'en modérer la chaleur. Ce n'est ni la cupidité, ni la haine, sources communes des soulèvemens militaires, ni l'insubordination ou la crainte des dangers qui ont causé le dernier tumulte ; c'est un extrême attachement, témoigné d'une manière plus vive que réfléchie ; car souvent, faute de jugement, les meilleures intentions ont des suites funestes.

Nous allons à la guerre. Or, ni la nature des choses, ni la rapidité des évènemens n'y permettent pas d'entendre en public tous les courriers, de traiter devant vous toutes les affaires. Il est des choses que le soldat doit ignorer, d'autres qu'il doit savoir. L'autorité des chefs et le maintien

3a.

disciplinæ habet , ut multa per centuriones tribunosque
tautùm juberi expediat. Si, cur (1) jubeantur , quærere singulis liceat , pereunte obsequio , etiam imperium intercidit:
An et (2) illic nocte intempestâ rapientur arma ? Unus al-
terve perditus ac temulentus (neque enim plures conster-
natione proximâ insanîsse crediderim) centurionis ac tribuni sanguine manus imbuet ? imperatoris sui tentorium
irrumpet ?

Vos quidem istud pro me ; sed in discursu ac tenebris, et
rerum omnium confusione , patefieri occasio etiam adversùs
me potest. Si Vitellio et satellitibus ejus eligendi facultas
detur, quem nobis animum, quas mentes imprecentur? quid
aliud quàm seditionem et discordiam optabunt ? ne miles
centurioni, ne centurio tribuno obsequatur : hinc confusi
pedites equitesque, in exitium ruamus. Parendo potiùs ,
Commilitones, quàm imperia ducum sciscitando, res mili-
tares continentur ; et fortissimus in ipso discrimine exercitus est , qui ante discrimen quietissimus. Vobis arma et
animus sit; mihi consilium et virtutis vestræ regimen relin-
quite.

III. Châtiment des coupables ; horreur des attentats contre le
sénat.

Paucorum culpa fuit ; duorum pœna erit. Ceteri abolete
memoriam fœdissimæ noctis , nec illas adversùs senatum
voces ullus unquàm exercitus audiat. Caput imperii , et
decora omnium provinciarum ad pœnam vocare, non, Hercle, illi, quos quum maximè Vitellius in nos ciet, Germani
audeant. Ulline Italiæ alumni, et Romana verè juventus,
ad sanguinem et cædem deposcerent ordinem, cujus splen-
dore et gloriâ sordes et obscuritatem Vitellianarum partium
perstringimus ? Nationes aliquas occupavit Vitellius ; ima-
ginem quamdam exercitûs habet; senatus nobiscum est :
sic fit, ut hinc resp., indè hostes reip. constiterint. Quid ?

(1) *Vulgati habent* sicubi.
(2) *Illic ,* in bello, quum in conspectu hostium erimus.

de la discipline peuvent même exiger que les centurions et les tribuns ne connaissent que leurs ordres. Si chacun avait le droit d'en demander le motif, la subordination disparaîtrait, et même l'autorité. Est-ce, au milieu de la nuit, l'instant de courir aux armes ? Un ou deux soldats ivres et furieux (car je ne crois pas qu'un plus grand nombre d'insensés ait causé la dernière émeute) tremperont-ils leurs mains dans le sang d'un centurion ou d'un tribun ? forceront-ils la tente de leur empereur ?

Mais vous l'avez fait pour moi ; mais le trouble et les ténèbres, et le désordre général, peuvent aussi fournir une occasion contre moi. Si Vitellius et ses satellites étaient les maîtres de disposer à leur gré nos esprits, nous en inspireraient-ils un autre que celui de sédition et de discorde ? le soldat n'obéirait pas au centurion, ni le centurion au tribun : cavaliers, fantassins, nous courrions pêle-mêle à notre ruine. L'essence du soldat, Camarades, est d'obéir et non de discuter les ordres de ses chefs. L'armée la plus brave dans l'action est la plus tranquille auparavant. Ayez des armes et du courage ; laissez-moi les desseins et l'emploi de votre valeur.

Peu sont coupables : deux seront punis. Que les autres oublient cette nuit dégradante, et que nulle armée ne fasse plus entendre ces clameurs contre le sénat. Demander la tête des chefs de l'Empire, d'hommes, l'honneur de toutes les provinces ! les Germains, que Vitellius excite si vivement contre nous, les Germains ne l'oseraient pas. Les enfans de l'Italie, une jeunesse vraiment romaine demanderait la proscription, le sang d'un ordre auguste, dont la splendeur confond l'infamie obscure des suppôts de Vitellius ! Il a soulevé quelques nations ; il a un fantôme d'armée ; mais le sénat est pour nous. Dès-lors notre cause est celle de la République, et nos ennemis sont les siens. Quoi !

vos pulcherrimam hanc urbem, domibus et tectis et con-
gestu lapidum, stare creditis? Muta ista et inanima interci-
dere ac reparari promiscuè possunt : æternitas rerum, et
pax gentium, et mea cum vestrà salus, incolumitate senatûs firmatur.

IV. Exhortation à respecter le sénat.

Hunc auspicato à parente et conditore urbis nostræ insti-
tutum, et à regibus usque ad principes continuum et im-
mortalem, sicut à majoribus accepimus, sic posteris trada-
mus. Nam, ut ex vobis senatores, ita ex senatoribus principes nascuntur.

EX LIBRO II HISTORIARUM.

ORATIO OTHONIS AD MILITES.

I. Victus acie à Vitellianis Otho, quanquam eæ adhuc supererant
vires ut potuisset renovari bellum, vitam abrumpere destinaverat. Milites summis precibus orabant ne fidissimum exercitum
desereret, seque profitebantur extrema passuros ausurosque.
Ipse, aversus à consiliis belli, in hunc modum locutus est,
Cap. 47 :

*Othon rachète la honte de sa vie par une belle mort. Ses der-
nières paroles sont dignes de ses généreux sentimens.*

I. Exorde noble, tiré du sujet.

Hunc animum, hanc virtutem vestram ultrà periculis
objicere, nimis grande vitæ meæ pretium puto. Quantò
plus spei ostenditis, si vivere placeret, tantò pulchrior mors
erit.

II. Apologie de sa conduite.

Experti invicem sumus, ego ac fortuna : nec tempus com-
putaveritis; difficilius est temperare felicitati, quâ te non
putes diù usurum. Civile bellum à Vitellio cœpit, et ut de
principatu certaremus armis, initium illic fuit : ne plus

celte ville, si belle, ne consiste-t-elle, à votre avis, qu'en maisons, en pierres entassées? Ces corps muets, inanimés peuvent tous être détruits et rétablis; mais l'éternité de l'Empire, la paix de l'univers, mon salut et le vôtre, reposent sur la conservation du sénat.

Etabli, d'après les auspices, par le père et le fondateur de Rome; maintenu, sans interruption, depuis les rois jusqu'aux Césars, transmettons-le à la postérité tel que nous l'avons reçu; car de vous naissent des sénateurs, et des sénateurs, des princes de l'Empire (*).

LIVRE II DES HISTOIRES.

DISCOURS D'OTHON AUX SOLDATS.

I. Vaincu par les troupes de Vitellius, Othon, quoiqu'il lui restât assez de forces pour recommencer une guerre sanglante, et balancer la victoire, avait résolu de se donner la mort. Les soldats le suppliaient de ne pas abandonner l'armée la plus fidèle, jurant de tout souffrir et de tout oser. Mais, répugnant à la guerre, il leur parla de la sorte (C. 47):

EXPOSER encore aux dangers tant de fidélité, tant de courage, ce serait faire trop de cas de la vie. Plus vous m'offrez d'espoir, si je veux vivre, plus ma mort sera glorieuse.

Nous nous sommes éprouvés, la fortune et moi. Et ne comptez pas les jours de sa faveur: il est plus difficile de se modérer dans une prospérité que l'on ne croit pas durable. Vitellius a commencé la guerre civile; c'est lui qui a voulu que les armes décidassent de l'Empire; je donnerai,

---

(*) Ce discours calma les esprits. Othon marcha contre Vitellius, obtint d'abord quelques succès, et perdit ensuite une grande bataille.

quàm semel certemus, penes me exemplum erit. Hinc
Othonem posteritas æstimet. Fruetur Vitellius (1) fratre,
conjuge, liberis : mihi non ultione, neque solatiis opus est.
Alii diutiùs imperium tenuerint, nemo tam fortiter relique-
rit. An ego tantùm Romanæ pubis, tot egregios exercitus,
sterni rursùs, et reip. eripi patiar ? (2) Eat hic mecum animus, tanquàm perituri pro me fueritis ; sed este superstites : nec diù moremur, ego incolumitatem vestram, vos
constantiam meam.

III. Péroraison majestueuse. Résignation à son sort, tranquillité magnanime.

Plura de extremis loqui, pars ignaviæ est. Præcipuum
destinationis meæ documentum habete, quòd de nemine
queror ; nam incusare Deos vel homines, ejus est qui vivere velit.

Oratio Muciani ad Vespasianum.

II. Mucianus Syriam et quatuor legiones obtinebat. Vespasianus,
obscuris natalibus, sed egregiâ virtute et famâ, bellum judaicum
tribus legionibus administrabat. Eum jam diù de invadendo imperio cogitantem, ac tùm maximè indignantem ab impurissimo
homine Vitellio remp. pollui, Mucianus, post multos secretos-
que sermones, jam et coràm ita allocutus est, *Cap.* 76 *et* 77 :

*Heureux mélange de chaleur et de gravité. Il faut animer la
lenteur de Vespasien, mais sans l'effaroucher par trop d'emportement.*

I. Exorde insinuant, tiré du sujet. Maxime générale pour juger
de la bonté des conseils.

Omnes qui magnarum rerum consilia suscipiunt æstimare
debent, an quod inchoatur, reip. utile, ipsis gloriosum,

---

(1) Eos Otho, quum in potestate haberet, incolumes servaverat.
(2) *Eat hic mecum animus.* Vester hic amor me prosequatur
ad manes.

moi, l'exemple de ne combattre qu'une fois. Que la postérité juge Othon sur ce trait. Vitellius retrouvera son
frère[1], sa femme et ses enfans : je n'ai besoin ni de vengeance, ni de consolations. D'autres ont joui plus long-temps
de l'Empire ; nul ne l'aura quitté si généreusement. Lais-
serais-je encore périr, enlever à la patrie une si nombreuse
jeunesse, tant de légions florissantes ? Conservez-moi cette
affection, comme si vous alliez mourir pour moi ; mais
vivez, et hâtons-nous de pourvoir, moi à votre salut, vous
à ma fermeté.

S'étendre sur ses derniers momens est un reste de lâcheté. Jugez surtout de ma résolution, en ce que je ne
me plains de personne. Car accuser les hommes et les Dieux,
est de celui qui tient à la vie (*).

~~~~~~~~~~~~~~~~~~~~~~~~~~~~~~~~~~~~~~~

DISCOURS DE MUCIANUS A VESPASIEN.

II. Mucianus commandait en Syrie avec quatre légions. Vespasien,
d'une naissance obscure, mais d'une réputation et d'un mérite
distingués, faisait la guerre aux Juifs avec trois légions. Il pensait depuis long-temps à s'emparer de l'Empire, et le voyait
avec une vive indignation déshonoré par Vitellius, le plus infâme des hommes : mais il hésitait encore, agité de diverses
frayeurs. Mucien, après plusieurs entretiens secrets, lui tint ce
discours, en présence de ses amis (*C*. 77 *et* 78) :

———

QUICONQUE songe à une grande entreprise doit examiner
si son projet est avantageux à l'Etat, glorieux pour lui-

(*) Othon ensuite exhorta ses amis à ne pas aigrir le vainqueur
en tardant à le reconnaître. Quand il les sut tous en sûreté, il se
donna la mort d'un seul coup, à l'âge de 37 ans. Malgré les débauches de sa jeunesse et le meurtre de Pison et de Galba, sa fin lui
mérita l'estime et les regrets de ses ennemis mêmes.

aut promptum effectu, aut certè non arduum sit. Simul
ipse qui suadet considerandus est, adjiciatne consilio periculum suum; et, si fortuna cœptis affuerit, cui summum
decus acquiratur.

II. Double utilité de l'entreprise.

Ego te, Vespasiane, ad imperium voco, tam salutare
reip., quàm tibi magnificum.

III. Exécution de l'entreprise. 1° Mépris pour Vitellius. 2° Danger de Vespasien, s'il tarde encore. 3° Comparaison des deux
rivaux et des deux armées. 4° Comparaison des lieutenans.

1° Juxta Deos, in tuâ manu positum est. Nec speciem
adulantis expaveris; à contumeliâ quàm à laude propius
fuerit, post Vitellium eligi. Non adversùs divi Augusti
acerrimam mentem, nec adversùs cautissimam Tiberii
senectutem, nec contra Caii quidem, aut Claudii, vel
Neronis fundatam longo imperio domum exsurgimus; ces-
sisti etiam Galbæ imaginibus: torpere ultrà, et polluendam
perdendamque remp. relinquere, sopor et ignavia videretur,
2° etiamsi tibi, quàm inhonesta, tam tuta servitus esset.
Abiit jam et transvectum est tempus, quo posses videri
concupîsse: confugiendum est ad imperium. Au excidit
trucidatus Corbulo? splendidior origine quàm nos summus,
fateor; sed et Nero nobilitate natalium Vitellium anteibat. Satis clarus est apud timentem quisquis timetur. Et posse ab
exercitu principem fieri, sibi ipse Vitellius documento est,
nullis stipendiis, nullâ militari famâ, Galbæ odio provectus.
3° Ne Othonem quidem ducis arte, aut exercitûs vi, sed
præproperâ ipsius desperatione victum, jam desiderabilem
et magnum principem fecit. Quum interìm spargit legiones,
exarmat cohortes, nova quotidiè bello semina ministrat: si
quid ardoris ac ferociæ miles habuit, popinis, et comessationibus, et principis imitatione deteritur. Tibi è Judæâ et
Syriâ et Ægypto novem legiones integræ, nullâ acie exhau-
stæ, non discordiâ corruptæ; sed firmatus usu miles, et
belli domitor externi: classium, alarum, cohortium robora,
et fidissimi reges, et tua ante omnes experientia. 4° Nobis

même, d'une exécution aisée, ou du moins peu difficile, et considérer aussi quel est l'homme qui le conseille ; s'il partagera les dangers ; enfin, en cas de succès, à qui le principal honneur en reviendra.

Je t'appelle à l'Empire, Vespasien, pour le bien de la République autant que pour ta gloire.

La chose, après les Dieux, dépend de toi. Ne crains pas que ce soit flatterie : il est plus honteux qu'honorable d'être élu après Vitellius. Nous n'avons à combattre ni le génie supérieur d'Auguste, ni la vieillesse habile de Tibère, ni même, dans Caius, Claudius ou Néron, la longue domination de leurs aïeux. Tu as même respecté les images de Galba. Mais rester encore engourdi, laisser la République s'avilir et se perdre, ce serait léthargie et bassesse ; le parti de la servitude fût-il aussi sûr que déshonorant. Il nous a bien dépassé le temps où tu pus sembler ambitieux : tu n'as aujourd'hui d'asile que l'Empire. As-tu oublié l'assassinat de Corbulon (1) ? Il était, je l'avoue, d'une plus haute naissance que la nôtre ; mais aussi Néron était plus noble que Vitellius. Qui se fait craindre est assez illustre pour qui le craint; et qu'une armée puisse faire un empereur, Vitellius le sait par lui-même ; lui qui, sans avoir servi, sans réputation militaire, a dû son élévation à la haine pour Galba. Othon même, qui n'a cédé ni à l'habileté, ni à la force, mais à son désespoir précipité, Vitellius en a fait un grand prince, un prince regretté. Cependant il disperse les légions, désarme les cohortes et répand chaque jour de nouvelles semences de guerre. Ce que ses troupes avaient de courage et d'ardeur, elles l'usent dans les excès de la table, à l'exemple de leur empereur. Toi, la Judée, l'Egypte et la Syrie, te fourniront neuf légions complètes, qu'aucun choc n'a épuisées, aucune dissension corrompues, mais aguerries, et fières de leurs victoires sur l'Etranger. Tu as des flottes, de la cavalerie, des cohortes d'élite, des rois

---

(1) Grand général que Néron fit périr.

nihil ultrà arrogabo, quàm ne post (1) Valentem ac Cæ-
cinam numeremur. Ne tamen Mucianum socium spreveris,
quia æmulum non experiris : me Vitellio antepono, te mihi.
Tuæ domui (2) triumphale nomen ; duo juvenes, capax
jam imperii alter, et primis militiæ annis apud Germa-
nicos quoque exercitus clarus. Absurdum fuerit, non cedere
imperio ei, cujus filium adoptaturus essem, si ipse impe-
rarem.

IV. Dévouement de Mucianus pour Vespasien.

Ceterùm inter nos non idem prosperarum adversarumque
rerum ordo erit : nam si vincimus, honorem quem dederis
habebo; discrimen, ac pericula ex æquo partiemur. Imò, ut
melius est, tu hos exercitus rege ; mihi bellum, et præliorum
incerta trade.

V. Péroraison énergique. Résumé des moyens expliqués dans le discours.

Acriore hodiè disciplinâ victi, quàm victores agunt : hos
ira, odium, ultionis cupiditas ad virtutem accendit; illi per
fastidium et contumaciam hebescunt. Aperiet et recludet con-
tecta et tumescentia victricium partium vulnera bellum ipsum. Nec mihi major in tuâ vigilantiâ, parcimoniâ, sapientiâ,
fiducia est, quàm in Vitellii torpore, inscitiâ, sævitiâ. Sed
et meliorem in bello causam, quàm in pace habemus : nam
qui deliberant, desciverunt.

---

(1) Vitellianarum partium duces.
(2) Vespasianus, Claudio imperante, triumphali ornamenta acceperat.

affectionnés, et surtout de l'expérience. Je ne demande, pour moi, que de n'être pas mis au-dessous de Valens et de Cécina. Ne dédaigne pourtant pas Mucianus pour compagnon, parce qu'il n'est pas ton rival. Je me mets au-dessus de Vitellius, au dessous de toi. Ta maison a des triomphes. De tes deux fils, l'un, déjà digne de l'Empire, s'est fait un nom, dès ses premières campagnes, dans les armées de Germanie. Il serait insensé de disputer l'Empire à celui dont j'adopterais le fils si j'étais empereur.

Au reste, notre lot, dans les bons et les mauvais succès, ne sera pas égal; car, si nous sommes vainqueurs, je n'aurai que le rang que tu m'assigneras. Les risques, les dangers seront seuls en commun. Ou plutôt, dirige les armées; confie-moi la guerre et le hasard des combats.

Les vaincus (1) observent à présent une discipline plus exacte que les vainqueurs. La colère, la haine, la soif de la vengeance, enflamment le courage de ceux-là; une arrogance dédaigneuse engourdit les derniers. La guerre découvrira, rouvrira les plaies cachées, encore saignantes, du parti victorieux; et je n'attends pas plus de ton économie, de ta vigilance, de ta sagesse, que de la stupidité, de l'impéritie, de la cruauté de Vitellius. J'ajoute que la guerre nous est plus avantageuse que la paix, car qui délibère est déjà rebelle (*).

---

(1) Les troupes d'Othon.
(*) On applaudit; on presse Vespasien de se déclarer. Bientôt à Césarée, les soldats le saluent empereur. Peu-à-peu d'autres légions se déclarent pour lui; et Vitellius finit par être égorgé au milieu de Rome.

EX LIBRO IV HISTORIARUM.

VERBA HELVIDII PRISCI IN SENATU.

I. Victo et interfecto Vitellio, quum senatus de imperio Vespasiani censeret, placuerat mitti ad novum principem legatos.
Priscus eligi nominatim legatos à magistratibus juratis, Marcellus sortem et urnam postulabat, quæ consulis designati sententia
fuerat. Marcellum, qui se senatui invisum noverat, proprius
rubor excitabat, ne, aliis electis, ipse posthabitus videretur :
undè Priscus, acri et liberrimo vir ingenio, instabat quærendo,
Cap. 7 :

Quid ita Marcellus judicium magistratuum pavesceret?
esse illi pecuniam, et eloquentiam, quîs multos anteiret,
ni memoriâ flagitiorum urgeretur. Sorte et urnâ mores non
discerni : suffragia et existimationem senatûs reperta, ut
in cujusque vitam famamque penetrarent. Pertinere ad utilitatem reip., pertinere ad Vespasiani honorem, occurrere
illi quos innocentissimos senatus habeat, qui honestis sermonibus aures imperatoris imbuant. Fuisse Vespasiano amicitiam cum Thraseâ, Sorano, Sentio, quorum accusatores,
etiamsi puniri non oporteat, ostentari non debere. Hoc senatûs judicio, velut admoneri principem, quos probet, quos
reformidet. Nullum majus boni imperii instrumentum,
quàm bonos amicos esse. Satis Marcello, quòd Neronem in
exitium tot innocentium impulerit. Frueretur præmiis et
impunitate; Vespasianum melioribus relinqueret.

LIVRE IV DES HISTOIRES.

Helvidius Priscus au sénat:

1. Après la défaite et la mort de Vitellius, le sénat, délibérant sur la nomination de Vespasien à l'Empire, avait résolu d'envoyer des députés au nouveau prince. Helvidius Priscus voulait qu'ils fussent élus par les magistrats, sous la foi du serment; Éprius Marcellus, que le sort les désignât; et c'était l'avis du consul désigné. Marcellus, qui savait être détesté du sénat, redoutait la honte d'une exclusion : sur quoi Priscus, homme plein d'énergie et de franchise, demandait vivement (*C. 7*) :

———

Pourquoi Marcellus redoutait ainsi l'opinion des magistrats ? Il avait de l'argent et de l'éloquence ; avantage réel sur bien des gens, si la mémoire de ses forfaits ne le harcelait. L'urne, le sort, ne faisaient pas acception des mœurs; les suffrages, le jugement du sénat, étaient un moyen de scruter la vie et la réputation de chacun. Il était de l'intérêt de la République, il était de l'honneur de Vespasien que le sénat envoyât au devant de lui des hommes irréprochables, dont les discours vertueux frapperaient l'oreille de l'empereur. Vespasien fut l'ami de Thraséa, de Soranus, de Sentius, dont les accusateurs, quoiqu'il ne faille pas les punir, ne doivent pas être mis en parade. L'arrêté du sénat sera comme une désignation au prince de ceux qu'on estime, de ceux qu'on redoute. L'instrument essentiel d'un bon gouvernement, ce sont des amis vertueux. Qu'il suffise à Marcellus d'avoir poussé Néron à faire périr tant d'innocens, qu'il jouisse du prix de ses crimes et de l'impunité ; mais qu'il abandonne Vespasien aux honnêtes gens.

———

II. Responsio Eprii Marcelli. *Cap.* 8.

Non suam sententiam impugnari, sed consulem designa-
tum censuisse *dicebat,* secundùm vetera exempla, quæ sortem legationibus posuissent, ne ambitioni aut inimicitiis locus foret. Nihil evenisse cur antiquitùs instituta exolesce-
rent, aut principis honor in cujusque contumeliam verte-
retur. Sufficere omnes obsequio. Id magis vitandum, ne
pervicaciâ quorumdam irritaretur animus novo principatu
suspensus, et vultus quoque ac sermones omnium circum-
spectans. Se meminisse temporum, quibus natus sit, quam
civitatis formam patres avique instituerint : ulteriora mi-
rari, præsentia sequi : bonos imperatores voto expetere;
qualescunque tolerare. Non magis suâ oratione Thraseam,
quàm judicio senatûs afflictum. Sævitiam Neronis per hujusmodi imagines illusisse : nec minùs sibi anxiam talem amicitiam, quàm aliis exilium. Deniquè constantiâ, fortitudine,
Catonibus et Brutis æquaretur Helvidius : se unum esse ex
illo senatu, qui simul servierit. Suadere etiam Prisco, ne
supra principem scanderet; ne Vespasianum senem trium-
phalem, juvenum liberorum patrem, præceptis coërceret.
Quo modo pessimis imperatoribus sine fine dominationem,
ita quamvis egregiis modum libertatis placere.

II. Réplique d'Éprius Marcellus. (*C. 8.*)

CE n'est point mon avis qu'on attaque; c'est celui du consul désigné, basé sur un ancien usage, qui, pour déjouer les haines et la brigue, a soumis au sort les députations. Il n'y a pas de motif pour abolir les vieilles institutions, ni pour que les honneurs rendus au prince deviennent un outrage pour quelqu'un. Tout le monde a qualité pour rendre hommage. Il faut plutôt éviter que l'entêtement d'un individu n'irrite l'esprit inquiet d'un nouveau prince, attentif au maintien même comme aux discours de tous. Je me souviens des temps qui me rappellent la forme de gouvernement instituée par nos pères et nos aïeux. J'admire le passé; je m'accommode au présent; j'appelle, par mes vœux, de bons empereurs; et, quels qu'ils soient, je les endure.

Thraséa ne fut pas victime de mes discours, plus que du décret du sénat. De pareilles images font illusion sur la cruauté de Néron; et l'amitié d'un tel homme ne me causait pas moins d'inquiétude qu'à tout autre l'exil. Enfin, qu'Helvidius soit, je le veux, l'égal des Catons, des Brutus, en courage, en constance, et que je sois le seul de ce sénat qui fut esclave avec moi; je conseille pourtant à Priscus de ne pas s'élever au-dessus du prince, et de ne pas gourmander de ses leçons un vieux triomphateur, père de deux enfans dans la force de l'âge. Si les méchans empereurs aiment un pouvoir illimité, les meilleurs ne veulent pas d'une liberté sans bornes.

Oratio Curtii Montani in Aquilium Regulum.

III. Regulum, infestissimum sub Nerone accusatorem, eversa
Crassorum et Orfiti domus in summum odium extulerat. Ac-
censo igitur in eum senatu, et pœnam minitante, Vipstanus
Messala frater, ausus pro eo deprecari, flexerat quosdam : occurrit truci oratione Curtius Montanus, à Nerone quondàm in
exilium actus, et eò usquè progressus est, ut, post cædem
Galbæ, datam interfectori Pisonis pecuniam à Regulo, appetitum
morsu Pisonis caput objectaret. Deindè subjunxit, *Cap.* 42 :

———

I. Invectives furieuses contre l'avare cruauté d'Aquilius Régulus.

Hoc certè Nero non coëgit, nec dignitatem aut salutem illâ
sævitiâ redemisti. Sanè toleremus istorum defensiones, qui
perdere alios quàm periclitari ipsi maluerunt. Te securúm
reliquerat exul pater, et divisa inter creditores bona ;
nondùm honorum capax ætas, nihil quod ex te concupisce-
ret Nero, nihil quod timeret. Libidine sanguinis et hiatu
præmiorum, ignotum adhuc ingenium et nullis defensioni-
bus expertum, cæde nobili imbuisti : quum ex funere reip.,
raptis (1) consularibus spoliis, septuagies sestertio sagina-
tus, et sacerdotio fulgens, innoxios pueros, illustres senes,
conspicuas feminas eâdem ruinâ prosterneres ; quum se-
gnitiam Neronis incusares, quòd per singulas domos seque
et delatores fatigaret ; posse universum senatum unâ voce
subverti.

II. Danger de l'impunité du crime.

Retinete, P. C., et reservate hominem tam expediti
consilii, ut omnis ætas instructa sit, et quomodò senes
nostri Marcellum, Crispum, juvenes Regulum imitentur.
Invenit etiam æmulos infelix nequitia : quid, si floreat

———

(1) Intelligo consularia ornamenta Regulo in præmium accusationis decreta, non consulatum.

DISCOURS DE CURTIUS MONTANUS CONTRE AQUILIUS RÉGULUS.

III. Régulus, accusateur acharné sous Néron, s'était fait exécrer par la ruine de la maison des Crassus et de celle d'Orfilus : aussi le sénat indigné menaçait-il de le punir. Son frère cependant, Vipsanius Messala, ayant osé intercéder pour lui, avait ramené quelques personnes ; lorsque Curtius Montanus, autrefois exilé par Néron, attaqua Régulus par un discours véhément. Il alla jusqu'à lui reprocher d'avoir, après le meurtre de Galba, donné de l'argent à l'assassin de Pison, dans la tête duquel il avait imprimé ses dents. Puis il ajouta (*C.* 42) :

Néron, certes, ne t'y força pas ; tu ne rachetas point ton rang et ta vie par cette férocité. Admettons, j'y consens, la défense de ceux qui aimèrent mieux perdre autrui que de s'exposer. L'exil de ton père et le partage de ses biens entre ses créanciers te laissaient tranquille. Tu n'étais pas d'âge à songer aux honneurs. Néron n'avait de toi rien à convoiter, rien à craindre. Par soif du meurtre, et par l'appétit des récompenses, ton génie encore inconnu et novice au barreau, tu l'as trempé dans un sang illustre ; lorsque, chargé des dépouilles consulaires, conquises sur la République en deuil, engraissé de sept millions de sesterces (*), et dans l'éclat du sacerdoce, tu enveloppais dans la même ruine des enfans innocens, d'illustres vieillards, des femmes distinguées ; quand tu accusais Néron de mollesse, et de se fatiguer en allant de maison en maison avec ses délateurs, lorsqu'il pouvait d'un mot bouleverser tout le sénat.

Ménagez, P. C., conservez cet homme si expéditif, pour l'instruction de tous les âges, afin que la jeunesse se modèle sur Régulus, comme la vieillesse sur Marcellus. Les méchans désappointés trouvent encore des émules. Que serait-ce

(*) 1,361,908 livres.

II.   33

vigeatque ? et quem adhuc quæstorium offendere non au-
demus, prætorium et consularem (1) visuri sumus ? An
Neronem extremum dominorum putatis ? Idem credide-
rant, qui Tiberio, qui Caio superstites fuerunt ; quum interim intestabilior et sævior exortus est. Non timemus
Vespasianum : ea principis ætas, ea moderatio. Sed diutiùs durant exempla quàm mores.

III. Plainte sur la faiblesse des sénateurs.

Elauguimus, P. C., nec jam ille senatus sumus, qui,
occiso Nerone, delatores et ministros, more majorum pu-
niendos flagitabat. Optimus est post malum principem
dies primus.

~~~~~~

ORATIO VOCULÆ AD LEGIONES, QUÆ CUM HOSTIBUS CONSILIA CONSOCIABANT.

IV. Civilis, Batavus, Classicus et Tutor, Treveri, occasione Romanorum discordiarum, primò suam quisque gentem, deinde
et complures Germaniæ Galliæque populos ad arma concitave-
rant. Quin etiam legiones ipsas, quibus Vocula legatus præerat,
alliciebant in societatem; emebantque centurionum ac militum
animos, ut Romanus exercitus in externa verba juraret, pi-
gnusque tanti sceleris, nece aut vinculis legatorum daretur.
Vocula, quamquam plerique fugam suadebant, audendum ratus, vocatâ concione, in hunc modum disseruit; *Cap*. 58 :

-----

*Vocula, pour faire tête à l'orage, montre de la noblesse et de
la fermeté, mais point de hauteur, parce qu'il n'a pas, par
sa dignité, assez d'ascendant sur les troupes.*

I. Exorde insinuant et majestueux, tiré de la personne de l'orateur. Résignation et calme imposant, au milieu des fureurs de
la multitude.

Nunquam apud vos verba feci, aut pro vobis sollicitior,

-----

(1) *Lege*, ausuri sumus, *supple* offendere.

bnc donc s'ils florissaient ? si le questorien que nous craignons de blesser , nous allions le voir prétorien et consulaire ? Croit-on que Néron ait été le dernier despote ? ceux qui survécurent à Tibère , à Caius , le croyaient aussi , quand il parut un homme plus cruel , plus exécrable. Nous ne craignons pas Vespasien : nos garans sont l'âge du prince et sa modération. Mais les exemples sont plus durables que les mœurs.

Nous mollissons , P. C. , et nous ne sommes déjà plus ce sénat qui , à la mort de Néron , demandait ses agens et ses délateurs , pour les punir suivant les us antiques. Après un mauvais règne , le premier jour est le meilleur.

~~~~~~~~~~~~~~~~~~~~~~~~~~~~~~~~~~~~~

DISCOURS DE VOCULA AUX LÉGIONS RÉVOLTÉES.

IV. Le Batave Civilis, et les Trévirois Classicus et Tutor, profitant des dissensions des Romains, avaient engagé d'abord chacun sa nation, ensuite plusieurs peuples de Germanie et de Gaule, à courir aux armes. Voulant même attirer dans leur parti les légions aux ordres du lieutenant Vocula, ils en achetaient les soldats et les centurions, pour engager l'armée Romaine à prêter serment à l'Étranger, et à tuer ou livrer ses chefs. Pour sceller cet affreux engagement, on conseillait à Vocula de fuir : mais, croyant devoir payer de hardiesse, il assembla l'armée et lui tint ce discours (C. 58) :

———

Je ne vous adressai jamais la parole plus inquiet pour

aut pro me securior. Nam mihi exitium parari libens audio ; mortemque in tot malis hostium (1), ut finem mise-
riarum exspecto.

II. Horreur de la trahison et de l'attentat qu'on prépare,
augmentée par des exemples de courage et de fidélité.

Vestrì me pudet miseretque, adversùs quos non prælium et acies parantur ; id enim fas armorum, et jus hostium.
Bellum cum populo Rom. vestris se manibus gesturum
Classicus sperat : imperiumque et sacramentum Galliarum
ostentat. Adeò nos, si fortuna in præsens virtusque deseruit, etiam vetera exempla deficiunt ? quoties Romanæ
legiones perire præoptaverint, ne loco pellerentur ? Socii
sæpe nostri exscindi urbes suas, seque cum conjugibus ac
liberis cremari pertulerunt ; neque aliud pretium exitûs,
quàm fides famaque. Tolerant quum maximè inopiam obsi-
diumque apud (2) Vetera legiones, nec terrore aut pro-
missis demoventur.

III. Moyens de défense contre les ennemis.

Nobis, super arma et viros, et egregia castrorum munimenta ; frumentum, et commeatus quamvis longo bello
pares. Pecunia nuper etiam donativo suffecit : quod sive à
Vespasiano, sive à Vitellio datum interpretari mavultis,
ab imperatore certè Romano accepistis.

Tot bellorum victores, apud Geldubam, apud Vetera,
fuso toties hoste, si pavetis aciem, indignum id quidem :
sed est vallum murique, et trahendi artes, donec è proximis provinciis auxilia exercitusque concurrant.

IV. Indignité des chefs auxquels les soldats veulent se soumettre.

Sanè ego displiceam : sunt alii legati, tribuni, centurio
denique, aut miles. Ne hoc prodigium toto terrarum orbe
vulgetur, vobis satellitibus, Civilem et Classicum Italiam
invasuros. An, si ad mœnia urbis Germani Gallique duxe-

(1) *Id est* : in tot malis quæ nobis ab hostibus ingruunt.
(2) Loci nomen, ubi castra et exercitus Romanorum.

vous, plus rassuré pour moi ; car j'apprends avec plaisir que l'on trame ma perte. La mort, au milieu des maux que nous fait souffrir l'ennemi, je l'attends comme la fin de mes misères.

Mais je rougis, je m'afflige pour vous, dont (sans vous avoir offert la bataille, ce qui serait suivant les lois de la guerre et le droit de l'ennemi), dont un Classicus se flatte d'armer les bras contre le P. R., en vous parlant de l'empire des Gaules, et de sermens à lui prêter. Quoi! si pour le moment la fortune et le courage nous ont délaissés, nous manque-t-il aussi d'anciens exemples ? Que de fois les légions romaines n'ont-elles pas mieux aimé périr que d'être chassées de leur poste ? Souvent nos alliés ont voulu s'ensevelir, avec leurs femmes et leurs enfans, dans les cendres de leurs villes détruites, sans autre prix du sacrifice que la gloire de leur fidélité. Les légions de Vétéra souffrent un siège et la famine, inébranlables aux menaces comme aux promesses.

Nous, outre des armes, des bras et d'excellens retranchemens, nous avons assez de vivres et de provisions pour la plus longue guerre. On a pu dernièrement vous donner de la caisse une gratification : que vous l'ayez due à Vespasien, ou, si vous l'aimez mieux, à Vitellius, du moins l'avez-vous reçue d'un empereur romain.

Après tant de victoires, à Gelduba, à Vétéra; après avoir battu si souvent l'ennemi, si vous redoutiez une action, ce serait une indignité; mais enfin vous avez des palissades, des murs, des moyens de gagner du temps, jusqu'à ce qu'il vous vienne des secours et des armées des provinces voisines.

Est-ce moi qui vous déplais ? vous avez d'autres lieutenans, des tribuns, un centurion, un soldat. Que le monde étonné n'entende pas dire que, vous ayant pour satellites, Civilis et Classicus vont envahir l'Italie. Quoi! si les Gaulois, les Germains vous mènent aux portes de Rome, as-

rint, arma patriæ inferetis? Horret animus tanti flagitii
imagine. Tutori Trevero agentur excubiæ? signum belli
Batavus dabit? Germanorum catervas supplebitis?

V. Conséquences funestes du crime pour les coupablés.

Quis deindè sceleris exitus? quum Romanæ legiones
contrà direxerint; tranfugæ è transfugis, et proditores è
proditoribus, inter recens et vetus sacramentum, invisi
Diis, errabitis?

VI. Péroraison sublime.

Te, Jupiter optime maxime, quem per octingentos viginti annos tot triumphis coluimus; te, Quirine, Romanæ
parens urbis, precor venerorque, ut si vobis non fuit
cordi me duce hæc castra incorrupta et intemerata servari,
at certè pollui fœdarique à Tutore et Classico ne sinatis.
Militibus Romanis aut innocentiam detis, aut maturam et
sine noxâ pœnitentiam.

~~~~~~

Oratio Legatorum Tencterorum ad Agrippinenses.

V. Colonia Agrippinensis deducta olim à Romanis in Ubios, Germanicum populum, invisa erat Transrhenanis gentibus opulentiâ
auctuque. Igitur quum Civilis et Classicus victricibus armis omnem Rheni ripam obtinerent, occasione utendum rati Tencteri,
Rheno discreta gens, missis legatis, hujusmodi mandata apud
concilium Agrippinensium edi jubent, *Cap.* 64 :

———

*Les Tenctériens n'étant pas amis des habitans de Cologne, et
ne connaissant pas les finesses de l'art oratoire, paraissent
plutôt exiger et ordonner, que faire une demande ou donner
un conseil.*

I. Exorde simple, tiré de l'état des choses.

Redîsse vos in corpus nomenque Germaniæ, communibus Diis, et præcipuo Deorum Marti gratias agimus: vobisque gratulamur, quòd tandem liberi inter liberos eritis.

siegerez-vous la patrie? La seule idée de ce crime fait frémir! On montera la garde pour le trévirien Tutor! un Batave donnera le mot d'ordre! vous servirez de recrues pour des cohortes de Germains!

Et quelle issue auront ces attentats? Quand les légions romaines marcheront contre vous; alors, désertant des déserteurs, traîtres fuyant des traîtres, en butte à la colère des Dieux, vous flotterez entre l'ancien serment et le nouveau.

O très-bon, très-puissant Jupiter, à qui, depuis huit cent vingt ans, nous avons fait hommage de tant de triomphes; et toi, père de Rome, Quirinus; s'il ne vous a pas plu que ce camp conservât, sous mes ordres, sa gloire et sa pureté, je vous conjure et vous supplie de ne pas du moins le laisser avilir, souiller par Tutor et Classicus. Rendez aux soldats romains l'innocence, ou que leur prompt repentir ne leur soit point nuisible (*).

DISCOURS DES DÉPUTÉS TENCTÉRIENS A L'ASSEMBLÉE DES AGRIPPINIENS.

V. L'opulence et la prospérité de la colonie d'Agrippine (Cologne), jadis établie par les Romains chez les Ubiens, peuple Germain, excitaient l'envie des peuples Trans-Rhénans. Voyant donc toute la rive du Rhin soumise aux armes victorieuses de Civilis et de Classicus, les Tenctères, nation séparée des Ubiens par le fleuve, jugeant l'occasion propice, envoyèrent des ambassadeurs à l'assemblée des Agrippiniens (C. 64).

Nous remercions, *étaient-ils chargés de leur dire*, nous remercions nos dieux communs, et Mars, le plus grand d'entre eux, de votre retour au nom et au corps des Ger-

(*) Vocula, s'étant ensuite retiré, songeait à se donner la mort. Mais Classicus le fit tuer par un déserteur, puis entra dans le camp, avec tout l'appareil d'un général Romain.

Nam ad hunc diem, flumina ac terras, et coelum quodam modo ipsum clauserant Romani, ut colloquia congressusque nostros arcerent ; vel, quod contumeliosius est viris ad arma natis, inermes ac propè nudi (1) sub custode et pretio coiremus.

II. Moyens d'assurer leur indépendance.

Sed, ut amicitia societasque nostra in æternum rata sint, postulamus à vobis, muros coloniæ, munimenta servitii, detrahatis : etiam fera animalia, si clausa teneas, virtutis obliviscuntur. Romanos omnes in finibus vestris trucidetis : haud facilè libertas et domini miscentur. Bona interfectorum in medium cedant, ne quis occulere quidquam, aut segregare causam suam possit. Liceat nobis vobisque utramque ripam colere, ut olim majoribus nostris. Quomodò lucem diemque omnibus hominibus ; ita omnes terras fortibus viris natura aperuit.

III. Exhortation à reprendre les mœurs de leurs ancêtres et le caractère d'hommes libres.

Instituta cultumque patrium resumite, abruptis voluptatibus, quibus Romani plus adversùs subjectos quàm armis valent. Sincerus et integer, et servitutis oblitus populus, aut ex æquo agetis, aut aliis imperitabitis.

---

(1) *Sub custode*, quia incessa milite Rheni ripa : *et pretio*, quia singulis rebus, quæ ex unâ ripâ in alteram transveherentur, portoria videntur imposita.

mains, et nous vous félicitons d'être enfin libres, au milieu d'hommes libres. Car, jusqu'à ce jour, les Romains tenaient clos les fleuves, les terres, et, en quelque façon, le ciel même, pour nous empêcher de nous rapprocher et de nous entretenir; ou, chose plus humiliante pour des hommes nés pour les armes, ne nous permettaient de nous réunir que sans armes et presque nus, en payant, et sous les yeux d'une garde.

Mais, pour que l'amitié, que l'alliance entre nous soient éternelles, nous vous invitons à détruire vos murs, monument de servitude : même les bêtes féroces, que vous enfermez, perdent de leur fierté. Egorgez tous les Romains autour de vous : la liberté s'allie mal avec des maîtres. Que les biens des tués soient communs, pour que nul ne puisse en rien cacher, ou faire cause à part. Qu'il nous soit respectivement libre d'habiter, comme jadis nos aïeux, l'une et l'autre rive. De même qu'elle a rendu communs la lumière et le jour, de même la nature a livré toutes les terres aux braves.

Reprenez les usages et le costume de vos pères; et renoncez aux voluptés, qui, plus que leurs armes, rendent les Romains redoutables à leurs sujets. Alors, vraiment Germains, rentrés dans vos droits, perdant le souvenir de votre esclavage, ou vous irez de pair avec les autres peuples; ou vous leur commanderez.

33.

VI. Responsio Agrippinensium. *Cap.* 65.

Les habitans de Cologne, choqués de la proposition qu'on leur a faite, répondent sèchement, mais avec moins de rudesse que les Tenctériens, parce qu'ils sont plus polis par le commerce des arts.

I. Exorde ferme, tiré du sujet.

Quæ prima libertatis facultas data est, avidiùs quàm cautiùs sumpsimus, ut vobis ceterisque Germanis consanguineis nostris jungeremur.

II. Refus motivés des demandes faites par les Tenctériens.

Muros civitatis, congregantibus se quum maximè Romanorum exercitibus, augere nobis quàm diruere tutius est. Si qui ex Italiâ aut provinciis alienigenæ in finibus nostris fuerant, eos bellum absumpsit; vel in suas quisque sedes refugêre. Deductis olim, et nobiscum per connubium sociatis, quique mox provenêre, hæc patria est; nec vos adeò iniquos existimamus, ut interfici à nobis parentes, fratres, liberos nostros velitis. Vectigal et onera commerciorum resolvimus. Sint transitus incustoditi, sed diurni et inermes, donec nova et recentia jura in vetustatem consuetudine vertantur.

III. Conclusion.

Arbitrum habebimus Civilem et (1) Velledam, apud quos pacta sancientur.

---

(1) Fatiloquam, quæ propè pro numine à Germanis colebatur.

VI. Réponse des Agrippiniens. (C. 65.)

En saisissant le premier moment de liberté pour nous unir à vous et aux autres Germains, nos frères, nous avons montré plus d'empressement que de prudence.

Quand les armées romaines se réunissent de toutes parts, il vaut mieux ajouter à nos fortifications que de les détruire. Les Italiens ou autres étrangers, qui vivaient chez nous, ont péri dans la guerre, ou sont retournés chacun dans son pays. Ceux qui vinrent dans l'origine se sont alliés à nous par des mariages ; eux et leurs descendans, leur patrie est ici ; et nous ne vous croyons pas assez injustes pour vouloir que nous égorgions nos pères, nos frères, nos enfans. Nous abolissons les péages et ce qui gêne le commerce. Que les passages ne soient point gardés ; mais qu'ils aient lieu de jour et sans armes, jusqu'à ce que nos droits récens deviennent anciens par l'habitude.

Nos arbitres seront Civilis et Velléda, devant lesquels nous jurerons le traité (*).

(*) Ce projet n'eut pas de suite, par la défaite de Civilis et de Classicus.

ORATIO CERIALIS AD TREVEROS AC LINGONAS A SE VICTOS.

VII. Cerialis missus à Vespasiano in Gallias imperator, primo statìm adventu Romanis armis victoriam et decus restituit. Victos itaque Treveros ac Lingonas, et in deditionem acceptos, ad concionem vocat; iisque hâc oratione persuadere nititur, nullius magis quàm ipsorum interesse, ut Romanis pareant, *Cap.* 73 *et* 74.

Cerialis, accoutumé à vivre dans les camps, et parlant à des peuples domptés par les armes, a un langage austère et dur.

I. Exorde brusque et fier, tiré de la personne de l'orateur et de l'auditeur.

NEQUE ego unquàm facundiam exercui, et populi Rom. virtutem armis affirmavi : sed quia apud vos verba plurimùm valent, bonaque ac mala non suâ naturâ, sed vocibus seditiosorum æstimantur, statui pauca disserere, quæ, profligato bello, utilius sit vobis audìsse, quàm nobis dixisse.

II. Premier motif de l'entrée des Romains dans les Gaules; services rendus par eux aux Gaulois dans tous les temps.

Terram vestram ceterorumque Gallorum ingressi sunt duces imperatoresque Rom., nullâ cupidine, sed majoribus vestris invocantibus, quos discordiæ usque ad exitium fatigabant : et acciti auxilio Germani, sociis pariter atque hostibus servitutem imposuerant. Quot præliis adversùs Cimbros Teutonesque, quantis exercituum nostrorum laboribus, quove eventu Germanica bella tractaverimus, satis clarum. Nec ideò Rhenum insedimus, ut Italiam tueremur ; sed ne quis alius Ariovistus regno Galliarum potiretur. An vos cariores Civili Batavisque et Transrhenanis gentibus creditis, quàm majoribus eorum patres avique vestri fuerunt? Eadem semper causa Germanis transcendendi in Gallias, libido atque avaritia, et mutandæ sedis amor, ut, relictis paludibus et solitudinibus suis, fecundissimum hoc solum vosque ipsos possiderent. Ceterùm libertas et speciosa nomina prætexuntur ; nec quisquam alienum servitium et

DISCOURS DE CÉRIALIS AUX TRÉVIRIENS ET AUX LINGONS QU'IL A VAINCUS.

VII. Cérialis, envoyé par Vespasien pour commander dans la Gaule, rétablit dès son arrivée, par des victoires, l'honneur des armes Romaines. Ayant défait et soumis les Tréviriens et les Lingons, il les convoque et s'efforce de leur prouver par ce discours, qu'aucun peuple n'a plus qu'eux, intérêt d'obéir aux Romains (C. 73 et 74) :

Je n'ai jamais pratiqué l'art oratoire ; c'est par les armes que j'ai prouvé la valeur du P. R. ; mais comme les paroles peuvent beaucoup sur vous , et que vous jugez des biens et des maux non d'après leur nature , mais sur les discours des séditieux, j'ai voulu vous entretenir brièvement sur des objets qui vous intéressent plus que moi , puisque la guerre est terminée.

Ce ne fut point la cupidité qui attira chez vous et chez les autres Gaulois nos généraux , ce furent les prières de vos ancêtres , épuisés jusqu'à l'extinction par leurs discordes. Quand les Germains, appelés comme auxiliaires, eurent réduit à l'esclavage et les alliés et les ennemis , on sait combien de combats nous avons livrés aux Cimbres et aux Teutons ; combien de travaux et d'évènemens nos armées ont essuyés dans les guerres de Germanie. Si nous avons occupé les bords du Rhin , c'était non pour couvrir l'Italie , mais pour empêcher quelqu'autre Arioviste d'usurper l'empire de la Gaule. Vous croyez-vous plus chéris de Civilis , des Bataves et des nations au-delà du Rhin , que vos aïeux ne le furent de leurs ancêtres ? La même cause attire toujours les Germains dans la Gaule ; c'est la cupidité, l'avarice , le desir de changer de pays, de quitter leurs marais et leurs déserts , pour s'emparer de vos pays fertiles et de vos propres personnes. La liberté , des mots spécieux leur servent de prétextes ; et ce langage leur est

dominationem sibi concupivit, (1) ut non eadem ista vocabula usurparet.

III. Apologie de la domination romaine. 1° Tributs indispensables
    pour la défense des Gaules. 2° Admission des Gaulois aux digni-
    tés romaines. 3° Effets de la domination de Tutor et de Classicus.

1° Regna bellaque per Gallias semper fuêre, donec in
nostrum jus concederetis. Nos, quanquam toties lacessiti,
jure victoriæ id solum vobis addidimus, quo pacem tueremur : nam neque quies gentium sine armis, neque arma
sine stipendiis, neque stipendia sine tributis haberi queunt.
2° Cetera in communi sita sunt. Ipsi plerumquè legionibus
nostris præsidetis ; ipsi has aliasque provincias regitis : nihil
separatum, clausumve. Et laudatorum principum usus ex
æquo, quamvis procul agentibus : sævi proximis ingruunt.
Quo modo sterilitatem, aut nimios imbres et cetera naturæ
mala, ita luxum vel avaritiam dominantium tolerate. Vitia
erunt, donec homines : sed neque hæc continua, et melio-
rum interventu pensantur. 3° Nisi fortè Tutore et Classico
reguantibus, moderatius imperium speratis ; aut minoribus
quàm nunc tributis parabuntur exercitus, quibus Germani
Britannique arceantur : nam pulsis (quod Dii prohibeant)
Romanis, quid aliud quàm bella omnium inter se gentium
existent ?

IV. PÉRORAISON FORTE ET IMPOSANTE. Danger du renversement de
    la puissance romaine ; nécessité de la soumission.

Octingentorum annorum fortunâ disciplinâque compages
hæc coaluit : quæ convelli sine exitio convellentium non
potest. Sed vobis maximum discrimen, penes quos aurum
et opes, præcipuæ bellorum causæ. Proinde pacem et urbem, quam victi victoresque eodem jure obtinemus, amate,
colite. Moneant vos utriusque fortunæ documenta, ne contumaciam cum pernicie, quàm obsequium cum securitate
malitis.

----

(1) *Ut non*, etc. quin usurparet eadem ista nomina, quæ præten-
deret suæ cupiditati.

commun avec quiconque veut asservir les autres et dominer sur eux.

La Gaule eut des rois et des guerres, jusqu'au jour où vous fûtes soumis aux Romains. Malgré vos fréquentes insultes, nous n'avons, à titre de vainqueurs, exigé de vous que les sommes nécessaires pour vous maintenir en paix. Car, pour les nations, point de repos sans armée, point d'armée sans solde, point de solde sans tributs. Le reste nous est commun. Vous commandez souvent nos légions ; vous gouvernez ces provinces et d'autres : rien ne vous est interdit ou fermé. Quoiqu'éloignés, vous partagez notre bonheur sous les bons princes ; les mauvais écrasent ce qui les approche. Si vous endurez la stérilité, les pluies excessives, et les autres fléaux de la nature, souffrez de même le luxe et l'avarice de vos princes.

Tant qu'il y aura des hommes, il y aura des vices; mais, par intervalles, des vertus les compensent. Mais peut-être pensez-vous que Tutor et Classicus seraient des maîtres plus modérés, ou qu'il faudrait moins d'impôts pour les troupes qui vous défendraient des Brétons et des Germains. Car, ce qu'aux Dieux ne plaise, l'Empire romain détruit, que verrait-on sinon des guerres de toutes les nations entre elles ?

Une fortune, une discipline de huit cents ans ont formé ce colosse. Dans sa chute, il écraserait ceux qui l'abattraient. Mais vous, qui avez de l'or et de l'argent, causes principales des guerres, vous auriez les plus grands risques à courir. Aimez donc, chérissez la paix et la ville où, vainqueurs et vaincus, nous jouissons des mêmes droits. Instruits par l'une et l'autre fortune, gardez-vous de préférer la révolte qui vous perdrait, à la soumission qui fera votre sécurité (*).

(*) Les vaincus ne s'attendaient pas à tant de modération. Ce discours calma leurs esprits et servit beaucoup à affermir dans la Gaule le pouvoir de Vespasien.

EX VITA AGRICOLÆ.

VERBA BRITANNORUM SESE MUTUO AD REBELLANDUM EXSTI-
MULANTIUM.

I. Suetonius Paullinus, à Nerone in Britanniam missus cum imperio, biennio prosperas res habuit, subactis nationibus firma-
tisque præsidiis : quorum fiduciâ insulam Monam, ut vires rebel-
libus ministrantem, est aggressus. Verùm absentiâ legati remoto
metu, Britanni agitare inter se mala servitutis, conferre injurias,
et interpretando accendere. *Cap.* 15.

———

NIHIL profici patientiâ, nisi ut graviora tanquam ex fa-
cili tolerantibus, imperentur: singulos sibi olim reges fuisse,
nunc binos imponi, è quibus (1) legatus in sanguinem,
procurator in bona sæviret: æquè discordiam præpositorum,
æquè concordiam subjectis exitiosam: (2) alterius manus,
centuriones alterius, vim et contumelias miscere: nihil
jam cupiditati, nihil libidini exceptum. In prælio fortiorem
esse qui spoliet: nunc ab ignavis plerumquè et imbellibus
eripi domos, abstrahi liberos, injungi delectus, tanquam
mori tantùm pro patriâ nescientibus: quantùm enim trans-
isse militum, si sese Britanni numerent? Sic Germanias
excussisse jugum, et flumine, non Oceano defendi. Sibi
patriam, conjuges, parentes: illis avaritiam et luxuriam
causas belli esse. Recessuros ut divus Julius recessisset,
modò virtutes majorum suorum æmularentur : neve prælii
unius aut alterius eventu pavescerent: plus impetûs, ma-

———

(1) Legatus militibus præerat. Procuratoris præcipuum ac pro-
prium munus, ut reditus et tributa colligeret.

(2) Alterius, *supple* esse: manus, *id est* ea quæ manu et militari
violentiâ gerantur, centuriones: alterius, *supple* esse, miscere
vim et contumelias. *Aut lege cum Lipsio*: Alterum manus, et
centuriones; alterum, vim et contumelias miscere. *G. Brotier sic
habet*: Alterius manus, centuriones alterius, vim et contumelias
miscere.

DE LA VIE D'AGRICOLA.

I. LES BRETONS S'EXCITENT MUTUELLEMENT A SECOUER LE JOUG.

I. Suétonius Paullinus, chargé par Néron du commandement de la Bretagne, eut des succès pendant deux ans, soumit des nations et fortifia des places. Se fiant en sa fortune, il attaqua l'île de Mona, comme fournissant des secours aux rebelles. Mais son absence ayant dissipé les frayeurs, les Bretons s'entretiennent des maux de la servitude, recensent leurs griefs et s'animent en les détaillant (*C.* 15).

———

PAR la patience nous ne gagnons rien que d'aggraver nos charges, en persuadant qu'elles sont supportables. On n'avait qu'un roi jadis : on en a deux aujourd'hui ; le lieutenant sévit contre les personnes, le procurateur contre les biens. Leur union, leurs démêlés sont également funestes aux sujets. L'un emploie les verges et les centurions ; l'autre, la force et les outrages. Rien n'est plus à l'abri ni de l'avarice, ni de la lubricité.

Dans un combat, au plus brave sont les dépouilles : ce sont à présent des lâches, la plupart étrangers aux périls, qui pillent les maisons, enlèvent les enfans, ordonnent des conscriptions, comme si c'était pour la patrie seulement qu'on ne sût pas mourir. Combien, si les Bretons se comptaient, n'est-il point sorti de soldats de l'île ? Voilà ce qui fit secouer le joug à la Germanie ; et ce n'est pas l'Océan, c'est un fleuve qui la défend. Nous ferons la guerre pour nos pères et nos épouses ; ils la font par luxure et par avarice. Ils se retireront, comme fit César, si nous imitons les vertus de nos ancêtres ; et ne nous effrayons pas de la perte d'un ou de deux combats : le malheur inspire plus de fougue, plus de constance.

jorem constantiam penes miseros esse. Jam Britannorum
etiam Deos misereri, qui Romanum ducem absentem, qui
relegatum in aliâ insulâ exercitui detinerent : jam ipsos,
quod difficillimum fuerit, deliberare. Porrò in ejusmodi
consiliis periculosius esse deprehendi, quàm audere.

ORATIO GALGACI AD BRITANNOS.

II. Agricola, jam perdomitis ceteris Britanniæ gentibus, in Caledo-
niam et extremos insulæ recessus penetraverat expedito exercitu,
cui, præter Gallorum auxilia, etiam ex Britannis fortissimos
quosque et longâ pace exploratos addiderat. Hostes super triginta millia armatorum convenerant : quorum dux virtute et genere præstans Galgacus multitudinem jam prælium poscentem
hâc oratione stimulavit, *Cap.* 30 *et seq.* :

Galgacus, chef des guerriers que la Calédonie s'est réservés
comme la dernière ressource de la liberté, parle avec la no-
blesse, la véhémence, l'enthousiasme d'un homme digne de
cet honneur.

I. Exorde brillant et animé, tiré de l'état des choses.

QUOTIENS causas belli et necessitatem nostram intueor,
magnus mihi animus est hodiernum diem consensumque
vestrum initium libertatis totius Britanniæ fore.

II. Situation et caractère des guerriers Bretons.

Nam et universi servitutis expertes, et nullæ ultra terræ,
ac ne mare quidem securum, imminente nobis classe Romanâ : ita prælium atque arma, quæ fortibus honesta,
eadem etiam ignavis tutissima sunt. Priores pugnæ, quibus adversùs Romanos variâ fortunâ certatum est, spem ac
subsidium in nostris manibus habebant; quia nobilissimi
totius Britanniæ, eòque in ipsis penetralibus siti, nec servientium littora aspicientes, oculos quoque à contactu dominationis inviolatos habebamus. Nos, terrarum ac liber-

Déjà même les Dieux, ayant pitié des Bretons, ont éloigné le général romain : ils l'arrêtent dans une autre île, avec son armée. Déjà nous pouvons délibérer, et c'était le plus difficile ; car, dans les affaires de ce genre, il est plus périlleux d'être découvert que d'entreprendre.

DISCOURS DE GALGACUS AUX BRETONS.

II. Ayant soumis toutes les autres nations de la Bretagne, Agricola s'était avancé dans la Calédonie et jusqu'aux extrémités de l'île, avec une armée sans bagages, renforcée de Gaulois auxiliaires, et des plus vaillans des Bretons, éprouvés par une longue obéissance. Les ennemis s'étaient réunis au nombre de plus de 30,000, sous les ordres de Galgacus, distingué par sa valeur et sa naissance. Déjà tous demandaient le combat : il enflamma leur ardeur par ce discours (C. 30 et suiv.) :

PLUS je considère les motifs de la guerre et notre position, plus j'espère qu'en ce jour notre accord unanime fondera la liberté de toute la Bretagne.

Car nous sommes tous étrangers à la servitude ; plus loin, il n'y a plus de terres ; l'Océan même ne nous offre plus d'asyle ; la flotte romaine le couvre. Ainsi le combat et le fer, qui siéent aux braves, sont pour les lâches mêmes le parti le plus sûr. Dans les autres batailles livrées aux Romains, avec des succès variés, la patrie voyait en nous son espoir et sa ressource. Etant en effet ses plus nobles enfans ; placés, à ce titre, comme en un sanctuaire, hors de la vue d'un rivage esclave, nos yeux mêmes n'étaient pas souillés de l'aspect de la tyrannie.

Postés aux confins de l'univers et de la liberté, notre éloignement et le vague de la renommée nous ont jusqu'ici

tatis extremos, recessus ipse (1) ac sinus famæ in hunc
diem defendit : (2) nunc terminus Britanniæ patet, atque
omne ignotum pro magnifico est. Sed nulla jam ultrà gens,
nihil nisi fluctus et saxa ; et interiores (3) Romani ;

III. Invective contre les Romains.

Quorum superbiam frustrà per obsequium et modestiam
effugeris : raptores orbis, postquam cuncta vastantibus de-
fuêre terræ, et mare scrutantur : si locuples hostis est, avari ;
si pauper, ambitiosi : quos non Oriens, non Occidens satia-
verit. Soli omnium opes atque inopiam pari affectu concu-
piscunt : auferre, trucidare, rapere, falsis nominibus,
imperium ; atque ubi solitudinem faciunt, pacem appellant.

Liberos cuique ac propinquos suos natura carissimos esse
voluit : hi per delectus, alibi servituri, auferuntur. Conjuges sororesque, etsi hostilem libidinem effugiant, nomine
amicorum atque hospitum polluuntur. Bona fortunasque in
tributum egerunt; in annonam, frumentum : corpora ipsa
ac manus, silvis ac paludibus emuniendis, verbera inter ac
contumelias, conterunt. Nata servituti mancipia semel ve-
neunt, atque ultrò à dominis aluntur : Britannia servitutem
suam quotidiè emit, quotidiè pascit. Ac sicut in familiâ
recentissimus quisque servorum et conservis ludibrio est,
sic in hoc orbis terrarum vetere famulatu, novi nos et viles,
in excidium petimur. Neque enim arva nobis, aut metalla,
aut portus sunt, quibus exercendis reservemur. Virtus porrò

---

(1) *Ac sinus famæ.* Latebræ, quæ faciebant ut fama de nobis
major vero ferretur. Ità explicem per sequentia hæc verba : *omne
ignotum pro magnifico est.*

(2) *Nunc terminus,* etc. Totum verborum ordinem sic immu-
tandum censet CL. BROTTIER : Nos terrarum et libertatis extremos,
recessus ipse ac sinus famæ in hunc diem defendit : atque omne
ignotum pro magnifico est : sed nunc terminus Britanniæ patet :
nulla jam ultra, etc.

(3) *Id est,* intra ipsa insulæ penetralia sunt Romani, qui nos à
ceteris Britanniæ populis intercludant.

[s]i défendus. Mais on exalte toujours ce qu'on ne connaît pas ; et l'on est parvenu à l'extrémité de la Bretagne. Au-delà , plus de nations ; rien que des flots et des rochers ; en deçà , a les Romains ,

A l'orgueil desquels on croirait en vain échapper par des égards et des soumissions. Ces brigands de l'univers, quand ils n'ont plus de terres à dévaster , fouillent au fond de la mer. Avares, si l'ennemi est riche ; ambitieux , s'il est pauvre , l'Orient et l'Occident ne les assouviraient pas. Uniques parmi les hommes, ils trouvent le même attrait dans la richesse et dans l'indigence. Dépouiller, égorger, ravir, c'est ce qu'ils appellent gouverner ; changer un pays en désert, c'est pour eux le pacifier.

La nature a voulu que l'on n'ait rien de plus cher que ses enfans et ses proches. On vous enlève les vôtres pour être esclaves ailleurs. Si vos femmes et vos sœurs échappent à leur luxure comme ennemis, ils les déshonorent sous le nom d'amis et d'hôtes. Ils absorbent nos biens par le tribut, nos blés pour leur subsistance ; nos corps mêmes et nos bras, ils les épuisent à rendre praticables des forêts et des marais, au milieu des outrages et des coups. Le malheureux né pour l'esclavage, une fois vendu, son maître s'empresse de le nourrir. La Bretagne paie chaque jour son esclavage, et le nourrit chaque jour. Et comme le dernier venu des esclaves d'une maison sert de jouet à ses égaux, de même, dans le vieux esclavage du monde, nous sommes de nouveaux venus ; un rebut, qu'on voue à la destruction. Nous n'avons en effet, ni terres, ni mines, ni ports, auxquels on songe à nous occuper. D'ailleurs , la valeur et la fierté des subjugués déplaît aux conquérans ; et l'éloignement, l'iso-

ac ferocia subjectorum ingrata imperantibus : et longinquitas ac secretum ipsum quò tutius, eò suspectius.

IV. Exhortation : six motifs d'encouragement.

1o Ita sublatâ spe veniæ, tandem sumite animum, tam quibus salus, quàm quibus gloria carissima est. Brigantes, feminâ duce, exurere coloniam, expugnare castra, ac, nisi felicitas in socordiam vertisset, exuere jugum potuêre : nos integri et indomiti, et (1) libertatem non in præsentiâ laturi, primo statim congressu non ostendemus, quos sibi Caledonia viros seposuerit ? 2o An eamdem Romanis in bello virtutem, quàm in pace lasciviam adesse creditis ? Nostris illi dissensionibus ac discordiis clari, vitia hostium in gloriam exercitus sui vertunt : quem contractum ex diversissimis gentibus, ut secundæ res tenent, ita adversæ dissolvent : nisi si Gallos, et Germanos, et (pudet dictu) Britannorum plerosque, dominationi alienæ sanguinem commodantes, diutiùs tamen hostes quàm servos, fide et affectu teneri putatis. Metus et terror est, infirma vincula caritatis : quæ ubi removeris, qui timere desierint, odisse incipient. 3o Omnia victoriæ incitamenta pro nobis sunt. Nullæ Romanos conjuges accendunt ; nulli parentes fugam exprobraturi sunt ; aut nulla plerisque patria, aut alia est. 4o Paucos numeros circum trepidos ignorantiâ, cœlum ipsum ac mare et silvas, ignota omnia, circumspectantes, clausos quodammodo ac vinctos Dii nobis tradiderunt. Ne terreat vanus aspectus, et auri fulgor atque argenti, quod neque tegit neque vulnerat. 5o In ipsâ hostium acie inveniemus nostras manus : agnoscent Britanni suam causam ; recordabuntur Galli priorem libertatem ; deserent illos ceteri Germani, tanquam nuper Usipii reliquerunt. 6o Nec quidquam ultrà formidinis : vacua

---

(1) *Id est*, non ablaturi, tanquam victoriæ præmium, libertatem in præsentiâ ; quippe quam antiquitùs à majoribus acceptam adhuc retineamus.

ement, plus ils nous mettent à l'abri, plus ils excitent la
méfiance.

Puisque donc vous ne pouvez espérer de ménagement,
armez-vous enfin de courage, que vous teniez soit à la vie,
soit à l'honneur. Les Brigantes, sous les ordres d'une femme,
purent brûler une colonie, et forcer un camp : ils se-
couaient le joug, si la prospérité ne les eût engourdis. Et
nous, qui n'avons encore été ni battus, ni soumis, qui n'a-
vons pas à défendre une liberté d'un jour, ne montrerons-
nous pas, dès le premier choc, quels hommes la Calédonie
tenait en réserve? Croyez-vous les Romains aussi braves à
la guerre, que dissolus en temps de paix ? Forts de nos
discordes et de nos dissensions, les fautes de l'ennemi
tournent à la gloire de leur armée; ramas de nations mal
assorties, que maintiennent les succès, qu'un revers dissi-
pera : à moins que vous n'imaginiez que des Gaulois, des
Germains, et, j'en rougis, des milliers de Bretons, prosti-
tuant leur sang à des maîtres étrangers, dont ils ont été
plus long-temps les ennemis que les esclaves, aient pour
eux une fidèle affection. Ils ont de la crainte et de la terreur; faibles motifs d'attachement, qui, détruits une fois,
en bannissant la peur, y substituent la haine. Pour nous
est tout ce qui excite à vaincre. Ils n'ont pas d'épouses
pour les animer; point de pères ni de mères qui puissent
leur reprocher la fuite. La plupart n'ont pas de patrie,
où Rome n'est pas la leur. Peu nombreux, alarmés de tout
dans un pays inconnu, ils contemplent cette mer, ces forêts, ce ciel même, tous objets nouveaux pour eux. Les
Dieux nous les ont livrés, enfermés et enchaînés pour bien
dire. Ne vous effrayez pas d'une montre vaine, de l'éclat de
l'or et de l'argent : cet éclat ne défend, ni ne blesse. Parmi
les ennemis mêmes, nous trouverons des bras amis. Les
Bretons verront en nous leurs champions; les Gaulois se
rappelleront leur ancienne liberté; les autres Germains les
abandonneront, comme ont fait naguère les Usipètes. Plus
de sujets de crainte ensuite. Des forts sans garnisons, des

castella, senum coloniæ, inter malè parentes et injustè impe-
rantes ægra municipia et discordantia.   ◻

V. Péroraison énergique. Résumé succinct.

Hîc dux, hîc exercitus; ibi tributa, et metalla, et ceteræ
servientium poenæ, quas in æternum proferre, aut statim
ulcisci, in hoc campo est. Proindè ituri in aciem, et majores vestros, et posteros cogitate.

～～～～～～～～～～～～～～～～～～～～

III. Oratio Agricolæ ad suos. *Cap.* 33 et 34.

————

*Moins de passion, plus de gravité, autant de force que dans
le discours précédent.*

I. Exorde vigoureux, tiré de la personne de l'orateur et de l'auditeur.

Octavus annus est, Commilitones, ex quo virtute et auspiciis imperii Rom., fide atque operâ vestrâ Britanniam
vicistis. Tot expeditionibus, tot præliis, seu fortitudine
adversùs hostes, seu patientiâ ac labore penè adversùs ipsam
rerum naturam opus fuit : neque me militum, neque vos
ducis pœnituit. Ergo egressi, ego veterum legatorum, vos
priorum exercituum terminos, finem Britanniæ non famâ
nec rumore, sed castris et armis tenemus. Inventa Britannia,
et subacta.

II. Situation de l'armée, résolution intrépide du général.

Equidem in agmine, quum vos paludes montesve et flumina fatigarent, fortissimi cujusque vocem audiebam :
« Quando dabitur hostis? quando acies ? » Veniunt à latebris suis extrusi : et vota virtusque in aperto, omniaque
prona victoribus, atque eadem victis adversa. Nam ut supe-
râsse tantùm itineris, silvas evasisse, transîsse æstuaria,
pulchrum ac decorum in frontem ; ita fugientibus pericu-

colonies de vieillards , des villes affaiblies par la discorde régnant entre des sujets mécontens et d'injustes maîtres.

Ici est le général romain , ici l'armée : là sont les tributs, les mines, tous les supplices des esclaves. S'y soumettre pour toujours, ou s'en venger à l'instant, c'est l'alternative qu'offre ce champ de bataille. Songez donc, en allant au combat, à vos aïeux et à votre postérité.

III. DISCOURS D'AGRICOLA, POUR ENCOURAGER LES SIENS.
(C. 33 et 34.)

Voici la huitième année, Camarades , que, sous les auspices de l'invincible Rome, vous travaillez à soumettre la Bretagne. Tant de campagnes, tant de combats ont exigé de vous des prodiges, soit de valeur contre les ennemis , soit de patience et d'énergie contre la nature même des choses ; et nous n'avons eu à nous plaindre , ni moi du soldat, ni vous de votre général. Aussi ayant franchi vous et moi le terme où s'étaient arrêtés les premières armées, les anciens généraux, campons-nous sur les derniers confins de la Bretagne. Ce n'est plus un bruit vague, c'est la réalité : cette île est découverte et conquise.

Dans ces marches que rendaient si pénibles les fleuves, les montagnes, les marais, j'entendais les plus braves s'écrier : quand verrons-nous l'ennemi? quand combattra-t-on? Le voilà : il paraît, débusqué de ses repaires : le champ est ouvert à vos vœux, à votre courage ; tout favorisera le vainqueur, tout sera contre le vaincu. Car, s'il est beau, s'il est honorable d'avoir, en avançant, fait autant de chemin, échappé aux forêts, traversé des plages que la mer inonde ; ce qui fait aujourd'hui notre gloire, sera

II.   34

losissima, quæ hodiè prosperrima sunt. Neque enim nobis
aut locorum eadem notitia, aut commeatuum eadem abun-
dantia; sed manus, et arma, et in his omnia. Quod ad me
attinet, jampridem mihi decretum est, neque exercitûs
neque ducis terga tuta esse. Proinde et honesta mors turpi
vitâ potior, et incolumitas ac decus eodem loco sita sunt;
nec inglorium fuerit in ipso terrarum ac naturæ fine cecidisse.

III. Mépris de l'ennemi.

Si novæ gentes atque ignota acies constitisset, aliorum
exercituum exemplis vos hortarer : nunc vestra decora recensete, vestros oculos interrogate. Ii sunt quos, proximo anno
unam legionem furto noctis aggressos, clamore debellâstis;
ii ceterorum Britannorum fugacissimi, ideòque tamdiù superstites. Quo modo silvas saltusque penetrantibus, fortis-
simum quodque animal robore, pavida et inertia, ipso
agminis sono pelluntur ; sic acerrimi Britannorum jampridem ceciderunt ; reliquus est numerus ignavorum et me-
tuentium : quos quòd tandem invenistis, non restiterunt,
sed deprehensi sunt novissimi : ideò extremo metu corpora
defixêre in his vestigiis, in quibus pulchram et spectabilem
victoriam ederetis.

IV. Péroraison véhémente.

Transigite cum expeditionibus ; imponite (1) quinquaginta annis magnum diem : approbate reip. nunquàm exercitui imputari potuisse, aut moras belli, aut causas rebellandi.

---

(1) Numerat ab ingressu Claudii in Britanniam.

notre perte, en cas de déroute. Car nous n'avons ni la même connaissance des lieux, ni la même abondance de vivres que l'ennemi ; nos armes, nos bras sont nos seules ressources. Pour moi, je fus toujours convaincu qu'une armée, qu'un général, ne tournaient jamais le dos impunément. Or, outre qu'une vie glorieuse vaut mieux qu'une vie infâme, ici la vie est inséparable de l'honneur ; et puis il serait beau de périr où finissent la terre et la nature.

Si vous aviez affaire à des peuples nouveaux, à des ennemis inconnus, je vous animerais par l'exemple des autres armées ; il vous suffit ici de vous rappeler vos exploits, de consulter vos yeux. Ce sont là ces hommes qui, de nuit, en brigands, attaquèrent une légion l'année dernière, et qu'un cri de vous mit en déroute. Ce sont de tous les Bretons les plus prompts à fuir, et de là vient qu'ils existent. Comme à l'entrée des chasseurs dans un bois épais, les animaux courageux ne cèdent qu'à la force, et que le bruit seul chasse les faibles et les craintifs, ainsi l'élite des Bretons a péri depuis long-temps : le reste est un ramas de lâches et de poltrons. Si vous les avez joints à la fin, ce n'est pas qu'ils songent à résister ; c'est qu'ils ne peuvent fuir plus loin, et que, glacés d'effroi, ils restent immobiles ici, pour vous livrer la plus éclatante victoire.

Terminez vos expéditions : couronnez par une glorieuse journée cinquante ans de travaux ; et prouvez qu'on ne dut jamais rendre l'armée responsable ni de la durée de la guerre, ni des motifs des rebellions (*).

_____

(¹) On se battit avec acharnement ; et les Bretons furent vaincus.

ORATIONES

EX QUINTO CURTIO COLLECTÆ.

EX LIBRO III.

ORATIO CHARIDEMI AD DARIUM DE PERSICO ET MACE-DONICO EXERCITIBUS.

I. Darius, quum statuisset acie cum Alexandro decernere, innu-
merabilem propè peditum equitumque turbam contraxerat.
Cujus universæ aspectu admodùm lætus, Charidemum exulem
Atheniensem percontari cœpit, satisne ei videretur instructus
ad obterendum hostem. At ille in hunc fermè modum respondit, *Cap.* 5 :

*Avec des mœurs républicaines, il a trop de franchise, pour
faire goûter ses conseils à un despote.*

I. Exorde austère, tiré de la situation.

VERUM et tu forsitan audire nolis; et ego, nisi nunc
dixero, aliàs nequicquam confitebor.

II. Parallèle des troupes de Darius et des guerriers d'Alexandre.

Hic tanti apparatûs exercitus, hæc tot gentium et totius
Orientis excita sedibus suis moles, finitimis potest esse
terribilis. Nitet purpurâ auroque; fulget armis et opulentiâ,
quantam qui oculis non subjecerint, animis concipere non
possunt. Sed Macedonum acies torva sanè et inculta, clypeis hastisque immobiles cuneos, et conserta robora virorum tegit. Ipsi *phalangem* vocant peditum stabile agmen;
vir viro, armis arma conserta sunt; ad nutum monentis
intenti, sequi signa, ordines servare didicère. Quod impe-
ratur, omnes exaudiunt; obsistere, circumire, discurrere
in cornu, mutare pugnam, non duces magis quàm milites

DISCOURS

EXTRAITS DE QUINTE-CURCE.

LIVRE III.

Discours de Charidème a Darius, sur l'armée des Macédoniens et sur celle des Perses.

I. Résolu de combattre Alexandre, Darius avait rassemblé une cavalerie et une infanterie presqu'innombrables. Transporté de joie à la vue de cette multitude, il demande à Charidème, banni d'Athènes, s'il le croit en état d'écraser l'ennemi. Charidème lui répond à peu près en ces termes (C. 5) :

Peut-être, Seigneur, ne voulez-vous pas entendre la vérité : mais, si je diffère à vous la dire, je la dirais en vain dans un autre temps.

Cet appareil prodigieux, cette foule de peuples rassemblés de tous les points de l'Orient, peut imposer à vos voisins. Tout est or et pourpre : on est ébloui de l'éclat des armes, et d'une magnificence dont, sans l'avoir vue, on ne saurait se faire une idée. Mais l'armée sans luxe, des Macédoniens, a quelque chose de féroce. Les piques, les boucliers couvrent ses rangs serrés, ses bataillons immobiles. Ils nomment phalange ce corps d'infanterie pesante, où les hommes et les armes sont comme entrelacés. Attentifs au moindre signal, ils ont appris à suivre leurs enseignes, à conserver leurs rangs. Ce que l'on commande, chacun l'exécute : chacun sait, aussi bien que ses officiers, faire ferme, tourner l'ennemi, se porter sur une aile, changer le mode du combat. Et ne croyez pas que l'amour de l'or ou de

callent. Et ne auri argentique studio teneri putes, adhuc illa disciplina paupertate magistrâ stetit. Fatigatis humus cubile est ; cibus quem occupant, satiat; tempora somni arctiora quàm noctis sunt. Jam Thessali equites, et Acarnanes, Ætolique, invicta bello manus, fundis, credo, et hastis igne-duratis repellentur.

III. Conseil de chercher d'autres soldats.

Pari robore opus est. In illâ terrâ, quæ hos genuit, auxilia quærenda sunt ; argentum istud atque aurum ad conducendum militem mitte.

~~~~~~

VERBA CHARIDEMI, QUUM AD SUPPLICIUM DUCERETUR.

II. Darius, veritatis impatiens, Charidemum abstrahi jussit ad capitale supplicium. Ille, ne tùm quidem libertatis oblitus, hæc vociferabatur, *Cap. 5* :

———

Habeo paratum mortis meæ ultorem ; expetet pœnas mei consilii spreti, ipse contra quem tibi suasi. Tu quidem, licentiâ regni tam subitò mutatus, documentum eris posteris, homines, quum se permisêre fortunæ, etiam naturam dediscere.

l'argent les domine : c'est la pauvreté qui a jusqu'ici maintenu cette discipline. Fatigués, ils couchent sur la terre : le premier aliment venu leur est bon; leur sommeil n'est pas aussi long que la nuit. Et la cavalerie invincible des Thessaliens, des Acarnaniens, des Étoliens, la repousserez-vous avec des frondes, et des bâtons durcis au feu ?

Il faut leur opposer des soldats semblables, les chercher dans le pays qui a produit ceux-ci. Envoyez-y donc cet or et cet argent pour vous en procurer.

~~~~~~~~~~~~~~~~~~~~~~~~~~~~~~~~~~~~~

Reproches de Charidème a Darius.

II. Offensé de ces vérités, Darius ordonne de traîner au supplice Charidème, qui, sans rien rabattre de sa hardiesse, s'écrie (*C.* 5) :

———

J'ai un vengeur tout prêt; et ce sera celui contre qui je vous donnais les conseils que vous méprisez. Et vous, que l'ivresse du pouvoir a si subitement changé, vous apprendrez à la postérité que l'homme qui se laisse aller à la fortune, oublie même les sentimens de la nature.

VERBA ALEXANDRI ÆGROTANTIS.

III. Alexander, quum in Cydno amni calidum adhuc corpus abluis-
set, subito horrore rigentibus artubus, propè exanimis in tabernaculum defertur. Ubi paulùm laxata est vis morbi, anxius ac
sollicitus animi, quòd Darium adventare nunciabatur, vocatos
amicos medicosque in hunc modum alloquitur, *Cap.* 12:

———

Alexandre va se peindre au naturel dans plusieurs discours.
Toutes les fois que d'autres passions ne l'auront pas pré-
occupé, on le verra toujours fier, ardent et magnanime.

I. Exorde animé, pris de l'état des choses.

In quo me articulo rerum mearum fortuna deprehenderit,
cernitis. Strepitum hostilium armorum exaudire mihi videor, et qui ultrò intuli bellum, jam provocor.

II. Indignation contre l'orgueil de Darius, et contre la timidité des médecins.

Darius ergo, quum tam superbas litteras scriberet, fortunam meam in consilio habuit; sed nequicquam, si mihi
arbitrio meo curari licet. Lenta remediá et segnes medicos
non expetunt tempora mea; vel mori strenuè, quàm tardè
convalescere, mihi melius est.

III. CONCLUSION. Résolution intrépide.

Proinde, si quid opis, si quid artis in medicis est, sciant
me non tam mortis, quàm belli remedium quærere.

PAROLES D'ALEXANDRE, SUR SON LIT DE DOULEUR.

III. Alexandre, en sueur, s'étant baigné dans le Cydnus, fut tout-à-coup saisi d'un froid qui lui glaça les membres, et reporté dans sa tente à demi-mort. Quand la violence du mal fut un peu calmée, plein d'inquiétude sur le bruit répandu de l'approche de Darius, il assemble ses amis et ses médecins et leur dit (*C*, 12) :

Vous voyez en quelle conjoncture la fortune me surprend. Je crois entendre le cliquetis des armes ennemies : moi, qui portai la guerre en Perse, je me vois attaqué.

Darius, en m'écrivant des lettres si hautaines, était donc d'intelligence avec ma fortune. Mais c'est en vain, si l'on veut me traiter à ma fantaisie. Les circonstances ne veulent ni remèdes lents, ni médecins timides. Une mort prompte vaut mieux qu'une lente convalescence.

Si donc l'art des médecins leur suggère quelque ressource, qu'ils sachent que je desire un remède moins pour me prolonger la vie, qu'afin de pouvoir faire la guerre.

34.

EX LIBRO IV.

ORATIO LEGATORUM DARII, PACEM AB ALEXANDRO PETENTIUM.

I. Alexander matrem et uxorem Darii, prælio ad Issum captas, omni honore coluerat, atque etiam Darii conjugi et mortuæ illacrymavit, et regium funus summâ magnificentiâ instruxit. Darius, quanquam pacem bis frustrà petiverat, victus tamen continentiâ ac clementiâ hostis, ad novas pacis conditiones ferendas decem legatos misit ; è quibus maximus natu ita cœpit, *Cap.* 43 :

Ce sont des Orientaux, les serviteurs d'un despote, qui haranguent le vainqueur : un style sentencieux, de l'emphase et des flatteries, avec de l'orgueil.

I. Exorde insinuant, tiré de la personne de l'auditeur.

Darium, ut pacem à te jam hoc tertio peteret, nulla vis subegit; sed justitia et continentia tua expressit. Matrem, conjugem, liberosque ejus, nisi quòd sine illo sunt, captos esse non sensit; pudicitiæ earum quæ supersunt, curam haud secùs quàm parens agens, reginas appellas ; speciem pristinæ fortunæ retinere pateris. Vultum tuum video, qualis Darii fuit cùm dimitteremur ab eo : et ille tamen uxorem, tu hostem luges. Jam in acie stares, nisi cura te sepulturæ ejus moraretur.

II. Conditions de paix.

Et quid mirum est, si tam ab amico animo pacem petit? quid opus est armis inter quos odia sublata sunt ? Anteà imperio tuo destinabat Halyn amnem, qui Lydiam terminat; nunc, quidquid inter Hellespontum et Euphratem est, in dotem filiæ offert, quam tibi tradit : Ochum filium, quem habes, pacis et fidei obsidem retine ; matrem et duas virgines filias redde : pro tribus corporibus, tria millia talentûm auri precatur accipias.

LIVRE IV.

DISCOURS DES DÉPUTÉS DE DARIUS A ALEXANDRE POUR OBTENIR LA PAIX.

I. Alexandre avait rendu toute espèce d'honneurs à la mère et à l'épouse de Darius ; et même, la dernière étant morte, il l'avait pleurée et lui avait fait faire des obsèques magnifiques. Darius avait en vain demandé deux fois la paix : Cependant touché de la retenue et de la générosité de son vainqueur, il envoie dix ambassadeurs lui proposer de nouvelles conditions. Le plus âgé s'exprime ainsi (*C.* 43) :

———

S I, pour la troisième fois, Darius te demande la paix, rien ne l'y force ; mais ta justice et ta retenue l'y engagent. Il ne s'est aperçu de la captivité de sa mère, de son épouse et de ses enfans que par leur absence. Non moins soigneux qu'un père, de l'honneur des princesses qui sont dans tes mains, tu leur laisses le titre de reines, et l'extérieur de leur ancienne fortune. On lit sur ton visage ce que celui de Darius exprimait quand il nous a congédiés : et pourtant il pleure une épouse, et tu pleures une ennemie ; et déjà tu serais prêt à livrer bataille, si le soin de ses obsèques ne l'arrêtait.

Est-il étonnant s'il recherche la paix avec un prince qui se conduit en ami ? à quoi bon les armes entre ceux que la haine cesse de diviser ? Il te donnait autrefois pour frontière l'Halys, qui borne la Lydie : il t'offre aujourd'hui sa fille, et, pour dot, tout ce qui est entre l'Hellespont et l'Euphrate. Garde pour garant de sa parole et du traité son fils Ochus, et rends-lui sa mère et ses deux autres filles, en acceptant trois mille talens d'or pour leur rançon.

III. Considérations en faveur de la paix.

Nisi moderationem animi tui notam haberem , non dice -
rem hoc esse tempus quo pacem, non dare solùm, sed etiam
occupare deberes. Respice quantùm post te reliqueris !
intuere quantùm petas ! Periculosum est prægrave imperium;
difficile est continere quod capere non possis. Videsne ut
navigia, quæ modum excedunt, regi nequeant ? Nescio an
Darius ideò tam multa amiserit, quia nimiæ opes magnæ
jacturæ locum faciunt. Facilius est quædam vincere, quàm
tueri. Quàm , Hercule, expeditiùs manus nostræ rapiunt
quàm continent ! Ipsa mors uxoris Darii te admonere potest,
minùs jam misericordiæ tuæ licere, quàm licuit.

VERBA PARMENIONIS AD ALEXANDRUM.

II. Quum Alexander , legatis excedere tabernaculo jussis, quid
placeret, ad concilium retulisset, Parmenio magnoperè suadet
ne conditiones, quas ferebat Darius, aspernetur, *Cap.* 44 :

ANTÈ suasisse, *ait*, ut captivos apud Damascum redimen-
tibus redderet ; ingentem pecuniam potuisse redigi ex iis
qui multi vincti virorum fortium occupaverunt manus. Et
nunc magnoperè censere, ut unam anum, et duas puellas,
itinerum agminumque impedimenta, tribus millibus talentis
auri permutet. Opimum regnum occupari posse conditione,
non bello : nec quemquam alium inter Istrum et Euphratem possedisse terras ingenti spatio intervalloque discretas.
Macedoniam quoque respiceret potiùs , quàm Bactra et
Indos intueretur.

Si je ne connaissais ta modération, je ne te dirais pas que voici le moment pour toi non-seulement de donner la paix, mais de la désirer. Mesure des yeux, et ce que tu as laissé derrière toi, et ce que tu veux conquérir. Un Empire trop vaste a ses dangers. On tient mal ce qu'on ne peut embrasser. Voyez ces vaisseaux d'une grandeur extraordinaire; on a peine à les gouverner. Si Darius a tant perdu, c'est, je crois, que les plus grandes richesses exposent aux plus grandes pertes. Il est plus aisé de conquérir que de garder ses conquêtes; et que nos mains, grands Dieux! saisissent plus facilement qu'elles ne retiennent! La mort même de notre reine peut t'apprendre que les occasions de signaler ton humanité sont devenues plus rares.

PAROLES DE PARMÉNION A ALEXANDRE.

II. Alexandre, ayant fait sortir les ambassadeurs de sa tente, demande l'avis de son conseil : Parménion opine fortement à ce qu'on accepte les offres de Darius (*C.* 44).

IL avait, à Damas, été d'avis de rendre les captifs. On employait à les garder beaucoup de braves gens, et leur rançon aurait procuré des trésors. Il conseillait fortement aujourd'hui d'échanger contre trois mille talens d'or, une vieille femme et deux jeunes filles, qui ne font qu'embarrasser l'armée et ralentir sa marche. On pouvait acquérir le royaume le plus fertile par un traité, sans répandre de sang. Quel autre posséda jamais l'immense étendue de pays comprise entre le Danube et l'Euphrate! Qu'Alexandre tourne les yeux vers la Macédoine, plutôt que de les jeter sur la Bactriane et sur l'Inde.

III. VERBA ALEXANDRI AD PARMENIONEM. *Cap. 44.*

———

Et ego pecuniam quàm gloriam mallem, si Parmenio essem : nunc Alexander, de paupertate securus sum ; et me non mercatorem memini esse , sed regem. Nihil quidem habeo venale ; sed fortunam meam utiquè non vendo. Captivos si placet reddi, honestiùs dono dabimus, quàm pretio remittemus.

IV. ORATIO ALEXANDRI , LEGATIS DARII RESPONDENTIS. *Cap. 45.*

———

Vainqueur irrité : majesté imposante et terrible.

I. Exorde fier, tiré du sujet.

Nunciate Dario (1) [gratiarum actionem apud hostem supervacaneam esse : et] me, quæ fecerim clementer et liberaliter, non amicitiæ ejus tribuisse, sed naturæ meæ : [nec adversùs calamitates , sed adversùs hostium vires contendere.] Bellum cum captivis et feminis gerere non soleo : armatus sit oportet quem oderim.

II. Invective menaçante contre Darius.

Quòd si saltem pacem bonâ fide peteret, deliberarem forsitan an darem ; verùm enim verò , quum modò milites meos litteris ad proditionem , modò amicos ad perniciem meam pecuniâ sollicitet , ad internecionem mihi persequendus est , non ut justus hostis, sed ut percussor et veneficus.

III. Examen des conditions proposées.

Conditiones verò pacis , quas fertis , si accepero , victo-

———

(1) Quæ uncis includuntur in hâc responsione , è Justino assumpta sunt.

III. Réponse d'Alexandre a Parménion (*C. 44*).

Et moi, si j'étais Parménion, je préfèrerais aussi l'argent à la gloire; mais, étant Alexandre, je ne redoute pas la pauvreté : je me souviens que je suis roi, et non trafiquant. Je n'ai rien à vendre, et moins encore ma fortune. Si l'on veut rendre les prisonniers, nous aurons plus d'honneur à en faire présent, qu'à les mettre à rançon.

IV. Réponse d'Alexandre aux Ambassadeurs de Darius (*C. 45*).

Dites à Darius (*) [que des ennemis ne se doivent pas de remercîmens, et] que, si je fus humain et généreux, ce ne fut point par amitié pour lui, mais par caractère; [toujours porté à combattre un ennemi armé, je respecte un ennemi malheureux.] Je ne sais pas faire la guerre à des prisonniers ni à des femmes : il faut être armé pour s'attirer ma colère.

Si, du moins, il me demandait la paix de bonne foi, je pourrais en délibérer; mais comme tantôt il engage par lettres mes soldats à me trahir, que tantôt il offre de l'argent à mes amis pour m'arracher la vie; je dois le poursuivre à outrance, non comme un ennemi loyal, mais comme un assassin, comme un empoisonneur.

Quant aux conditions que vous m'offrez, les accepter

(*) Ce qui se trouve entre deux crochets est pris de Justin.

rem eum faciunt. Quæ post Euphratem sunt liberaliter
donat ; ubi igitur me affamini ? nempè ultra Euphratem
sum. Summum ergo dotis , quam promittit , terminum castra mea transeunt ; hinc me depellite , ut sciam vestrum
esse quod ceditis. Eâdem liberalitate dat mihi filiam suam,
nempè quam scio alicui servorum suorum nupturam ; multùm verò mihi præstat , si me Mazæo generum præponit !

IV. PÉRORAISON IMPÉRIEUSE ET MENAÇANTE.

Ite , nunciate regi vestro , et quæ amisit , et quæ adhuc
habet , præmia esse belli ; hoc regente utriusque terminos
regni , id quemque habiturum , quod proximæ lucis assigna-
tura fortuna est ; [et me in Asiam non venisse ut ab aliis
acciperem , sed ut aliis darem. Si secundus , et non par
mihi vellet haberi , facerem forsitan quæ petit. Ceterùm ,
nec mundus duobus solibus potest regi , nec duo summa
regna salvo statu terrarum potest habere. Proindè aut deditionem hodiè , aut crastinum bellum paret ; nec aliam
sibi , quam expertus est , polliceatur fortunam.]

V. VERBA ALEXANDRI , SUOS PROPE ARBELA AD PUGNAM ADHORTANTIS. *Cap.* 54.

Emensis tot terras in spem victoriæ , de quâ dimicandum
foret , hoc unum superesse discrimen. *Granicum hîc am-*
nem , Ciliciæque montes , et Syriam Ægyptumque præter-
euntibus raptas , ingentia spei gloriæque incitamenta ,
referebat. Reprehensos ex fugâ Persas pugnaturos , quia fugere non possent. Tertium diem jam metu exsangues , armis
suis oneratos , in eodem vestigio hærere ; nullum desperatio-

rait reconnaître Darius pour vainqueur. Il me donne libéralement tout ce qui est au-delà de l'Euphrate. Où donc me parlez-vous ? n'est-ce pas en deçà ? mon camp ne dépasse-t-il pas ce qu'il me promet pour la dót de sa fille ? Chassez-m'en donc, avant que je reconnaisse que vous cédez quelque chose du vôtre. C'est avec la même générosité qu'il m'offre sa fille, comme si j'ignorais qu'elle épousera l'un de ses esclaves ! Il me fait vraiment trop d'honneur, de me préférer pour gendre à Mazéus.

Allez, dites-lui que tout ce qu'il a perdu, tout ce qui lui reste, sera le prix de la guerre ; qu'elle doit tracer les limites de nos États ; que l'un et l'autre aura ce que lui assignera la fortune ; [et que je suis venu en Asie, non pour recevoir, mais pour donner. Si, content du second rang, il ne voulait pas être mon égal, peut-être ferais-je ce qu'il desire. Le monde ne peut, au reste, être éclairé par deux soleils, ni la terre avoir deux grands souverains, sans en être ébranlée. Qu'il songe donc, soit à se soumettre aujourd'hui, soit à combattre demain ; et qu'il ne s'attende pas à une autre fortune qu'à celle qu'il a déjà éprouvée.]

V. DISCOURS D'ALEXANDRE A SES SOLDATS, AVANT LA BATAILLE D'ARBÈLES (C. 54).

APRÈS avoir parcouru tant de pays dans l'espoir d'une victoire pour laquelle ils allaient combattre, ils n'avaient plus que ce danger à courir ; *il leur rappelle alors le Granique, les monts de la Cilicie, la Syrie et l'Égypte enlevées en passant ; motifs puissans d'une noble espérance.*

Les Perses, *ajoute-t-il*, arrêtés dans leur fuite, se battront, parce qu'ils ne peuvent plus fuir. Voici déjà trois jours que, glacés de frayeur, accablés de leurs armes, ils n'ont pas fait un pas. Rien ne prouve mieux leur désespoir,

nis illorum majus indicium esse, quàm quòd urbes, quòd
agros suos urerent ; quidquid non corrupissent, hostium esse
confessi. Nomina modò vana gentium ignotarum ne exti-
mescerent : neque enim ad belli discrimen pertinere, qui
ab his Scythæ, quive Cadusii appellentur. Ob id ipsum
quòd ignoti essent, ignobiles esse : nunquàm ignorari viros
fortes ; at imbelles ex latebris suis erutos, nihil præter nomina afferre. Macedones virtute assecutos, ne quis toto
orbe locus esset qui tales viros ignoraret. Intuerentur
barbarorum inconditum agmen ; alium nihil præter jaculum
habere ; alium fundâ saxa librare ; paucis justa arma esse ;
itaque illinc plures stare, hinc plures dimicaturos. Nec
postulare se ut fortiter capesserent prælium, ni ipse ceteris
fortitudinis fuisset exemplum ; se ante prima signa dimi-
caturum. (1) Spondere pro se quot cicatrices, totidem corporis decora. Scire ipsos, unum penè se prædæ communis
exsortem, in illis colendis ornandisque usurpare victoriæ
præmia. Hæc se fortibus viris dicere. Si qui dissimiles
eorum essent, illa fuisse dicturum : pervenisse eò, undè
fugere non possent. Tot terrarum spatia emensis, tot am-
nibus montibusque post tergum objectis, iter in patriam
et penates manu esse faciendum.

---

(1) *Id est* cicatrices *vulnerum acceptorum*, quæ essent totidem
ornamenta corporis, spondere pro se, *et esse obsides futuræ
virtutis.*

que l'incendie de leurs villes et de leurs moissons : c'est avouer que tout ce qu'ils ne détruisent pas, appartient à l'ennemi. Ne vous affrayez pas des noms bizarres de nations inconnues : Qu'importe, pour l'issue de la guerre qui l'on appelle Scythes, et qui Cadusiens? peuples ignorés, parce qu'ils méritent de l'être ; car on connaît toujours les hommes belliqueux ; mais des lâches, tirés de leurs tannières, n'apportent que leur nom à l'armée.

Pour vous, Macédoniens, vous devez à votre valeur qu'il n'est pas un endroit sur la terre où vous ne soyez fameux. Voyez cette multitude confuse de barbares : l'un n'a qu'un javelot, l'autre n'a que des pierres à sa fronde ; fort peu sont armés complètement : Donc, là plus d'hommes, ici plus de soldats. Et je ne vous demande point de charger bravement, si je ne vous donne moi-même l'exemple : vous me verrez devant les premières enseignes. Je vous réponds que les blessures que je recevrai, seront autant de titres de gloire. Vous savez que, seul, je n'ai point de part au butin ; si je fais cas de ces fruits de la victoire, c'est pour vous en parer et pour vous enrichir.

Je parle à des gens de cœur ; si, parmi vous, il en était d'autres, je leur aurais dit que venus où ils sont, ils n'ont aucun moyen de fuir. Après avoir traversé tant de pays, laissant derrière soi tant de rivières et de montagnes, il faut, pour revoir sa patrie et ses pénates, se frayer la route l'épée à la main.

VI. Oratio Darii ad milites janjam
pugnaturos. *Cap.* 55.

Darius s'adresse à une foule d'hommes qui tremblent au seul
nom d'Alexandre et à la vue des Macédoniens. Il cherche
à les éblouir par l'emphase et l'exagération de ses paroles.

I. Exorde imposant, tiré de l'état des choses.

TERRARUM quas Oceanus hinc alluit, illinc claudit Hellespontus, paulò antè dominis, jam non de gloriâ, sed de salute, et, quod saluti præponitis, de libertate, pugnandum est. Hic dies imperium, quo nullum amplius vidit ætas, aut constituet, aut finiet.

II. Situation de l'armée, et nécessité de vaincre.

Apud Granicum minimâ virium parte cum hoste certavimus : in Ciliciâ victos Syria poterat excipere ; magna munimenta regni Tigris atque Euphrates erant. Ventum est eò, undè pulsis ne fugæ quidem locus est. Omnia tam diutino bello exhausta post tergum sunt : non incolas suos urbes, non cultores habent terræ. Conjuges quoque et liberi sequuntur hanc aciem : parata hostibus præda, nisi pro carissimis pignoribus corpora opponimus.

III. Prévoyance et sages dispositions.

Quod mearum fuit partium, exercitum, quem penè immensa planities vix caperet, comparavi ; equos, arma distribui ; commeatus ne tantæ multitudini deessent, providi ; locum in quo acies explicari posset, elegi.

IV. Quatre motifs de mépriser les ennemis.

1º Cetera in vestrâ potestate sunt ; audete modò vin-

IV. VI. DARIUS A SES SOLDATS, AU MOMENT D'EN VENIR AUX MAINS (C. 55).

————

« Nous, maîtres naguère des contrées que baigne d'un côté l'Océan, que, de l'autre, enclot l'Hellespont, nous avons à combattre aujourd'hui non pour la gloire, mais pour la vie, et, ce qui vous est plus cher, pour la liberté. Ce jour va raffermir ou renverser le plus grand Empire qui fut jamais.

Nous combattîmes sur le Granique avec la moindre partie de nos forces; vaincus en Cilicie, la Syrie nous recueillait; l'Euphrate, le Tigre, étaient deux puissans boulewards : Nous en sommes au point de ne savoir plus même où fuir, si nous sommes défaits. Cette longue guerre a tout épuisé derrière nous. Les villes n'ont plus d'habitans, ni les terres de cultivateurs. Les femmes même et les enfans suivent l'armée : proie acquise au vainqueur, si vos corps ne servent de remparts à des gages si chers.

Pour ce qui me concernait, j'ai rassemblé une armée que cette plaine immense a peine à contenir : j'ai fourni des chevaux et des armes; j'ai pourvu à ce qu'une telle multitude ne manquât pas de vivres; j'ai choisi un champ de bataille où l'armée pût se déployer.

Le reste dépend de vous. Osez seulement vaincre et

cerc; famamque, infirmissimum adversùs fortes viros te-
lum, contemnite. Temeritas est, quam adhuc pro virtute
timuistis : quæ, ubi primum impetum effudit, velut quædam animalia, amisso aculeo, torpet.

2° Hi verò campi deprehendêre paucitatem, quam Ciliciæ montes absconderant. Videtis ordines raros, cornua
extenta, mediam aciem vanam et exhaustam : nam ultimi,
quos (1) locavit aversos, terga jam præbent. Obteri, mehercule, equorum ungulis possunt, etiamsi nil præter fal-
catos currus emisero. 3° Et bello vicerimus, si vincimus
prælio ; nam ne illis quidem ad fugam est locus : hinc Euphrates, illinc Tigris, prohibet inclusos ; et quæ anteà pro
illis erant, in contrarium conversa sunt. Nostrum mobile
et expeditum agmen est ; illud, prædâ grave : implicatos
ergo spoliis nostris trucidabimus ; eademque res et causa
victoriæ erit, et fructus. 4° Quòd si quem è vobis nomen
gentis movet, cogitet Macedonum illic arma esse, non
corpora. Multùm enim sanguinis invicem hausimus ; et semper gravior in paucitate jactura est. Jam Alexander, quan-
tuscunque ignavis et timidis videri potest, unum animal
est, et, si quid mihi creditis, temerarium et vecors, adhuc
nostro pavore, quàm suâ virtute, felicius.

Nihil autem potest esse diuturnum, cui non subest ratio.
Licèt felicitas aspirare videatur, tamen ad ultimum temeri-
tati non sufficit.

V. Les vicissitudes humaines promettent aux Perses des succès à
leur tour.

Prætereà breves et mutabiles vices rerum sunt, et fortuna nunquàm simpliciter indulget. Forsitan ita Dii fata
ordinaverunt, ut Persarum imperium, quod secundo cursu
per ducentos triginta annos ad summum fastigium evexe-
rant, magno motu concuterent magis quàm affligerent,
admonerentque nos fragilitatis humanæ, cujus nimia in
prosperis rebus oblivio est. Modò Græcis ultrò bellum in-

_____

(1) *Id est*, quos à fronte in tergum aciei avertit

mépriser la Renommée, la plus faible des armes contre des hommes courageux. Ce que vous avez craint jusqu'ici comme de la valeur, est de la témérité : son premier feu jeté, elle languit comme l'insecte qui a perdu son aiguillon.

Cette plaine vous laisse voir le petit nombre des ennemis, que masquaient les monts de la Cilicie. Voyez ces rangs si clairs, ces ailes effilées, ce centre faible et dégarni : Quant aux derniers rangs adossés aux premiers, vous n'avez qu'à frapper. La corne des chevaux suffirait pour les écraser, quand je ne lancerais sur eux que mes charriots armés de faux. Nous gagnons tout, gagnant cette bataille ; car ils ne sauront même où fuir. Le Tigre et l'Euphrate les tiennent enfermés ; et tout ce qui fut pour eux s'est tourné contre eux. Notre armée est leste et dégagée ; la leur, chargée de butin. Nous les égorgerons sans peine, embarrassés qu'ils sont de nos dépouilles ; et la cause de la victoire en sera le fruit. S'il en est parmi vous que le nom de cette nation intimide, qu'il songe que l'on voit ici les armes des Macédoniens, mais que les corps n'y sont plus. Nous avons, de part et d'autre, versé beaucoup de sang ; et la perte est toujours plus sensible au petit nombre. Et puis, quel qu'il puisse paraître à des lâches, à des timides, Alexandre n'est qu'un mortel, et, croyez-m'en, un téméraire, un insensé, qui doit plus à nos terreurs qu'à son courage.

Or, sans conduite, rien n'est durable. Le vent du bonheur qui paraît souffler, cesse enfin de seconder la témérité.

De plus, tout ici-bas est passager et variable, et la fortune jamais n'accorde ses faveurs sans mélange. Peut-être les Dieux ont-ils arrêté dans leurs décrets que l'Empire Persan, élevé au faîte de la puissance par deux cent trente ans de prospérité, serait plutôt ébranlé qu'abattu par une violente secousse, pour nous avertir de la fragilité humaine, qu'on perd trop aisément de vue aux jours du bonheur. Nous portions naguère la guerre chez les Grecs ;

ferebamus, nunc in sedibus nostris propulsamus illatum. Jactamur invicem varietate fortunæ : videlicet imperium, quod mutuò affectamus, una gens non capit.

VI. PÉRORAISON PATHÉTIQUE.

Ceterùm, etiamsi spes non subesset, necessitas tamen stimulare deberet. Ad extrema perventum est. Matrem meam, duas filias, Ochum in spem hujus imperii genitum, illos principes, illam sobolem regiæ stirpis, duces vestros regum instar, vinctos habet : nisi quod in vobis est, ipse ego majore parte captivus sum. Eripite viscera mea ex vinculis ; restituite mihi pignora, pro quibus ipse mori non recuso ; parentem, liberos, nam conjugem in illo carcere amisi. Credite nunc omnes tendere ad vos manus, implorare patrios Deos, opem vestram, misericordiam, fidem exposcere, ut servitute, ut compedibus, ut precario victu ipsos liberetis. An creditis æquo animo iis servire, quorum reges esse fastidiant ?

Video admoveri hostium aciem : sed quò propiùs discrimen accedo, hoc minùs iis quæ dixi possum esse contentus. Per ego vos Deos patrios deprecor (1), æternumque ignem, qui præfertur altaribus, fulgoremque solis intra fines regni mei orientis ; per æternam memoriam Cyri, qui ademptum Medis Lydisque imperium primus in Persidem intulit : vindicate ab ultimo dedecore nomen gentemque Persarum. Ite alacres et spe pleni, ut, quam gloriam accepistis à majoribus vestris, posteris relinquatis. In dextris vestris jam libertatem, opem, spem futuri temporis geritis. Effugit mortem quisquis contempserit ; timidissimum quemque consequitur. Ipse, non patrio more solùm, sed etiam ut conspici possim, curru vehor : nec recuso quominùs imitemini me, sive fortitudinis exemplum, sive ignaviæ fuero.

---

(1) *Id est* : Precor vos per Deos patrios.

nous tâchons de repousser aujourd'hui celle qu'ils ont portée dans nos foyers. Tels sont les jeux de la fortune. Sans doute l'Empire universel que nous nous disputons ne doit pas être le lot d'un seul.

Au reste, fussions-nous sans espoir, la nécessité devrait nous servir d'aiguillon ; nous sommes poussés à bout : ma mère, mes deux filles, mon fils Ochus, né pour être l'espoir de cet Empire ; les princes, rejetons du sang royal, vos satrapes, les égaux des rois, sont dans les fers ; et, si vous ne me restiez, j'y serais, pour la partie essentielle de moi-même. Arrachez mes entrailles à la captivité. Rendez-moi ces gages pour lesquels j'offre de mourir, ma mère, mes enfans : car j'ai perdu mon épouse dans sa prison. Voyez-les tous vous tendre les mains, implorer les Dieux de la patrie, réclamer vos secours, votre pitié, votre foi ; vous conjurant de les arracher à l'esclavage, aux chaînes, à une vie précaire. Croyez-vous qu'ils servent sans répugnance des gens qu'ils dédaigneraient d'avoir pour sujets ?

Je vois s'avancer l'ennemi : mais plus l'instant décisif approche, moins je crois vous en avoir assez dit. Je vous prie, par nos Dieux tutélaires ; par ce feu éternel, porté sur ces autels ; par l'éclat du soleil, qui naît dans mes États ; par la mémoire immortelle de Cyrus, qui transmit à la Perse l'Empire enlevé aux Mèdes et aux Lydiens ; sauvez le peuple et le nom persan du dernier déshonneur. Allez, pleins de courage et de confiance, conserver à vos enfans la gloire que vous reçûtes de vos pères. Vous avez dans les mains la liberté, vos ressources du moment, l'espoir de l'avenir. Qui méprise la mort lui échappe : c'est le plus lâche qu'elle atteint. Si je suis sur un char, c'est moins pour suivre l'antique usage, que pour être en évidence. Que je donne l'exemple du courage ou de la lâcheté, je vous exhorte à m'imiter.

II.   35

EX LIBRO V.

ORATIO EUTHYMONIS CYMÆI AD GRÆCOS FOEDÈ A PERSIS MUTILATOS.

I. Accedenti ad urbem Persepolim Alexandro occurrère opem eju-
implorantes Græci ad quatuor millia ferè, quos Persæ vario sup-
pliciorum modo affecerant, aliorum pedibus, quorumdam manibus auribusque amputatis, inustisque barbararum litterarum
notis. Rex bonum habere animum jubet; visuros urbes suas
conjugesque. Hoc accepto responso, secessère Græci, delibera-
turi an peterent in Asiâ sedes, aut reverti domos. Euthimon Ci-
mæus ita locutus ad eos fertur, *Cap.* 18 :

Livré au désespoir il montre cette ironie amère, cet air sombre,
cette piquante aigreur, cette farouche résolution, qui annon-
cent quelque chose de sinistre.

I. Exorde brusque, tiré du sujet.

Hi qui modò ad opem petendam ex tenebris et carcere
procedere erubuimus, (1) ut nunc est, supplicia (quorum
nos pudeat magis, an pœniteat, incertum est) ostentare
Græciæ, velut lætum spectaculum, cupimus.

II. Il faut cacher une misère qui n'exciterait que le dégoût et l'hor- reur.

At ii optimè miserias ferunt, qui abscondunt ; nec ulla
est tam familiaris infelicibus patria, quàm solitudo et statûs
prioris oblivio : nam qui multùm in suorum misericordiâ
ponunt, ignorant quàm celeriter lacrymæ inarescant. Nemo
fideliter diligit quem fastidit; nam et calamitas querula est,
et superba felicitas. Ita suam quisque fortunam in consilio
habet, quum de alienâ deliberat ; et, nisi mutuò essemus
miseri, olim alius alii potuissemus esse fastidio. Quid mirum
est fortunatos semper parem quærere ? Obsecro vos, olim

---

(1) Quidam legunt, recisâ voculâ *ut*, *nunc et supplicia.*

LIVRE V.

DISCOURS DU CYMÉEN EUTHIMON AUX GRECS QUE LES PERSES AVAIENT HORRIBLEMENT MUTILÉS.

I. Comme Alexandre approchait de Persépolis, il vint à sa rencontre, implorant son secours, environ quatre mille Grecs, sur qui les Perses avaient exercé diverses cruautés. Aux uns ils avaient coupé les pieds, ou les mains et les oreilles : aux autres imprimé sur le corps, au moyen du feu, des caractères barbares. Le roi, qui les reçut avec bonté, leur promit qu'ils reverraient leur pays et leurs épouses. Sur cette réponse, ils se mirent à l'écart, pour délibérer s'ils demanderaient une retraite en Asie ou les moyens de retourner chez eux ; et le Cyméen Euthymon leur tint, dit-on, ce discours (*C.* 18) :

———

Nous, qui rougissions tantôt de sortir de la nuit des cachots pour implorer des secours, nous voulons à présent étaler à la Grèce, comme un spectacle agréable, l'image des cruautés dont je ne sais si nous sommes plus honteux qu'affligés.

La misère est plus supportable à qui peut la cacher ; et la vraie patrie du malheureux, c'est la solitude et l'oubli de ce qu'il fut : qui fait grand fond sur la pitié de ses proches, ignore combien les larmes tarissent promptement. On ne peut s'attacher à un objet de dégoût : car le malheur aime à se plaindre et l'heureux est impatient. Chacun songe donc à soi, en délibérant sur le sort d'autrui. Si mutuellement nous n'étions pas misérables, nous serions depuis long-temps dégoûtés l'un de l'autre : quoi donc d'étonnant si l'heureux cherche son semblable ? Nous, espèces de cadavres, cherchons un lieu, je vous en prie, où en-

vitâ defuncti, quæramus locum, in quo hæc semesa membra obruamus, ubi horribiles cicatrices celet exilium. Grati
prorsùs conjugibus, quas juvenes duximus, revertemur!
Liberi, in flore et ætatis et rerum, agnoscent ut patres er-
gastuli detrimenta!

III. Ils ne pourront traverser tant de pays.

Et quota pars nostrî tot obire terras potest? Procul Europâ in ultima Orientis relegati, senes, debiles, majore
membrorum parte multati, tolerabimus scilicet quæ arma-
tos et victores fatigaverunt.

IV. Abandonneront-ils leurs femmes, pour d'autres qu'ils ne sont
pas sûrs de revoir?

Conjuges deindè, quas captis sors et necessitas unicum
solatium applicuit, parvosque liberos · trahimus nobiscum,
an relinquimus? Cum his venientes nemo agnoscere volet.
Relinquemus ergo extemplò præsentia pignora (1), quum incertum sit an visuri simus ea quæ petimus?

V. CONCLUSION.

Inter hos latendum est, qui nos miseros nôsse cœperunt.

~~~~~~

II. ORATIO THEÆTETI ATHENIENSIS ADVERSUS EUTHYMONIS SENTENTIAM. *Cap.* 19.

—

NEMINEM pium habitu corporis suos æstimaturum, utiquè,
sævitiâ hostis, non naturâ calamitosos. Dignum esse omni
malo, qui erubesceret fortuita; tristem enim de mortali-
tate ferre sententiam, et desperare misericordiam, quia
ipse alteri denegaturus sit. Deos (quod ipsi nunquàm ausi
optare forent) offerre patriam, conjuges, liberos, et quidquid homines vel vitâ æstimant, vel morte redimunt. Quin
illi ex hoc carcere erumperent? Alium domi esse cœli

_____

(1) *Id est* conjuges et liberos præsentés.

lerrer ces membres demi-rongés; un exil où cacher ces hideuses cicatrices. Nul doute qu'au retour, nous ne soyons d'aimables objets pour ces femmes que nous épousâmes à la fleur de l'âge : que nos enfans, dans l'éclat de la jeunesse et de la fortune, n'accueillent comme leurs pères les rebuts des bagnes !

Et puis, combien de nous peuvent faire un si long voyage? Loin de l'Europe, confinés au fond de l'Orient, vieux, débiles, privés de la plupart de nos membres, supporterons-nous des fatigues qui ont épuisé une armée victorieuse?

Et ces femmes, la seule consolation que nous offrirent le sort et la nécessité; et nos enfans, les traînerons-nous à notre suite? les abandonnerons-nous ? Arrivant avec eux, nul ne voudra nous reconnaître. Nous délaisserons donc ces gages présens de l'amour, sans savoir si nous reverrons ce que nous allons chercher.

Cachons-nous donc parmi ceux qui connaissent déjà nos malheurs.

II. Discours de l'Athénien Théætétus contre la proposition d'Euthymon. (C. 19.)

Jamais l'homme vertueux ne mesurera ce qu'il doit à ses proches sur la forme de leurs corps, surtout si la difformité provient de la barbarie de l'ennemi, et non de la nature. Il mérite tous les maux, celui qui rougirait de ceux de la fortune; c'est, en effet, calomnier le genre humain, et désespérer d'une pitié qu'on refuserait aux autres.

Les Dieux nous offrent ce que nous n'aurions osé souhaiter, notre patrie, nos femmes, nos enfans, tout ce que les hommes prisent à l'égal de la vie, et rachètent au prix de la mort. Et pourquoi ne pas sortir de cette prison ? La

haustum ; alium lucis aspectum : mores , sacra , linguæ
commercium etiam ,à barbaris expeti ; quæ ingenita ipsi
omissuri sint suâ sponte, non ob aliud tam calamitosí, quàm
quòd illis carere coacti essent. Se certè rediturum ad penates et in patriam, tantoque beneficio regis usurum : si
quos contubernii , liberorumque quos servitus coëgisset
agnoscere amor detineret, relinqüerent (1) quibus nihil
patriâ carius est.

Oratio Darii in concilio.

III. Darius post infelicem pugnam ad Arbela , multas vastasque
regiones præcipiti fugâ emensus, experiri adhuc certaminis
fortunam statuit. Quadragiuta propè hominu m millia sequeban-
tur. Igitur, concilio advocato , ita disseruit, *Cap.* 24 :

Le malheur lui donne une force , une magnanimité dignes d'un
meilleur sort. Par la chaleur de son discours , il veut commu-
niquer son énergie.

I. Exorde flatteur et véhément, tiré de la personne de l'auditeur.

Si me cum ignavis, et pluris qualemcunque vitam honestâ morte æstimantibus, fortuna junxisset, tacerem potiùs quàm frustrà verba consumerem ; sed majore quàm
vellem documento, et virtutem vestram et fidem expertus,
magis etiam conniti debeo ut dignus talibus amicis sim ,
quàm dubitare an vestrî similes adhuc sitis. Ex tot millibus
quæ sub imperio fuerunt meo, bis me victum, bis fugientem persecuti estis. Fides vestra et constantia, ut regem
me esse credam , facit. Proditores et transfugæ in urbibus
meis regnant, non, Hercule, quia tanto honore digni ha-

(1) *Supple* alii.

Grèce nous offre un autre air, un autre ciel : ses mœurs, sa religion, sa langue sont enviées même des barbares. Et ces biens de naissance, nous y renoncerions de plein gré, nous, dont leur privation forcée fut la plus grande souffrance! Pour moi, je retournerai certainement dans ma patrie, dans mes foyers : je profiterai de l'inestimable bienfait d'Alexandre. S'il en est qu'arrête l'amour de la femme et des enfans que la servitude les força de reconnaître, ils les abandonneront, ceux qui n'ont rien de plus cher que la patrie.

***

DISCOURS DE DARIUS DANS SON CONSEIL.

III. Après avoir, depuis la malheureuse bataille d'Arbèles, parcouru, dans sa fuite précipitée, plusieurs vastes régions, Darius résolut de courir encore le hasard d'un combat. Il avait à sa suite près de quarante mille hommes. Ayant donc assemblé son conseil, il parla ainsi (C. 24) :

Si les Dieux m'avaient uni à des lâches qui préférassent une vie quelconque à une mort glorieuse, je me tairais plutôt que de perdre le temps en discours inutiles. Mais, ayant éprouvé, plus que je n'aurais voulu, votre courage et votre fidélité, je dois m'efforcer de me rendre digne de pareils amis, plutôt que de douter si vous êtes toujours les mêmes. De tant de milliers d'hommes qui furent sous mes ordres, vous avez suivi seuls un prince deux fois vaincu, forcé deux fois de fuir. Votre fidélité, votre constance, me persuadent encore que je suis roi. Des traîtres, des transfuges règnent dans mes villes ; non qu'on les juge dignes d'un tel honneur, mais pour vous ébranler à la vue du sa-

beantur, sed ut præmiis eorum vestri sollicitentur animi.
Meam tamen fortunam, quàm victoris, maluistis sequi,
dignissimi quibus, si ego non possim, Dii pro me gratiam
referant : et, mehercule, referent. Nulla erit tam surda
posteritas, nulla tam ingrata fama, quæ non in cœlum vos
debitis laudibus ferat.

II. Il veut soutenir sa dignité ou périr.

Itaque, etiamsi consilium fugæ, à quâ multùm abhorret
animus, agitâssem ; vestrâ tamen virtute fretus, obviàm
issem hosti.

Quousquè enim in regno exsulabo, et per fines imperii
mei fugiam externum et advenam regem, quum liceat, ex-
perto belli fortunam, aut reparare quæ amisi, aut honestâ
morte defungi ? Nisi fortè satius est expectare victoris arbitrium, et, Mazæi et Mithrenis exemplo, precarium accipere regnum nationis unius, ut jam malit ille gloriæ suæ
quàm iræ obsequi. Nec Dii siverint ut hoc decus (1) mei
capitis aut demere mihi quisquam aut condonare possit !
nec hoc imperium vivus amittam ; idemque erit regni mei,
qui et spiritûs, finis.

III. Conseils pour éviter comme lui les outrages et le déshonneur.

Si hic animus, si hæc lex, nulli non parta libertas est ;
nemo è vobis fastidium Macedonum, nemo vultum superbum ferre cogetur ; sua cuique dextra aut ultionem tot malorum pariet, aut finem. Equidem quàm versabilis fortuna
sit documentum ipse sum, nec immeritò mitiores vices ejus
exspecto : sed si justa ac pia bella Dii aversantur, fortibus
tamen viris licebit honestè mori.

IV. PÉRORAISON PATHÉTIQUE.

Per ego vos decora majorum, qui totius Orientis regna
cum memorabili laude tenuerunt ; per illos viros, quibus
stipendium Macedonia quondàm tulit ; per tot navium clas-
ses in Græciam missas ; per tot tropæa regum, oro et ob-

---

(1) *Nempè* diadema.

laire. Vous avez mieux aimé cependant vous attacher à moi
qu'au vainqueur ; bien dignes par là que, si je ne le puis
moi-même, les Dieux vous récompensent, comme ils le
feront sans doute. Il n'y aura ni posterité si reculée, ni
hommes si injustes qui ne vous portent aux cieux dans
leurs éloges mérités.

Quand j'aurais donc songé à fuir, ce dont la seule idée
m'indigne ; comptant sur votre valeur, je marcherais à l'ennemi. Jusqu'à quand souffrirai-je l'exil dans mes États,
fuyant dans tous les coins de mon Empire un usurpateur
étranger, quand je puis, en tentant le sort des armes, ou
réparer mes pertes, où mourir avec honneur ? si peut-être
il ne vaut mieux me mettre à la discrétion du vainqueur,
et d'en recevoir, comme Mazæus et Mithrènes, la souveraineté d'une province, au cas qu'il veuille sacrifier son res -
sentiment à sa gloire. Non, les Dieux ne permettront pas
que qui que ce soit m'ôte ou me rende ce diadème, ni que
je perde l'Empire avant la vie. La fin de mon règne sera
celle de mes jours.

Si tel est votre dessein, si chacun s'en fait une loi, la
liberté nous est assurée. Nul de vous ne sera forcé de souffrir les mépris et les airs hautains des Macédoniens. Chacun
aura en main de quoi venger ou terminer ses maux. Je suis
moi-même un exemple de l'instabilité de la fortune ; et j'ai
droit d'en attendre un retour favorable. Mais si les Dieux
ne secondent pas la justice de nos armes, des braves sont
toujours maîtres de périr généreusement.

Je vous prie donc, par la gloire de vos aïeux, qui ont
gouverné tous les États de l'Orient avec tant d'éclat ; par
ces héros, à qui jadis la Macédoine paya tribut, par tant de
flottes envoyées contre la Grèce, par les nombreux tro-

35.

testor, ut nobilitate vestrâ gestisque dignos spiritus ca-
piatis ; ut eâdem constantiâ animorum , quâ prælerita
tolerâstis, experiamini quidquid deindè fors tulerit. Me
certè in perpetuum aut victoria egregia nobilitabit, aut
pugna.

~~~~~~

ORATIO NABARZANIS AD DARIUM.

IV. Nabarzanes inter præcipuos amicorum Darii, cum Besso,
Bactrianæ urbis regionisque præfecto , nefarii facinoris initâ societate , regem suum per milites, quibus ambo præerant, aut
Alexandro tradere , aut interficere decreverant. Igitur postquàm
se velle acie decernere Darius declaraverat, assentientibus ceteris, Nabarzanes aditum nefariæ spei præparans , ita cœpit,
Cap. 25 :

———

Précautions et détours d'un traître.

I. Exorde insinuant, tiré du sujet.

Scio me sententiam esse dicturum primâ specie haudquaquàm auribus tuis gratam : sed medici quoque graviores
morbos asperis remediis curant ; et gubernator, ubi naufra-
gium timet, jacturâ, quidquid servari potest, redimit. Ego
tamen , non ut damnum quidem facias , suadeo , sed ut te
ac regnum tuum salubri ratione conserves.

II. Conseil motivé par les circonstances.

Diis adversis bellum inimus, et pertinax fortuna Persas
urgere non desinit. Novis initiis et ominibus opus est. Auspicium et imperium alii trade interìm, qui tamdiù rex ap-
pelletur, donec Asiâ decedat hostis , victor deindè regnum
tibi reddat.

III. Espoir du succès très-prochain.

Hoc autem brevì futurum ratio promittit. Bactra in-
tacta sunt ; Indi et Sagæ in tuâ potestate ; tot populi, tot
exercitus, tot equitum peditumque millia ad renovandum

phées de nos rois ; je vous conjure de prendre des sentimens dignes de votre nom et de vos exploits ; et, quel que
soit l'avenir, d'opposer au sort la fermeté que vous avez
eue jusqu'ici. Pour moi, je vais m'illustrer à jamais par
une victoire éclatante, ou par un mémorable combat.

DISCOURS DE NABARZANES A DARIUS.

IV. Nabarzanes, l'un des favoris de Darius, de concert avec Bessus,
gouverneur de Bactres et de la Bactriane, avait formé le projet
scélérat de livrer ce prince à Alexandre, ou de le tuer, à l'aide
des troupes qu'ils commandaient. Quand donc Darius eut déclaré sa résolution de combattre que tous les autres approuvaient,
Nabarzanes, préparant l'exécution de sa perfidie, tint ce discours
(*C*. 25) :

L'AVIS que je vais ouvrir déplaira d'abord, je le sais :
mais les médecins aussi guérissent de grands maux avec
des remèdes amers ; et le pilote qui craint le naufrage,
sacrifie quelque chose pour sauver le reste. Cependant je
vous propose, non pas de rien perdre, mais de sauver
par une mesure salutaire votre personne et vos États.

Nous avons dans cette guerre les Dieux contre nous, et
la fortune s'obstine à nous persécuter. Il faut de nouveaux
augures, de nouveaux auspices : confiez-les avec l'Empire
à quelqu'un qui ne sera roi que jusqu'à ce qu'on ait chassé
l'ennemi de l'Asie, et qui alors vous rendra la couronne.

Ce temps ne doit pas être éloigné. La Bactriane est in-
tacte : Les Indiens et les Saces vous sont soumis. Tant de
peuples ont tant de forces, infanterie et cavalerie, prêtes à

bellum vires paratas habent, ut major belli moles supersit,
quàm exhausta sit. Quid ruimus belluarum ritu in perniciem non necessariam? Fortium virorum est magis mortem
contemnere, quàm odisse vitam. Sæpè tædio laboris ad vi-
litatem suî compelluntur ignavi, at virtus nihil inexpertum
omittit. Itaque ultimum omnium mors est, ad quam non
pigrè ire satis est.

IV. Bessus peut remplacer momentanément Darius.

Proinde, si Bactra, quod tutissimum receptaculum est, petimus, præfectum regionis ejus Bessum, regem temporis
gratiâ statuamus. Compositis rebus, justo regi tibi fidu-
ciarium restituet imperium.

EX LIBRO VI.

ORATIO ALEXANDRI AD MILITES.

I. Dum stativa in Parthiene Alexander habet, subitò rumor sine
auctore percrebuit regem in Macedoniam statìm redire statuisse.
Milites extemplò itineri sarcinas aptant, quasi jamjam profecturi.
Haud secùs quàm par erat territus Alexander, militum animos
primò per præfectos copiarum permulcendos ac sedandos curat;
ipse deindè, vocato ad concionem exercitu, talem orationem
habuit, *Cap.* 6 :

*Grandeur, ton affectueux, ménagemens, persuasion par la
douceur.*

I. Exorde insinuant et brillant, tiré de l'état des choses.

MAGNITUDINEM rerum quas gessimus, Milites, intuen-
tibus vobis, minimè mirum est et desiderium quietis et
satietatem gloriæ occurrere. Ut omittam Illyrios, Triballos,
Bœotiam, Thraciam, Spartam, Achæos, Peloponnesum,
quorum alia ductu meo, alia imperio auspicioque perdo-
mui; ecce orsi bellum ad Hellespontum, Ionas, Æolidem
servitio barbariæ impotentis eximimus; Cariam, Lydiam,
Cappadociam, Phrygiam, Paphlagoniam, Pamphyliam,

recommencer la guerre, qu'il vous reste plus de moyens militaires que vous n'en avez perdu. Pourquoi courir à notre perte, comme des bêtes féroces? Il y a plus de bravoure à mépriser la mort qu'à haïr la vie. La crainte des fatigues a souvent porté des lâches à n'en pas faire cas; mais le vrai courage épuise tous les moyens. La mort est la dernière des ressources : il suffit de l'aborder sans effroi.

Si donc vous gagnez la Bactriane, qui est l'asile le plus sûr, remettez, pour un temps, la couronne à Bessus qui en est gouverneur; il vous la rendra fidèlement quand tout aura changé de face.

LIVRE VI.

DISCOURS D'ALEXANDRE A L'ARMÉE.

I. Pendant le séjour d'Alexandre en Parthiène, il se répandit tout-à-coup un bruit, sans qu'on en connût l'auteur, que le roi avait résolu de retourner sur le champ en Macédoine. Les soldats aussitôt plient bagage, comme pour décamper. Le roi, surpris comme il le devait être, fait d'abord adoucir et calmer par les chefs les esprits des soldats : puis, ayant fait assembler l'armée, il lui tient lui-même ce discours (C. 6) :

QUAND vous considérez, Soldats, la grandeur de vos exploits, il n'est pas étonnant que vous éprouviez le desir du repos et la satiété de la gloire. Sans compter les Illyriens, les Triballes, la Béotie, la Thrace, l'Achaïe, Sparte, le Péloponnèse que j'ai soumis soit en personne, soit par mes lieutenans sous mes auspices; vous voyez qu'ayant commencé la guerre à l'Hellespont, nous avons affranchi l'Ionie et l'Éolide du joug d'une tyrannique servitude, et que nous tenons sous nos lois la Carie, la Lydie, la Cappadoce, la Phrygie, la Paphlagonie, la Pamphylie, la Pisi-

Pisidas, Ciliciam, Syriam, Phœnicen, Armeniam, Persidem, Medos, Parthienen habemus in potestate. Plures provincias complexus sum, quàm alii urbes ceperunt: et nescio an enumeranti mihi quædam ipsarum rerum multitudo subduxerit.

II. Nécessité d'assurer la conquête. 1o Lui-même il serait le premier à voler dans le sein de sa famille. 2o Il faut du temps pour accoutumer les vaincus au nouveau joug. 3o Beaucoup de pays ne sont pas encore soumis.

1o Itaque si crederem satis certam esse possessionem terrarum quas tantâ velocitate domuimus; ego verò, Milites, ad penates meos, ad parentem sororesque et ceteros cives, vel renitentibus vobis, erumperem, ut ibi potissimùm partâ vobiscum laude et gloriâ fruerer, ubi nos uberrima victoriæ præmia exspectant, liberorum, conjugum, parentumque lætitia, pax, quies, rerum per virtutem partarum secura possessio. 2o Sed in novo, et (si verum fateri volumus) precario imperio, adhuc jugum ejus rigidâ cervice subeuntibus barbaris, tempore, milites, opus est, dum mitioribus ingeniis imbuantur, et efferatos mollior consuetudo permulceat. Fruges quoque maturitatem statuto tempore exspectant; adeò etiam illa, sensûs omnis expertia, tamen suâ lege mitescunt.

Quid? creditis tot gentes alterius imperio ac nomini assuetas, non sacris, non moribus, non commercio linguæ nobiscum cohærentes, eodem prælio domitas esse quo victæ sunt? Vestris armis continentur, non suis moribus; et qui præsentes metuunt, in absentiâ hostes erunt. Cum feris bestiis res est, quas captas et inclusas, quia ipsarum natura non potest, longior dies mitigat: 3o et adhuc sic ago tanquam omnia subacta sint armis, quæ fuerunt in ditione Darii. Hyrcaniam Nabarzanes occupavit; Bactra non possidet solùm parricida Bessus, sed etiam minatur; Sogdiani, Dahæ, Massagetæ, Sacæ, Indi, sui juris sunt.

die, la Cilicie, la Syrie, la Phénicie, l'Arménie, la Perside, la Médie et la Parthiène. J'ai conquis plus de provinces que d'autres n'ont pris de villes ; et je ne sais si, en les dénombrant, leur multitude ne m'en a pas fait oublier quelques-unes.

Si donc je regardais comme bien assurées ces conquêtes faites avec tant de rapidité ; et moi aussi, Soldats, je m'élancerais, malgré vos efforts mêmes, vers mes pénates, ma mère, mes sœurs, et mes autres concitoyens, pour jouir de la gloire que j'ai acquise avec vous, là de préférence où vous attendent les fruits les plus abondans de la victoire, la joie de vos enfans, de vos épouses, de vos parens, la paix, le repos, et la tranquille possession des biens acquis par votre valeur. Mais, dans un Empire nouveau, et (s'il faut l'avouer) précaire, où les barbares ont peine à plier la tête sous notre joug, il faut du temps, Soldats, pour les apprivoiser, pour amollir par l'habitude leur férocité. Les fruits aussi ne mûrissent que dans leur saison : ainsi même les êtres insensibles s'adoucissent d'après leurs propres lois.

Quoi ! pensez-vous que tant de peuples accoutumés à la domination, au nom d'un autre, et qui n'ont avec nous aucun rapport de mœurs, de religion ni de langage, aient été soumis dans le même combat qui les a terrassés ? Vos armes les contiennent, et non leurs mœurs ; présens, ils vous redoutent ; absens, ils seront vos ennemis. Nous avons affaire à des bêtes sauvages qu'apprivoisent, au défaut de la nature, une clôture, une captivité prolongées. Encore parlé-je comme si j'avais conquis tout ce qui fut au pouvoir de Darius. Nabarzanes s'est emparé de l'Hyrcanie. Non content de posséder la Sogdiane, le parricide Bessus nous menace. Les Sogdiens, les Dahes, les Massagètes, les Saces, les Indiens sont leurs maîtres. Tous nous poursuivront

Omnes (1) hi, simul terga nostra viderint, sequentur; illi
enim ejusdem nationis sunt, nos alienigenæ et externi: suis
autem quique parent placidiùs, etiam quum is præest (2),
qui magis timeri potest. Proinde, aut quæ cepimus omit-
tenda sunt; aut quæ non habemus, occupanda. Sicut in
corporibus ægris, Milites, nihil quod nociturum est medici relinquunt, sic nos quidquid obstat imperio recidamus.
Parva sæpè scintilla contempta magnum excitavit incen-
dium. Nihil tutò in hoste despicitur: quem spreveris, va-
lentiorem negligentiâ facies. Ne Darius quidem hæredita-
rium Persarum accepit imperium; sed in sedem Cyri,
beneficio Bagoæ castrati hominis, admissus:

III. Indignation contre Bessus.

Ne vos magno labore credatis Bessum vacuum regnum
occupaturum.

Nos verò peccavimus, Milites, si Darium ob hoc vicimus
ut servo ejus traderemus imperium: qui ultimum ausus
scelus, regem suum, etiam externæ opis egentem, certè
cui nos victores pepercissemus, quasi captivum in vinculis
habuit, ad ultimum, ne à nobis conservari posset, occidit.
Hunc vos regnare patiemini, quem equidem cruci affixum
videre festino, omnibus regibus gentibusque fidei, quam
violavit, meritas pœnas solventem? At, Hercule, si mox
eumdem Græcorum urbes aut Hellespontum vastare nun-
ciatum erit vobis, quo dolore afficiemini, Bessum præmia
vestræ occupâsse victoriæ? Tunc ad repetendas res festina-
bitis, tunc arma capietis: quantò autem præstat territum
adhuc et vix mentis suæ compotem opprimere!

IV. PÉRORAISON VÉHÉMENTE.

Quatridui nobis iter superest, qui tot proculcavimus ni-
ves, tot amnes superavimus, tot montium juga transcurri-

---

(1) *Hi* scilicet Sogdiani, Dahæ, etc. *illi* Nabarzanes et Bessus.
(2) A quo, *propter sævitiam et importunitatem,* plura me-
tuenda sunt, quàm ab externo principe.

dans la retraite; car ils font une même nation, et nous sommes étrangers. Or, on obéit plus volontiers à son compatriote, son gouvernement fût-il plus rigoureux. Il faut donc ou renoncer à ce que nous avons pris, ou nous emparer du reste. Comme dans un corps malade un médecin ne veut rien laisser de nuisible, de même, Soldats, retranchons tout ce qui troublerait l'Empire. Souvent une faible étincelle négligée fut cause d'un grand incendie. L'homme prudent ne méprise rien chez son ennemi. Une dédaigneuse négligence le rend plus fort. Darius n'obtint point la couronne par droit de succession ! il monta sur le trône de Cyrus grâce à l'eunuque Bagoas.

Croyez donc que Bessus n'aura pas grand' peine à s'emparer du sceptre vacant.

Nous serions à blâmer, Soldats, si nous avions vaincu Darius, pour livrer son Empire à un esclave, souillé du dernier des forfaits; qui, quand son roi était à la merci des étrangers, mit aux fers ce prince que j'aurais certes épargné après la victoire, et finit par l'égorger, afin que nous ne pussions lui sauver la vie. Vous le laisseriez régner, cet infâme qu'il me tarde de voir, cloué sur un gibet, satisfaire par son juste supplice aux rois, à la foi des nations qu'il a profanée. Et si vous appreniez bientôt qu'il ravage les villes grecques et les bords de l'Hellespont, quel chagrin n'auriez-vous pas de voir dans ses mains le prix de vos victoires? Alors, empressés de le recouvrer, vous ressaisiriez vos armes. Ne vaut-il pas mieux l'écraser dans son effroi, quand son crime le met comme hors de lui-même ?

Il nous reste quatre jours de marche, à nous, qui avons foulé tant de neiges, passé tant de fleuves, franchi tant de montagnes. La mer couvrant dans son flux le chemin de ses

mus. Non (1) mare illud, quod exæstuans iter fluctibus occupat, euntes nos moratur; non Ciliciæ fauces et angustiæ
includunt : plana omuia et prona sunt; in ipso limine victoriæ stamus : pauci nobis fugitivi, et domini sui interfecto-
res supersunt. Egregium, mehercule, opus, et inter prima gloriæ vestræ numerandum posteritati famæque tradetis:
Darii quoque hostis, finito post mortem ejus odio, parricidas esse vos ultos ; neminem impium effugisse manus vestras. Hoc perpetrato, quantò creditis Persas obsequentiores
fore, quum intellexerint vos pia bella suscipere, et Bessi
sceleri, non nomini suo irasci?

_____

(1) *Pamphylium* mare, cujus æstus, propulsis in littus fluctibus,
claudit iter.

flots ne nous arrêtera pas. Les gorges, les défilés de la Ci-licie ne nous ferment pas le passage : tout est plaine et pente douce. Nous touchons du doigt à la victoire : il reste à exterminer quelques fuyards, assassins de leur maître. Cette belle action, qui comptera parmi vos premiers titres de gloire, vous rendra célèbres à jamais. On dira que, votre haine pour un ennemi s'étant éteinte avec sa vie, vous avez puni les parricides, et que le crime ne peut échapper à vos coups. Quelle sera, croyez-vous, après cet exploit la soumission des Perses, voyant par cette guerre si sainte, que vous êtes les ennemis de l'atroce Bessus et non de leur nation?

ORATIO CRATERI IN PHILOTAM.

II. Conjuraverant aliquot Macedones in regis caput. Dymnus è conjuratis, Nicomachum exoletum, cujus amore flagrabat, priùs
jurejurando adactum, commissa silentio esse tecturum, et ordinem et conscios facinoris edocet. At Nicomachus, tantum scelus
aversatus, ad Cebalinum fratrem quæ acceperat defert. Ille Philotæ, Parmenionis filio, præfecto equitatûs, aperit quæ ex fratre
compererat, et sine cunctatione regi nunciari jubet. Quod quum
Philotas, quamvis semel et iterùm admonitus, facere neglexisset,
Cebalinus per Metronem nobilem juvenem rem indicat regi. Dymnus, missis statìm ad comprehendendum eum satellitibus, suâ
manu periit. Philotæ excusanti vanum sibi visum indicium, eòque suppressum, aut credidit rex, aut credere se simulavit, dex-
tramque, reconciliatæ gratiæ pignus, obtulit. Advocat tamen concilium amicorum, deliberaturus cum iis quid, factu opus sit. Tùm
Craterus, regi carus in paucis, et eò Philotæ, ob æmulationem
dignitatis, adversus, non aliam premendi inimici aptiorem occasionem futuram ratus, ita censuit, *Cap.* 20:

———

Insinuation perfide, style animé par la passion.

I. Exorde artificieux, tiré du sujet.

Utinam in principio quoque hujus rei nobiscum deliberâs-
ses! Suasissemus, si Philotæ velles ignoscere, patereris potiùs ignorare eum quantùm deberet tibi, quàm usque ad
mortis metum adductum cogeres potiùs de periculo suo,
quàm de tuo cogitare beneficio.

II. La défiance animera Philotas contre le roi.

Ille enim semper insidiari tibi poterit; tu non semper
Philotæ poteris ignoscere. Nec est quòd existimes eum, qui
tantum facinus ausus est, veniâ posse mutari. Scit eos, qui
misericordiam consumpserunt, ampliùs sperare non posse.

III. Motifs qui lui feront tout oser.

At ego, etiamsi ipse vel pœnitentiâ vel beneficio tuo victus quiescere volet, patrem ejus Parmenionem tanti ducem

DISCOURS DE CRATÉRUS CONTRE PHILOTAS.

II. Quelques Macédoniens avaient conjuré contre le roi. Dymnus, l'un d'entr'eux, épris d'un jeune débauché, Nicomachus, après lui avoir fait jurer le secret, lui découvre le complot et le nom de ses complices. Nicomachus, en étant indigné, révèle cette trame à son frère Cébalinus, qui, à son tour, en instruit Philotas, fils de Parménion, et commandant de la cavalerie, en le priant de prévenir sur le champ le roi. Philotas ayant négligé de le faire, quoiqu'averti deux fois, Cébalinus en fait donner avis au roi par un jeune noble, nommé Métron. On envoya des gardes aussitôt pour arrêter Dymnus, qui se tua de sa main. Philotas s'excusant de n'avoir pas donné de suite à la dénonciation, sur ce qu'il l'avait jugée sans fondement, Alexandre le crut ou feignit de le croire, et lui tendit la main en signe de réconciliation. Cependant il assemble ses amis, pour délibérer avec eux sur ce qu'il doit faire. Cratérus, un de ses favoris, et, par jalousie, ennemi de Philotas, croyant avoir la meilleure occasion de perdre son rival, opina de la sorte (C. 10) :

PLUT au ciel que vous nous eussiez consultés dès l'origine de l'affaire, nous aurions conseillé, si vous vouliez pardonner à Philotas, de lui laisser ignorer combien il vous était redevable, au lieu de le forcer, par la crainte de la mort, à s'occuper de ses dangers plus que de votre bienfait.

Il pourra toujours conspirer, et vous ne pourrez pas toujours lui faire grâce ; car ne pensez pas que l'homme qui méditait un attentat pareil, puisse être ramené par la clémence. Il sait que ceux qui l'ont épuisée n'en ont plus rien à espérer.

Mais, quand le repentir ou la reconnaissance le porterait à la tranquillité, je sais que Parménion, son père, à la tête

exercitûs, et inveteratâ apud milites tuos auctoritate, haud
multùm infra magnitudinis tuæ fastigium positum, scio non
æquo animo salutem filii sui debiturum tibi. Quædam beneficia odimus : meruisse mortem confiteri pudet ; superest ut
malit videri injuriam accepisse, quàm vitam.

IV. Conclusion.

Proinde scito tibi cum illis de salute esse pugnandum.
Satis hostium superest, ad quos persequendos ituri sumus.
Latus à domesticis hostibus muni : hos si submoves, nihil
metuo ab externo.

~~~~~~

Oratio Alexandri, Philotam apud milites accusantis.

III. Alexander ex amicorum sententiâ Philotam comprehendendum
ac vinciendum curat. Tùm advocatâ concione, quum Dymni cadaver inferri jussisset, hujusmodi orationem habuit, *Cap.* 26 *et* 27 :

———

Adresse perfide, animosité cruelle.

I. Exorde pathétique, pris de la personne de l'orateur.

PENÈ, Milites, paucorum hominum scelere, vobis ereptus
sum ; Deûm providentiâ et misericordiâ vivo ; conspectus-
que vestrî venerabilis cogit ut vehementiùs parricidis iras-
car, quoniam supremus, imò unus vitæ meæ fructus est, tot
fortissimis viris et de me optimè meritis referre adhuc gratiam posse.

II. Dénonciation contre Philotas.

*Interrupit orationem militum gemitus, obortæque sunt
omnibus lacrimæ. Tum rex :* Quantò, *inquit*, majorem
in animis vestris motum excitabo, quum tanti sceleris auctores ostendero ! quorum mentionem adhuc reformido, et
tanquam salvi esse possint, nominibus abstineo. Sed vin-
cenda est memoria pristinæ caritatis, et conjuratio impiorum

d'une si forte armée ; lui, que sa vieille influence près des soldats ne laisse pas loin derrière vous, ne vous devra qu'à regret le salut de son fils. Il est des bienfaits odieux : on rougit d'avouer qu'on a mérité la mort ; reste à passer pour avoir reçu, non pas la vie, mais un outrage.

Sachez donc que vous avez avec eux une guerre à mort. Nous avons assez d'ennemis à poursuivre, ne prêtez point le flanc aux ennemis domestiques : écartez-les et je réponds des étrangers.

ALEXANDRE ACCUSE PHILOTAS DEVANT L'ARMÉE.

III. Sur l'avis de ses amis, Alexandre fit saisir et mettre aux fers Philotas, puis ayant assemblé l'armée et fait apporter le cadavre de Dymnus, il s'exprima ainsi (*C.* 26 *et* 27) :

J'AI failli, Soldats, vous être enlevé par le crime de quelques scélérats. La providence et la bonté des Dieux m'ont préservé. Votre vue chérie m'irrite encore plus contre les parricides ; car le grand ou plutôt l'unique but de mes travaux, c'est de pouvoir récompenser tant de braves à qui je dois tout.

Les sanglots des soldats interrompirent ce discours, et des larmes coulèrent de tous les yeux. Le roi continua : Et quelle sera votre émotion, quand je vous montrerai les auteurs de ce crime, que je crains encore de citer, et que je m'abstiens de nommer, comme si pouvais les sauver ! Mais il faut étouffer le souvenir d'une vieille tendresse, et dévoiler les trames des scélérats. Et comment taire un pareil

civium detegenda. Quomodò enim tantum nefas sileam ?
Parmenio illâ ætate, tot meis, tot parentis mei meritis de-
vinctus, omnium nobis amicorum vetustissimus, ducem
tanto sceleri se præbuit : minister ejus Philotas Peucolaüm,
et Demetrium, et hunc Dymnum, cujus corpus aspicitis,
ceterosque ejus amentiæ, in caput meum subornavit.

III. Preuves, 1° le silence qu'il a gardé ; 2° son ambition ; 3°
lettre de Parménion interceptée ; 4° réfutation d'une preuve en
faveur de Philotas ; 5° inductions tirées de sa conduite passée.

*Fremitus undiquè indignantium querentiumque totâ
concione obstrepebat, qualis solet esse multitudinis, et
maximè militaris, ubi aut studio agitur, aut irâ. Nicomachus deindè, et Metron, et Cebalinus producti,
quæ quisque detulerat exponunt. Nullius eorum indicio
Philotas particeps sceleris destinabatur. Itaque, indi-
gnatione pressâ, vox indicum silentio excepta est. Tùm
rex :* 1° Qualis, *inquit*, ergo animi vobis videtur, qui
hujus rei delatum indicium ad ipsum suppressit, quod
non fuisse vanum Dymni exitus declarat? Incertam rem
deferens, tormenta non timuit Cebalinus : Metron ne mo-
mentum quidem temporis distulit exonerare se, ut eò, ubi
lavabar, irrumperet. Philotas solus nihil timuit, nihil credidit. O magni animi virum ! Iste, si regis periculo com-
moveretur, vultum non mutaret? indicem tantæ rei sollicitus non audiret? Subest nimirùm silentio facinus, et avida
spes regni præcipitem animum ad ultimum nefas impulit.
2° Pater Mediæ præest ; ipse, apud multos copiarum duces
meis præpotens viribus, majora quàm capit sperat. Orbitas
quoque mea, quòd sine liberis sum, spernitur. Sed errat
Philotas : in vobis liberos, parentes, consanguineos habeo ;
vobis salvis, orbus esse non possum.

3° *Epistolam deindè Parmenionis interceptam, quam
ad filios Nicanorem et Philotam scripserat, recitat,
haud sanè indicium gravioris consilii præferentem. Namque summa ejus hæc erat :* Primùm vestri curam agite,
deindè vestrorum ; sic enim quæ destinavimus efficiemus.

forfait ? Parménion, à son âge, couvert des bienfaits de mon père et des miens; le plus ancien de mes amis, s'est mis à la tête du complot. Son agent, Philotas, a suborné, pour m'égorger, Peucolaüs, Démétrius et ce Dymnus, dont vous voyez le corps, avec quelques frénétiques pareils.

On entendit dans l'assemblée un murmure général de douleur et d'indignation, tel que doit être celui d'une multitude, de soldats surtout, agitée par le dévoument ou par la colère. On produit ensuite Nicomachus, Métron, Cébalinus, qui répètent leurs dépositions. Aucun d'eux ne chargeait Philotas. Le murmure cessa donc, et les dépositions furent suivies du silence. Le roi reprit : Que pensez-vous donc de l'homme qui supprime les indices qu'on lui donne d'une conspiration dont la mort de Dymnus atteste la réalité ? Cébalinus a bravé les tourmens en dénonçant la chose sans en avoir la preuve ; Métron, sans perdre un instant, a forcé la porte de mon bain pour se décharger de son secret; Philotas seul n'a rien craint, n'a rien cru. O l'homme magnanime ! si le péril de son roi l'avait touché, n'aurait-il pas changé de visage ? avidement écouté le dénonciateur d'un fait si grave ? Oui, ce silence cache le crime : la soif de régner l'a précipité dans la dernière perfidie. Son père commande en Médie. Lui-même, par son grade, ayant de l'influence sur plusieurs généraux, il vise à ce qu'il ne peut atteindre. Me méprise-t-il, comme n'ayant pas d'enfans ? Il se trompe, Philotas. En vous j'ai des frères, des parens, des enfans : vivez, et je ne serai point sans famille.

Le roi lut ensuite une lettre interceptée, que Parménion écrivait à ses deux fils, Nicanor et Philotas ; elle n'indiquait rien de criminel, et portait en substance : Ayez soin de vous d'abord, puis de vos amis ; c'est le moyen d'effectuer ce que nous nous sommes proposé. *Le roi observa qu'elle était écrite de manière que, parvenant à ses fils,*

II.   36

Adjecitque rex : Sic esse scriptum , ut, sive ad filios pervenisset , à consciis posset intelligi, sive intercepta esset,
falleret ignaros. 4° At enim Dymnus, quum ceteros par-
ticipes sceleris indicaret , Philotam non nominavit. Hoc
quidem illius non innocentiæ, sed potentiæ indicium est,
quòd sic ab iis timetur etiam à quibus prodi potest , ut,
quum de se fateantur, illum tamen celent. 5° Ceterùm
Philotam ipsius indicat vita. Hic Amyntæ, qui mihi con-
sobrinus fuit, et in Macedoniâ capiti meo impias compara-
vit insidias, socium se et conscium adjunxit. Hic Attalo ,
quo graviorem inimicum non habui, sororem suam in matrimonium dedit. Hic, quum scripsissem ei, pro jure tam
familiaris usûs atque amicitiæ, qualis sors edita esset Jovis
Hammonis oraculo, sustinuit rescribere mihi : « Se quidem gratulari quòd in numerum Deorum receptus essem ;
ceterùm misereri eorum quibus vivendum esset sub eo
qui modum hominis excederet. »

IV. PÉRORAISON TOUCHANTE.

Hæc sunt etiam animi pridem alienati à me et invidentis
gloriæ meæ, indicia ; quæ quidem , Milites, quandiù licuit,
in animo meo pressi. Videbar enim mihi partem viscerum
meorum abrumpere , si, in quos tam magna contuleram ,
viliores mihi facerem. Sed jam non verba punienda sunt;
linguæ temeritas pervenit ad gladios. Hos, si mihi creditis,
Philotas in me acuit. Id si ipse admisit, quò me conferam ;
Milites ? cui caput meum credam ? Equitatui, optimæ
exercitûs parti, principibus nobilissimæ juventutis unum
præfeci ; salutem , spem , victoriam meam fidei ejus tutelæ-
que commisi ; patrem in idem fastigium, in quo me ipsi
posuistis , admovi ; Mediam , quâ nulla opulentior regio
est, tot civium sociorumque millia imperio ejus ditionique
subjeci. Undè præsidium petieram , periculum exstitit.
Quàm feliciter in acie occidissem, potiùs hostis præda,
quàm civis victima ! nunc servatus ex periculis, quæ sola
timui, in hæc incidi quæ timere non debui. Soletis iden-
tidem à me, Milites, petere ut saluti meæ parcam : ipsi

elle serait claire pour les associés, et qu'interceptée, elle ne dirait rien aux ignorans.

Mais, *ajouta-t-il*, Dymnus n'a point cité Philotas parmi les complices : indice, non de son innocence, mais de son pouvoir, qui le rendait si redoutable à ceux qui pouvaient le trahir, qu'en se découvrant, ils le laissaient dans l'ombre. Au reste, sa vie l'accuse. Il fut l'ami, le complice d'Amyntas, mon cousin, qui conspira contre moi en Macédoine. Il a donné sa sœur en mariage à Attale, qui fut mon plus cruel ennemi. De plus, comme je lui eus écrit dans l'effusion d'une intime familiarité, quel rang me donnait l'oracle de Jupiter-Ammon, il osa me répondre, « qu'il » me félicitait d'être admis au nombre des Dieux ; mais » qu'il plaignait les hommes destinés à vivre sous celui » qui excédait les proportions humaines. »

Tels sont les indices que j'ai d'un cœur révolté et jaloux de ma gloire. Tout cela, Soldats, je l'ai dissimulé autant que j'ai pu. J'aurais cru déchirer mes entrailles, en avilissant à mes yeux ceux à qui j'avais fait tant de bien, mais ce n'est plus des mots qu'il s'agit de punir. De l'intempérance de la langue, on a passé aux poignards ; Philotas, n'en doutez pas, les aiguisait contre moi. Si la chose est, et que je le relâche, où puis je aller, Soldats ? à qui confier ma tête ? Ma cavalerie, l'élite de mon armée, l'école de ma première noblesse, il la commande seul. J'ai rapproché son père du faîte où vous m'avez élevé. J'ai mis sous ses ordres la Médie, qui ne le cède en opulence à nulle autre province, et des milliers de citoyens et d'alliés. Le péril me vient d'où j'eusse attendu des secours. Qu'il m'eût été plus heureux de périr immolé par l'ennemi que victime d'un Macédonien ! Echappé aux seuls dangers que je pouvais redouter, je tombe dans celui que je ne dus pas prévoir. Chaque jour, Soldats, vous me conjurez de songer à ma sûreté : c'est à vous à présent de me la procurer. Je me jette

mibi præstare potestis quod suadetis ut faciam. Ad vestras
manus , ad vestra arma confugio : invitis vobis salvus esse
nolo; volentibus , non possum , nisi vindicor.

~~~~~~

ORATIO PHILOTÆ OBJECTA DILUENTIS.

IV. Postquàm rex dicendi finem fecit, Philotam vinctum jussit
induci : factâque ei dicendi potestate, concione abiit. Tùm Philotas ita cœpit , *Cap.* 19 :

———

*Un guerrier accusé d'un crime affreux; un favori frappé de la
disgrâce de son roi : force de raisonnement , langage pathétique.*

I. Exorde noble et insinuant, tiré de la personne de l'orateur.

VERBA innocenti reperire facile est; modum verborum
misero tenere difficile: itaque , inter optimam conscientiam ,
et iniquissimam fortunam destitutus , ignoro quomodo et
animo meo et tempori pareant. Abest quidem optimus causæ meæ judex : qui cur me ipse audire noluerit , non , mehercule , excogito ; quum illi, utique cognitâ causâ , tam
damnare me liceat quàm absolvere ; non cognitâ verò ,
liberari ab absente non possum , qui à presente damnatus
sum. Sed quanquam vincti hominis non supervacua solùm ,
sed etiam invisa defensio est , quæ judicem non docere videtur, sed arguere ; tamen, utcunquè licet dicere, memet
ipse non deseram , nec committam , ut damnatus etiam
meâ sententiâ videar.

II. Réfutation pour la complicité.

Equidem , cujus criminis reus sum, non video. Inter
conjuratos nemo me nominat; de me Nicomachus nihil
dixit; Cebalinus plusquàm audierat scire non potuit. Atqui
conjurationis caput me fuisse credit rex ! Potuit ergo Dymnus cum præterire quem sequebatur, præsertìm quum quæ-

dans vos bras : j'ai recours à vos armes ; je ne veux pas
vivre malgré vous ; et, dans aucun cas , je ne le puis , si
je ne suis vengé.

~~~~~~

Défense de Philotas.

IV. Alexandre ayant fini de parler, fit paraître Philotas enchaîné,
lui permit de parler, puis sortit de l'assemblée. Philotas alors
s'expliqua de la sorte (*C*. 29) :

———

L'innocent trouve sans peine ses expressions ; mais il
est difficile au malheureux de mesurer ses paroles. Ainsi,
flottant entre la conviction de mon innocence et l'excès
de l'infortune , comment assortir mes expressions à mes
sentimens comme à ma position ? Il est absent, le meilleur
juge dans ma cause. Pourquoi n'a-t-il pas voulu m'entendre ? Je ne le devine pas, puisqu'après m'avoir entendu,
il serait libre de me condamner, comme de m'absoudre. Mais,
sans m'avoir entendu, pourra-t-il m'absoudre absent, quand,
présent , il m'a condamné ? Mais , quoique la défense d'un
malheureux lui soit inutile, sinon dangereuse, puisqu'il
semble , non pas éclairer, mais accuser son juge, cependant , puisqu'on me permet de parler, je ne m'aban-
donnerai pas, et me garderai de paraître me condamner
moi-même.

Je ne vois pas , en effet , de quoi l'on m'accuse. Aucun
des conjurés ne me nomme : Nicomachus ne m'a pas
cité ; Cébalinus n'a pu savoir que ce qu'on lui avait dit ;
et pourtant le roi me croit le chef de la conspiration !
Comment Dymnus a-t-il pu ne pas le nommer , ce chef ?
lui qui , cherchant des complices , aurait dû le citer,

renti socios (1) vel falsò fuerim nominandus, quò facilius
qui verebatur (2) posset impelli. Non enim, (3) detecto facinore, nomen meum præteriit, ut posset videri socio pe-
percisse ; sed Nicomacho, quem taciturum arcana credebat,
de semetipso confessus, aliis nominatis, me unum subtra-
hêbat. Quæso, Commilitones, si Cebalinus me non adîsset,
nihil me de conjuratis scire voluisset, num hodiè dicerem
causam, nullo me nominante ? Dymnus sanè et vivat adhuc,
et velit mihi parcere : quid? ceteri, qui de se confitebuntur,
me videlicet subtrahent ? Maligna est calamitas ; et ferè
noxius, quum suo supplicio crucietur, acquiescit alieno :
tot conscii, ne in equuleum quidem impositi, verum fate-
buntur? Atqui nemo parcit morituro, nec cuiquam moriturus, ut opinor.

III . Justification pour le silence gardé. 1° Le roi lui a déjà pardonné.
2° Ce rapport n'avait aucune autorité. 3° Philotas ne voulait pas
compromettre les amis du roi. 4° Philotas ne pouvait prévoir
la mort de Dymnus, laquelle seule a confirmé le rapport de
Céballinus.

1° Ad verum crimen et ad unum revertendum mihi est.
Cur rem delatam ad te tacuisti ? cur tam securus audîsti ?
Hoc, qualecunque est, confesso mihi, ubicunque es, Alexander, remisisti; dextram tuam amplexus reconciliati
pignus animi, convivio quoque interfui. Si credidisti mihi,
absolutus sum ; si pepercisti, dimissus ; vel judicium tuum
serva (4). Quid hâc proximâ nocte, quâ digressus sum à
mensâ tuâ, feci? quod novum facinus delatum ad te mutavit animum tuum? Gravi sopore acquiescebam, quùm
me malis indormientem meis inimici vinciendo excitârunt;
undè et parricidæ et proditori tàm alti quies somni ? Sce-

---

(1) Nicomacho quærenti quinam essent conjurationis socii.

(2) *Supple* se adjungere.

(3) *Non enim detecto , etc.* Id est , non postquam facinus
Alexandro pernotum fuit; ita enim videri posset Dymnus reti-
cendo voluisse Philotæ parcere.

(4) *Id est* saltem mane in sententiâ quam tulisti.

fût-ce à tort, pour déterminer plus aisément les timides ?
Car ce n'est pas, le complot étant découvert, qu'il a tu mon
nom, pour ménager un complice ; mais c'est en mettant
dans sa confidence Nicomaque, dont il se croyait sûr, qu'en
nommant les autres, il ne parle pas de moi. De grâce, mes
Camarades, si Cébalinus ne m'avait pas abordé, qu'il ne
m'eût rien communiqué du complot, aurais-je à me défendre aujourd'hui, personne ne m'accusant ? Que Dymnus
vécût encore, et voulût m'épargner ; m'épargneraient-ils,
ses complices, qui s'accusent eux-mêmes ? Le malheur est
cruel ; et le coupable, dans les tourmens, consent presque
toujours à charger quelqu'un. Quoi ! tant de conjurés
n'avoueraient pas la vérité, même sur le chevalet ! Nul
cependant n'épargne celui qui doit mourir ; et qui va périr,
n'épargne, je crois, personne.

Revenons au véritable, au seul motif de l'accusation.
Pourquoi avez-vous tu la dénonciation ? pourquoi l'avez-
vous ouïe avec tant de sécurité ? Ce délit, quelque grand
qu'il soit, Alexandre, quelque part que vous soyez, je
vous en ai fait l'aveu, et vous me l'avez pardonné. J'ai
serré votre main, gage de réconciliation ; vous m'avez
même admis à votre table. Si vous m'en avez cru, je suis
absous ; si vous m'avez pardonné, maintenez cet arrêt de
grâce. Qu'ai-je fait, la nuit que j'ai quitté votre table ?
Quelle nouvelle charge a pu vous faire changer ? Je dormais
d'un profond sommeil, quand mes ennemis m'ont réveillé
en me chargeant de chaînes. Un parricide trahi, jouit-
il d'un si parfait repos ? Le scélérat, bourrelé par sa

ferati, conscientiâ obstrepente, quum dormire non possint, agitant eos furiæ, non consummato modò, sed et cogitato parricidio : at mihi securitatem primùm innocentia mea, deindè dextra tua obtulerant; non timui ne plus alienæ crudelitati apud te liceret, quàm clementiæ tuæ. 2°. Sed, ne te mihi credidisse pœniteat, res ad me deferebatur à puero, qui non testem, non pignus indicii exhibere poterat, impleturus omnes metu, si cœpisset audiri : amatoris et scorti jurgio interponi aures meas credidi infelix ; et fidem ejus suspectam habui, quòd non ipse deferret, sed fratrem potiùs subornaret. 3° Timui ne negaret mandâsse se Cebalino, et ego viderer multis amicorum regis fuisse periculi causa. Sic quoque quum læserim neminem, inveni qui mallet perire me, quàm incolumem esse : quid inimicitiarum creditis excepturum fuisse, si insontes lacessissem? 4° At enim Dymnus se occidit. Num igitur facturum eum divinàre potui? minimè. Ita, quod solum indicio fidem fecit, id me, quum à Cebalino interpellatus sum, movere non poterat.

IV. Inductions; nouvelles preuves de son innocence par rapport au complot. 1° Il pouvait immoler Cébalinus, il aurait pu immoler le roi. 2° Il n'a tâché de séduire aucun des officiers.

1° At, Hercule, si conscius Dymno tanti sceleris fuissem, biduo illo proditos esse nos dissimulare non debui : Cebalinus ipse tolli de medio nullo negotio potuit. Deindè post delatum indicium, quo periturus eram, cubiculum regis solus intravi, ferro quidem cinctus. Cur distuli facinus? an sine Dymno non sum ausus? ille igitur princeps conjurationis fuit : sub illius umbrâ Philotas latebam, qui regnum Macedonum affecto. 2° Et quis è vobis corruptus est donis? quem ducem, quem præfectum impensiùs colui?

V. Justification pour les préventions étrangères à la cause. 1° S'il néglige la langue des Macédoniens, c'est que le commerce des nations étrangères en fait une nécessité. 2° Lorsqu'il s'est uni avec Amyntas, proche parent du roi, il ne pouvait prévoir qu'un jour Amyntas tramerait une conspiration. 3° Il a blâmé la prétention du roi aux honneurs divins, par intérêt pour le roi lui-même.

1° Mihi quidem objicitur quòd societatem patrii sermo-

conscience, ne peut dormir; les furies l'agitent, et quand
il médite, et quand il a consommé son forfait. Mais, moi,
je tenais ma sécurité, d'abord de mon innocence, puis de
cette main que vous m'aviez tendue : je ne craignais pas
que la malice d'autrui l'emportât sur votre bonté. Oh! ne
vous repentez pas de m'avoir cru. Le dénonciateur était
un enfant, qui ne produisait ni témoin, ni garantie de
son assertion ; dont le rapport allait répandre une alarme
générale. J'ai cru, malheureux! devenir le confident d'une
querelle entre deux infâmes, et j'ai suspecté le témoignage
parce qu'au lieu de le porter lui-même, il envoyait son
frère. Je craignais de le voir désavouer Cébalinus, et de
paraître avoir exposé plusieurs amis du Roi. Si, ne voulant
nuire à personne, j'ai trouvé des gens qui préfèrent ma
mort à mon bien-être, quelles haines me serais-je, à votre
avis, attirées, en compromettant des innocens? Mais,
Dymnus s'est tué! Pouvais-je donc deviner qu'il se tuerait?
Non, certes. Cela seul a donné de la consistance à la dénonciation ; et cela, quand Cébalinus m'a parlé, ne pouvait me déterminer.

Mais, grands Dieux! si j'avais été le complice de Dymnus, aurais-je pu me cacher, pendant deux jours, que nous
étions découverts? Était-il si difficile de se défaire de
Cébalinus? Puis, après la découverte qui devait me coûter
la vie, je suis entré chez le roi, et j'avais une épée. Pourquoi n'ai-je pas consommé le crime? Est-ce parce que je
n'avais pas Dymnus? Il était donc le chef de la conjuration.
Je me cachais derrière lui, moi, Philotas, qui prétends au
trône de Macédoine! Et qui de vous ai-je gagné par des
présens? A quel général, à quel chef de corps, ai-je fait
des avances particulières?

On me reproche encore de mépriser et l'idiôme national,

36.

nis asperner, quòd Macedonum mores fastidiam; sic ergo
imperio, quod dedignor, immineo. Jampridem nativus ille
sermo commercio aliarum gentium exolevit; tam victoribus
quàm victis peregrina lingua discenda est. 2° Non mehercule, ista me magis lædunt, quàm quòd Amyntas, Perdiccæ
filius, insidiatus est regi; cum quo quòd amicitia fuerit
mihi, non recuso dependere (1), si fratrem regis non oportuit diligi à nobis. Sin autem in illo fortunæ gradu positum
etiam venerari necesse erat, utrùm, quæso, quòd non divi-
navi, reus sum? an impiorum amicis insontibus quoque
moriendum est? Quod si æquum est, cur tam diù vivo? si
injustum, cur nunc demùm occidor? 3° At enim scripsi
misereri me eorum quibus vivendum esset sub eo qui se
Jovis filium crederet. Fides amicitiæ, veri consilii pericu-
losa libertas, vos me decepistis! vos, quæ sentiebam, ne
reticerem, impulistis! Scripsisse me hæc fateor regi, non
de rege scripsisse: non enim faciebam invidiam, sed pro
eo timebam: dignior mihi Alexander videbatur, qui Jovis
stirpem tacitus agnosceret, quàm qui prædicatione jacta-
ret.

VI. Il offre de se soumettre au jugement de l'oracle d'Hammon,
et même à l'épreuve de la question.

Sed quoniam oraculi fides certa est, sit Deus causæ meæ
testis: retinete me in vinculis, dum consulitur Hammon
in arcanum et occultum scelus. Interìm, qui regem nostrum dignatus est filium, neminem eorum qui stirpi suæ
insidiati sunt latere patietur. Si certiora oraculis creditis
esse tormenta, ne hanc quidem exhibendæ veritatis fidem
deprecor.

VII. PÉRORAISON PATHÉTIQUE. Interrompu par un cri de haine,
il se tait et se résigne.

Solent rei capitis adhibere vobis parentes. Duos fratres
ego nuper amisi; patrem nec ostendere possum, nec invo-

_____

(1) *Id est*, pœnas luere.

et les usages des Macédoniens. C'est donc ainsi que j'espère envahir ce que je dédaigne. Dès long-temps, vous le savez, notre langue maternelle s'est perdue par le commerce avec les autres peuples. Vainqueurs et vaincus, il nous faut en apprendre une étrangère. Cela, certes, ne me concerne pas plus que la conspiration d'Amyntas, fils de Perdiccas. Je fus du nombre de ses amis, et je ne m'en défends pas, si ce fut un crime de s'attacher au plus proche parent de son roi; mais si c'est un devoir d'honorer les personnes d'un aussi haut rang, suis-je coupable, de grâce, pour n'avoir pas été devin? Ou les amis innocens d'un criminel doivent-ils aussi périr? Si la chose est juste, pourquoi suis-je encore en vie? si elle est injuste, pourquoi m'égorger aujourd'hui? Enfin, j'ai écrit que je plaignais ceux qui avaient à vivre sous un prince qui se croyait fils de Jupiter. Droits de l'amitié! liberté, fatale à la franchise, vous m'avez trompé! vous m'avez enhardi à dévoiler ma pensée. Cela, j'avoue l'avoir écrit, mais au roi, non pas au sujet du roi; non pour le rendre odieux, mais de peur qu'il ne le devînt. Il me paraissait plus digne d'Alexandre de garder en silence le souvenir de son extraction, que de l'annoncer avec faste.

Mais, puisque l'oracle est infaillible, que le Dieu me juge lui-même. Qu'on me retienne dans les fers jusqu'à ce qu'on ait consulté Hammon sur ce crime secret et mystérieux. Celui qui daigne reconnaître notre roi pour son fils, ne laissera dans l'ombre aucun de ceux qui ont attenté à ses jours. Si la torture vous paraît plus infaillible que les oracles, je ne récuse pas ce moyen de découvrir la vérité.

Les grands coupables ont coutume de faire paraître leur famille; moi, je viens de perdre deux frères. Je n'ose ni présenter, ni rappeler mon père, quand lui-même il est

care audeo, quum et ipse tanti criminis reus sit : parùm
est enim tot modò liberorum parentem, in unico filio ac-
quiescentem, eo quoque orbari, nisi ipse in rogum meum
imponitur. Ergo, carissime pater; et propter me morieris,
et mecum! ego tibi vitam adimo ; ego senectutem tuam
exstinguo ! Quid enim me procreabas infelicem adversan-
tibus Diis? an ut hos ex me fructus perciperes qui te manent ? Nescio adolescentia mea miserior sit, an senectus
tua : ego in ipso robore ætatis eripior ; tibi carnifex spiri-
tum adimet, quem, si fortuna expectare voluisset, natura
reposcebat. Admonuit me patris mei mentio, quàm timidè
et cunctanter, quæ Cebalinus retulerat ad me, indicare de-
buerim. Parmenio enim, quum audisset venenum à Philippo
medico regi parari, deterrere eum voluit epistolâ scriptâ,
quominùs medicamentum biberet, quod medicus dare cons-
tituerat : nam creditum est patri meo ? num ullam auctoritatem ejus litteræ habuerunt ? Ego ipse, quoties quæ
audieram detuli, cum ludibrio credulitatis repulsus sum.
Si, et quum indicamus, irrisui ; et quum tacemus, suspecti sumus ; quid facere nos oportet ? *Quumque unus e
circumstantium turbâ exclamâsset :* Benè meritis non insidiari ; *Philotas,* Rectè, *inquit,* quisquis es, dicis. Itaque si insidiatus sum, pœnam non deprecor, et finem facio
dicendi, quoniam ultima verba gravia sunt visa auribus
vestris.

accusé. C'est peu d'ôter à ce vieillard, privé récemment
de tant d'enfans, le dernier, l'unique appui qui lui reste,
s'il n'est lui-même jeté sur mon bûcher. O père chéri,
vous mourrez donc avec moi et pour moi ! c'est moi qui
éteins votre vieillesse, qui vous arrache la vie ! Pourquoi,
malheureux, les Dieux me donnèrent-ils à vous dans leur
colère ? Devais-je vous rapporter des fruits si amers ? Je
ne sais laquelle est la plus misérable de ma jeunesse ou de
votre vieillesse. Je suis arraché dans la force de l'âge, et
vous, un bourreau vous arrachera la vie, que, si la fortune eût attendu peu d'instans, la nature allait vous re-
demander. Le souvenir de mon père me rappelle avec
quelle circonspection je devais révéler ce que m'avait dit
Cébalinus. Parménion, ayant ouï dire que le médecin
Philippe avait le projet d'empoisonner Alexandre, il lui
écrivit, pour le détourner de prendre la médecine qu'on
devait lui présenter. Mon père en fut-il cru ? ajouta-t-on la
moindre foi à sa lettre ? Moi-même, chaque fois que j'ai
rapporté ce que j'avais entendu, n'a-t-on pas ri de ma
crédulité ? Si, quand nous parlons, nous servons de jouet,
et que l'on nous condamne quand nous nous taisons, que
devons-nous faire ? *Une voix de la foule s'écria :* « Ne
» point conspirer contre ses bienfaiteurs..... » Qui que
vous soyez, vous avez raison, *répondit Philotas.* Si
donc j'ai conspiré, je me soumets à tout, et je me tais,
puisque mes derniers mots ont blessé vos oreilles.

EX LIBRO VII.

ORATIO AMYNTÆ SIBI OBJECTA DILUENTIS.

I. Amyntas, Simmias, et Polemon fratres, omnium Philotæ amicorum carissimi fuerant. Itaque exterritus Polemon, quum Philotam torqueri comperisset, profugerat. Inde suspicio in ipsum pariter fratresque. Igitur ab rege vinciri jussi Amyntas et Simmias,
necato Philotâ, in concionem producuntur. Quibus quum multa
crimini data fuissent, Amyntas, factâ dicendi potestate, rogavit
primò regem ut, dum diceret, vinculis liberaretur. Rex solvi
utrumque jubet; desiderantique Amyntæ, ut habitus quoque
redderetur armigeri, lanceam dari jussit. Tùm Amyntas defensionem hoc modo aggressus est, *Cap.* 3 :

---

*Un soldat devant son général, un sujet devant son roi : fierté,
hardiesse, un peu de rudesse même, excepté quand il répond
directement au prince ; alors il est respectueux.*

I. Exorde insinuant, tiré des circonstances.

QUALISCUNQUE exitus nos manet, Rex, confitemur pros-
perum eventum tibi debituros, tristiorem fortunæ imputa-
turos. Sine præjudicio dicimus causam, liberis corporibus,
animisque; habitum etiam, quo te comitari solemus, reddi-
disti. Causam non possumus (1); fortunam timere desinemus.

II. Justification des injures contre le roi.

Te quæso, permittas mihi id primum defendere, quod à
te ultimum objectum est. Nos, Rex, sermonis adversus majestatem tuam habiti nullius conscii sumus nobis : dicerem
jampridem vicisse te invidiam, nisi periculum esset ne alia
malignè dicta crederes blandâ oratione purgari. Ceterùm,
etiamsi militis tui vel in agmine deficientis et fatigati, vel
in acie periclitantis, vel in tabernaculo ægri et vulnera cu-
rantis, aliqua vox asperior esset excepta, merueramus fortibus factis, ut malles ea tempori nostro imputare quàm

---

(1) *Supple* timere.

LIVRE VII.

DISCOURS D'AMYNTAS POUR SA DÉFENSE.

I. Trois frères, Amyntas, Simmias et Polémon, avaient été les
plus intimes amis de Philotas. Polémon sachant qu'on donnait la
torture à Philotas, eut peur et prit la fuite; ce qui le fit soup-
çonner ainsi que ses frères. On mit donc aux fers Amyntas
et Simmias, et le roi les fit comparaître devant l'armée, après la
mort de Philotas. Ayant entendu les accusations, et obtenu la
faculté de répondre, Amyntas pria le roi de lui faire avant tout
ôter ses fers, et le roi les en fit délivrer l'un et l'autre ; et comme
Amyntas desira qu'on lui rendît aussi son costume de garde,
Alexandre lui fit donner une lance. Alors Amyntas se défendit
en ces termes (C. 3) :

———

QUELQUE sort qui nous attende, ô Roi, s'il est heureux,
nous vous le devrons ; s'il ne l'est pas, nous l'imputerons
à la fortune. Nous plaidons notre cause sans qu'elle soit
préjugée, libres d'esprit et de corps. Vous nous avez même
rendu les armes que nous avons près de votre personne.
Pleins de confiance en notre cause, nous cessons de craindre
la fortune.

Mais permettez-nous de détruire d'abord vos dernières
imputations. Nous ne nous rappelons pas, ô Roi, d'avoir
tenu le moindre propos contre votre majesté. Je dirais que
vous avez terrassé la haine depuis long-temps, si je ne
craignais qu'on m'accusât de vouloir racheter des discours
criminels par des flatteries. Au reste, s'il était sorti quelques
mots amers de la bouche d'un soldat, soit dans une marche
accablante, soit dans la crise d'un combat, soit dans sa
tente, où il gisait malade ou blessé ; nos actions n'ont-elles
pas mérité que vous imputiez la chose aux circonstances

animo. Quum quid accidit tristius, omnes rei sunt : corporibus nostris, quæ utiquè non odimus, infestas admovemus
manus; parentes liberis, si occurrant, et ingrati (1) et invisi sunt : quum donis honoramur, quum præmiis onusti re-
vertimur, quis ferre nos potest ? quis illam animorum
alacritatem continere ?

Militantium nec indignatio nec lætitia moderata est : ad
omnes affectus impetu rapimur ; vituperamus, laudamus,
miseremur, irascimur, utcunquè præsens movit affectio.
Modò Indiam adire et Oceanum libet, modò conjugum et
liberorum patriæque memoria occurrit : sed has cogitationes,
has inter se colloquentium voces, signum tubâ datum finit ;
in suos ordines quisque currimus, et, quidquid irarum in
tabernaculo conceptum est, in hostium effunditur capita.

III. Justification de complicité. 1° Son amitié pour Philotas était
une preuve de son respect pour les volontés du roi. 2° L'entretien particulier qu'il eut avec lui la veille de la conspiration, était
une suite naturelle de cette liaison.

1° Utinàm Philotas quoque intra verba peccàsset ! Proindè ad id revertar propter quod rei sumus. Amicitiam, quæ
nobis cum Philotâ fuit, adeò non inficior, ut expetîsse
confitear. An verò Parmenionis, quem tibi proximum esse
voluisti, filium, omnes penè amicos tuos dignatione vin-
centem, cultum à nobis esse miraris ? Tu, Hercule, si verum audire vis, Rex, hujus nobis periculi causa es. Quis
enim alius effecit, ut ad Philotam decurrerent, qui placere
vellent tibi? ab illo traditi (2), ad hunc gradum amicitiæ
tuæ ascendimus; is apud te fuit, cujus gratiam expetere et
iram timere possemus. Annon propemodùm in tua verba
tui omnes, te præunte, juravimus eosdem nos inimicos
amicosque habituros esse, quos tu haberes ? Hoc sacramento pietatis obstricti, aversaremur scilicet quem tu omnibus præferebas? Igitur, si hoc crimen est, tu paucos
innocentes habes ; imò, Hercule, neminem : omnes enim

---

(1) *Id est*, displicent.   (2) *Id est*, commendati.

plus qu'à l'intention ? Dans les momens fâcheux tout le monde est coupable. Nous ne haïssons pas la vie, et nous attentons à nous-mêmes ; nos pères, si nous les rencontrons, nous déplaisent, nous sont odieux. Mais recevons-nous quelque don honorable, revenons-nous chargés de butin : qui peut souffrir, qui peut contenir notre pétulante allégresse ?

Rien n'est modéré chez le soldat, ni la joie, ni le chagrin. Violent et brusque dans toutes ses passions, il blâme, loue, s'appitoie ou s'emporte, d'après l'impression du moment ; tantôt il lui plaît d'attaquer l'Inde et de pousser jusqu'à l'Océan ; tantôt il soupire après son épouse, ses enfans et sa patrie. Mais ces réflexions, ces colloques, le son de la trompette y met fin ; au signal, chacun court à son rang ; et la colère qui fermentait dans la tente, éclate sur la tête de l'ennemi.

Et plût à Dieu que Philotas n'eût eu que des propos à se reprocher ! J'en reviens à ce dont on nous fait un crime, à notre liaison avec Philotas : loin de m'en défendre, j'avoue que je l'ai desirée. Quand vous vouliez que Parménion fût le second des Macédoniens, êtes-vous étonné que nous ayons cultivé son fils, que vous sembliez préférer à tous vos favoris ? C'est vous, ô Roi, si vous voulez entendre la vérité, qui nous avez exposés à ce danger. Quel autre a fait se porter vers Philotas ceux qui desiraient vous plaire ? Sa recommandation nous valut votre confiance. Il était si puissant auprès de vous, que nous devions briguer sa faveur et redouter son ressentiment. N'avons-nous pas, après vous et presque dans les mêmes termes, juré que nous n'aurions d'ennemis et d'amis que les vôtres ? Liés par cet engagement sacré, pouvions-nous dédaigner celui que vous préfériez ? Si c'est un délit, il est peu d'innocens dans l'armée, ou plutôt il n'en est pas. Chacun voulait être des

Philotæ amici esse voluerunt, sed totidem quot volebant
esse, non poterant. Ita, si à consciis amicos non dividis,
nec ab amicis quidem separabis illos qui idem esse voluerunt.

2° Quod igitur conscientiæ affertur indicium? ut opinor,
quia pridiè familiariter et sine arbitris locutus est nobiscum. At ego purgare non possem, si pridiè quidquam ex
vetere vitâ ac more mutâssem : nunc verò, si, ut omnibus
diebus, illo quoque, qui suspectus est, fecimus, consuetudo diluet crimen.

IV. Il a refusé ses chevaux à Antiphanes par indignation pour l'injustice de cet homme.

Sed equos Antiphani non dedimus; et pridiè quàm Philotas detectus est, hæc mihi cum Antiphane res erat : qui
si nos suspectos facere vult, quòd illo die equos non dede-
rimus, semetipsum, quòd eos desideraverit, purgare non
poterit : anceps enim crimen est inter retinentem et exi-
gentem, nisi quòd melior est causa suum non tradentis,
quàm poscentis alienum. Ceterùm, Rex, equos decem habui,
è queis Antiphanes octo jam distribuerat iis qui amiserant
suos. Omninò duos ipse habebam : quos quum vellet abdu-
cere homo superbissimus, certè iniquissimus; nisi pedes
militare vellem, retinere cogebar. Nec inficias eo liberi
hominis animo locutum esse me cum ignavissimo, et hoc
unum militiæ suæ usurpante, ut alienos equos pugnaturis
distribuat. Hùc enim malorum ventum est, ut verba mea
eodem tempore, et Alexandro excusem, et Antiphani.

V. Réfutation des inculpations d'Olympias. 1° Elle n'appuie ses
soupçons d'aucun motif. 2° C'est par ressentiment qu'elle pour-
suit Amyntas.

1° At, Hercule, mater de nobis inimicis tuis scripsit. Utinàm prudentiùs esset sollicita pro filio, et non inanes quoque species anxio animo figuraret! Quare enim non ascribit
metûs sui causam? quid non ostendit auctorem? quo facto
dictove nostro mota, tam trepidas tibi litteras scripsit?

2° O miseram conditionem meam, cui forsitan non peri-

amis de Philotas, mais ne l'était pas qui voulait. Si donc
vous ne séparez pas ses amis de ses complices, vous ne sé-
parerez pas de ses amis ceux qui désirent l'être.

Quel autre indice donne-t-on de notre complicité? c'est,
je pense, que, la veille de son arrestation, il nous parla fa-
milièrement et sans témoins. Moi, je me croirais suspect,
si j'avais, ce jour-là, rien changé à mes vieux usages. Mais
si j'ai fait, ce jour-là, ce que je faisais tous les jours, l'habitude me justifie.

Quant aux chevaux que j'ai refusés à Antiphanes, et la
veille du jour où Philotas fut démasqué, c'était une affaire
entre Antiphanes et moi. S'il veut me rendre suspect pour
ne lui avoir pas, ce jour-là, livré mes chevaux, il ne
pourra se justifier lui-même de me les avoir demandés. Lequel a tort de celui qui garde ou de celui qui exige? Au
fond la cause de celui qui ne livre pas le sien, est plus favorable que celle d'un homme qui veut celui d'un autre.
Au reste, grand Roi, j'avais dix chevaux : Antiphanes en
ayant déjà distribué huit à ceux qui avaient perdu les leurs,
il m'en restait deux en tout. Et cet homme hautain et
certes très-injuste voulait me les enlever. Il me fallait bien
les retenir, si je ne voulais faire mon service à pied. Je ne
nie point d'avoir parlé du ton d'un homme libre à ce lâche
dont les exploits se bornent à distribuer aux cavaliers dé-
montés les chevaux d'autrui. J'en suis donc à ce point de
misère d'être obligé de justifier mes expressions à l'égard et
d'Alexandre, et d'un Antiphanes !

Mais la reine Olympias nous a peints à vous comme vos
ennemis. Plût au ciel qu'elle fût plus sagement inquiète sur
le sort de son fils, et qu'elle ne se forgeât pas des chimères.
Pourquoi ne pas spécifier, en effet, la cause de sa crainte?
Pourquoi ne pas nommer l'auteur de ses soupçons? quel
fait ou quel discours a motivé ces lettres si alarmantes?

O malheur de ma position, où je puis risquer autant à

culosius est tacere, quàm dicere! Sed, utcunquè cessura
res est, malo tibi defensionem meam displicere quàm
causam. Agnosces autem quæ dicturus sum : quippè me-
ministi, quŭm me ad perducendos ex Macedoniâ milites
mitteres, dixisse te multos integros (1) juvenes in domo
tuæ matris abscondi. Præcepisti igitur mihi ne quem præter te intuerer ; sed detrectantes militiam perducerem ad te.
Quod equidem feci, et liberiùs, quàm expediebat mihi,
exsecutus sum imperium tuum. Gorgiam, Hecatæum, et
Gorgatam, quorum bonâ operâ uteris, indè perduxi. Quid
igitur iniquius est, quàm me, qui, si tibi non paruissem,
jure daturus fui pœnas, nunc perire quia parui ? Neque
enim ulla alia matri tuæ persequendi nos causa est, quàm
quòd utilitatem tuam muliebri præposuimus gratiæ. Sex
millia Macedonum peditum, et sexcentos equites adduxi,
quorum pars secutura me non erat, si militiam detrectan-
tibus indulgere voluissem.

VI. CONCLUSION ÉNERGIQUE. La dernière partie de sa justification
l'a mis dans une position avantageuse ; il oublie le reste, et réclame le prix de son zèle.

Sequitur ergo ut, quia illa propter hanc causam ira-
scitur nobis, tu mitiges matrem, qui iræ ejus nos ob-
tulisti.

---

(1) *Id est*, integrâ et florenti ætate.

parler qu'à me taire! mais, quoi qu'il en arrive, j'aime mieux que ma défense vous déplaise que ma cause. Ce que je vais dire, vous le savez, Seigneur. En m'envoyant faire des recrues en Macédoine, vous me prévîntes, vous vous le rappelez, que beaucoup de jeunes gens vigoureux se cachaient dans le palais de votre mère; et vous m'ordonnâtes de ne considérer que vous, et de vous amener ces réfractaires. J'obéis, et plus strictement que je n'eusse dû pour mon intérêt. C'est là que je trouvai Gorgias, Hécatée, Gorgatus, qui vous servent si bien. Si je n'avais obéi, j'étais coupable : serait-il juste de me faire périr pour avoir obéi? L'unique motif qu'ait votre mère de m'accuser, c'est que j'ai préféré votre avantage à ses bonnes grâces. J'amenai de Macédoine 6000 fantassins et 600 cavaliers, dont une partie ne m'aurait pas suivi, si j'avais écouté ceux qui s'y refusaient.

C'est donc à vous, Seigneur, puisque c'est là ce qui nous a valu l'inimitié de la reine, c'est à vous de l'appaiser, vous qui nous l'avez attirée.

ORATIO COBARIS AD BESSUM.

II. Bessus, Dario occiso, regium nomen invaserat. Eum Alexander summâ vi persequebatur. Quum jam haud procul abesset, territus Bessus celeritate hostis, cum amicis ducibusque copiarum inter epulas de bello consultat. Primus ipse sibi placere ait in Sogdianos recedere, et Oxum amnem pro muro hostibus objicere, dum concurrant ex finitimis gentibus auxilia. Ceteris assentientibus, Cobares quidam Besso auctor est ut se Alexandro dedat, *Cap.* 14.

———

Peu de respect, sentences proverbiales, selon l'usage des Orientaux.

I. Exorde grave, tiré du sujet.

NATURA mortalium hoc quoque nomine prava et sinistra dici potest, quòd in suo quisque negotio hebetior est quàm in alieno. Turbida sunt consilia eorum qui sibi suadent : obstat aliis metus, aliis cupiditas, nonnunquàm naturalis eorum quæ cogitaveris amor; nam (1) in te superbia non cadit. Expertus es unumquemque, quod ipse repererit, aut solum aut optimum ducere.

II. Préceptes de modération, nécessaires dans l'état de Bessus.

Magnum onus sustines capite, regium insigne : hoc aut moderatè perferendum est ; aut, quod abominor, in te ruet : consilio, non impetu, opus est. *Adjecit deindè, quod apud Bactrianos vulgò usurpabant,* canem timidum vehementiùs latrare quàm mordere ; altissima quæque flumina minimo sono labi. *Ut his audientes suspenderat expectatione suî, tum consilium aperit utilius Besso quàm gratius.*

III. Effroi de la puissance du roi de Macédoine.

In vestibulo, *inquit*, regiæ tuæ velocissimus consistit

———

(1) *In te superbia non cadit*, id est, Non is es quem superbiâ elatum existimem.

DISCOURS DE COBARÈS A BESSUS.

II. Bessus, ayant tué Darius, avait pris le titre de roi ; et Alexandre, qui le poursuivait très-vivement, était près de l'atteindre. Bessus, épouvanté de la rapidité de sa marche, délibère dans un festin sur les affaires de la guerre, avec ses amis et ses généraux. Il propose d'abord de passer en Sogdiane, et d'opposer, comme un rempart, le fleuve Oxus aux ennemis, en attendant les secours des nations voisines. Chacun se rangeant à cet avis, Cobarès lui conseille de se rendre à Alexandre (*C.* 14).

———

L'ESPÈCE humaine a cela surtout de vicieux et de fatal, que chacun y voit moins dans ses affaires que dans celles d'autrui. Le parti qu'on prend de soi-même, toujours irréfléchi, sent ou la crainte, ou la passion ; souvent cet amour naturel qu'on a pour ses idées ; car le soupçon de présomption ne vous atteint pas : mais vous avez éprouvé que chacun croit son avis ou le seul bon, ou le meilleur.

Ce diadême sur votre front est un pesant fardeau : ou vous le porterez avec prudence, ou, j'en frémis, il vous écrasera. C'est non de la fougue, mais de la conduite qu'il faut. *Il ajouta ces proverbes Bactriens, que* chien peureux aboie plus qu'il ne mord ; *et que* les fleuves les plus profonds coulent avec le moins de bruit. *Ce début tenant tout le monde en suspens sur ce qu'il allait dire, il ouvrit un avis plus salutaire qu'agréable à Bessus.*

Vous avez aux portes du palais le roi le plus actif : il fera mouvoir son armée plutôt que vous ne remuerez cette

rex ; antè ille agmen, quàm tu mensam istam, movebit.
Nunc à Tanaï exercitum accerses, et armis flumina oppones !
scilicet quà tu fugiturus es , hostis sequi non potest ? Iter
utrique commune est, victori tutius : licèt strenuum metum
putes esse, velocior tamen spes est.

IV. Exhortation à remettre volontairement son sort entre les
mains d'Alexandre.

Quin validioris occupas gratiam , dedisque te ; utcunquè
cesserit , meliorem fortunam , deditus quàm hostis, habi-
turus ? Alienum habes regnum , quò faciliùs eo careas.
Incipies forsitan justus esse rex, quum ipse fecerit, qui
tibi et dare potest regnum, et eripere.

V. PÉRORAISON SIMPLE. Fidélité de ses conseils ; leçon pour Bessus.

Consilium habes fidele , quod diutiùs exsequi supervacuum est. Nobilis equus umbrâ quoque virgæ regitur ;
ignavus ne calcari quidem concitari potest.

ORATIO ALEXANDRI AD AMICOS.

III. Bactriani defecerant : Scythæ etiam lacessebant. Alexander non
ita pridem graviter vulneratus, non insistere in terrâ, non equo
vehi poterat. Tamen, advocatis amicis, sibi esse in animo ait
flumen, quo tùm à Scythis dividebatur, trajicere, et arma in
Scythiam ultrò proferre. *Cap.* 29.

Il est en danger : énergie, fierté.

I. Exorde ferme et vigoureux, tiré de l'état des choses.

Discrimen me occupavit meliore hostium quàm meo tempore. Sed necessitas ante rationem est, maximè in bello ,
quo rarò permittitur tempora eligere.

II. Avantage d'une action de bravoure. 1° La Bactriane révoltée
réglera sa conduite sur celle des Macédoniens. 2° En avançant ,
ils se couvrent de gloire. 3° S'ils tardent, les Scythes fondent
sur eux.

1° Defecêre Bactriani, in quorum cervicibus stamus ;

table. Vous allez faire venir des troupes du Tanaïs, opposer un fleuve à des armes ! Mais, par où vous fuirez, l'ennemi ne passera-t-il pas ? Le chemin, commun aux deux, est plus sûr pour le vainqueur. Comptez sur l'agilité de la peur ; mais l'espérance en a plus encore.

Que ne recherchez-vous plutôt le plus puissant, et ne vous rendez-vous ? Quoi qu'il arrive, vous gagnerez plus à vous rendre, qu'à rester son ennemi. Le sceptre ne vous appartient pas : vous le quitterez avec moins de regret ; et vous avez l'espoir d'être roi légitime, si vous recevez le diadême de celui qui peut le donner et l'arracher.

Je vous donne un avis sûr, mais inutile si vous tardez à le suivre. Le bon cheval obéit à l'ombre seule d'une verge : le méchant n'est pas même sensible à l'éperon.

DISCOURS D'ALEXANDRE A SES AMIS.

III. Les Bactriens s'étaient révoltés et les Scythes menaçaient. Alexandre, blessé grièvement depuis peu, ne pouvait ni marcher, ni monter à cheval. Cependant, ayant assemblé ses amis, il leur déclare sa résolution de passer le fleuve qui le sépare des Scythes, et de porter la guerre en Scythie. (*C.* 9).

CETTE guerre survient plus à propos pour mes ennemis que pour moi. Mais la nécessité passe avant le calcul, et surtout à la guerre, où rarement on est le maître de choisir le moment.

Les Bactriens que nous avions soumis, sont révoltés, et

II.   37

et quantùm in nobis animi sit alieno Marte experiuntur.
Haud dubiè si omiserimus Scythas ultrò arma inferentes,
contempti ad illos qui defecerunt revertemur : 2° si verò
Tanaïm transierimus, et ubíquè invictos esse nos Scytharum pernicie ac sanguine ostenderimus, quis dubitabit
patere etiam Europam victoribus ? Fallitur, qui terminos
gloriæ nostræ metitur spatio quod transituri sumus. Unus
amnis interfluit, quem si trajicimus, in Europam arma pro-
ferimus. Et quanti æstimandum est, dùm Asiam subigimus,
in alio quodammodò orbe tropæa statuere, et, quæ tam
longo intervallo natura videtur diremisse, unâ victoriâ subitò committere ? 3° At, Hercule, si paululùm cessave-
rimus, in tergis nostris Scythæ hærebunt. An soli sumus
qui flumina transnare possumus ? Multa in nosmetipsos
recident quibus adhuc vicimus. Fortuna belli artem victos
quoque docet. Utribus amnem trajiciendi exemplum fecimus nuper : hoc ut Scythæ imitari nesciant, Bactriani do-
cebunt. Prætereà unus gentis hujus adhuc exercitus venit ;
ceteri exspectantur : ita bellum vitando alemus ; et quod
inferre possemus, accipere cogemur.

III. PÉRORAISON VIVE.

Manifesta est consilii mei ratio : sed, an permissuri sint
Macedones animo uti meo, dubito ; quia, ex quo hoc vul-
nus accepi, non equo vectus sum, non pedibus ingressus.
Sed si me sequi vultis, valeo, amici ; satis virium est ad to-
leranda ista : aut si jam adest vitæ meæ finis, in quo tandem opere meliùs exstinguar ?

n'éprouvent qu'aux dépens d'autrui quel est notre courage. Nul doute, si nous évitons les Scythes qui viennent à nous, que nous ne retournions contre les rebelles, chargés de leur mépris. Mais, si nous passons le Tanaïs, et que la sanglante défaite des Scythes prouve que nous sommes invincibles, qui doute que l'Europe même ne soit ouverte aux vainqueurs ?

Il se trompe celui qui mesure notre gloire sur l'espace que nous avons à franchir. Un seul fleuve nous arrête ; mais en le passant nous portons la guerre en Europe. Et quelle gloire à nous, tout en subjuguant l'Asie, d'élever des trophées comme dans un autre monde, et d'unir tout-à-coup par une seule victoire ce que la nature semble avoir séparé par un long intervalle ! mais, pour peu que nous tardions, nous aurons les Scythes sur les bras. Savons-nous seuls passer les fleuves à la nage ? Plusieurs de nos moyens de victoire vont tourner contre nous ; et les vaincus apprennent la guerre à leurs dépens. Nous venons de donner l'exemple de passer un fleuve sur des outres : si les Scythes ne le savent pas, les Bactriens le leur montreront. Il n'est arrivé d'ailleurs qu'une partie de leurs forces : on attend le reste. Ainsi, en évitant la guerre, nous la nourrirons ; et, pouvant attaquer, nous serons réduits à nous défendre.

Les motifs de mon avis sont évidens : mais les Macédoniens voudront-ils seconder mes vues ? J'en doute : parce que, depuis ma blessure, je n'ai pu ni marcher, ni monter à cheval. Mais si vous voulez me suivre, mes amis, je me porte bien. Je me sens la force de soutenir cette fatigue ; ou, si déjà ma vie est à sa fin, où la terminerais-je plus glorieusement ?

ORATIO SCYTHARUM LEGATORUM AD ALEXANDRUM.

IV. Quum jam omnia ad trajiciendum flumen Macedones aptâssent, legati Scytharum viginti ad Alexandrum veniunt. Ex his maximus natu in hunc modum locutus est, *Cap*. 33 :

Ce discours est la peinture la plus fidèle des mœurs. Un peuple sauvage, indépendant : formes rudes, grossières, ton plein de fierté, phrases remplies de paraboles.

I. Début véhément et brusque, tiré de la personne de l'auditeur.

Sɪ Dii habitum corporis tui aviditati animi parem esse voluissent, orbis te non caperet : alterâ manu Orientem, alterâ Occidentem contingeres; et hoc assecutus, scire velles ubi tanti numinis fulgor conderetur. Sic quoque concupiscis quæ non capis : ab Europâ petis Asiam, ex Asiâ transis in Europam; deindè, si humanum genus omne superaveris, cum silvis, et nivibus, et fluminibus, ferisque bestiis gesturus es bellum.

II. Danger des projets insensés.

Quid? tu ignoras arbores magnas diù crescere, unâ horâ exstirpari? Stultus est, qui fructus earum spectat, altitudinem non metitur. Vide ne, dum ad cacumen pervenire contendis, cum ipsis ramis, quos comprehenderis, decidas. Leo quoque aliquandò minimarum avium pabulum fuit, et ferrum rubigo consumit : nihil tam firmum est, cui periculum non sit etiam ab invalido.

III. Injustice d'Alexandre à l'égard des Scythes.

Quid nobis tecum est? nunquam terram tuam attigimus. Qui sis, undè venias, licetne ignorare in vastis silvis viventibus?

IV. Caractère et mœurs des Scythes.

Nec servire ulli possumus, nec imperare desieramus.

DISCOURS D'UN SCYTHE A ALEXANDRE.

IV. Les Macédoniens ayant déjà tout préparé pour le passage du fleuve, vingt députés des Scythes vinrent trouver Alexandre : le plus âgé lui tint ce discours (*C.* 33) :

———

Si les Dieux avaient proportionné ta stature à ton ambition, le globe ne te contiendrait pas. D'une main tu toucherais l'Orient, de l'autre l'Occident ; et, parvenu là, tu voudrais savoir où se cache le divin flambeau des cieux. Ainsi tu desires ce que tu ne peux embrasser. D'Europe tu passes en Asie, d'Asie tu reviens en Europe ; et, si tu viens à subjuguer le genre humain, tu feras la guerre aux arbres, aux neiges, aux bêtes farouches :

Quoi donc ? ignores-tu que les grands arbres croissent lentement, et qu'on les déracine en une heure ? C'est une folie d'en convoiter les fruits, sans en mesurer la hauteur ; prends garde qu'en t'efforçant d'en atteindre la cime, tu ne tombes avec les rameaux que tu auras saisis. Le lion sert quelquefois de pâture aux plus petits oiseaux, et la rouille détruit le fer. Il n'est rien de si fort qu'un être faible ne puisse l'endommager.

Qu'avons-nous à démêler avec toi ? nous ne mîmes jamais le pied dans tes États. Qui tu es, d'où tu viens ; ne nous est-il pas permis de l'ignorer, dans nos vastes forêts ?

Nous ne pouvons obéir, et ne voulons pas commander.

Dona nobis (1) data sunt (ne Scytharum gentem ignores)
jugum boum, aratrum, et sagitta, et patera : his utimur et
cum amicis, et adversùs inimicos. Fruges amicis damus
boum labore quæsitas; paterâ cum his vinum Diis libamus ;
inimicos sagittâ eminùs, hastâ cominùs petimus. Sic Syriæ
regem, et posteà Persarum Medorumque superavimus, pa-
tuitque nobis iter usque in Ægyptum.

V. Invectives contre Alexandre.

At tu, qui te gloriaris ad latrones persequendos venire,
omnium gentium quas adîsti latro es. Lydiam cepisti, Syriam occupâsti, Persidem tenes, Bactrianos habes in potestate, Indos petîsti ; jam etiam ad pecora nostra avaras et
(2) instabiles manus porrigis. Quid tibi divitiis opus est, quæ
te esurire cogunt? Primus omnium satietate parâsti famem,
ut quò plura haberes, acriùs quæ non habes cuperes. Non
succurrit tibi, quamdiù circum Bactra hæreas? Dum illos
subigis, Sogdiani bellare cœperunt : bellum tibi ex victoriâ
nascitur. Nam ut major fortiorque sis quàm quisquam,
tamen alienigenam dominum pati nemo vult.

VI. Danger de la guerre contre les Scythes.

Transi modò Tanaïm ; scies quàm latè pateant, nunquàm
tamen consequeris Scythas; paupertas nostra velocior erit
quàm exercitus tuus, qui prædam tot nationum vehit.
Rursùs quum procul abesse nos credes, videbis in tuis castris : eâdem velocitate et sequimur, et fugimus. Scytharum
solitudines Græcis etiam proverbiis audio eludi : at nos de-
serta et humano cultu vacua, magis quàm urbes et opulen-
tos agros, sequimur. Proinde fortunam tuam pressis manibus
tene ; lubrica est, nec invita teneri potest : salubre consilium, sequens quàm præsens tempus ostendet meliùs.

VII. Conseils de modération.

Impone felicitati tuæ frenos; faciliùs illam reges. Nostri

---

(1) *Supple* à Diis, *vel* è cœlo missa.
(2) *Id est* vagas, et in omnem se partem extendentes capiendi
causâ.

Nous avons reçu du ciel (pour que tu connaisses les Scythes) chacun une paire de bœufs, une charrue, une flèche, une coupe. Nous en faisons usage avec nos amis et contre nos ennemis. A nos amis nous donnons les fruits du travail de nos bœufs; la coupe nous sert à faire avec eux des libations aux Dieux. Nos ennemis, nous les attaquons de loin avec la flèche, de près avec la pique. C'est ainsi que nous avons vaincu d'abord le roi de Syrie, ensuite celui des Perses et des Mèdes, et que nous nous sommes fait jour jusqu'en Égypte.

Mais toi, qui te vantes de venir exterminer des brigands, tu l'es pour tous les pays que tu as parcourus. Tu as pris la Lydie, usurpé la Syrie, envahi la Perside, subjugué la Bactriane : tu convoites l'Inde; et déjà tu étends vers nos troupeaux tes mains insatiables et vagabondes. Qu'as-tu besoin de richesses qui t'affament? Tu es le premier chez qui la satiété ait produit un appétit dévorant; plus tu as, plus tu desires ardemment ce que tu n'as pas. Oublies-tu depuis combien de temps la Bactriane t'arrête? tandis que tu la soumets, la Sogdiane prend les armes : la guerre te naît de la victoire. Sois, je le veux, plus grand, plus brave que tout autre; nul n'aime à subir le joug d'un étranger.

Passe seulement le Tanaïs; tu connaîtras l'étendue de nos contrées, mais tu n'atteindras jamais les Scythes. Notre pauvreté sera plus agile que ton armée, chargée des dépouilles de tant de nations. Quand tu nous croiras loin, tu nous verras dans ton camp; aussi prompts à fuir qu'à poursuivre. On dit que les déserts des Scythes sont passés en proverbes chez les Grecs. Mais nous préférons nos solitudes incultes aux villes, aux campagnes opulentes. Tiens donc ta fortune à deux mains. Elle est glissante et ne reste pas contre son gré. L'avenir te prouvera mieux que le présent la bonté de l'avis.

Mets un frein à ta prospérité; tu la gouverneras plus

sine pedibus dicunt esse fortunam, quæ manus et pennas
tantùm habet : quum manus porrigit, pennas quoque com-
prehendere non sinit. Denique si Deus es, tribuere mortalibus beneficia debes, non sua eripere : sin autem homo es,
id quod es semper esse te cogita ; stultum est eorum meminisse, propter quæ tui oblivisceris.

VIII. Proposition de leur alliance.

Quibus bellum non intuleris, bonis amicis poteris uti :
nam et firmissima est inter pares amicitia, et videntur pares
qui non fecerunt inter se periculum virium. Quos viceris,
amicos tibi esse cave credas : inter dominum et servum nulla
amicitia est ; etiam in pace, belli tamen jura servantur.
Jurando gratiam Scythas sancire ne credideris : colendo
fidem, jurant. Græcorum ista cautio est, qui pacta consi-
guant, et Deos invocant; nos religionem in ipsâ fide novimus.
Qui non reverentur homines, fallunt Deos ; nec tibi amico
opus est de cujus benevolentiâ dubites.

IX. Conclusion énergique et fière.

Ceterùm, nos et Asiæ et Europæ custodes habebis :
Bactra, nisi dividat Tanaïs, contingimus ; ultra Tanaïm
usque ad Thraciam colimus : Thraciæ Macedoniam conjunc-
tam esse fama est. Utrique imperio tuo finitimos, hostes an
amicos velis esse, considera.

aisément. On dit chez nous que la fortune est sans pieds ;
qu'elle n'a que des mains et des ailes ; que, si elle tend la
main, elle ne permet pas qu'on lui saisisse les ailes. Enfin,
si tu es un Dieu, tu dois faire du bien aux hommes, et non
leur ravir ce qu'ils ont : si tu es un homme, songe sans cesse
à ce que tu es. C'est folie de t'occuper de ce qui te fait
t'oublier.

Ceux que tu laisseras en paix, pourront t'être d'utiles
amis : car l'amitié solide est celle des égaux ; et l'on regarde comme tels ceux qui n'ont pas mesuré leurs forces.
Garde-toi de croire que des vaincus soient des amis : entre
le maître et l'esclave il n'est point d'amitié : même dans la
paix, on se régit par le droit de la guerre.

Au reste, ne crois pas que les Scythes ratifient les traités
par des sermens : ils les font en tenant leur parole. Cette
garantie est pour les Grecs, qui signent leurs conventions :
nous plaçons, nous, la religion dans la bonne foi même.
Qui ne respecte pas les hommes, trompera les Dieux : et
tu n'as pas besoin d'un ami dont l'attachement te serait suspect.

Au reste, tu nous auras pour gardiens de l'Europe et de
l'Asie. Entre la Bactriane et nous, il n'y a que le Tanaïs ;
et du Tanaïs nous nous étendons jusqu'à laThrace, qui
touche, dit-on, à la Macédoine. Voisins de tes deux
Empires, vois si tu veux nous avoir pour amis, ou pour
ennemis.

EX LIBRO VIII.

ORATIO CALLISTHENIS ADVERSUS CLEONEM.

I. Alexander jamdiù, quonam modo cœlestes honores usurparet, agitabat. Igitur celebri convivio, cui Græcos principes unà cum satrapis adhibuerat, quum paulisper epulatus excessisset, tùm Cleo quidam venalis, et assentatoriæ linguæ, ex composito sermonem cum admiratione laudum ejus instituit : hortatur ut Alexandrum sicut Deum, more Persarum, adorent. Erat inter convivas Callisthenes philosophus, gravitate morum ac promptâ libertate clarus. Is tùm Cleoni hâc oratione respondit, *Cap.* 19 :

Il faut réfuter les basses flatteries d'un courtisan, sans offenser le roi : force et adresse.

I. Exorde noble, tiré de la personne dont on parle.

Si rex sermoni tuo adfuisset, nullius profectò vox responsuri tibi desideraretur ; ipse enim peteret ne in peregrinos ritus degenerare se cogeres, neu rebus felicissimè gestis invidiam tali adulatione contraheres.

II. Impossibilité d'obtenir l'apothéose avant la mort.

Sed quoniam abest, ego tibi pro illo respondeo, nullum esse eumdem et diuturnum et precocem fructum, cœles'esque honores non dare te regi, sed auferre : intervallo enim opus est, ut credatur deus, semperque hanc gratiam magnis viris posteri reddunt. Ego autem seram immortalitatem precor regi, ut vita diuturna sit, et æterna majestas : hominem consequitur aliquandò, nunquàm comitatur divinitas. Herculem modò et patrem Liberum consecratæ (1) immortalitatis exempla referebas : credisne illos unius convivii decreto deos factos ? Priùs ab oculis mortalium amolita natura est, quàm in cœlum fama perveheret.

III. Mépris pour la prétention ridicule de Cléon.

Scilicet ego et tu, Cleo, Deos facimus ! à nobis divinita-

---

(1) Fortè legendum *mortalitatis.*

LIVRE VIII.

RÉPONSE DE CALLISTHÈNES A CLÉON.

I. Alexandre cherchait depuis long-temps les moyens de se faire rendre les honneurs divins. Un jour donc qu'ayant réuni dans un grand festin les premiers des Grecs et des Persans, il eut quitté la table de bonne heure, un certain Cléon, ame vénale et vil flatteur, fit, comme il était concerté, un éloge pompeux du monarque, exhortant à l'adorer comme un Dieu, à la manière des Perses. Du nombre des convives était le philosophe Callisthènes, distingué par la gravité de ses mœurs et par une brusque liberté. Voici sa réponse à Cléon (*C.* 19) :

SI le roi avait entendu ton discours, personne certes n'aurait à te répondre : il te prierait lui-même de ne point le forcer à se ravaler par des manières étrangères, et de ne point jeter, par une telle adulation, un vernis odieux sur ses brillans exploits.

Mais, puisqu'il est absent, je te réponds pour lui, qu'un fruit n'est pas à la fois précoce et de durée, et qu'au lieu d'assurer au roi les honneurs divins, tu les lui ravis. Car il faut du temps pour faire un Dieu ; et ce fut toujours la postérité qui déféra cet honneur aux grands hommes. Pour moi, je souhaite au roi une immortalité tardive, une longue vie, une éternelle grandeur. L'apothéose peut suivre l'homme, il ne la voit jamais. Tu citais à l'instant Hercule et Bacchus pour exemples de l'humanité divinisée : Crois-tu qu'ils aient été créés Dieux dans un festin ? Non : ce qu'ils eurent de mortel avait disparu, avant que leur renommée les eût placés au ciel.

Toi, Cléon, et moi, nous pouvons apparemment faire

tis suæ auctoritatem accepturus est rex! Potentiam tuam
experiri libet: fac aliquem regem, si Deum potes facere;
facilius est imperium dare quàm cœlum.

IV. Péroraison noble et forte.

Dii propitii sine invidiâ quæ Cleo dixit audierint, eodem-
que cursu, quo fluxêre res, ire patiantur! Nostris moribus
velint nos esse contentos! Non pudet patriæ; nec desidero,
ad quem modum rex mihi colendus sit, à victis discere;
quos equidem victores esse confiteor, si ab illis leges queis
vivamus accipimus.

Oratio Hermolaï ad Alexandrum.

II. Mos erat principibus Macedonum adultos liberos regibus tradere ad munia haud multùm servilibus ministeriis abhorrentia.
Ex hâc cohorte Hermolaüs puer nobilis, quum aprum telo oc-
cupâsset, quem rex ferire destinaverat, jussu ejus verberibus
affectus est. Quam ignominiam ægrè ferens, occidendi regis consilium iniit, assumptis in sceleris societatem quibusdam aliis ex
eâdem cohorte. Sed re per unum è consciis patefactâ, compre-
henduntur omnes, atque etiam Callisthenes, non quidem ut
particeps facinoris nominatus, sed solitus puerorum sermonibus
vituperantium criminantiumque regem faciles aures præbere.
Rex frequens consilium adhibuit, et conjuratos, præter Callisthenem, introduci jussit, confitentesque, quo suo merito tantum
in semet facinus cogitavissent, interrogat. Stupentibus ceteris,
Hermolaüs in hunc modum respondet, *Cap.* 25 *et* 26:

Il est jeune, animé par la haine, la colère, le désespoir: Violence,
aigreur.

1. Début véhément, tiré du sujet.

Nos verò (quoniam, quasi nescias, quæris) occidendi te
consilium inivimus, quia non ut ingenuis imperare cœpisti, sed quasi in mancipia dominaris.

II. Cruautés d'Alexandre.

Primus ex omnibus pater ipsius, Sopolis, parricidam

des Dieux ! Le roi acceptérait de nous le brevet de sa divinité ! Tu peux essayer ton pouvoir : fais un roi, si tu peux faire un Dieu. On donne plus aisément un Empire que le ciel.

Puissent les Dieux indulgens ne s'être pas offensés du discours de Cléon, laisser aller les choses comme auparavant, et nous permettre de nous en tenir à nos mœurs. Je ne rougis point de ma patrie, et ne veux pas apprendre des vaincus la manière d'honorer mon roi. Je les reconnaîtrais pour nos vainqueurs, si je leur empruntais des règles de conduite.

DISCOURS D'HERMOLAÜS A ALEXANDRE.

II. C'était une coutume, chez les grands de la Macédoine, de placer près du prince leurs enfans adultes, pour y remplir des fonctions à-peu-près serviles. Un jeune noble de cette bande, Hermolaüs, ayant blessé un sanglier que le roi voulait frapper, fut fouetté par son ordre. Indigné de cet outrage, Hermolaüs résolut la mort du prince, et s'associa quelques complices de sa cohorte. Mais l'un d'eux ayant révélé le complot, on les prit tous, et même avec eux Callisthènes, non comme étant cité pour y avoir pris part, mais pour avoir souvent prêté l'oreille avec plaisir aux sarcasmes et aux invectives de ces jeunes gens contre le roi. Le roi, ayant assemblé un nombreux conseil, fait introduire les conjurés excepté Callisthènes, et leur demande, sur leur aveu, ce qui, de sa part, avait pu les porter à un pareil attentat ; le reste étant muet de stupeur, Hermolaüs répondit (*C. 25 et 26*) :

En bien ! puisque tu demandes, comme si tu l'ignorais, pourquoi nous avons projeté de te tuer, c'est que tu nous traites non comme des hommes libres, mais comme des esclaves.

Sopolis, père du jeune homme, se lève le premier, en

etiam parentis sui clamitans esse, consurgit, et ad os
manu objectâ, scelere et malis insanientem ultrà negat
audiendum. Rex, inhibito patre, dicere Hermolaüm jubet,
quæ ex magistro didicisset Callisthene. Et Hermolaüs :
Utor, *inquit*, beneficio tuo, et dico quæ nostris malis didici. Quota pars Macedonum sævitiæ tuæ superest? quo-
tusquisque non è vilissimo sanguine? Attalus, et Philotas,
et Parmenio, et Lyncestes Alexander, et Clitus, quantùm
ad hostes pertinet, vivunt, stant in acie, te clypeis suis
protegunt, et pro gloriâ tuâ, pro victoriâ vulnera acci-
piunt : quibus tu egregiam gratiam retulisti. Alius mensam
tuam sanguine suo aspersit ; alius ne simplici quidem
morte defunctus est : duces exercituum tuorum, in equuleum impositi, Persis, quos vicerant, fuêre spectaculo ;
Parmenio indictâ causâ trucidatus est per quem Attalum
occideras. Invicem enim miserorum uteris manibus ad
expetenda supplicia ; et quos paulò antè ministros cædis
habuisti, subitò ab aliis jubes trucidari.

III. Apologie de Callisthène.

Obstrepunt subindè cuncti Hermolao : pater super eum
strinxerat ferrum, percussurus haud dubiè, ni inhibitus
esset à rege : quippè Hermolaüm dicere jussit, petiitque
ut causas supplicii augentem patienter audirent.

Ægrè ergo coercitis, rursùs Hermolaüs : Quàm liberaliter,
inquit, pueris rudibus ad dicendum agere permittis ! at
vox Callisthenis carcere inclusa est, quia solus potest dicere. Cur enim non producitur, quum etiam confessi au-
diuntur? nempè quia liberam vocem innocentis audire me-
tuis, ac né vultum quidem pateris. Atqui nihil eum fecisse
contendo : sunt hîc qui mecum rem pulcherrimam cogi-
taverunt : nemo est qui conscium fuisse nobis Callisthenem
dicat, quum morti olim destinatus sit à justissimo et patien-
tissimo rege.

s'écriant qu'il est aussi parricide de son père; et, lui mettant la main sur la bouche, soutient qu'on ne doit pas écouter plus long-temps un insensé. Le roi, contenant le père, dit au fils de débiter tout ce qu'il tenait de son maître Callisthènes; alors Hermolaüs : J'use, dit-il, de cette faveur; et je vais dire ce que m'ont appris nos maux. Combien est-il échappé de Macédoniens à ta cruauté? et je ne parle pas de la classe obscure. Attalus, Philotas, Parménion, Alexandre Lyncestes, Clitus vivent, en ce qui est des ennemis : ils sont à leur poste; ils te couvrent de leurs boucliers; leur sang coule pour ta gloire, pour t'assurer la victoire. Le digne prix qu'ils ont reçu de leurs services ! L'un a de son sang arrosé ta table : tu ne t'es pas contenté d'en faire mourir un autre : Tes généraux sur le chevalet, ont servi de spectacle aux Perses qu'ils vainquirent. Parménion, qui te défit d'Attale, sans l'avoir entendu, tu l'as fait égorger. Car tu charges tes malheureux sujets de s'entre-détruire; et l'instrument du meurtre en est l'objet à son tour.

Il s'élève un murmure général, le père tire l'épée sur Hermolaüs, et le frappait sans doute, si le roi ne l'en eût empêché. Il ordonne à Hermolaüs de continuer, et prie l'assemblée de l'entendre patiemment aggraver les causes de son supplice.

Le silence rétabli non sans peine, Hermolaüs reprit : Quelle générosité de permettre de se défendre à des enfans qui ont peine à s'exprimer; mais la voix de Callisthènes est emprisonnée, parce que seul il saurait parler. En effet, pourquoi ne paraît-il pas, lorsqu'on nous écoute, nous, coupables de notre aveu? c'est que tu crains d'entendre la voix libre d'un innocent, et que tu ne soutiendrais pas même ses regards. Je soutiens qu'il n'a rien fait. Tu les vois, ceux qui méditèrent une action si belle : aucun ne dit que Callisthènes fut notre complice : mais il y a long-temps que ce roi si patient, si juste, le destine à la mort.

IV. Egoïsme et avarice d'Alexandre.

Hæc ergo sunt Macedonum præmia, quorum, ut supervacuo et sordido, abuteris sanguine ! At tibi triginta millia mulorum captivum aurum vehunt, quum milites nihil domum præter gratuitas cicatrices relaturi sint.

V. Orgueil insupportable d'Alexandre.

Quæ tamen omnia tolerare potuimus, antequàm nos barbaris dederes, et, novo more, victores subjugum mitteres. Persarum te vestis et disciplina delectat ; patrios mores exosus es : Persarum ergo, non Macedonum, regem occidere voluimus ; et te transfugam, belli jure, persequimur. Tu Macedonas voluisti genua tibi ponere, venerarique te ut Deum : tu Philippum patrem aversaris ; et si quis Deorum ante Jovem haberetur, fastidires etiam Jovem.

VI. RÉSUMÉ PLEIN DE FORCE.

Miraris si liberi homines superbiam tuam ferre non possumus ! quid speramus ex te, quibus aut insontibus moriendum est, aut, quod tristius morte est, in servitute vivendum ? Tu quidem, si emendari potes, multùm mihi debes : ex me enim scire cœpisti quod ingenui homines ferre non possunt. De cetero, parce his (1), quorum orbam senectutem suppliciis ne oneraveris. Nos jube duci, ut, quod ex tuâ morte petieramus, consequamur ex nostrâ.

----

(1) *Id est* parentibus nostris.

Voilà donc les récompenses des Macédoniens, dont tu prodigues le sang comme vil et superflu! Trente mille mulets te voiturent l'or des vaincus; et le soldat ne reportera chez lui que de gratuites cicatrices.

Encore tout cela se supportait-il, avant que tu nous livrasses aux barbares, et que tu fisses passer les vainqueurs sous un joug d'un genre nouveau. L'habit, les usages persans te charment: tu détestes les mœurs de ton pays. Nous avons donc voulu tuer le roi non des Macédoniens, mais des Persans: c'est un transfuge que nous poursuivions par le droit de la guerre. Tu as voulu que les Macédoniens fléchissent le genou devant toi; qu'ils t'adorassent comme un Dieu. Tu renonces Philippe pour ton père; s'il était un Dieu plus grand que Jupiter, tu désavouerais même Jupiter.

Et tu t'étonnes que des hommes libres ne puissent supporter ton orgueil! Qu'avons-nous à espérer de toi, puisqu'il nous faut ou mourir innocens, ou, ce qui est pis que la mort, vivre dans l'esclavage? Pour toi, si tu peux te corriger, tu me devras beaucoup; car tu auras appris de moi ce qui est insupportable à des hommes libres. Au reste, épargne nos parens: n'épuise pas les tourmens sur leur vieillesse malheureuse. Nous, fais-nous conduire à la mort; et que la nôtre nous procure ce que nous voulions acquérir par la tienne.

LII. Oratio Alexandri Hermolao respondentis.
Cap. 27.

Pour ne pas justifier les injures d'Hermolaüs, il se possède ; et cet empire sur lui-même est une apologie frappante.

I. Exorde insinuant, tiré de la personne de l'orateur.

Quam falsa sint quæ iste tradita à magistro suo dixit, patientia mea ostendet. Confessum enim ultimum facinus, tamen ut vos quoque, non solum ipse, audiretis, expressi ; non imprudens, quum permisissem huic latroni dicere, usurum eum rabie quâ compulsus est, ut me, quem parentis loco colere debet, vellet occidere.

II. Sa conduite à l'égard d'Hermolaüs.

Nuper quum procaciùs se in venatione gessisset, more patrio, et ab antiquissimis Macedoniæ regibus usurpato, eum castigari jussi : hoc et oportet fieri, et ferunt à tutoribus pupilli, à maritis uxores ; servis quoque pueros hujus ætatis verberare concedimus ; hæc est sævitia in ipsum mea, quam impiâ cæde voluit ulcisci. Nam in ceteros, qui mibi permittunt uti ingenio meo, quàm mitis sim non ignoratis, et commemorare supervacuum est.

III. Réfutation des accusations d'assassinats.

Hermolao parricidarum supplicia non probari, quum eadem ipse meruerit, minimè, Hercule, admiror : nam quum Parmenionem et Philotam laudat, suæ servit causæ. Lyncesten verò Alexandrum, bis insidiatum capiti meo, à duobus indicibus liberavi; rursùs convictum, per biennium tamen distuli, donec vos postularetis ut tandem debito supplicio scelus lueret. Attalum, antequàm rex essem, hostem meo capiti fuisse meministis. Clitus utinàm non coëgisset me sibi irasci! cujus temerariam linguam probra dicentem mihi et vobis diutiùs tuli quàm ille eadem me dicentem tulisset. Regum ducumque clementia, non in ipsorum modò,

III. Discours d'Alexandre en réponse a Hermolaüs.
(C. 27.)

———

Ma patience prouve la fausseté de ce que lui a suggéré son maître. Car, après avoir obtenu de lui l'aveu de son crime, j'ai voulu que, vous aussi, vous l'entendissiez ; sachant bien que ce monstre mettrait dans sa défense la rage qui le portait à m'égorger, moi, qu'il devait révérer comme un père.

Dernièrement, comme il eut commis une insolence à la chasse, je le fis châtier à la manière de la Macédoine, de tout temps usitée chez ses rois. Il reçut et dut recevoir le fouet : ainsi l'inflige un tuteur à son pupille, à sa femme un mari : même on permet qu'un esclave fouette un enfant de cet âge. Voilà cette cruauté dont il voulait se venger par un parricide. Quant à ceux qui ne me font pas sortir de mon caractère, vous connaissez ma douceur à leur égard : il est superflu d'en parler.

Qu'Hermolaüs n'approuve pas les peines subies par les parricides, lui qui les a méritées; rien, certes, d'étonnant : car, en prônant Parménion et Philotas, il défend sa propre cause. Pour Alexandre Lyncestes, je l'avais absous, quoique deux fois convaincu par deux témoins d'avoir conspiré contre moi : convaincu de nouveau, j'ai deux ans différé son supplice ; et c'est sur vos instances qu'il a fini par expier ses attentats. Attale, vous vous le rappelez, fut mon ennemi capital, dès avant que je fusse roi. Plût à Dieu que Clitus ne m'eût pas mis hors de moi-même ! Les injures que sa langue effrénée vomissait contre vous et moi, je les endurai plus long-temps qu'il n'en aurait de ma part enduré de pareilles. La bonté des rois et des chefs ne tient pas seulement à leur caractère; celui de leurs sujets y entre

sed etiam in illorum qui parent, ingeniis sita est : obsequio
mitigantur imperia; ubi verò reverentia excessit animis, et
summa imis confundimus, vi opus est, ut vim repellamus.

IV. Réponse au reproche d'avarice.

Sed quid ego mirer istum crudelitatem mihi objecisse,
qui avaritiam exprobrare ausus sit? Nolo singulos vestrûm
excitare, ne invisam liberalitatem meam faciam, si pudori
vestro gravem fecero. Totum exercitum aspicite : qui paulò
antè nihil præter arma habebat, nunc argenteis cubat lectis;
mensas auro onerant; greges servorum ducunt; spolia de
hostibus sustinere non possunt.

V. Motifs de bienveillance pour les Perses.

At enim Persæ, quos vicimus, in magno honore sunt
apud me! Equidem moderationis meæ certissimum indicium
est, quòd ne victis quidem superbè impero. Veni enim in
Asiam, non ut funditùs everterem gentes, nec ut dimidiam
partem terrarum solitudinem facerem, sed ut illos quoque,
quos bello subegissem, victoriæ meæ non pœniteret : itaque militant vobiscum, pro imperio vestro sanguinem
fundunt, qui, superbè habiti, rebellâssent. Non est diuturna
possessio in quam gladio inducimur ; beneficiorum gratia
sempiterna est. Si habere Asiam, non transire, voluimus ,
cùm his communicanda est nostra clementia : horum fides
stabile et æternum faciet imperium. Et sanè plus habemus
quàm capimus ; insatiabilis autem avaritiæ est, adhuc implere velle quod jam circumfluit. Verumtamen eorum
mores in Macedonas transfundo! In multis enim gentibus
esse video, quæ non erubescamus imitari : nec aliter tantum imperium aptè regi potest, quàm ut quædam et trada-
mus illis, et ab iisdem discamus.

VI. Sa conduite au sujet de l'adoption de Jupiter.

Illud penè dignum risu fuit, quod Hermolaüs postulabat
à me ut aversarer Jovem, cujus oraculo agnoscor : an
etiam, quid Dii respondeant, in meâ potestate est ? Obtulit
nomen filii mihi ; recipere, ipsis rebus quas agimus haud

pour beaucoup. La déférence assouplit le pouvoir; mais, si l'on perd le respect, si les extrêmes se confondent, il faut la force pour repousser la force.

Mais puis-je m'étonner que l'insensé m'accuse de cruauté, lorsqu'il ose me reprocher l'avarice? je ne vous attesterai point chacun en particulier: je rendrais odieuse ma libéralité, si je provoquais la rougeur. Qu'on jette les yeux sur toute l'armée: ceux qui naguère n'avaient que leurs armes, couchent aujourd'hui sur des lits d'argent, chargent leur table de vases d'or, ont des troupeaux d'esclaves, et plient sous le poids des dépouilles de l'ennemi.

Mais les Perses, que nous avons vaincus, sont en grand honneur auprès de moi! indice bien sûr de ma modération, qui s'étend même sur les vaincus. Je suis en effet venu en Asie, non pour y détruire les nations, non pour faire un désert d'une moitié de la terre, mais pour que ceux que j'ai soumis n'aient pas non plus à gémir de mes victoires. Aussi font-ils la guerre avec vous, et répandent-ils leur sang pour votre Empire. Traités avec hauteur, ils se révolteraient. Les conquêtes faites par le fer sont peu durables; celles qu'on doit aux bienfaits sont éternelles. Si nous voulons posséder l'Asie, et non la traverser, rendons notre bonté commune aux habitans; leur fidélité rendra notre Empire stable et permanent. Certes nous avons plus que nous ne pouvons embrasser; or il est d'une avarice insatiable de toujours verser dans un vase qui déborde. Mais je transporte leurs usages aux Macédoniens. Les étrangers en ont plusieurs qu'on peut adopter sans rougir; et l'on ne gouvernera bien un si vaste Empire, qu'en recevant d'eux et leur enseignant quelque chose.

Il est presque risible qu'Hermolaüs exige de moi de désavouer Jupiter, dont l'oracle me reconnaît pour fils. Dépendent-elles aussi de moi, les réponses des Dieux? Jupiter m'a nommé son fils; il n'était pas hors de propos d'accepter ce titre au commencement de nos conquêtes. Plût au ciel

alienum fuit : utinàm Indi quoque Deum esse me credant !
Famâ enim bella constant ; et sæpè etiam quod falsò creditum est , veri vicem obtinuit. An me luxuriæ indulgentem
putatis arma vestra auro argentoque adornâsse ? Assuetis
nihil vilius hâc videre materiâ, volui ostendere Macedonas,
invictos ceteris, nec auro quidem vinci. Oculos ergo primùm eorum sordida omnia et humilia exspectantium ca-
piam ; et docebo, nos, non auri aut argenti cupidos , sed
orbem terrarum subacturos venisse.

VII. Péroraison véhémente.

Quam gloriam tu , parricida, intercipere voluisti, et
Macedonas, rege ademto, devictis gentibus dedere. At nunc
mones me ut vestris parentibus parcam ! Non oportebat
quidem vos scire quid de his statuissem, quò tristiores pe-
riretis, si qua vobis parentum memoria et cura est : sed
olim istum morem, occidendi cum scelestis insontes, propinquos, parentesque, solvi : et profiteor in eodem honore
futuros omnes eos in quo fuerunt. Nam tuum Callisthenem,
cui uni vir videris, quia latro es, scio cur produci velis ;
ut coram his probra, quæ modò in me jecisti, modò au-
dìsti, illius quoque ore referantur. Quem, si Macedo esset ,
tecum introduxissem, dignissimum te discipulo magistrum ; nunc Olynthio non idem juris est (1).

---

(1) *Id est*, sed, quum sit Olynthius, non îdem illi jus est.

que l'Inde me crût de même un Dieu! car la renommée fait les succès; et souvent le faux que l'on croit, tient lieu de la vérité. Est-ce, à votre avis, par goût pour le luxe que j'ai couvert vos armes d'or et d'argent? J'ai voulu prouver qu'invincibles pour les autres peuples, les Macédoniens l'étaient de même à l'or; prendre par les yeux ceux qui s'attachent aux choses basses et sordides; leur apprendre que nous marchons pour conquérir non de l'or et de l'argent, mais l'univers. Cette gloire, tu voulais, parricide, en arrêter le cours, et livrer, en leur enlevant leur roi, les Macédoniens aux vaincus.

Tu veux que j'épargne vos parens. J'aurais dû vous laisser incertains sur leur sort, pour vous rendre la mort plus amère, s'ils vous inspirent quelqu'intérêt. Mais j'ai d'avance aboli la coutume de faire périr avec les scélérats leur famille innocente, et je déclare qu'ils conserveront leur rang et leurs honneurs. Quant à ton Callisthènes, à qui, comme assassin, tu parais un héros, je sais pourquoi tu voudrais qu'il vînt ici : ce serait pour qu'il répétât les invectives qu'il t'apprit, et que tu as vomies contre moi. S'il était Macédonien, j'aurais fait entrer avec toi ce digne maître d'un tel disciple; mais un Olynthien n'a pas les mêmes droits (*).

(*) Hermolaüs fut, avec ses complices, livré à ses camarades qui les firent expirer dans les tortures les plus recherchées. Il en fut de même de Callisthènes; il n'était point complice du parricide, mais il ne savait pas s'avilir. Alexandre se déshonora par sa mort, surtout aux yeux des Grecs.

EX LIBRO IX.

ORATIO ALEXANDRI AD MILITES.

I. Alexander, Poro Indiarum rege superato, Hydaspe amne tra-
jecto, ad fluvium Hypasin processit. Ibi per vastas solitudines
ultra flumen iter esse cognoscit; deindè Gangis ulteriorem ripam maximis copiis obsideri ab rege Gangaridum Agramme,
qui etiam duo quadrigarum millia, tria elephantorum, secum
duceret. Macedones ergo exterritos esse veritus, hâc eos oratione incendere conatur, *Cap. 6 et 7* :

———

Selon le degré des sentimens dont il est affecté, il prend des
tons différens : raisonnant avec force, présentant avec éclat
l'honneur des anciennes victoires, montrant toute l'énergie
des sentimens tendres et violens.

I. Exorde ferme et insinuant, tiré du sujet. Il tâche de les rassurer contre les récits effrayans des Indiens.

Non ignoro, Milites, multa, quæ terrere vos possent, ab
incolis Indiæ per hos dies de industriâ esse jactata ; sed
non est improvisa vobis mentientium vanitas. Sic Ciliciæ
fauces, sic Mesopotamiæ campos, sic Tigrim et Euphratem, quorum alterum vado transivimus, alterum ponte,
terribilem fecerant Persæ. Nunquàm ad liquidum fama perducitur; omnia, illà tradente, majora sunt vero : nostra
quoque gloria, quum sit ex solido, plus tamen habet nominis quàm operis. Modò quis belluas offerentes moenium
speciem, quis Hydaspem amnem, quis cetera auditu majora quàm vero, sustinere posse credebat ? Olim, Hercule,
fugissemus ex Asiâ, si nos fabulæ debellâre potuissent.

II. Fausseté de ces récits exagérés.

Creditisne elephantorum greges majores esse quàm usquàm armentorum sunt, quum et rarum sit animal, nec
facilè capiatur, multòque difficiliùs mitigetur ? Atqui eadem
vanitas copias peditum equitumque numeravit. Jam flumen,
quo latiùs fusum est, hoc placidiùs stagnat : quippe angus-

LIVRE IX.

DISCOURS D'ALEXANDRE A SES SOLDATS.

I. Ayant défait Porus et passé l'Hydaspe, Alexandre arrive aux bords de l'Hypasis, où il apprend qu'au-delà du fleuve, il lui faudra traverser de vastes déserts, et que la rive opposée du Gange est gardée par Agramme, roi des Gangarides, à la tête d'une armée innombrable, avec deux mille quadriges et trois mille éléphans. Craignant donc que les Macédoniens n'en soient effrayés, il tâche de les encourager ainsi (C. 6 et 7) :

———

JE n'ignore pas, Soldats, que, les jours passés, les Indiens ont à dessein répandu des bruits propres à vous effrayer : mais vous êtes accoutumés à ces vains mensonges. C'est ainsi que les Persans vous peignaient si terribles les gorges de la Cilicie, les plaines de la Mésopotamie, et le Tigre et l'Euphrate, que vous avez passés l'un à gué, l'autre sur un pont. Jamais la Renommée ne rend au net les choses ; toujours elle grossit les objets : Notre gloire même, quoique solide, a plus d'éclat que de réalité. Ces bêtes ressemblant à des tours, l'Hydaspe, tant d'obstacles exagérés, qui se serait flatté d'en triompher ? Dès long-temps nous aurions fui de l'Asie, si des fables avaient pu nous intimider.

Croyez-vous à ces troupes d'éléphans, plus nombreuses que les troupeaux ordinaires ? quand cet animal est rare, difficile à prendre, bien plus difficile à dompter. La même imposture a donné l'état de l'infanterie et de la cavalerie. Le fleuve est si large ; il n'a donc pas de courant : ceux que

II.   38

tis ripis coërcita (1), et in angustiorem alveum elisa, tor-
rentes aquas invehunt; contrà, spatio alvei segnior cursus
est. Præstereà in ripâ omne periculum est, ubi applicantes
navigia hostis exspectat : ita quantumcunque flumen inter-
venit, idem futurum discrimen est evadentium in terram.

III. Exhortation à braver l'appareil des ennemis, si la vérité s'accorde avec la renommée. 1° Les éléphans sont plus nuisibles
qu'utiles. 2° Les Macédoniens sont accoutumés à vaincre des ennemis innombrables.

1° Sed omnia ista vera esse fingamus : utrùmne vos magni-
tudo belluarum an multitudo hostium terret ? Quod pertinet
ad elephantos, præsens habemus exemplum : in suos vehementiùs quàm in nos incurrerunt; tam vasta corpora secu-
ribus falcibusque mutilata sunt : quid autem interest totidem
sint quot Porus habuit, an tria millia, quum, uno aut altero vulneratis, ceteros in fugam declinare videamus ? Deinde
paucos quoque incommodè regunt ; congregata verò tot
millia ipsa se elident, ubi nec stare nec fugere potuerint
inhabiles vastorum corporum moles. Equidem sic animalia
ista contempsi, ut, quum haberem, ipse non opposuerim,
satis gnarus plus suis quàm hostibus periculi inferre. 2° At
enim equitum peditumque multitudo vos commovet! Cum
paucis enim pugnare soliti estis, et nunc primùm inconditam
sustinebitis turbam ! Testis adversùs multitudinem invicti
Macedonum roboris Granicus amnis, et Cilicia inundata
cruore Persarum, et Arbela, cujus campi devictorum à nobis ossibus strati sunt. Serò hostium legiones numerare cœpistis, postquàm solitudinem in Asiâ vincendo fecistis. Quum
per Hellespontum navigaremus, de paucitate nostrâ cogi-
tandum fuit : nunc nos Scythæ sequuntur, Bactriana auxilia
præstò sunt, Dahæ Sogdianique inter nos militant : nec tamen
illi turbæ confido ; vestras manus intueor ; vestram virtutem rerum, quas gesturus sum, vadem prædemque habeo.
Quandiù vobiscum in acie stabo, nec meos nec hostium

_____

(1) *Supple* flumina.

leurs rives rapprochées resserrent dans un canal trop étroit, roulent leurs eaux en torrens; mais, dans un large lit, ils coulent lentement. Tout le péril, au reste, est à la rive, dont l'ennemi défend l'accès. Ainsi, quel que soit le fleuve, le danger est le même à l'abord.

Mais supposons tout cela vrai. Qui peut vous effrayer? la taille des animaux, ou le nombre des ennemis? Quant aux éléphans, nous venons de l'éprouver, ils se sont jetés avec plus de furie sur les leurs que sur nous : nos haches, nos faux ont mutilé ces colosses. Et qu'importe qu'il y en ait autant qu'en eut Porus, ou qu'ils soient trois mille? si, quand on en blesse un ou deux, le reste prend la fuite. De plus, on en gouverne un petit nombre avec peine : tant de milliers s'écraseront donc l'un l'autre, quand ces lourdes masses ne pourront, faute d'espace, ni combattre, ni fuir. Pour moi, je fais si peu de cas de ces bêtes, que quoique j'en aie, je ne m'en sers pas, sachant bien qu'elles nuisent plus à leurs maîtres qu'à l'ennemi. Mais c'est le nombre des hommes et des chevaux qui vous épouvante! En effet, vous n'avez d'ordinaire affaire qu'à des poignées de gens, et c'est la première fois que vous attaquerez une multitude confuse! La valeur des Macédoniens ne cède point au nombre : témoin, et le Granique; et la Cilicie, inondée du sang des Persans; et la plaine d'Arbèles, couverte des ossemens des vaincus. Vous commencez tard à compter les légions ennemies, quand vos épées ont fait de l'Asie un désert. C'était au passage de l'Hellespont, qu'il fallait songer à notre petit nombre. Maintenant les Scythes sont avec nous; les Bactriens nous amènent des renforts; les Dahes, les Sogdiens servent dans notre armée. Ce n'est pas cependant sur ces hordes que je compte; mes yeux se portent sur vous : votre valeur m'est le gage et le garant de mes exploits à venir. Tant que je serai à votre tête, je ne compte-

exercitus numeravero : vos modò animos mihi plenos alacritatis ac fiduciæ adhibete.

V. *Encouragemens.* 1º Ils vont recueillir le fruit de leurs travaux.
2º Ces pays ne sont pas belliqueux, et renferment-d'immenses richesses. 3º Des Macédoniens ne doivent rien abandonner par timidité. 4º Il invoque tous les droits qu'il peut avoir à leur amour.

1º Non in limine operum laborumque nostrorum, sed in
exitu stamus : pervenimus ad solis ortum et Oceanum, nisi
obstat ignavia; indè victores, perdomito fine terrarum, revertemur in patriam. Nolite, quod pigri agricolæ faciunt, ma-
turos fructus per inertiam è manibus amittere. 2º Majora
sunt periculis præmia; dives eadem et imbellis est regio.
Itaque non tam ad gloriam vos duco, quàm ad prædam.
Digni estis, qui opes, quas illud mare littoribus invehit,
referatis in patriam : 3º digni, qui nihil inexpertum, nihil
metu omissum relinquatis. Per, ego, vos gloriamque vestram, quâ humanum fastigium exceditis; 4º perque et mea
in vos, et in me vestra merita, quibus invicti contendimus,
oro quæsoque ne humanarum rerum terminos adeuntem
alumnum commilitonemque vestrum, ne dicam regem, des-
eratis. Cetera vobis imperavi; hoc unum debiturus sum : et
is vos rogo, qui nihil unquàm vobis præcepi quin primus
me periculis obtulerim; qui sæpè aciem clypeo meo texi.
Ne infregeritis in manibus meis palmam, quâ Herculem Li-
berumque patrem, si invidia abfuerit, æquabo. Date hoc
precibus meis, et tandem obstinatum silentium rumpite. Ubi
est ille clamor alacritatis vestræ index? ubi ille meorum
Macedonum vultus? Non agnosco vos, Milites, nec agnosci
videor à vobis : surdas jamdudùm aures pulso; aversos
animos et infractos excitare conor.

V. *Indignation de la froideur des Macédoniens.*

Quumque illi, in terram demissis capitibus, tacere per-
severarent : Nescio quid, *inquit*, imprudens in vos deliqui,
quòd me ne intueri quidem vultis : in solitudine mihi videor
esse : nemo respondet; nemo saltem negat. Quos alloquor?
quid autem postulo? vestram gloriam et magnitudinem

rai ni mes troupes, ni celles des ennemis.' Montrez-moi
seulement votre confiance et votre ardeur ordinaires.

Nous ne sommes pas au commencement des fatigues et
des travaux; nous en voyons le terme. Nous touchons à
l'Orient et à l'Océan; d'où, si le courage ne nous manque,
nous retournerons dans notre patrie, vainqueurs du monde
entier. N'allez pas comme des laboureurs indolens, laisser
échapper de vos mains, des fruits prêts à cueillir. Le prix
surpasse le danger : ces peuples sont aussi lâches qu'opulens, je vous conduis moins à la gloire qu'au butin. Vous
êtes dignes de porter dans vos foyers les trésors que cette
mer jette sur ses rivages; dignes de ne vous rebuter par
crainte d'aucune recherche, d'aucune tentative. Je vous
conjure par vous, et par votre gloire, qui vous met au-
dessus de l'humanité; par nos obligations mutuelles, qui se
balancent jusqu'ici; n'abandonnez pas votre nourrisson,
votre camarade, pour ne pas dire votre roi. Près de toucher
aux limites du monde, le reste, je vous le commandais :
ceci, je vous le demande : et celui qui supplie, c'est moi,
qui ne vous ordonnai jamais rien sans m'exposer le premier
au péril; moi, qui souvent couvris mes soldats de mon bou-
clier. Ne brisez pas dans mes mains la palme qui, si l'envie
ne s'y oppose, me rendra l'égal d'Hercule et de Bacchus,
accordez cette grâce à mes prières, et rompez enfin ce silence obstiné. Où sont ces cris, interprètes de votre allégresse? où est cet air joyeux de mes Macédoniens? Je ne
vous reconnais plus, Soldats, et vous semblez me mécon-
naître. Je n'ai parlé qu'à des sourds, et j'excite en vain des
esprits abattus et rebelles.

*Et comme, les yeux à terre, ils persévéraient dans
leur silence*, j'ignore, dit-il, en quoi je vous ai, sans le
savoir, indisposés contre moi, au point que vous ne daignez même pas me regarder. Je me crois dans un désert ;
personne ne répond, même par un refus. A qui parlé-je? et
que demandé-je? Il s'agit d'assurer votre gloire et votre

vindicamus. Ubi sunt illi, quorum certamen paulò antè vidi contendentium, qui potissimùm vulnerati regis corpus exciperent? Desertus, destitutus sum, hostibus deditus. Sed solus quoque ire perseverabo. Objicite me fluminibus et belluis, et illis gentibus quarum nomina horretis : inveniam qui desertum à vobis sequantur. Scythæ Bactrianique erunt mecum, hostes paulò antè, nunc milites nostri. Mori præstat quàm precariò imperatorem esse. Ite reduces domos ; ite deserto rege ovantes : ego hîc à vobis desperatæ victoriæ, aut honestæ morti locum inveniam.

~~~~~~

ORATIO COENI AD REGEM.

II. Postquàm rex dicendi finem fecit, diù silentium fuit. Tandem unus ducum, Cœnus, causam exercitûs in hunc modum egit, *Cap.* 8 :

Un officier parlant à un roi irrité, au nom de l'armée : beaucoup de respect et de force.

I. Exorde insinuant tiré de la personne au nom de laquelle on parle.

Dii prohibeant à nobis impias mentes ! et profectò prohibent. Idem animus est tuis, qui fuit semper, ire quò jusseris, pugnare, periclitari, sanguine nostro commendare posteritati tuum nomen : proinde, si perseveras, inermes quoque, et nudi, et exsangues, utcunque tibi cordi est, sequimur vel antecedimus. Sed si audire vis non fictas tuorum militum voces, verùm necessitate ultimâ expressas, præbe, quæso, propitias aures imperium atque auspicium tuum constantissimè secutis, et, quocunque pergis, secuturis.

II. Impossibilité d'obéir. 1º Grandeur des desseins d'Alexandre audessus des forces de ses soldats. 2º Etat misérable de l'armée.

1º Vicisti, Rex, magnitudine rerum, non hostes modò, sed etiam milites. Quidquid mortalitas capere poterat, implevimus : emensis maria terrasque, meliùs nobis quàm

grandeur. Où sont ceux que j'ai vus se disputer naguère à
qui porterait leur roi blessé? Je suis délaissé, trahi, livré
aux ennemis. Mais, seul, je continuerai d'avancer. Expo-
sez-moi à ces fleuves, à ces animaux, à ces nations dont le
nom vous fait trembler. Je trouverai qui me suivra à votre
place. Ce seront les Scythes et les Bactriens, naguère mes
ennemis, aujourd'hui mes soldats. Plutôt la mort qu'une
autorité précaire. Allez, retournez chez vous, triomphans
d'avoir délaissé votre roi. Je saurai, moi, trouver ici
soit la victoire dont vous désespérez, soit une mort glorieuse.

RÉPONSE DE CÉNUS A ALEXANDRE.

II. Le discours du roi fut suivi d'un long silence. Enfin Cénus, un
des généraux, plaida, comme il suit, la cause de l'armée (C. 8):

Loin de nous toute idée criminelle, et les Dieux nous en
gardent en effet. Votre armée est tout aussi disposée que
jamais à marcher où vous l'ordonnerez, à combattre, à
courir des hasards, à rendre au prix de son sang votre
renom immortel. Si donc vous insistez, vous nous verrez
sans armes, nus, exténués, vous suivre, ou vous précéder
à votre gré. Mais si vous daignez entendre de vos soldats
non des fictions, mais des vérités que leur arrache la
dernière nécessité, écoutez favorablement, de grâce,
des gens qui suivirent, et suivront partout vos ordres et
vos auspices.

Vous avez, Seigneur, à force d'exploits, vaincu non-seulement vos ennemis, mais aussi vos soldats. Tout ce que
l'humanité pouvait entreprendre, nous l'avons exécuté.

incolis omnia nota sunt; penè in ultimo mundi, fine consistimus. In alium orbem ire paras, et Indiam quæris Indis quoque ignotam : inter feras serpentesque degentes eruere ex latebris et cubilibus suis expetis, ut plura quàm sol videt, victoriâ lustres : digna prorsùs cogitatio animo tuo ; sed altior nostro : virtus enim tua semper in incremento erit ; nostra vis in fine jam est. 2º Intuere corpora exsanguia, tot perfossa vulneribus, tot cicatricibus putria : jam tela hebetia sunt ; jam arma deficiunt. Vestem Persicam induimus, quia domestica subvehi non potest : in externum degeneravimus cultum. Quoto cuique lorica est ? quis equum habet ? jube quæri, quàm multos servi ipsorum persecuti sunt, quid cuique supersit ex prædâ ; omnium victores, omnium inopes sumus : nec luxuriâ laboramus, sed bello instrumenta belli consumpsimus. Hunc tu pulcherrimum exercitum nudum objicies belluis, quarum, ut multitudinem augeant de industriâ barbari, magnum tamen esse numerum etiam ex mendacio intelligo ?

III. Invitation de prendre une route moins périlleuse.

Quòd si adhuc penetrare in Indiam certum est, regio à meridie minùs vasta est ; quâ subactâ, licebit decurrere in illud mare, quod rebus humanis terminum voluit esse naturâ. Cur circumitu petis gloriam, quæ ad manum posita est ? hîc quoque occurrit Oceanus : nisi mavis errare, pervenimus quò tua fortuna ducit.

IV. PÉRORAISON MODESTE.

Hæc tecum, quàm sine te cum his, loqui malui; non uti inirem circumstantis exercitûs gratiam, sed ut vocem loquentium potiùs, quàm ut gemitum murmurantium audires.

Nous avons parcouru des mers et des pays où tout nous est mieux connu qu'aux habitans, et nous voilà presqu'à l'extrémité de ce monde. Vous vous préparez à passer dans un autre, et vous cherchez une Inde, inconnue même aux Indiens. Vous voulez tirer de leurs forts, de leurs tanières des gens qui vivent parmi les bêtes farouches et les serpens, afin que votre pouvoir s'étende sur plus d'objets que n'en voit le soleil. Ce projet, digne de votre cœur, est trop au-dessus du nôtre : car votre courage ira toujours en croissant, et nos forces sont à leur fin. Voyez nos corps exténués, criblés de blessures, cousus de cicatrices. Nos traits sont émoussés, et nous manquons d'armes. Nous portons des habits persans, n'en pouvant plus tirer de notre pays ; et nous nous sommes dégradés par un costume étranger. Qui de nous a une cuirasse ? qui possède un cheval ? informez-vous combien de nous ont des esclaves à leur suite, de ce qu'il reste à chacun de butin. Nous avons tout conquis : nous manquons de tout ; et ce n'est point le résultat de la débauche : La guerre a consumé les instrumens de la guerre. Cette belle armée, Seigneur, l'exposerez-vous nue aux bêtes ? que les barbares, à dessein, en exagèrent le nombre ; je conclus de l'imposture même, qu'il est considérable.

Si vous persistez à vous enfoncer dans l'Inde, la contrée a moins d'étendue au midi. L'ayant soumise vous atteindrez cette mer dont la nature a fait la borne de l'univers. Pourquoi chercher, par des détours, la gloire que vous avez sous la main ? L'Océan s'offre ici de même à nous. Si vous ne voulez errer sans motif, vous êtes au but que vous a désigné votre fortune.

—Voilà ce que j'ai mieux aimé vous dire à vous-même que d'en causer avec eux, vous absent ; non pour faire ma cour à l'armée qui m'entoure, mais pour que vous entendiez des raisons, plutôt que des plaintes et des murmures.

38.

ORATIO CRATERI AD REGEM.

III. Alexander dum Oxydracarum oppidum oppugnaret, quum sese
in urbem plenam hostium saltu immisisset, gravissimó vulnere
accepto, vix effugere hostium manus potuerat. Quum propè jam
convaluisset, subitò amici omnes cubiculum intrant, oraturi ne
salutem ipse suam tam vilem haberet. Ille, sollicitus ne quid
novi afferrent, quia simul venerant, percontatur num hostium
recens nunciaretur adventus. At Craterus, cui mandatum erat
ut amicorum preces perferret ad eum, ita cœpit, *Cap.* 20 :

———

Plaintes affectueuses, témoignages d'attachement : beaucoup
de chaleur et d'effusion.

I. Exorde véhément, tiré du sujet.

Cʀᴇᴅɪsɴᴇ adventu magis hostium, ut jam in vallo consis-
terent, quàm curâ salutis tuæ, ut nunc est tibi vilis, nos
esse sollicitos? Quantalibet vis omnium gentium conspiret
in nos, impleat armis virisque totum orbem, classibus maria consternat, inusitatas belluas inducat ; tu nos præstabis
invictos. Sed quis Deorum hoc Macedoniæ columen ac
sidus diuturnum fore polliceri potest, quum tam avidè ma-
nifestis periculis offeras corpus, oblitus tot civium animas
trahere te in casum ? quis enim tibi superstes aut optat
esse, aut potest? Eò pervenimus, auspicium atque imperium secuti tuum, undè, nisi te reduce, nulli ad penates
suos iter est.

II. Indignité des conquêtes pour lesquelles il expose une vie si précieuse.

Qui si adhuc de Persidis regno cum Dario dimicares,
etsi nemo vellet, tamen ne admirari quidem posset tam
promptæ esse te ad omne discrimen audaciæ : nam ubi pa-
ria sunt periculum ac præmium, et secundis rebus amplior
fructus est, et adversis solatium majus. Tuo verò capite
ignobilem vicum emi, quis ferat, non tuorum modò mili-

DISCOURS DE CRATÈRE A ALEXANDRE.

III. A l'attaque de la capitale des Oxidraques, Alexandre s'étant élancé dans la ville remplie d'ennemis, leur avait été soustrait non sans peine, très-grièvement blessé. Comme il commençait à se rétablir, tous ses amis entrent un jour dans sa chambre, pour le prier de ne plus faire si peu de cas de sa vie. Le roi, qui, les voyant venir ensemble, les crut porteurs de quelque nouvelle, leur demande si l'on annonce l'approche de l'ennemi : mais Cratère, chargé de la requête commune, lui dit (*C.* 20) :

Pensez-vous, Seigneur, que l'arrivée de l'ennemi, fût-il déjà dans nos retranchemens, nous inquiétât plus que le soin de votre vie, dont vous faites si peu de cas ? Que toutes les nations s'unissent contre nous ; qu'elles couvrent la terre de soldats, et les mers de vaisseaux ; qu'elles nous opposent des bêtes inconnues, avec vous nous serons invincibles. Mais quel Dieu nous garantira que la colonne, que l'astre des Macédoniens nous sera conservé, quand vous recherchez des dangers manifestes, sans penser à tant de citoyens dont la perte suivra la vôtre ? Qui peut, en effet, ou desire vous survivre ? Sous vos ordres et sous vos auspices, nous sommes venus si loin qu'il n'est plus pour nous de chemin vers la patrie que sous votre conduite.

Si vous disputiez encore à Darius l'empire de Perse, chacun, sans l'approuver, ne trouverait pourtant pas étrange cette audace à braver tous les dangers. Car lorsque le péril et le prix vont de pair, on jouit du succès avec plus de plaisir, et l'on est moins affligé du revers. Mais, payer de votre vie une ignoble bourgade, qui pourrait le

tum, sed ullius etiam gentis barbaræ civis, qui tuam magnitudinem nôrit?

III. Effroi et douleur au souvenir du péril que le roi a couru.

Horret animus cogitatione rei quam paulò antè vidimus. Eloqui timeo, invicti corporis spoliis inertissimos manus fuisse injecturos, nisi te interceptum misericors in nos fortuna servâsset. Totidem proditores, totidem desertores sumus, quot te non potuimus persequi : universos licèt milites ignominiâ notes, nemo recusabit lucre id , quod , ne admitteret , præstare non potuit.

IV. PÉRORAISON NOBLE ET ANIMÉE.

Patere nos, quæso, alio modo esse viles tibi : quocunque jusseris ibimus : obscura bella et ignobiles pugnas nobis deposcimus; temetipsum ad ea serva pericula, quæ magnitudinem tuam capiunt. Citò gloria obsolescit in sordidis hostibus : nec quidquam indignius est, quàm consumi eam ubi non possit ostendi.

IV. Oratio Alexandri Cratero ceterisque Amicis respondentis. *Cap.* 21.

Alexandre se montre tout entier dans ce discours : passion effrénée pour la gloire.

I. Exorde simple et touchant, tiré du sujet.

Vobis quidem ; ô fidissimi piissimique civium atque amicorum, grates ago habeoque, non solum eo nomine, quòd hodiè salutem meam vestræ præponitis; sed quòd à primordiis belli nullum erga me benevolentiæ pignus atque indicium omisistis ; adeò ut confitendum sit nunquam mihi vitam meam fuisse tam caram, quàm esse cœpit, ut vobis diù frui possim.

II. Principe qui règle la conduite d'Alexandre.

Ceterùm, non eadem est cogitatio eorum, qui pro me

souffrir, je ne dis pas de vos soldats, mais de tous les barbares qui connaissent votre grandeur ?

Nous frémissons en pensant à ce que nous avons vu depuis peu. Je crains de dire que les mains les plus viles allaient dépouiller ce héros invincible, si la fortune, ayant pitié de nous, ne vous eût conservé. Autant que nous sommes, qui n'avons pu vous suivre, nous sommes autant de traîtres, autant de déserteurs. Notez donc toute l'armée d'infamie : nul ne refusera d'être puni pour n'avoir pas fait ce qu'il ne pouvait faire.

Mais, de grâce, témoignez-nous autrement votre mépris. Nous irons où vous l'ordonnerez. Nous réclamons ces exploits obscurs, ces combats sans éclat. Réservez-vous pour des dangers dignes de votre grandeur. La gloire acquise contre de vils ennemis perd bientôt son lustre ; et rien ne messied plus que de la prodiguer quand on ne peut s'en faire honneur.

VI. Réponse d'Alexandre à Cratère et à ses autres amis (*Cap.* 21).

Mille et mille actions de grâces, ô les meilleurs et les plus fidèles des sujets et des amis, non-seulement de ce que vous préférez en ce jour ma conservation à la vôtre, mais de ce que vous m'avez, dès le commencement de la guerre, donné toute espèce de preuves de votre affection, et la vie, je l'avoue, ne m'a jamais été si chère qu'en ce moment, par le désir que j'ai de jouir long-temps de vous.

Au reste, je ne pense pas comme ceux qui veulent mourir

mori optant, et mea; qui quidem hanc benevolentiam
vestram virtute meruisse me judico. Vos enim diuturnum
fructum ex me, forsitan etiam perpetuum, percipere cupi-
tis : ego me metior, non ætatis spatio, sed gloriæ. Licuit
paternis opibus contento, intra Macedoniæ terminos, per
otium corporis exspectare obscuram et ignobilem senectutem ; quanquam ne pigri quidem sibi fata disponunt, sed
unicum bonum diuturnam vitam æstimantes sæpè acerba
mors occupat. Verùm ego, qui non annos meos, sed victorias
numero, si munera fortunæ benè computo, diù vixi. Or-
sus à Macedonià imperium, Græciam teneo; Thraciam et
Illyrios subegi; Triballis Mœsisque imperito; Asiam, quà
Hellesponto, quà Rubro mari alluitur, possideo; jamque
haud procul absum à fine mundi, quem egressus, aliam
naturam, alium orbem aperire mihi statui.

III. Obligation et résolution de montrer toujours une ardeur égale.
Enthousiasme.

Ex Asià in Europæ terminos momento unius horæ trans-
ivi; victor utriusque regionis post nonum regni mei, post
vigesimum atque octavum ætatis annum, videorne vobis in
excolendà glorià, cui me uni devovi, posse cessare? Ego
verò non deero, et ubicunque pugnabo, in theatro terrarum orbis esse me credam; dabo nobilitatem ignobilibus
locis; aperiam cunctis gentibus terras quas natura longè
submoverat. In his operibus exstingui me, si fors ita feret,
pulchrum est; eà stirpe sum genitus, ut multam priùs quàm
longam vitam debeam optare. Obsecro vos, cogitate nos
pervenisse in terras quibus feminæ ob virtutem celeberri-
mum nomen est. Quas urbes Semiramis condidit! quas
gentes redegit in potestatem! quanta opera molita est! non-
dum feminam æquavimus glorià, et jam nos laudis satietas
cepit! Dii faveant; majora adhuc restant. Sed ita nostra
erunt quæ nondùm attigimus, si nihil parvum duxerimus in
quo magnæ gloriæ locus est.

pour moi, persuadé que je dois ce dévoûment à ma valeur.
Car vous desirerez jouir long-temps et peut-être toujours
de mon existence : je la mesure , moi, non-pas aux années,
mais à la gloire. J'aurais pu, content de l'héritage paternel,
attendre, dans l'oisiveté, sans sortir de la Macédoine, une
vieillesse obscure et méprisée , quoique le lâche même ne
soit pas maître de son sort, et qu'une mort prématurée
surprenne souvent ceux qui regardent une longue vie
comme le bien suprême. Pour moi, qui compte mes victoires
et non mes années , si je calcule bien les faveurs de la fortune, j'ai long-temps vécu. Né roi de Macédoine, je domine
sur la Grèce ; j'ai subjugué la Thrace et l'Illyrie ; je commande aux Triballes et aux Mésiens ; l'Asie m'obéit de
l'Hellespont à la mer Rouge ; je ne suis plus éloigné des
limites de ce monde, et je les franchirai, résolu de découvrir un autre monde , une autre nature.

Dans une heure , j'ai passé d'Asie en Europe : vainqueur
de l'une et de l'autre , dans la vingt-neuvième année de
mon âge et la dixième de mon règne, croyez-vous que je
puisse m'arrêter dans la poursuite de la gloire à laquelle
seule je me suis dévoué? Non, je ne lui manquerai point,
et, partout où je combattrai, je me croirai sur le théâtre du
monde. J'illustrerai des régions inconnues, et je décou-
vrirai aux nations des terres que la nature avait cachées
loin d'elles. Il est beau de mourir dans ces travaux, si le
sort le veut ainsi. Je suis d'un sang à préférer une vie
remplie à une longue vie. Songez , de grâce , que la terre
où nous sommes, a , par le courage d'une femme , acquis
une grande célébrité. Quelles villes Sémiramis a bâties !
quels peuples elle a soumis ! quels travaux elle a exécutés !
Je n'ai pas encore atteint la gloire d'une femme , et j'en
serais déjà rassasié ? Que le ciel me favorise ; le plus grand
me reste à faire. Mais ce que nous n'avons pas est à nous,
si nous ne regardons comme petit rien de ce qui peut nous
assurer un grand nom.

IV. PÉRORAISON TOUCHANTE.

Vos modò me ab intestinâ fraude et domesticorum insidiis
præstate securum; belli Martisque discrimen impavidus su-
bibo. Philippus in acie tutior quàm in theatro fuit; hostium
manus sæpè vitavit, suorum effugere non valuit. Aliorum
quoque regum exitus si reputaveritis, plures à suis, quàm
ab hoste, interemptos numerabitis. Ceterùm, quoniam olim
rei agitatæ in animo meo, nunc promendæ occasio oblata
est, mihi maximus laborum atque operum meorum erit
fructus, si Olympias mater immortalitati consecretur,
quandocunque excesserit vitâ. Si licuerit, ipse præstabo
hoc; si me præceperit fatum, vos mandâsse mementote.

EX LIBRO X.

ORATIO ALEXANDRI MACEDONUM SEDITIONEM CASTIGANTIS.

Alexander in Persidem ex Indiâ reversus, seniores militum in
patriam remittere statuerat, quindecim millia tantùm retenturus, totiusque exercitûs æs alienum omne statim dissolvit. At
milites, postquàm cognoverunt alios mitti domum, alios reti-
neri, vecordes et disciplinæ militaris immemores, seditiosis
vocibus castra complent, regemque ferociùs adorti, omnes
simul missionem postulare cœperunt. Quos Alexander hâc oratione increpuit, *Cap. 7 et 8*:

*Incapable de céder à la crainte, accoutumé à tout maîtriser par
l'ascendant de son génie, Alexandre parle avec force et fierté
à ses soldats qui ont brisé le frein de la discipline.*

I. Exorde véhément, tiré du sujet.

Quid hæc repens consternatio, et tam procax atque effusa
licentia denuntiat? Eloqui timeo; palàm certè rupistis imperium, et precariò rex sum; cui non alloquendi, non
noscendi monendique, aut intuendi vos, jus reliquistis.
Equidem quum alios dimittere in patriam, alios mecum
paulò pòst deportare statuerim; tam illos acclamantes vi-

Garantissez - moi seulement des trames secrètes, des trahisons domestiques, et je braverai les hasards de la guerre. Philippe fut plus en sûreté dans les batailles qu'au théâtre : il échappa souvent aux mains des ennemis ; il ne put éviter celles de ses sujets. Et si l'on se rappelle la fin des autres rois, leurs sujets en ont plus fait périr que l'ennemi. Au reste, puisque l'occasion s'offre de vous déclarer une chose qui m'occupe depuis long-temps, je me croirai bien payé de mes fatigues et de mes travaux, si ma mère Olympias obtient, après avoir quitté la vie, les honneurs de l'immortalité. Si je le puis, je les lui rendrai moi-même ; si le sort m'enlève avant elle, souvenez-vous que je vous l'ai recommandé.

LIVRE X.

DISCOURS D'ALEXANDRE A SES SOLDATS RÉVOLTÉS.

Alexandre, revenu des Indes dans la Perse, avait résolu de renvoyer dans leur patrie ses plus anciens soldats, et de n'en retenir que quinze mille. Il commença par payer les dettes de toute l'armée. Mais, dès que les soldats apprirent qu'il renvoyait les uns et gardait les autres, furieux, oubliant toute discipline, ils remplirent le camp de cris séditieux, abordèrent le roi avec insolence, et demandèrent tous ensemble leur congé. Alexandre leur en fait des reproches en ces termes (C. 7 et 8) :

QUE m'annoncent ce désordre subit, cette licence insolente et furieuse? Je crains de m'expliquer. Vous avez ouvertement abjuré la soumission. Je ne suis plus qu'un roi précaire, à qui vous ne laissez le droit ni de vous parler, ni de vous concevoir, ni de s'expliquer, ni même de vous envisager. Quand j'ai résolu de renvoyer les uns dans leur patrie, et d'y remener moi-même bientôt les autres, je

deo qui abituri sunt, quam hos cum quibus præmissos
subsequi statui. Quid hoc est rei? dispari in causâ idem
omnium clamor est! pervelim scire utrùm qui discedunt,
an qui retinentur, de me querentur.

II. Plaintes contre leur injustice et leur désobéissance.

*Crederes uno ore omnes sustulisse clamorem ; ita pariter
ex totâ concione responsum est*, omnes queri. *Tum ille :*
Non, Hercule, *inquit*, potest fieri, ut adducar querendi
simul omnibus hanc causam esse quam ostenditis, in quâ
major pars exercitûs non est ; utpote quum plures dimise-
rim quàm retenturus sum. Subest nimirùm altius malum,
quod omnes avertit à me. Quando enim regem universus
exercitus deseruit? Ne servi quidem uno grege profugiunt
dominos, sed est quidam in illis pudor à ceteris destitutos
relinquendi.

III. Indignation de leur fureur et de leur ingratitude. 1° Il leur rap-
pelle avec mépris leur ancienne condition. 2° Il leur reproche
leur ingratitude et leur lâcheté.

Verùm ego, tam furiosæ consternationis oblitus, remedia
insanabilibus conor adhibere : omnem, Hercule, spem,
quam ex vobis conceperam, damno : nec ut cum militibus
meis (jam enim esse desîstis), sed, ut cum ingratissimis
oportet, agere decrevi. Secundis rebus, quæ circumfluunt
vos, insanire cœpistis, obliti statûs ejus quem beneficio
exuistis meo : digni, Hercule, qui in eodem consenescatis;
quoniam facilius est vobis adversam quàm secundam regere
fortunam.

1° En tandem Illyriorum paulò antè et Persarum tri-
butariis Asia et tot gentium spolia fastidio sunt : modò sub
Philippo seminudis amicula ex purpurâ sordent, aurum et
argentum oculi ferre non possunt; lignea enim vasa desiderant, et ex cratibus scuta, rubiginemque gladiorum. Hoc
cultu nitentes vos accepi, et quingenta talenta æris alieni,
quum omnis regia supellex haud ampliùs quàm sexaginta
talentorum esset, meorum operum fundamenta ; quibus

vois se récrier, et ceux qui vont partir, et ceux avec qui je veux les suivre sous peu. Qu'est-ce que cela signifie ? Quoi ! la même clameur en deux causes différentes ! Que je sache du moins lesquels se plaignent de moi, de ceux qui partent, ou de ceux qui demeurent.

On eût dit que toutes les voix sortaient de la même bouche, tant on mit d'accord à crier : TOUS SE PLAIGNENT. Non certes, *reprit le roi,* on ne me persuadera pas qu'une plainte générale ait le motif qu'on allègue et qui n'intéresse que le petit nombre, puisque j'en congédie plus que je n'en retiens. Il est un mal plus profond qui vous éloigne tous de moi. Car, jamais une armée entière abandonna-t-elle son roi ? Des esclaves même ne désertent pas tous ensemble : une espèce de honte retient les derniers.

Mais, perdant de vue cette révolte forcenée, j'essaye de guérir des incurables. Que je me reproche la confiance que j'avais en vous ! Aussi j'ai résolu de vous traiter, non comme mes soldats (vous ne l'êtes plus), mais comme les plus ingrats des êtres. Enivrés par l'excès de la prospérité, vous oubliez l'état d'où mes bienfaits vous ont tirés, et vous méritiez d'y vieillir, puisque vous soutenez mieux la mauvaise fortune que la bonne.

Et ces hommes, naguères tributaires des Illyriens et des Persans, dédaignent aujourd'hui l'Asie et les dépouilles de tant de nations ! Demi-nus hier, sous Philippe, ils méprisent les robes de pourpre ; l'or et l'argent blessent leurs yeux. Ils regrettent leur vaisselle de bois, leurs boucliers de cuir, leurs épées rongées de rouille. C'est en cet équipage que je vous ai pris, avec cinq cents talens de dettes, quand le trésor royal en avait à peine soixante,

tamen (absit invidia) imperium maximæ terrarum partis
imposui. Asiæne pertæsum est, quæ vos gloriâ rerum gestarum Diis pares fecit? 2° in Europam ire properatis, rege
deserto, quum pluribus vestrûm defuturum viaticum fuerit, ni æs alienum luissem, nempè (1) in Asiaticâ prædâ.
Nec pudet, profundo ventre devictarum gentium spolia
circumferentes, reverti velle ad liberos conjugesque, quibus pauci præmia victoriæ potestis ostendere : nam ceterorum, dum etiam spei vestræ obviàm istis, arma quoque
pignori sunt. Bonis verò militibus cariturus sum, pellicum
suarum concubinis, quibus hoc solum ex tantis opibus
superest, in quod impenditur.

IV. PÉRORAISON VÉHÉMENTE. Il les confond par son mépris et sa
hauteur.

Proindè fugientibus me pateant limites; facessite hinc
ociùs : ego cum Persis abeuntium terga tutabor. Neminem
teneo : liberate oculos meos, ingratissimi cives. Læti vos
excipient parentes, liberique, sine vestro rege redeuntes !
obviàm ibunt desertoribus transfugisque ! Triumphabo,
mehercule, de fugâ vestrâ; et ubicunque ero, expetam
pœnas, hos cum quibus me relinquitis colendo, præferen-
doque vobis. Jam autem scietis, et quantùm sine rege va-
leat exercitus, et quid opis in me uno sit.

---

(1) Quidam editi habent *ex Asiaticâ prædâ*, quod melius.

FINIS.

base de mes entreprises. Étes-vous ennuyés de l'Asie , où vos exploits vous ont mis au niveau des Dieux ? Vous vous hâtez de repasser en Europe , délaissant votre roi, vous qui, la plupart , n'auriez pas eu de quoi vivre en route , si je n'eusse payé vos dettes , et du butin de l'Asie. Ne rougissez-vous pas , après avoir englouti les dépouilles des vaincus , de vouloir retourner vers vos femmes et vos enfans , à qui si peu pourront représenter le prix de leurs exploits ? Car , plein d'un espoir anticipé , le reste a mis en gage jusqu'à ses armes. Les bons soldats que je vais perdre ! et bien assortis avec leurs concubines , seul débris de tant de richesses, qu'elles achèvent de dévorer.

Les chemins sont ouverts, partez, et partez au plus vite. A la tête des Perses, je protégerai votre fuite. Je ne retiens personne. Délivrez-moi de votre vue , monstres d'ingratitude. Quelle joie pour vos pères et vos enfans, de vous revoir sans votre roi ! comme ils s'empresseront au-devant des déserteurs, des transfuges ! Et moi aussi, je triompherai de votre fuite ; et, quelque part que je sois, je m'en vengerai en choyant, en vous préférant ceux avec qui vous me laissez. Vous apprendrez bientôt et ce qu'est une armée sans chef, et ce que je trouve en moi seul de ressources.

FIN.

ERRATA DU SECOND VOLUME.

Pag. 526, *ligne* 27; quibusquam, *lisez* quibusdam.
    553, *à la note*; prodre, ... propre.
    596, *ligne* 6;   similide, ... simili de.
    700, *avant dern.* incolumen, ... incolumem.
    856,   *dern.* desieramus, ... desideramus.

ORATIONUM

INDEX ALPHABETICUS.

II.   39

FINIS INDICIS.

ORATIONUM

ELENCHUS ORDINE MATERIARUM DESCRIPTUS.

CRIMINATIO, INSECTATIO, DAMNATIO.

ORATIO Memmii adversùs faventes Jugurthæ, 44.
—— Marii adversùs nobiles , 50.
—— Philippi adversùs Lepidum , 72.
—— Tulli regis de proditione Fuffetii , 94.
VERBA Lucretiæ adversùs Tarquinium , 100.
—— Populi adversùs Coriolanum , 108.
ORATIO Attii Tulli de falsâ Volscorum proditione , 108.
—— L. Quintii Cincinnati adversùs Virginium , 120.
VERBA M. Horatii adversùs decemviros , 126.
—— Virginii in Appium reum , 140.
—— Consulum in senatu adversùs Canuleii leges , 150.
ORATIO Sextii , tribuni pleb. , adversùs Postumium Regillensem ,
    168.
VERBA tribunorum ad plebem de hibernaculis , 170.
ORATIO A. Cornelii Cossi ad Manlium , 194.
—— Manlii Cosso respondentis , 196.
—— Pomponii adversùs Manlium imperiosum , 218.
—— Manlii consulis, ad filium , 250.
—— Papirii , dictatoris , adversùs magistrum equitum , 262.
—— Sempronii , tribuni pl. , adversùs Ap. Claudium , 286.
—— T. Maulii Torquati contra captivos Cannenses , 342.
VERBA Himilconis , Barcinæ Factionis viri , ad Hannonem, 360.
—— Legatorum Syracusanorum in senatu adversùs Marcellum ,
    400.
ORATIO Locrensium legatorum adversùs Pleminium , 470.
VERBA Syphacis ad Scipionem de nuptâ Sophonisbâ Masinissæ,
    482.
ORATIO T. Quintii Nabidi respondentis , 542.
VERBA Thoantis, Ætolorum ducis, ad Antiochum de Annibale ,
    550.
—— Petiliorum in Scipionem reum , 588.
ORATIO Persei accusantis Demetrium fratrem , 606.
VERBA Capitonis Cossutiani adversùs Thraseam , 718.
—— Eprii Marcelli in Thraseam, 722.
—— Helvidii Prisci adversùs Eprium Marcellum , 752.
ORATIO Curtii Montani in Aquilium Regulum , 756.
—— Crateri in Philotam , 824.
—— Alexandri Philotam apud milites accusantis , 826.
—— Hermolaï ad Alexandrum , 864.

MINARUM JACTATIO, CONVICIA, EXSECRATIO.

ORATIO Mucii ad Porsennam , 104.
—— Icilii ad Appium , 128.
VERBA multitudinis dum Appius ad pop. provocaret , 136.
ORATIO Camilli ad Pædagogum , 184.
—— Manlii, consulis, ad legatos Latinorum , 250.
—— Fabii Ambusti pro filio , 258.
VERBA Juvenum Campanorum de Romanis post Caudinam
    ignominiam , 272.
—— Minucii de æquato sibi cum dictatore imperio, 324.
ORATIO Scipionis , pacis conditiones dicentis Antiocho , 566.
VERBA Annibalis venenum poscentis, 600.
—— Agrippinæ de Neronis injuriis, 702.
—— Charidemi , quum ad supplicium duceretur, 786.

QUERELÆ, OBJURGATIO.

CRIMINUM REFUTATIO.

ADMONITIO, CONSILIA.

PROPOSITIO CONSILII.

FINIS ELENCHI.

www.ingramcontent.com/pod-product-compliance
Lightning Source LLC
Chambersburg PA
CBHW070545030726

47505CB00001B/162